マックス・ハーフェラール

もしくはオランダ商事会社のコーヒー競売

ムルタトゥーリ

佐藤弘幸＝訳

協力 森山幹弘

めこん

ムルタトゥーリ（エドゥアルト・ダウエス・デッケル）

目次

*底本では地名・人名などの固有名詞は大部分が大文字体で書かれているが、本書では特に区別していない。ただしマレー語、ジャワ語などには原則として訳語にルビをつけて区別した。また底本でイタリック体になっている表記は**太字体**で表記した。

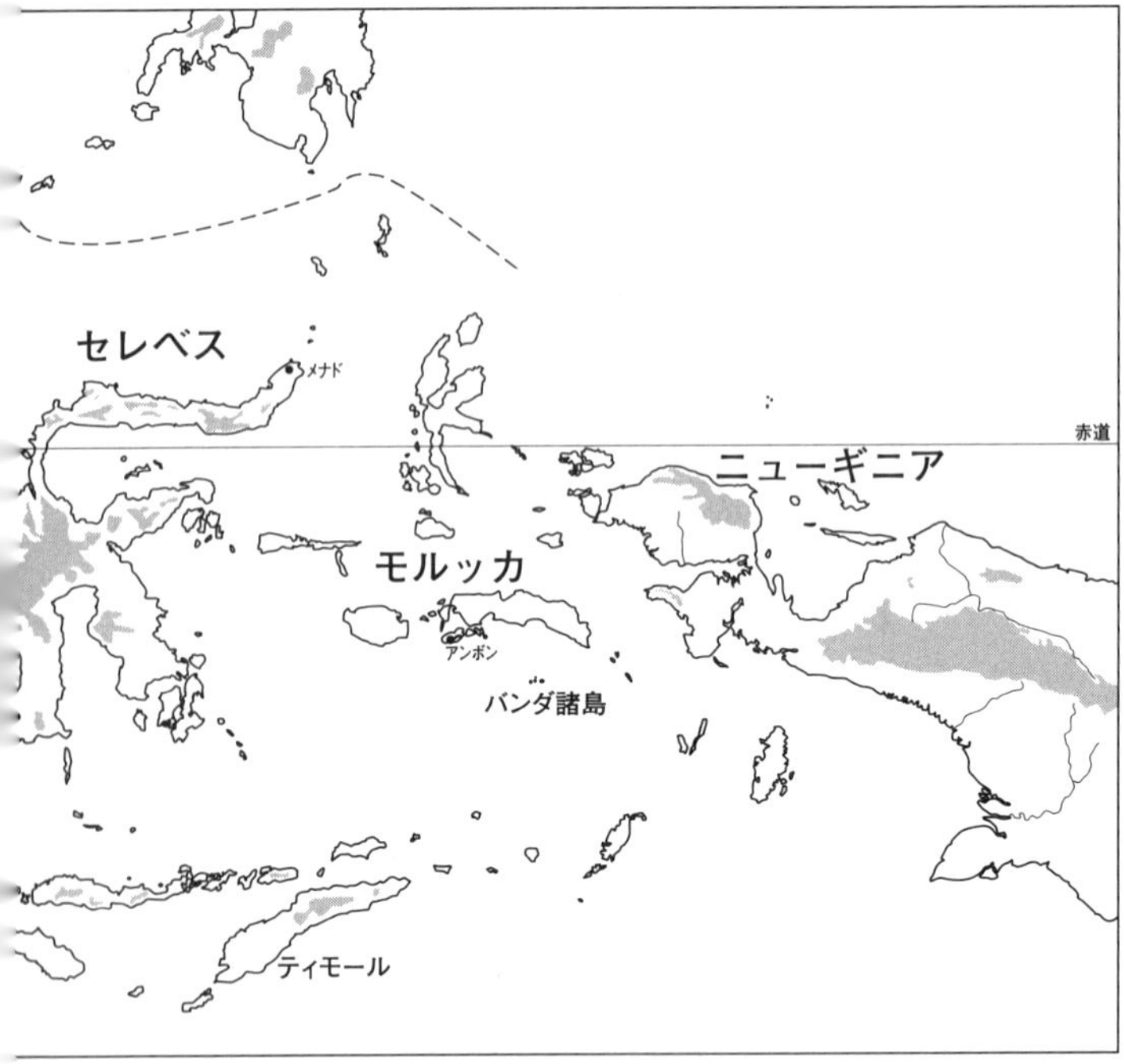

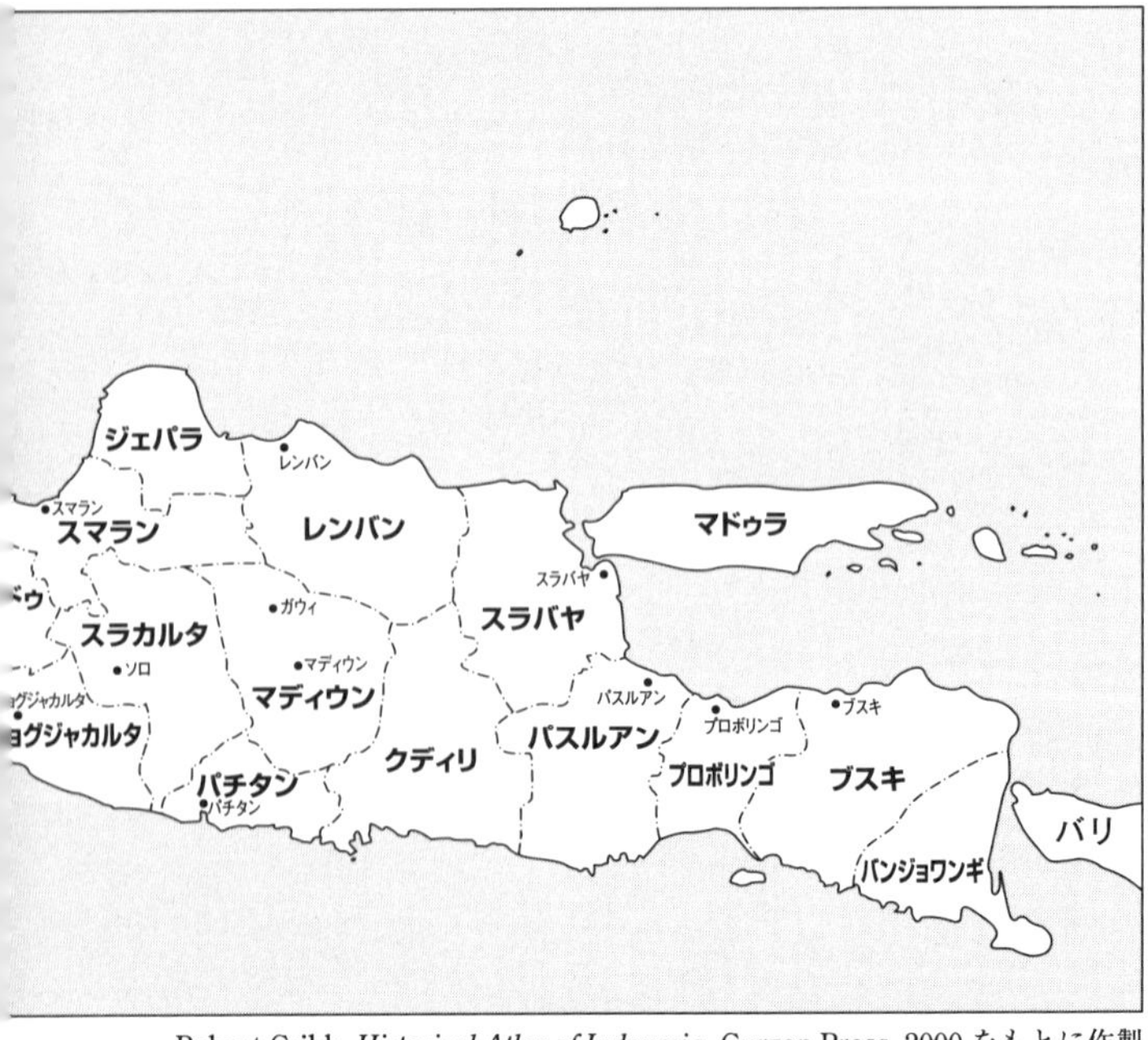

Robert Cribb, *Historical Atlas of Indonesia,* Curzon Press, 2000.をもとに作製

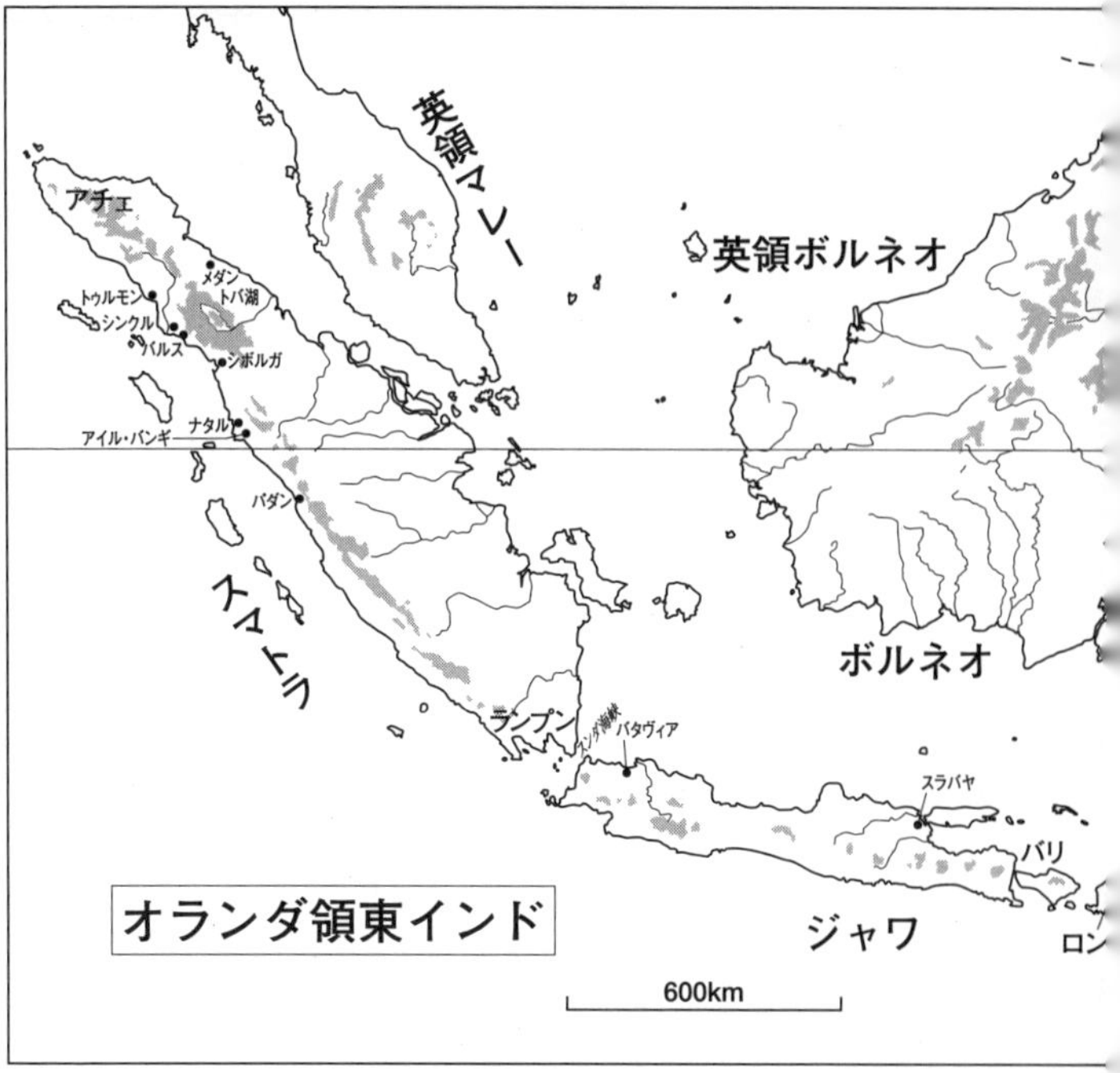
英領マレー
英領ボルネオ
アチェ
メダン
トバ湖
トゥルモン
シンクル
バルス
シボルガ
ナタル
アイル・バンギ
パダン
スマトラ
ボルネオ
ランプン
スンダ海峡
バタヴィア
スラバヤ
バリ
オランダ領東インド
ジャワ
600km

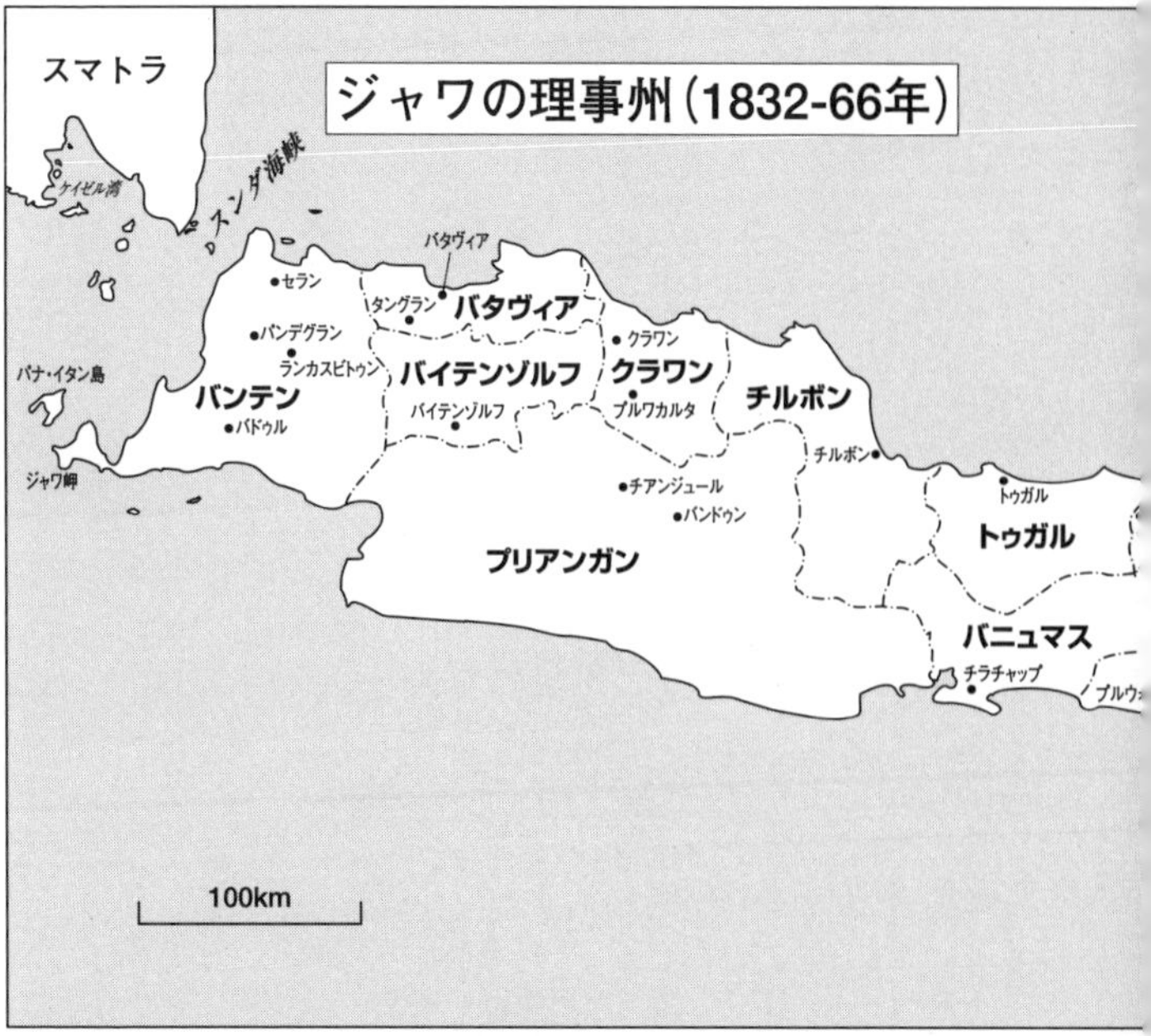
スマトラ
ジャワの理事州（1832-66年）
ケイゼル湾
スンダ海峡
バタヴィア
セラン
タングラン
バタヴィア
クラワン
パンデグラン
ランカスビトゥン
バイテンゾルフ
クラワン
パナ・イタン島
バンテン
バイテンゾルフ
プルワカルタ
チルボン
パドゥル
ジャワ岬
チルボン
チアンジュール
バンドゥン
トゥガル
トゥガル
プリアンガン
バニュマス
チラチャップ
100km

訳者はしがき

『マックス・ハーフェラール』は著者ムルタトゥーリ（本名ダウエス・デッケル）が小説の形を借りて一九世紀のオランダ領東インド植民地における植民地支配の実態を内部告発し、植民地政策を痛烈に批判した異色の作品である。小説とはいえ全くのフィクションではなく、その内容は大筋では史実に合致している。そのため出版にあたっては当初から政治的な思惑に巻き込まれ、結局著者の意図したものとは少し違った形で、つまり利害関係者が特定しにくいような形で世に出た。しかし関係者の間ではたちまちセンセーションを引き起こし、やがては一九世紀最大の問題作として評価を得て、読み継がれていった。今では近代オランダ文学の最高傑作として、押しも押されぬ地位を確立している。

出版に際して、この作品はファン・レネップという人物によって様々な改竄を施された。その経緯については「訳者あとがき」の方に譲るが、現在オランダで出回っている数種の「普及版」とか「国民版」と言われている版は、この改竄された版に著者ムルタトゥーリが生前最後に手を入れた第五版を使っている。ただし、そこに付け加えられていたムルタトゥーリ自身の手になる「あとがき」と多くの註は「普及版」では略されている。なぜオランダではオリジナル版を優先しないのか、その理由ははっきりしない。ファン・レネップが改竄したことにより、少し読みやすくなったという点は認められるが、それ以外には積極的な理由は見当たらない。

確かに現在の「普及版」では改竄によりぼかされてしまった固有名詞や消されてしまった年数字は復元されているし、ムルタトゥーリがオリジナル原稿でも伏せ字にした人物の名前も実名で挙げられている。しかしファン・レネップが政治的配慮から削ってしまったところも多々あり、著者の本来の意図を損なったまま放置しているところも認められる。とりわけ大きく削られたのは、聖書の記述内容について疑義を差し挟んでいる箇所である（一八章）。この削除についてはムルタトゥーリも大きな不満を抱いていたらしいが、オリジナル原稿が行方不明となったままで手元になかったので、生前はついに復元できなかった。

ムルタトゥーリの原稿が発見されるのは死後二三年たった一九一〇年、それを元に本来の形で出版されるのは一九四九年で、これが〝ゼロ版〟と呼ばれている。本書では、できるだけオリジナルな姿を読者に紹介すべく、「普及版」ではなく、あえてこの〝ゼロ版〟を底本とした。

〝ゼロ版〟は全部で三九章から成るが、章の番号は付けられていない。しかし、本書では読者の便宜を図って番号を順に入れてある。なお、「普及版」はいずれも全二〇章の構成となっているが、これはファン・レネップが独自に整理して付けたもので、ムルタトゥーリも基本的にはこれを了承していた。

この小説の大きな特色の一つは、語り手が少なくとも三人登場することである。最初に登場するのが、アムステルダムでコーヒー仲買商ラスト商会を経営するドゥローフストッペルで、真実と常識を何よりも大事にすると公言してはばからない謹厳実直な堅物として描かれている。彼は敬虔なプロテスタントであり、キリスト教徒にふさわしい道徳と正義を重視する模範的な市民である。典型的なオランダ商人としてやや戯画的に描かれていると言ってもいい。商売に熱心なあまり、詩や小説、演劇などフィクションの世界を軽蔑する。堅実ではあるが、どこか嫌味な感じを漂わせている。このドゥローフストッペルがある日ひょっこり昔のクラスメート、シャールマンに出会ったことから、この本を出版するに至る経緯をまず最初に語っていく。

みすぼらしい身なりをしたシャールマン（「肩掛けの男」の意。寒い時期なのに外套も着ず、肩掛け［シャールはショールと同じ］だけをまとっていたので、便宜的にそう名付けられた）は東インド帰りの哀れな男で、それまで折にふれて書き溜めてきた文章を何とか出版したいと思い、ドゥローフストッペルに保証人になってくれるように頼む。このシャールマンが著者ムルタトゥーリの仮の姿である。

ドゥローフストッペルがシャールマンから預かった〝包み〟の中を見てみると、そこには商売上放っておけない重要な情報が含まれており、それらを整理して出版することは意義があるとして出版を決意する。しかし自分は直接タッチせず、ちょうどその時ラスト商会に修行に来ていた若いドイツ人のシュテルンにオランダ語の勉強も兼ねて編集を委ね、息子のフリッツにも手伝わせる。こうしてシュテルンが書いていったのが六章以下で、ここではシュテルンが語り手となっている。しかしシャールマンが事実上の語り手と言えなくもない。全体では、このシュテルンが語り手として登場する章がもっとも多い。本書では読者の理解を助けるために、原書にはないが、シュテルンがまとめて書いた章には（シャールマンの様々な文章の中からシュテルンがまとめたもの）と説明を付けた。

しかし文学青年のような情熱的なところがあるシュテルンは、シャールマンの書いた文章にすっかり魅せられてしまい、ドゥローフストッペルの意に反して、商売上重要と思われる文章はそっちのけに、それ以外の文章を積極的に取り上げ、一つの物語に再構成していく。ドゥローフストッペルが日頃うさん臭く思っている詩なども随所に取り込み、彼の目指す方向から大きくずれていく。これを苦々しく思うドゥローフストッペルはそれにブレーキをかけるように、途中また話し手として顔を出し、話を現実の世界に引き戻そうとする。こうして一六章、一七章はまたドゥローフストッペルが語り手となっている。また後半の二八章、三三章でもまるでストーリーの盛り上がりに水をさすかのようにドゥローフストッペルが嫌味たっぷりに語り手として登場する。

二九章と三〇章は「サイジャの物語」あるいは「サイジャとアディンダの物語」という一つの独立した物語になっている。フィクションではあるが、完全な想像力の産物ではなく、著者はかなり現実に近い一つの挿話であると言っている。現在ではこの二つの章に三一章を加えて『サイジャとアディンダの物語』という本も出ているくらいである。児童書としても出ている。

この二つの章の語り手もシュテルンと言ってよいが、次の三一章になると、もはや語り手はシュテルンというよりは、著者ムルタトゥーリその人という感が強くなっている。そして最後の三八章と三九章にいたり、いよいよムルタトゥーリがはっきりと語り手として登場し、他の二人との関係を明らかにする。

このように語り手が三人登場する構成になっているところ、一つの独立した物語を挿入しているところ、さらにはオランダ語の詩ばかりでなく、ドイツ語やフランス語の詩、公文書・書簡なども随所に織り込んでいるところなどが、従来のオランダ小説には見られなかった新鮮味と独特の味わいをこの小説に与え、内部告発の書としての効果を高めている。

マックス・ハーフェラール

もしくはオランダ商事会社のコーヒー競売

ムルタトゥーリ

MULTATULI

MAX HAVELAAR

OF DE KOFFIJ VEILINGEN DER NEDERLANDSCHE HANDELMAATSCHAPPIJ

NAAR HET AUTHENTIEKE HANDSCHRIFT
UITGEGEVEN EN INGELEID DOOR
DR. G. STUIVELING

1950

G. A. VAN OORSCHOT

AMSTERDAM

E・H・v・W・（妻ティーネへ）

もし詩人などというつらい仕事を死ぬまで立派にやっていこうとするなら、不要な才能など何ひとつない、と詩人の妻たちがよくこぼしているのを耳にした。いうまでもないことだが。ごくまれにしか見られないような素晴らしい才能をいくつか兼ね備えていても、それらは詩人には当然必要なものでしかなく、そうした素晴らしい才能がいくつか備わっていたからといって、それでいつもありきたりの幸運にめぐりあえるというものでもない。どうということのない日々の会話の中にも詩の女神が押し入ってくることがあるので、詩人はひとときも目を離すわけにはいかない。たとえ詩人である夫がその仕事に失望し、打ちひしがれているあなたのもとに帰ってきたとしても、彼を腕に抱きしめ、いつくしんでやることだ。あるいは夫が幻想を追い求めて、急に姿を消してしまったとしても、ただそれを見守っていることだ。詩人の妻にとって、それが生活の常なのだ。しかし、苦労が報われる断章もあることはある。詩人が己の才能を懸命に働かせて手に入れた栄光を、愛する妻の足元にうやうやしく置いてくれることも確かにあるのだ。そう、〝盲目の流浪者〟をこの世に案内するアンティゴネー*のひざ元、にだ。

＊ アンティゴネー　ギリシャ神話のオイディープス王の娘。真実を知らず父を殺し母を妻としたことに苦悩し眼をくりぬいたオイディープスの放浪の旅の道案内をつとめた。

だが、はっきり言っておくが、ほとんどのホメロスの孫たち*には、程度の差こそあれ、見えていないところがあるのだ。われわれには見えないことが、彼らには見えている。彼らの眼差しはわれわれ以上に高く、かつ深いところにも届いている。しかし彼らは自分たちの真ん前にある、歩き慣れた簡単な道を見ることができないのだ。だから彼らが日々の生活が息づいている散文の谷間に、手を取る人もなく踏み出せば、つまずいたり、ちっぽけな小石に転んで、怪我をすることもあるのだ。

（アンリ・ドゥ・ペーヌ**）

＊　ホメロスの孫　詩人のこと。
＊＊　アンリ・ドゥ・ペーヌ　フランスのジャーナリスト（一八三〇―八八年）。

廷吏　裁判長殿。バルベルチェを殺した男はあいつでございます。
裁判長　そいつは縛り首だ。どういう手口で殺したのか。
廷吏　彼女を切り刻んで、塩漬けにしました。
裁判長　それはひどいやり方だ……縛り首だ。
ロターリオ　裁判長、私はバルベルチェを殺してはいません。彼女の身の回りの世話をしてきました……私が善良な人間で、人殺しではないことを証言してくれる証人を挙げることができます……
裁判長　お前は縛り首だ、……お前は自分の妄想で自分の罪を重くしている。事を仕出かした奴が自分を善良だ、などとは。
ロターリオ　でも、裁判長、……それを証言してくれる証人がおります。私はいま殺人の疑いをかけられていますので……
裁判長　お前は縛り首だ。お前はバルベルチェを切り刻んで、塩漬けにし、それにまたうぬぼれている、……主な罪状は三つだ。ところでお前は何者か。女よ。
女　私はバルベルチェ……
ロターリオ　ああ、……裁判長、私が彼女を殺していないことはお分かりでしょう。
裁判長　うむ、……そっ、そう、……そういうことだと、……しかし塩漬けにするというのは……。
バルベルチェ　いいえ、裁判長、塩漬けになどされておりません。それどころか、私にいろいろよいことをしてくれました、……彼は立派な人です。

ロターリオ　お聞きのとおり、裁判長、彼女は私が正直な男だと言っています……
裁判長　ふっ……ん。そうするとまだ残っているのは三番目の罪状だ。廷吏、その男を連れて行け、そいつは縛り首だ。そいつは妄想で有罪だ。書記生、判決の前文にレッシング*が挙げている部族長に対する判決を引用したまえ……。

（未公刊の戯曲）

＊　レッシング　ドイツの劇作家（一七二九―八一年）。戯曲『賢者ナータン』（一七七九年）の第四幕。ユダヤ人の部族長がキリスト教徒の女の子を助けてひそかに育てているのは許されるか判断を求められた総主教が、たとえ善意でやったことであれ、到底許されず、それだけでも三回も焚刑に処するに値すると息巻く場面を指す。

1

私はコーヒーの仲買人で、ラウリール運河三七番地に住んでいる。小説とかその類いのものを書くのは普段からやりつけていないので、数連*のまとまった用紙を特別に注文して、この作品を書き始めるまでには結構時間がかかった。そう、親愛なる読者諸君がいま手にしている作品がそれだ。読者がコーヒーの仲買人であろうと、何であろうと、これはぜひ読んでほしい作品だ。とはいっても私は小説のようなものをこれまで全く書いたことがなかったし、だいいちそういったものを読むのも好きではない。私は実業家だからだ。一体そういうものが何の役に立つのか、もう何年も前から疑問に思っているし、詩人や小説家が、これまで一度もなかったこと、またとうてい起こり**そう**にもないことを書いて、まあよくも読者をだますものだと、その図々しさには驚いている。もし私が**自分の**仕事のことで――私はラウリール運河三七番地のコーヒーの仲買人だが――委託販売人――これはコーヒーを売っている人のことだが――に、詩や小説の主題となっているような嘘がほんの少しでも入っている

＊ 連　紙の数量を示す単位。オランダでは四八〇枚ないし五〇〇枚。

ような報告をしようものなら、その人は直ちにブッセリンク・ワーテルマン商会に鞍替えしてしまうであろう。この商会もコーヒーの仲買人であるが、その住所は諸君にあえて言わないでおこう。ともかく自分は小説なんかを書いたり、あるいは何か嘘の報告をしたりすることがないように気を付けている。

　そんなわけで私は、小説などを書くことにかかずらう人はたいてい、ろくなことにならない、と常々思っている。私は四三歳だ。もう二〇年取引所に通っている。だから、もし経験者の求人があれば、名乗り出てもいい。もう何軒かの会社がつぶれるのも見てきた。そしてその原因を探ってみると、たいていの場合、それは大方の人が若い時に受けた間違った教育方針にあると言わざるをえない。私はそう考えてきた。

　私は言っておく。要は**真実**と**常識**だ。これを自分は守っていく。聖書はもちろん例外だ。間違いはすでに作家のファン・アルフェン*から始まっていて、しかも「かわいい子供たち」のしょっぱなの第一行目からだ。この老紳士は、どうして私のただれ目の妹トライチェや、いつも鼻をほじくっている弟ヘリットをほめそやすような役になりすましているのか。しかも彼は「やむにやまれぬ**愛情**から、この詩を歌った」と言う。子供の頃よく思ったものだ。「おじさん、ボクは一度おじさんに会ってみたいんです。もしおじさんがボクが頼んでいる大理石のおはじきや、あるいはボクの名前が――ボクはバターフスと言います――全部そろったアルファベットの焼菓子をくれなければ、おじさんをウソつきと思いますよ」と。しかし自分はファン・アルフェンには全く会ったことはない。思うに、彼がわれわれに向かって、自分の父こそ最良の友達だとか、あるいは自分の子犬はとてもお利口だった、と語りかけたとされる時には、確かもうこの世にはいなかったはずだ。私などはバタフィール通りで隣に住んでいたパウエルチェ・ウィンセルの方が、自分の父より好きな友達だったし、犬なんかとても汚らしいから、飼ってはいなかった。

すべて嘘だ。教育もこういった調子だ。今度の妹は野菜売りのおばさんの大きなキャベツから生まれた。オランダ人はすべて勇敢で、広い心の持ち主だ。ローマ人は、バターフ族**から自分の命を助けてもらって喜んだ。チュニスの王***はオランダ船に恐れをなし、オランダ船の旗がはためくのが聞こえると、きまって腹痛をおこした。アルバ侯****は人でなしだった。引き潮が――たぶん一六七二年のことだったと思うが――どうみてもオランダに味方して、いつもより少し長く続いた*****。こんなことは全て嘘だ。オランダはオランダのままで変わりがなかった。ただわれわれの先祖が自分の仕事に励み、ま

＊　ファン・アルフェン　オランダの政治家、詩人（一七四六―一八〇三年）。『子供のための短詩試論』（一七七八―八二年）で知られる。

＊＊　バターフ族　ライン川河口付近に住んでいたゲルマン民族の一つ。一時ローマ帝国に反旗を翻した。

＊＊＊　チュニスの王　彼らは昔から北アフリカ沿岸で海賊業を組織し、外国商船を襲った。オランダは強力な艦隊を派遣してそれに対抗した。

＊＊＊＊　アルバ侯　スペインの武将、政治家（一五〇七―八二年）。一六世紀後半、オランダの反乱を弾圧し、猛将として恐れられた。

＊＊＊＊＊　一六七二年はオランダの〝災厄の年〟と言われた。英仏連合軍やドイツの司教軍が陸海よりオランダに侵攻し、オランダは危機的状況に見舞われたが、何とか最悪の事態は免れた。これはその時の言い伝え。

た正しい信仰を持っていた、それまでのことだ。そこが肝心なところなのだ。

そしてそれからもう少し大人になると、またぞろ別の嘘が出てくる。女の子は天使だ、と。こんなことを初めて思い付いた人は女兄弟を全く持ったことがない人だ。愛は至上の幸福である、愛する人となら地の果てまでも逃げて行く、だって。だが地に果てではないし、それにそんな愛はバカげてもいる。私が妻と仲良く暮らしていることは誰が見ても分かるし——妻はラスト商会、コーヒー仲買人の娘だ——、われわれの結婚に何か文句を言う人もいない。私は王立動物学協会《アルティス》の会員で、妻は九二フルデン*もする長い肩掛けを持っている。断然地の果てまで行って暮らそうというような、そんな気違いじみた恋は、われわれの間には全くなかった。結婚した時、ハーグにちょっと旅行したが——妻がそこでフランネルを買い、それで作ったチョッキを自分は今でも着ている——、それよりもっと先へわれわれを駆り立てる恋など全くなかった。だから全くバカげたことで、嘘だ。

それでは、**私の**結婚は、愛ゆえに胸を患ったり、あるいは髪の毛をかきむしったりするような人たちの結婚よりも幸せでないとでも言うのだろうか。あるいはまた、一七年前に私が結婚してほしいという気持ちを詩に書いて恋人に伝えることにうつつをぬかしていたら、私は商売が今よりももう少し下手くそになっていたはずだ、と諸君は考えるであろうか。バカげたことだ。私だって他の人と同じくらいうまく詩を作ることはできたのだ。詩を作ることは一つの手仕事で、ろくろを回して象牙を細工することよりも簡単なことははっきりしている。もしそうでなかったら、いろんな金言名句を書いた紙片が中に添えてあるキャラメル《ユレフェレン》がどうしてあんなに安く売っているのか（息子のフリッツは

「キャーラッツメル《ユーレッフェルチェス》」と言っているが、なぜだか分からない）。またビリヤードのボールにしても同じことで、ボール一組の値段がいくらか、ちょっと聞いてみたまえ。

　私は何も詩そのものに反対しているわけではない。韻を踏んで言葉を並べたいというのならそれもよいが、真実でないことは決して言わぬことだ。「**肌をさすように寒く**、**時は四時**」。もし実際に**肌をさすように寒く**、それが**四時**のことであったら、このままでいい。しかしもし三時一五分前なら、私は韻など踏まずに、「**肌をさすように寒く**、**三時一五分前**」と言う。だが詩人は第一行目に「肌をさすように寒い」と書くと、もし韻を踏もうとすれば、ちょうど**四時**、**五時**、**二時**、**一時**というように、**きっかりの時刻**に縛られてしまうのだ。さもないと「肌をさすように寒い」ではまずいことになるからだ。そうなるとそこで無茶を始める。天候を変えるか、時間を変えるか、どっちかだ。そうすると、どちらか一方が嘘になってしまう。

　若者を虚偽の方に誘っていくのは詩ばかりではない。ちょっと劇場へ行って、そこでどんな嘘が売られているか聞いてみたまえ。芝居の主人公が溺れていて、今まさに破産寸前の人に助けられる。そこで彼は助けてくれた人に自分の財産の半分をやる。こんなことはありえないことだ。先だってプリンセン運河に帽子を飛ばしてしまい（フリッツは「**飛ばした**」という語を別の過去形で言うのだが）、それを拾って返してくれた男に一〇セント玉をやったが、その男はそれで満足していた。もし私自身を

＊ フルデン　オランダの通貨単位。グルデン（ギルダー）。一フルデンは一〇〇セント。

水の中から引き上げてくれたのなら、もう少しはずむべきだと思うが。だからといって私の財産の半分をやることなどありえない。それじゃ二度水の中に落ちたら、無一文になってしまうのは分かりきったことだ。そうした芝居の上演で最悪のことは、その種のいんちきに慣れっこになり、拍手喝采を送ることだ。いっそ一階席の観客を水の中に投げ込んで、そんな拍手をする奴が誰かいるか見てみたい気がすることもある。私は真実を愛するがゆえに、皆に断っておく。私をそういう風に水から救い上げてくれても、それほど高額なお礼を支払うつもりはない、と。そんな安い金額ではいやだという人は、どうかそのまま放っておいていただきたい。ただ日曜日だけは、少しふんぱつしよう。その日は金の鎖をつけ、よそ行きの服を着ていることでもあるし。

　そうだ、そうした芝居は多くの人に有害だ。小説以上にだ。なぜなら、あのように視覚に訴えるからだ。切り抜いた紙にわずかばかりの安物の金箔とレースを施すだけで、万事が万事非常に魅惑的に見える。子供たちにも、商売をしていない大人たちにもそう見えるようだ。そして貧乏を演出する時でさえ、そこにはいつも嘘がついてまわる。父親が破産したため、娘が家計の足しにと働く。結構なことだ。その場合、彼女は縫い物をしたり、編み物をしたり、あるいは刺繍をしたりする。しかし彼女はその一幕の間に何針手を動かしたか。ちょっと数えてみたまえ。その娘はしゃべるわ、ため息をつくわ、窓辺に歩くわで、仕事をしないのだ。そんな仕事ぶりで生きていける家族はあまり困っていないということだ。そういう娘はもちろん芝居の中ではヒロインだ。誘惑しようとする男を階段から突き落としたり、しょっちゅう「ああ、お母さん、ああ、お母さん」と叫んだりして、女の鑑《かがみ》を演じている。しかし毛糸の靴下一足に一年もかかるのは、どんな女の鑑なのか。こうしたことは、女の鑑について、また「**家計のために働く**」ということについて、誤った観念を与えることにはならないのか。全くバカげたこと、嘘だ。

そこへ彼女の初恋の人が突然戻って来て、彼女と結婚する。この男はかつては文書の複写係をしていたが、今は金持ちになっている。これもまた嘘だ。金持ちが破産した家の娘と結婚するなんてことはありえない。こうしたことが芝居では例外として罷り通っているからといって非難しなくてもいいというわけではない。例外を当然のこととみなす人々がいるから、そうした芝居は人々の真実に対する感覚をマヒさせ、社会の道徳観を弱めてしまうのだ。なぜなら、まっとうな仲買人や商人なら**現実の世界**では物笑いにし、気違い沙汰としか見ないようなことを、**芝居**では拍手喝采することに慣れてしまうからだ。私が結婚した時、全部で一三人が義父の事務所、そう、ラスト商会で働いていた。そして商売はうまくいっていた。

舞台にはまだまだ多くの嘘がある。英雄が祖国を救わんとして、ぎこちない、おかしな足取りで出ていく時に、どうして二重扉の内側の扉がいつもひとりでに開いてしまうのか。

さらにまた、……台詞を詩の形で言う人物が、どうして相手の答えを知っていて、相手がたやすく韻を踏めるようにしてやるのか。例えばこうだ。将軍が姫に言う。「**姫君、もう手遅れでございます。門は閉じられてしまいました**」。しかし姫がそれに対して「**さあ、勇気を出して、剣を抜け**」と、韻を踏んで言おうとするのを将軍はどうして予め知りうるのか。もし姫がその時門が閉じられるのを聞いて、それなら門が開くまで待とうとかまた出直そうとでも答えたとしたら、台詞の格調と韻律はどうなってしまうだろうか。だから、将軍が、門が閉じられいかがいたしましょうかと姫に伺いを立てようものなら、それはもうまるっきりぶち壊しになってしまうのではないか。* もう一度言う。もし姫がその時何かを抜けと言わずに、ちょっと眠くなったわとでも言ったらどうなるのか。全て嘘だ。

　それからまた、あの報われる美徳ときた日には。ああ、――私は一七年もコーヒーの仲買人をやっている――ラウリール運河三七番地――だから様々なことに出くわした――、だが本当の価値ある真実があのように歪められるのを見ると、いつもカチンと頭にくる。報われる美徳……それでは美徳を商品にしてしまうことにならないか。**世間**ではそんな風にはなって**いない**――だからこそ**いい**のだ。なぜなら、もし美徳が全て報われるとするなら、一体その真価はどこにあるのか。何のために、芝居ではああいう恥ずべき嘘がいつもでっち上げられるのか。

　例えばここにルーカスという男がいる。わがラスト商会の創設者の代から――当時はラスト・メイエル商会と言ったが、メイエル家はもう手を引いている――すでに働いていた倉庫番だが、彼は確かに美徳の持ち主であった。コーヒー豆がなくなったことは一粒たりともなかったし、彼は几帳面に教会へ足を運び、酒を飲むこともなかった。私の義父がドゥリーベルヘン** にいる時は、彼は義父の家、倉庫、全てを管理していた。ある時ルーカスは銀行で一七フルデン多く受け取ったことがあったが、それをわざわざ返しに行った。彼はもう年老いて痛風を病み、働くことはできない。今では無一文である。というのもわが社は大いに繁盛していて、若い人が必要だからだ。私はルーカスを美徳の持ち主だと思っているが、彼はそれゆえ今報われているだろうか。彼にダイヤモンドをくれる王子は現れるだろうか、あるいは彼のパンにバターを塗ってくれる妖精がいるだろうか。断じてそういうことはない。ルーカスは貧しく、なお貧しいままである――この場合それしかないのだ。私は彼を助けることはできない――なぜなら、わが社は大いに繁盛し、若い人を必要としているからだ――しかし仮にここで私が助けてやって、それでルーカスが老後を安楽に暮らせるとしたら、それは彼の美徳がそうさせたことになるのであろうか。そんなことをすれば倉庫番は誰もかれも美徳の持ち主ゆえに老後を安楽に暮らせることになる。そういうことは神の思し召しであるはずがない。なぜなら、そうなればあの世で正直な人間に与えられるべき特別の報酬が底をついてしまうだろうから。しかし舞台ではこのように歪められる。……全て嘘だ。

　私も自分では美徳の持ち主だと思っている。だが、だからといって何か報われることを期待するであろうか。もし商売がうまくいき――現にうまくいっているが――、妻子たちが元気で、医者や薬剤師の世話にならず――老後のために年々多少の貯えができ、――フリッツがしっかりした者に育って、やがて私がドゥリーベルヘンに隠居する時に、私の仕事を継いでくれるならば、満足なのだ。しかしこれは、いうまでもなく、全て境遇のなせるわざである。だから私は商売に精を出す。――自分の美

---

* 「閉じられた（gesloten）」と「(剣を)抜け(ontblooten)」は同じ韻になるが、「(門が）開くまで（待とう）（...tot er geopend werd)」では同じ韻とならない。

** ドゥリーベルヘン　オランダ中部ユトレヒト州の別荘地。

徳に対しては何ら報酬を求めることはしない。

　私も美徳をそなえていることは、私が真実を愛することからあきらかだ。――これこそ信仰の篤さに次ぐ、自分の大きな取り柄である。読者諸君、このことはどうか信じていただきたい。本書執筆の理由はそこにあるのだから。

　真実への愛と同じくらいはっきりと自分にあると思われるもう一つの取り柄は、仕事に対する情熱である、……コーヒーの仲買人、ラウリール運河三七番地。そう、読者諸君、私の、真実に対する非の打ちどころのない愛着と仕事に対する勤勉さが、この本を書かせたのである。どのようにしてこの本が書かれるにいたったか、その経緯はこれからお話しすることにしよう。しかしちょっと失礼します、――私は取引所へ行かねばなりません――すぐに次の章へご案内いたします……それじゃあ、さようなら。

　ああ、ちょっとごめんなさい。これをポケットに入れておいてくれませんか……たいした手間にはなりません……役に立つかもしれません。……そう、これです、……名刺、……これが私の会社です、メイエル家が手を引いてからの……老ラストは私の義父です。

コーヒー仲買人
ラスト商会
ラウリール運河三七番地

2

マックス・ハーフェラール

取引所は低調であった。春の競売はきっと持ち直すであろう。だがわが社が不景気だとは思わないでほしい。ブッセリンク・ワーテルマン商会の方はもっと芳しくないからだ。取引所というのは奇妙な世界で、二〇年もそこに通っていると、いろいろなことに出会う。諸君、例えばこんなことを想像してもらえるだろうか。取引所でわが社からルートヴィヒ・シュテルン社を横取りしようとしていた連中が——ブッセリンク・ワーテルマン商会だとにらんでいるが——いたのだ。諸君は取引所のことをご存じないと思うので、お話ししておきたいが、シュテルン社はハンブルクの一流のコーヒー商で、いつもわがラスト商会から仕入れていた。全く偶然にそのことをつきとめたのだが、——ブッセリンク・ワーテルマン商会の卑劣な手口がその裏にあると見当はついている。奴らは仲買手数料を四分の一パーセント下げようとしたのだ——奴らは裏切り者で、それ以外の何物でもない——そこでその手をかわすために私も手を打った。これは分かっていただけるであろう。もし私と同じ立場の人だったら、ルートヴィヒ・シュテルン宛にこんな手紙を書いていたかもしれない。わがラスト商会も長年のご愛顧にかんがみ、多少手数料を引き下げさせていただきますので、お引き立てのほどをお願い申し上げます、云々と（計算してみたところ、わが社はこの五〇年余でシュテルン社との取引で四〇万フルデンを稼がせてもらった。両社のつきあいはナポレオンの大陸制度以来のもので、当時は植民地物産はヘルゴラント島*から密輸されていた）。だが自分は違う。人を出し抜いてまで値引きをすることはしない。そこでカフェ〝ポーランド〟に出向いて、ペンと便箋を持ってこさせて、次のような手紙を書いた。

〝弊社は最近とりわけ北ドイツより多大のお引き立ての栄に浴して、事業を大いに拡大いたし（これは紛れもない事実だ）、今般社員の増員やむなきにいたりました（これも事実だ。昨夜は帳簿係が一一時過ぎてもまだ事務所でメガネを探していた）。そのためドイツ語の商業通信文を担当できる、誠実で育ちのいい青年を必要としております。確かにアムステルダムにはこの仕事に適任のドイツ人青年がたくさんおりますが、暖簾を大切にしている当社といたしましては（これも紛れもない事実だ）、青年たちがますます浮わついた反社会的行動に走り、一獲千金を狙う者が日毎に増えている昨今のことゆえ、承った注文に確実にお応えしてゆくには、品行方正な人物を雇う必要があると感じております（誓って言うが、これも紛れもない事実だ）。かくの如き会社は――ラスト商会、コーヒー仲買人、ラウリール運河三七番地のことだが――社員の雇用にあたりましては、いくら慎重を期しても、しすぎるということはありません……〟

　読者諸君、これは全て紛れもない事実である。取引所の一七番の柱**に出ていた若いドイツ人青年がブッセリンク・ワーテルマン商会の娘と駆け落ちしたのをご存じだろうか。わが娘のマリーもこの九月にはもう一三歳になる。

〝サフェラー氏——シュテルン社のセールスマンだが——より承ったところによりますと、ルートヴィヒ・シュテルン社の社長さんにはエルネスト・シュテルンという息子さんがおいでで、お仕事の修行の締め括りとして、しばらくどこかオランダの会社でお勤めを希望しておられるとのこと〟

〝私といたしましては、それで——（ここでまた、あの若者たちの反社会的振る舞いをとりあげ、ブッセリンク・ワーテルマン商会のあの娘の件について述べた。このことは知っていても決して損ではあるまい）ともかくそのようなことで、エルネスト・シュテルン氏にわが社のドイツ語商業通信文の係としてお勤めいただけますならば、それに越したことはないと信じております〟

謝礼とか報酬については、慎重を期していっさい触れることは避けた。だが、次のことは付け加えておいた。

〝もしエルネスト・シュテルン氏が拙宅に——ラウリール運河三七番地——ご滞在をお望みでしたら、妻が親身にお世話をいたす所存であり、お洗濯物の繕いも拙宅にお任せ下さい〟

これは紛れもない事実である。というのもマリーは繕いものが大好きだからだ。そして最後に〝わが家は神にお仕えいたしております〟と書いた。

こう言っておけば、よく考えてくれるだろう。シュテルン家はルター派だから。そうしてこの手紙

＊ ヘルゴラント島　エルベ川河口沖の北海にある島。現在はドイツ領。

＊＊ 当時のアムステルダムの取引所では商品ごとに取引場所が指定されていて、仲買商は所定の場所に集まって取引していた。

を投函した。諸君にもお分かりのように、もし老シュテルンの息子がわが社で働くことになったら、彼といえども進んでブッセリンク・ワーテルマン商会に鞍替えすることはないだろう。

さて話を私の本のことに戻そう。少し前、夕方にカルフェル通りをちょっと歩いた時、一軒の食料品店を暫くのぞいてみた。店では一山の〝**ジャワ・コーヒーを、そう、それは並の品**ではあるが、**きれいな黄色のチルボン種のコーヒー**〟で、それを選り分けて、**少し砕けていた屑**を除いているところであった。それにはとても興味をそそられた。私はいつもあらゆることに注意を払っているからだ。その時ふと、一人の紳士が目に付いた。隣の本屋の前に立っていて、どうも見覚えのある顔だと思った。彼も気付いたらしく、互いの視線がしきりにぶつかった。実を言うと、私はコーヒー屑の方にすっかり気を取られていて、すぐには気が付かなかったのだが、その男はかなりみすぼらしい身なりをしていることが後から分かった。もしそうでなかったら、事はそれっきりになったであろう。が、その時ふと頭をよぎったのは、その人はおそらくドイツの商社のセールスマンで、堅実な仲買人を探しているのだろうということであった。その人はどこかドイツ人的なところがあり、またセールスマン風でもあったからだ。髪は鮮やかなブロンドで、目は青く、物腰も身なりもどこか外国人を思わせるところがあった。時節に合った外套ではなく、肩掛けのようなものを（フリッツは〝**ショール**〟と言うが、私はそうは言わない）肩にかけていて、まるでたった今旅から帰ってきたような姿であった。私はお客の一人と目星をつけて、名刺を差し出した――ラスト商会、コーヒー仲買人、ラウリール運河三七番地。彼はそれをガス燈にかざして見てから言った。「ありがとうございます。でも私の思い違いでした。私はまた昔のクラスメートに出会ったとばかり思っていました。でも、――ラスト――いいえ、そういう名前ではないんです」

「失礼いたしました」と私は言った。私はいつも丁寧だから。「私はドゥローフストッペル、バターフス・ドゥローフストッペル、――ラスト商会というのは会社で、コーヒーの仲買人、ラウリール運……」

「ああ、ドゥローフストッペル君、もう覚えていませんか。私をもう一度よく見てください」

彼を見つめているうちに、だんだんと思い出されてきた。妙なことに、彼の表情を見ていると、まるで知らない香水でも嗅いでいるかのような気持ちになった。でも読者諸君、笑わないでほしい。その訳はすぐに分かります。彼は香水など一滴たりともつけていなかった、これは請け合うが、それでも何か心地よいもの、何か力強いもの、何かを思い起こさせるようなものを私は嗅ぎ取った。――そうだ、分かった。

「君ですね」と私は叫んだ。「僕をギリシア人から救ってくれたのは」

「ええ、そうです。お元気でしたか」と彼は言った。

自分の会社は社員一三名で、仕事は結構繁盛している、と私は話した。それから彼の方は元気かどうか聞いてみた。そう聞いたことでのちに後悔する羽目になったが。というのも彼はいい境遇にあるとは思えなかったからだ。私は貧乏人が好きではない。貧乏はたいてい身から出た錆だ。神にしっかりと仕えた人を、神は見捨てるはずがないではないか。私が「わが社は社員一三人です、それではさようなら」とだけ言っていたら、彼とはかかわりを持たずにすんだのだが。が、先ほどのやりとりをしたばっかりに、いよいよ面倒なことになってしまった（フリッツは「**いよいよ**」を言葉をくずして別の言い方をするが、私はそうはしない）、そう、**いよいよ**彼から逃れられなくなってしまった。その反面、これもまた白状しておかなければならないが、もしあの時彼とかかわりを持たなかったら、諸君はこの本を読むこともなかったはずだ。この本はあの出会いの産物なのだ。――美談を取り上げることは私の好むところだ。それをできぬ人は不平家というもので、私には我慢がならない。

　そうだ、私をギリシア人の手から救ってくれたのは確かに彼だった。とはいっても、私がいつか海賊に捕まったとか、レヴァント地方*で喧嘩をしたということではない。すでに諸君に話したように、私は結婚すると妻とハーグに旅行に出かけた。ハーグではマウリッツハイス美術館を見て、フェーネ通りでフランネルを買った。これが商売をやっている都合上、今までに私に許された唯一の小旅行であった。というのもわが社はとても繁盛しているからだ。だから旅先でということではなく、ほかならぬこのアムステルダムで彼は私のために一人のギリシア人をぶんなぐって鼻血を出させたのだ。彼はいつも自分にかかわりのないことに口出ししていたからだ。

　それは一八三三年か三四年のことだったと思う。九月だった。というのは年に一度のアムステルダムの大市の時であったから。両親は私を牧師にするつもりでいたので、私はラテン語を学んでいた。オランダ語で〝神は善なるや〟と言うのになぜラテン語を知っている必要があるのか、のちになって自分でもよく自問したものだ。まあ、それはともかく、私は確かにラテン語学校へ――今ではヒムナジウムと言うが――行っていた。そしてここアムステルダムが大市の時だったと思う。西教会の広場には屋台がたくさん出ていた。もし諸君がアムステルダムっ子で、ほぼ私と同年輩であったら、その屋台の中に、黒い目をした、長いお下げ髪の、ギリシア娘のような身なりをした女の子がいて、ひときわ目立つ店があったのを覚えているだろう。彼女の父もギリシア人か、少なくともギリシア人のようだった。彼らはいろんな香水を売っていた。

私もちょうど年頃になっていて、その娘をいい女だと思うようになっていたが、ただ話しかける勇気はなかった。たとえ話しかけたところであまり期待はできなかったであろう。というのも女も一八歳になれば、一六歳の男の子など子供としか見ないからだ。これはこれで確かにその通りなのだ。しかしそれでもラテン語学校第四学級のわれわれ男の子としては、いつも夕方になると、その女の子に会いに、西教会の広場に出かけたものだ。

ところがである。いま肩掛けを身につけて自分の前に現れた男はその時、われわれと一緒だったのである。彼は他の連中より二つ三つ年下で、ギリシア人の娘を見に行くにしてはまだ子供っぽかった。しかし彼はわれわれのクラスの首席で――頭がよかった、それは私としても認めざるをえない――、跳び回ったり、取っ組み合ったりして遊ぶことが大好きであった。それでわれわれと一緒だった。こうして全部でたしか一〇人であったが、その屋台店からかなり離れたところから、そのギリシア娘を

＊　レヴァント地方　ギリシア、トルコからエジプトに至る地中海東岸一帯をさす。

見ていて、彼女と顔見知りになるにはどうすればいいか、策を練っていた。結局お金を出し合って何か買おうということに決まった。しかし誰が勇気を出してその娘に話しかけるのか、という段になって途方にくれてしまった。皆が乗り気だったが、いざというと誰も勇気がなかった。そこでくじ引きということになり、自分がそれに当たった。言っておくが、私は進んで危険を冒すようなことはしたくない。私は夫であり、かつ父親でもあり、危険を求める人はバカだと思っている。それは聖書にもある通りだ。危険や危なっかしい事に対して、自分の考えがこれまでいかにゆるぎないものであったか、改めて気が付いてみると、われながら実にうれしい。というのも、危なっかしい事については、私は、あの晩皆で出し合った五セント玉一二個を手にしてあのギリシア娘の屋台の前に立った時と、全く同じ考え方を今でもしているからである。断ればよかったものを、何か恥ずかしい思いがして、いやだとはどうしても言えなかった。それどころか、仲間に押し出されて前へ進まざるをえなくなり、あっというまに件の屋台の前に立っていた。

　その娘が目に入るどころではなかった。何も見えなかった。一瞬くらくらっとした。――何という動詞だったか覚えていないが、私はギリシア語の第一無限定過去形を口ごもった――

「えっ、何ですか」と彼女はフランス語で言った。私は少し気を取り戻して続けた。

「憤りを歌ってくれたまえ、女神よ*」「エジプトはナイルの賜物であった……**」

　もしその瞬間に、あんなことがなかったら、彼女にうまく近づきになれたろうと今でも確信している。よりによって仲間の一人がその時ワルガキのようにふざけて私の背中をドンと突いたので、屋台の前の方の仕切りになっていた、大人の背丈半分ほどの高さの陳列台に勢いよくぶつかってしまったのだ。気が付いてみると、首根っこをつかまれたようで、——もう一箇所もっと下の方もつかまれ、——一瞬、身体が宙に浮いた、——そして何が何だか分からぬうちに、私はそのギリシア人の店の中にいた。彼ははっきりしたフランス語で「この**ガキ**め、警察を呼ぶぞ」と言った。その時、私は確かにその娘の側にいたのだが、うれしいどころの騒ぎではなかった。ひどく恐ろしくなり、許して下さいと泣いて頼んだ。しかし無駄だった。そのギリシア人は私の腕をつかんで、蹴っ飛ばした。私は仲間を探した、……ちょうどその日の朝学校で、火の中に手を突っ込んだローマの英雄スカエウォラ***についてくわしく取り上げたところであった。彼の行ないはラテン語の詩ではとても高く称えられていた……本当だ。だが**私**のためにわざわざ火の中に手を突っ込む人は誰もいなかった。

そういうものなんだ、と思った。ところがそこに突然、今ここにいる肩掛けの男シャールマンが後ろのドアから屋台の中に飛び込んできた。彼は大きいわけでもなく、また腕っぷしが強いというわけでもなかった。年はやっと一三歳くらいだったが、敏捷で勇敢な奴であった。いまだに彼の目がぎらぎら光るのが見えるくらいだ、——普段はたるんだ目をしているが——彼はそのギリシア人にげんこつを一発食らわせて、私を助けてくれた。後で聞いた話だが、彼はそのギリシア人にこっぴどく殴ら

* 古代ギリシアの詩人ホメロスの英雄叙事詩『イーリアス』の冒頭の一句。
** 古代ギリシアの史家ヘロドトスの言葉。
*** スカエウォラ　前五〇七年エトルリア王がローマを包囲した時、ローマ人の不屈の勇気を示すため、右腕を火の中に突っ込んで見せ、敵を震えあがらせた。

れたそうだ。――しかし自分は関係のない事柄には決して口出ししないというのが確たる信念だから、すぐに逃げ出してしまい、したがって事の次第を見ていなかったのだ。

そう、彼の表情を見てすぐに香水のことを思い出した理由は、こういうことがあったからで、またアムステルダムの人間がなぜギリシア人と喧嘩騒ぎになったのか、その理由もお分かりであろう。

その後は、あの男がまた大市で屋台を西教会の広場に出している時には、私はいつもよそへ行って遊んだ。

私は哲学的な言い回しがとても好きなので、読者諸君にちょっと耳に入れておかねばならないが、この世の出来事は不思議なくらい互いに関係し合っているものだ。もしあの娘の目があれほど黒くなかったら、あのお下げ髪がもっと短かったら、あるいはもし私が陳列台に突き飛ばされなかったら、読者はこの本を読むこともなかったであろう。全てがこんな巡り合わせであったことに感謝してほしいのだ。どうか私を信じてほしい。世の中は万事あるがままがいいのだ。いつもぶつくさ文句を言っている不平家は私の友ではない。あのブッセリンク・ワーテルマンを見よ、……しかし先を急がねばならない。この本を春の競売までに仕上げねばならないから。

率直に言って――私は真実を愛するがゆえに――あの男に再会して愉快ではなかった。ろくな付き合いにならないとすぐに分かった。顔色はとても悪く、私が何時か聞いてみても、答えられなかった。そんなことは、二〇年くらい取引所へ通っていろいろな事態を経験した人なら、誰でも注意を払っていることだ。……私は何軒もが倒産するのを見てきた。

彼は右の方へ行くものと思ったので、自分は左の方だと言った。ところがなんと彼も左の方へ行くではないか。そのため、話をしないわけにはいかなかった。が、ずっと考え続けた。彼は時間も分からない有り様だ。その上、上着は首のところまできっちりとボタンがかけられていることにも気付いた。これは非常に不吉な兆候だ。* だから二人の会話の調子を盛り上げないようにした。彼の話によると、彼は東インドに行っていたことがあり、結婚して、子供がいるとのことだ。それはそれで結構なことだが、特に興味をそそられる話はなかった。カーペル小路のところで――こういったことでもないと、私がその小路を通ることなど金輪際ない。ちゃんとした身なりの男がそんな小路を通ることはふさわしくないと思ったから――今度ばかりは右折してカーペル小路に入ろうと思った。二人がこの小路の前を通り過ぎそうになった時、あなたはこのまま真っすぐですね、とはっきり言ってやった。その時はごく丁寧な言葉を使った。――私はいつもそうだ。それに後でどんな人が必要になるか全く予想がつかないし――「再会できてうれしく思いました……**それで……それで**、どうぞよろしくお願い申し上げます……私はこちらの方へ参りますので」

その時、彼はとても困ったような顔をして私を見つめ、ふうっとため息をつくと、急に私のコートのボタンをつかんで……

「ねえ、ドゥローフストッペルさん」と彼は言った。「ちょっとお願いがあるのですが」

＊　まともな商売人ならワイシャツにネクタイ姿のはずなので、そういう格好をしていなかった彼をドゥローフストッペルはうさんくさいと警戒した。

体がぞくっとした。いま何時か時刻も分からぬ男が、私にお願いだと。あいにくもう時間がなくて、それに夕方ですけれど取引所へ参らねばなりませんので、ともっともらしく答えておいた——それにしても、取引所に二〇年近くも通っていると……何時か時刻も分からぬくせに、人に頼み事をしようとする人も出てくるものだ……

私のコートのボタンをつかんでいる彼の手をはずして、ごく丁寧に別れの挨拶をし——私はいつも丁寧だから——カーペル小路に入った。普段なら決して足を踏み入れる小路ではない。体裁が悪いからだ。体裁こそもっとも大事にしなければならないのだ。誰も見ていなければよいのだが。

3

翌日、取引所から戻ると、用事があると言ってお客さんがありました、とフリッツが言った。聞いてみるとあのシャールマンのことだった。どうして私の所が分かったのか……そうだ、あの名刺だ。私は子供たちに学校をやめさせようかと考えた。というのも二〇年、三〇年もたってからまだクラスメートにつきまとわれるのはかなわぬと思ったからだ。しかもその男ときたら、コートも着ずに肩掛けだけで、それに何時だか時刻も分からぬような始末だ。フリッツにも、屋台が出ている時には西教会の広場に行かぬように言っておいた。

その翌日、一通の手紙と分厚い包みが届いた。その手紙の方を諸君に紹介しよう。

〝ドゥローフストッペル君〟

〝ドゥローフストッペル様〟と言ってもよさそうなものだ。私は仲買人なのだから。

〝昨日、お願いがあり、お宅にお邪魔しました。君は結構な暮らし向きであると信じます〟

その通りだ。わが社は一三人使っている。

〝そこで君の信用にすがって、とても重要なある事を実現したいと願っています〟

これでは春の競売に出す注文か何かだと思われるではないか。

〝いろいろな事情で目下私は少しお金に困っています〟

少しだって？　彼はワイシャツも着ていなかった。それなのに〝少し〟だなんて。

〝愛する妻が快適な生活を送るのに、必要なもの全てを揃えてやることができません。それに子供たちの教育も、家計のやりくり上、なかなか思うようにはいきません〟

快適な生活だって……？　子供の教育だって……？　妻のためにオペラのボックス席を用意してあげたいとか、子供たちをジュネーヴの寄宿学校に入れたがっている、という風に諸君は受け取るのではないか。もう秋で、かなり寒くなっていた、——彼は火の気もない屋根裏に住んでいたのだ。この手紙を受け取った時は知らなかったが、後で彼のところに行ってみて分かった。そう、今でもこのおちょくったような手紙の調子には腹が立つ。いまいましい。貧乏なら貧乏だとはっきり言えばいいのだ。貧乏な人は確かにいるに違いない。それは社会にとって必要なことだ。いささかも施し物を求めたりせず、誰にも面倒をかけないのなら、その人が貧乏だって決して文句はつけない。が、このようにもったいをつけることはないのだ。手紙の続きはこんな具合だ。

〝家族の扶養は義務なので、自分に備わっていると信じている才能をひとつ活用してみようと決心しました。私は詩人であり、〟

ふーん。どうだろう。読者諸君、私も含めてまともな人間が聞けば何と思うだろうか。

〝また、もの書きです。子供の時から自分が感動したことを詩に書いてきました。そしてその後も、日々頭の中に浮かんだことを書き留めてきました。そういった類いのものの中には、これぞといったものもいくつかあると信じています。そこでそれらを出版してくれる出版社を探しています。しかしこれがまた難問そのものなのです。私は社会的には無名です。出版社というところは作品を内容よりも、それを書いた人の評判で判断します〟

われわれがコーヒーをその銘柄の評判で判断するのと全く同じようなものだ。

〝したがって私の書いたものが全く取り柄のないものだと仮定しても、それは出版して初めて分かることで、出版社の方は印刷代などを前払いするように言っています〟

全く出版社の言う通りだ。

〝目下のところそこが泣き所になっています。自分の作品は採算がとれるだろうと確信しており、この点はあえて請け合うつもりですが、一昨日お目にかかって、勇気づけられたという次第です〟

あれを、勇気づけられたなんて。

〝それで君に、出版社に対する初版の費用の保証人になってくれるようお願いしてみようということになりました。ちょっとした小冊子にしかならないかもしれませんが。最初の試みとして、どの作品を選ぶかは君に全て一任いたします。手紙と一緒に送った包みにたくさんの原稿が入っています。それを見れば、私がいろいろなことを考え、様々な仕事をし、かついろいろ経験してきたことが分かるはずです〟

彼が商売をやっていたとはついぞ聞いたことがなかった。

〝私には文筆の才能が全くないとは思わないが、私の書いたものがもし成功を収めなくても、それはそこに**感動**がないからではないのです。これははっきりしています。

友情に満ちた返事を待ちつつ、君の古い学友より〟


この下に彼の名前が書いてあった。が、それは言わないでおこう。人の名誉を傷つけることは私の好まぬところだから。

親愛なる読者諸君、このように私を詩の仲買人に取り立てようという人が現れて、どんなにあきれ返ったか分かってもらえるだろう。シャールマンと――まあ彼のことをこのように呼んでおこうと思うが――もし昼間に会っていたら、間違いなく彼はそんな頼み事を持って来なかっただろう。というのも人の貫録とか風格は隠しようがないからだ。しかし夕方であったから、私も楽な気分でいたのだ。

こんなバカげたことにかかわるのはご免だ。いうまでもないことだ。その包みをフリッツに言って返させようと思ったが、彼の住所は知らなかった。またそのあと何の音沙汰もなかった。奴は病気か、あるいは死にでもしたかと思っていた。

先週、ローセメイエル家で――砂糖を商っている家だが――小パーティーがあり、フリッツを初めて連れて行った。息子はもう一六歳だ。若者が世間の仲間入りをするのはよいことだと思う。そうでもないと西教会の広場とかそういったところに足を向けることになろう。娘たちはピアノを弾いたり、歌を歌ったりしていた。デザートの時、居間で何かあったらしく、娘たちはからかい合っていたが――われわれは奥の方でヘント・ホイスト*というトランプをやっていた――、それはどうもフリッツが関係していることだったらしい。「ああ、やっぱり、ルイーズ」とベッツィー・ローセメイエルが叫んだ。「あなた泣いたのね――パパ、フリッツがルイーズを泣かせたのよ」

私の妻は、フリッツをもうパーティーには連れてこないわ、と言った。妻は、フリッツがルイーズをつねるか、何かそうしたよからぬことをしたと思い、私もひとこと言ってやろうと思っていたところ、ルイーズが叫んだ。「ちがうの、ちがうの、――フリッツがとてもすばらしかったの、もう一度やってもらいたいわ」

「それじゃ、何だったの？」。フリッツはベッツィーをつねったのではなく、朗読をしてやったのだ。そういうことだった。

ローセメイエル夫人は、もちろんデザートの時に何か〝余興〟でも出ればと期待しているが――間《ま》を持たせるためだ。ローセメイエル夫人は――砂糖を商い、船の株を持っている同家では〝**奥様**〟と呼ぶことになっている――、ルイーズの涙を誘ったものは、自分たちにもきっと楽しめるのではないかと思い、フリッツにもう一度初めからやってくれるように頼んだ。それを聞いてフリッツはまるで七面鳥のように赤くなった。一体どんな自慢話をしたのか、かいもく見当がつかなかった。彼のレパー

* ブリッジの前身と言われるホイストというゲームの一種。

トリーならすべて先刻承知だ。つまり〝神々の結婚式*〟、〝韻文による旧約聖書の諸書〟、それに〝カマチョの結婚式**〟の一つのエピソードだ。これらには〝隠れたくつろぎ***〟のようなところがあるから、そこが少年たちにはいつも大受けするのだ。こういったもののどんなところが一体涙を誘うというのか、見当がつかない。それにしても、女の子もあのくらいになるとすぐに泣くものだ。

「さあ、フリッツ、そうよ、フリッツ、がんばって、フリッツ」――そしてフリッツは始めた。私はこのようにもったいぶって読者の好奇心をつなぎとめるのはいやなので、手っ取り早く言ってしまおう。フリッツとマリーはシャールマンの包みを家で開けてみて、そこからいかにも鼻持ちならぬ気取ったところと、感傷的なところを取り出したのだ。それが後でわが家を大変厄介な目にあわせることになった。しかしここで急いで読者に断っておきたいのは、この本もまたかの包みから生まれたということだ。この点については、のちほどしかるべく釈明しよう。私は真実を愛し、仕事熱心だと世間が認めてくれるように、いつも気を遣っているからだ（ラスト商会、コーヒー仲買人、ラウリール運河三七番地）。

　それからフリッツが朗読を始めた。それは全くナンセンスのかたまりで、いや、それどころか支離滅裂でさえあった。ある青年が母親あてに手紙を書いた。自分は恋をしていました、相手の娘は他の男と結婚してしまいました――彼女にしてみればごく当たり前のことだと思う――、しかしそれでも自分はいつも母をとても愛しています、と。その詩の最後の三行ははたしてこれで意味が分かるかどうかだ。こんなことを言うのにあれこれくどくどと言う必要があろうか、諸君。そう、私はというと、フリッツがそのお話を終えるまでに、チーズのブローチェ****を一つ食べ、それから梨を二個皮をむき、二つめをほぼ食べ終えるところだった。しかしルイーズはまたも泣いた。ご婦人たちはとてもいいわと言った。それからフリッツは、大作を上演したとでも思ったのだろう、その作品は肩掛けをまとったあの男の包みの中から見つけたものだと言ったので、私はその包みがどうしてわが家に来ることになったのか、事の次第を殿方たちに説明してやった。しかしフリッツがそこにいたので、かのギリシア娘のことには触れなかった。またカーペル小路のことは黙っていた。なかなかうまいことをやって、その男を厄介ばらいにしたね、と皆が言った。しかし諸君もすぐ分かるように、あの包みにはもっとしっかりした内容の別の作品も入っていた。それにはオランダ商事会社*****のコーヒー競売関係のことも書かれているから、この本の中でいろいろ出てくると思う。なにしろ私は仕事のために生きているから。

その後出版社から私に、フリッツが朗読したものをここに付け加えるつもりがあるかどうか尋ねてきた。もし世間の人が、私自身はこんなことにかかわりを持っていないことを分かってくれるなら、

* 〝神々の結婚式〟　オランダの詩人ファン・デル・フス（一六四七―八四年）の『エイの流れ』の一断章。
** カマチョの結婚式　オランダの戯曲家ランゲンデイクの喜劇（一六九九年）。正式には『カマチョの結婚式のドン・キホーテ』
*** 〝隠れたくつろぎ〟　トイレのこと。
**** ブローチェ　丸いパンに横に切目を入れ、ハム、チーズなどをはさんだオランダ風サンドウィッチ。
***** オランダ商事会社　国王ウィレム一世が一八二四年自ら出資して設立した一種の独占的国策会社。東インド植民地の経営に深くかかわった。本社はアムステルダム。

ここにあえて付け加えるのもいいだろう。すべてが嘘でバカげたことなのだから。私がごちゃごちゃ言うことは差し控える。そうでないと、この本は分厚くなりすぎてしまう。なおここで言い添えておきたいのは、この詩は一八四三年パダン[*]で書かれたものであるということだ。パダンは大衆品の銘柄でもある。つまりコーヒーのことだ。

母うえ、はるかに遠いわが故郷
わが身に命を授けられ、
わが目に涙輝きそめて、
あなたの御手で育まれ、
あなたの慈愛に少年の
心救われ、わが故郷、
いつも優しくそばにあり、
倒れるわたしをおこしてくれた。……
わが定めなりしや、容赦なく
ふたりの絆を引き裂いたのは、……
異国の海辺にひとり立ち
神のみぞ、そばにおわす……

だが、母うえ、いかなる悩みあろうとも、
喜び、悲しみ何あれど、
あなたの息子の愛だけは、
その真心だけは信じて下さい。

あれから四年も過ぎやらず、
故郷の大地にお別れと
黙して海辺に立ったとき
未来をみつめておりました。
心に描いた妙なるものを
未来にかけて待ちのぞみ、
いまあるわが身をのろいつつ
心に描いた理想郷。
歩みの前に立ちあらわれた

＊　パダン　スマトラ西海岸中部の理事州、および州都・港市。

マックス・ハーフェラール

いかなる苦労のりこえて、
心は雄々しく活路《みち》をひらき
夢に至福のわれを見た、……

だが、時は最後のお別れ以来
何ともはやく駆け抜けた、
目にもとまらぬ雷光の、
陰のごとくに過ぎ去った、……
ああ、時の流れはいやおうなしに、
深き傷痕いくえに残す。
喜び悲しみひとつに味わい、
思いをめぐらし、戦った、
時には喝采、また祈り、……
はや幾世紀過ぎし思い。
生きる喜び追い求め、
時には見つけて、また逃し、
ついさきごろまでは子供でも

重ねし年は矢のごとし……

しかし、母うえ、信じて下さい、
われを見守る神にかけ、
母うえ、やはり、信じて下さい……
母を忘れぬ子のいることを。

娘《ひと》を愛せしわが人生は
その愛ゆえに輝き見えた。
愛する娘《ひと》を栄冠と
わが努力へのごほうびに
神よりわれに授けられ。……
幸なるか無垢の娘《ひと》
御心われにめぐみしを、
御技《みわざ》がわれに贈りしを、
涙とともに感謝した。
愛は御教えそのものと、

わが気持ち昂りて、
感謝のうちに天まで昇り
ひたすら彼女に祈りを捧ぐ。……

われ悩めるもその愛ゆえに、
心は不安にさいなまれ、
胸の痛みは耐え難く
弱き心は悲嘆にくれる。
不安と悲しみ集めただけで
至福の悦びいずこと待てど、
われの求めし幸せよそに、
毒と悲しみ残された……

苦しき沈黙よしとなす。
望みを強く抱きしめて。……
わが悲しみは募れども、……
彼女のために耐え苦しんだ。

苦難も痛手も何あらん、
悲しみ変えて喜びに、
ただひたすらに忍ぶだけ、……
わが定め、その娘《ひと》だけは奪わずに。

この世の**われに**至上の美、
心に秘めたその面影は
測るもかなわぬものの如し、
心に深くしまいこむ、……
しかしわれわれから**去り**ゆきぬ。
ただその愛は変わらずに
わが命尽きるまぎわに
すばらしき祖国のわれの手に
彼女がついに戻るまで、……
愛はすでに**始まりぬ**。

いまだもの言うあたわずに、

命とともに神が子の
心に刻みし愛ゆえに、
始まりし恋、誰が知る。
母胎をはなれてほどもなく、
母の胸にいだかれて、
はじめて乳房吸いし時、
見ずや光を母の目に。

母の心と子をつなぎ、
神が結びし絆より、
固く心をつつみこみ
固く結ぶは他になし。

かくも惹かれしわが心
はかなく消えた輝きに
だが残せしは苦しみばかり
花一つだに編むもなし、……

同じ心がなぜにまた
母の心を忘れえよう。……
母の愛情忘れえよう。
われのあげたるうぶ声を
気遣いながら受けとめて、……
むずかり泣けばただあやし
頬の涙に口づけし、……
われに血をわけ、はぐくみし。……

しかし、母うえ、信じて下さい、
われを見守る神にかけ、
母うえ、やはり信じて下さい、
母を忘れぬ子のいることを。

はるかはなれて、古里は
今や与えず、甘美なるもの。
青春の日の悦びは

褒めたたえられこそあれ、
わがものになく、この地では
暗く孤独なわが身には、……
険しくいばらのわが道よ、
悲運は重くのしかかり、
背に負われし重き荷が
われをしめつけ、心は痛む。……

わが涙をして、証しにと、
失意の時間かく長く
自然に抱かれしわれをして、
悲しく頭《こうべ》をたれさせる。……
心が沈むたびごとに、
ため息あわやもれかかる。
〝神よ、あの世でどうかめぐまれん、
わが人生に拒まれしもの。……
神よ、あちらでどうかめぐまれん、

マックス・ハーフェラール

死の唇が触れた時、……
神よ、あちらでどうかめぐまれん
この世でなかりし……やすらぎを〃

だが、わが唇に消えうせて、
祈りは神に届かずに、……
両のひざを折り曲げて、……
ため息ひとつ漏れいづる、……
だが、〃**お待ち下さい、ああ、主よ、**
母を返して、われにまず〃

4

話を進める前に、シュテルンの息子がわが社に来たことを伝えておかねばならない。なかなかいい青年だ。回転が速くて仕事もできそうだが、何かに〝**熱中しやすい**〟タイプのようだ。娘のマリーはもう一三歳になることだし。身なりもなかなか小ぎれいだ。彼には複写係をまかせ、オランダ語文の書き方を勉強させることにした。ルートヴィヒ・シュテルン商会からすぐにも注文が入るのでは、としきりに待たれる。マリーは彼のために——つまり若いシュテルンのために——スリッパに刺繍をしてやろうとしているようだ。ブッセリンク・ワーテルマン商会の奴らはチャンスを逸した、……体裁を重んずる仲買人は汚い手は使わぬものだ。これははっきり言っておく。

砂糖商のローセメイエル家で小パーティーがあったその翌日、私はフリッツを呼んで、シャールマンの例の包みを持ってくるように言った。読者諸君、私は家庭では宗教と道徳には非常に厳しいことを、ぜひ知っておいていただきたい。そう、その前の晩、ちょうど私が一つ目の梨の皮をむいていた時、娘たちの一人の顔色から、その詩には何かうさん臭いところがあるな、とにらんでいた。私自身詩そのものは聞いていなかったが、ベツィーが自分の食べようとしていたブローチェを思わず細々にひきちぎったのを見た。これでぴんときた。読者諸君、お気付きであろうが、私は世間通だと言ってもいいと思っている。そこでフリッツが昨日朗読したすばらしい一節を、自分の前でも読ませてみた。ベツィーに思わずパンをひきちぎらせた行がどこか、すぐに分かった。そこに出てくるのは、母の胸に抱かれた——まあそれはよろしい——一人の子供だが、その子は〝母のおなかから生まれるか生まれないうちに〟、そう、ここが分からないところだが——そのことを**口にしている**。私にはそうとれるし、——私の妻だって同じだろう。マリーはもう一三歳だ。わが家では〝キャベツ〟とか何とかという話になることはないが、それを言葉ではっきり言う必要もない。私は道徳には非常にうるさいからだ。そのことをもう〝うすうす知っている〟——これはシュテルンの言葉だが——フリッツに二度とそれを朗読しないと約束させた。——少なくとも彼がドクトリーナ・クラブのメンバーになるまでは。というのもそこには女の子は顔を出さないからだ。そしてそれを、つまりその詩を机の引き出しにしまった。しかし他に何か悪い刺激になるものが、その包みの中にないかどうか気になったので、自分でも中を見てパラパラと頁をめくってみた。——全部に目を通すことはもちろんできなかった。というのも何語かよく分からぬ言語も混じっていたからだ。ただ〝メナド理事州[*]におけるコーヒー栽培の報告〟という冊子が目にとまった。

私の心は躍った。コーヒーの仲買人（ラウリール運河三七番地）からすると、メナドというのは優良

＊　メナド理事州　スラウェシ（セレベス）島北東部の理事州、州都はメナド。マナドとも言う。

品の銘柄だからだ。あんな不道徳な詩を作ったシャールマンもコーヒーの仕事をしていたのだ。だからその包みはそれまでとはまるで違ったものに見えてきた。その中には全部理解できないものも混じっていたが、取引の生の情報を含むものもあった。目録、明細書、数字の入った計算書があったが、これらには韻を踏んだ跡が見られなかったし、全てが注意深く、几帳面に作成されていたので、率直に言って——私は真実を愛するから——もし三番目の営業マンが欠員にでもなったら、——もう老齢で、使いにくくなっているから、いずれありうることだが——かのシャールマンが後釜としてかなり有力かもしれない、とも思った。いうまでもなく、まずは正直か否か、信仰や品性はどうかを調べるのが先決だが。この点に確信が持てなければ、人を事務所に雇い入れることはない。これは私の確たる信念である。読者も、ルートヴィヒ・シュテルン宛の私の手紙でこれは先刻承知だ。

私があの包みに関心を持ち始めたことはフリッツには知られたくなかったので、フリッツを部屋から出した。包みを開けて、次々と取り上げてあれこれその表題を読むうちに、本当にめまいを覚えてきた。実にたくさんの詩がそこに入っていた。しかもためになる文章も多かった。取り上げているテーマの多様性には目を見張るものがあった。私は白状するが、——私は真実を愛するから——、いつもコーヒーだけを扱っている自分には全ての文章の価値が判断できるわけではない。しかしそうした判断ができなくても、表題の一覧表だけでももう興味をそそるに十分であった。かのギリシア人のことはすでに述べたので、お分かりと思うが、私は青年時代少しラテン語かぶれをしていた。商業通信文の中ではともかくラテン語の引用などしないように心がけているが——引用などは仲買人の事務所ではどう見ても似つかわしくないだろう——、それでもこういったものをあれこれ見ていると、〃部分はともかく、全体では無意味だ〃とか〃多いだけで意味がない〃というラテン語の句がどうしても浮かんでくる。

しかし、こういう語句が浮かんでくるのは、実を言うと、自分の思いをラテン語で表現してみたいというよりは、なにか憤りのようなもの、さらには今自分の目の前にある知の集積のようなものを、ラテン語で表現せずにはいられないという衝動から出たことであった。というのも、あれこれひっくり返して、しばらく眺めていると、それを書いた人物はその問題に精通していて、しかもその議論は確実な論拠を持っていることとさえ、認めざるをえないからだ。

そこには次のような論文や文章があった。

ゲルマン諸語の母語としてのサンスクリットについて。
幼児虐殺に対する刑罰規定について。
貴族の出自について。
〃終わりなき時〃という観念と〃未来永劫〃という観念の違いについて。
確率論について。
ヨブ記について。（ヨブについては他にもあったが、それは詩であった）
大気中のプロテインについて。

ロシアの政治について。

母音字について。

独房への収監について。

〝真空嫌悪〟をめぐる古い命題について。

誹謗中傷に対する刑罰規定の廃止が望ましいことについて。

宗教的もしくは政治的自由の追求ではなかったオランダ人の対スペイン反乱について。

〝永久運動〟、円積法、根を持たない数の根について。

光の重量について。

キリスト教成立以降の文明の衰退について。

アイスランドの神話学について。

ルソーのエミールについて。

商業取引に関する民事訴訟について。

太陽系の中心としてのシリウスについて。

不適切、不謹慎、不当、かつ不道徳なものとしての輸入税について。（こんなものはいまだ全く聞いたことがない）

最古の言葉としての詩について。（私はそうは思わないが）

白蟻について。

学校制度の不自然さについて。
結婚における売春について。（これは恥ずべき文章だ）
水田の米作にかかわる水力工学上の主題について。
西洋文明の外見上の優位について。
土地台帳、登記および印紙について。
児童書、寓話、童話について。（一度読んで見たい。なぜなら彼は真実を強く主張しているから）
商業における仲介について。（この文章はあまり気に入らない――彼は仲買人制を廃止したがっていることは間違いないが、これを脇へのけておいた。そこにはいろいろなことが出てきており、それは私の本でも使うことができるから）
相続税について。
創意工夫されたものとしての純潔について。（これは意味不明）
乗法について。（このタイトルは単純そのものだが、これまで思い付かなかったものがたくさん入っている）
フランス語が貧困であることの結果として、フランス人が持つある種の機知について。（これは私も認める。機知に富むことと貧困……彼にも分かっているのだ）
オーギュスト・ラフォンテーヌ*の小説と肺病について。（一度それを読んでみたい。彼の本なら屋根裏部

* オーギュスト・ラフォンテーヌ　ドイツの従軍牧師、作家（一七五八―一八三一年）。家族小説が多い。

屋にあるからだ。だが彼は、影響は孫の代に初めて現れるものだと言う。——私の祖父はそれを読んでいなかったが）

ヨーロッパの外におけるイギリス人の権力について。

中世と現代の神盟裁判について。

ローマ人の算術について。

作曲家における詩想の貧困について。

偽善、催眠術、降霊術について。

伝染病について。

ムーア人の建築様式について。

すきま風が原因でおこる病気からはっきりと分かる偏見の力について。（この一覧表は興味をそそるものだと、すでに言っておいた通りだ）

ドイツの統一について。

海上における長さについて。（万物は海上でも陸上でも同じ長さになるだろうと私は思うが）

大衆娯楽にかかわる政府の義務について。

スコットランド語とフリース語*の一致について。

作詩法について。

ニームとアルルの女性の美しさについて。（付論）**フェニキア人**の植民制度研究。**

ジャワにおける農業契約について。

新型ポンプの揚水能力について。

諸王朝の正当性について。

ジャワの叙事詩における民衆文学について。

縮帆の新方法について。

手榴弾に応用された撃発装置について。（この文書は一八四七年の日付になっている、したがってオルシニ事件***以前のものである）

名誉の観念について。

聖書外典について。

ソロン**、リュクルゴス*****、ゾロアスター******、および孔子の法について。**

両親の権力について。

歴史家としてのシェークスピアについて。

---

* フリース語　オランダ北部からドイツ西部の北海沿岸に住むフリース人の言語。英語にもっとも近いと言われている。フリジア語、フリースラント語ともいう。

** フェニキア人　古代地中海東岸の部族。北アフリカ沿岸部を中心に植民地を作った。

*** オルシニ事件　イタリアのオルシニ伯が一八五三年三月皇帝ナポレオン三世を爆弾で襲撃した事件。

**** ソロン　古代アテナイの政治家、詩人（前六四〇頃—前五六〇年頃）。

***** リュクルゴス　古代スパルタの伝説的立法者。

****** ゾロアスター　古代ペルシャのゾロアスター教の創唱者。ツァラトゥストラ。

ヨーロッパの奴隷制について。（ここで彼が言おうとしていることは不明）

ネジ式回転水車について。

主権者の恩赦権について。

セイロン産ニクズクの化学成分について。

商船上での規律について。

ジャワのアヘン専売について。

毒物の販売に関する規定について。

スエズ地峡の開削とその結果について。

地租の現物での支払いについて。

メナド理事州のコーヒー栽培について。（これについてはすでにふれた）

ローマ帝国の分裂について。

ドイツ人の「愛想のよさ」について。

スカンディナヴィアのエッダ*について。

東インド諸島でイギリス人に対する対抗勢力を作ろうとするフランスの義務について。（これはフランス語文、その理由は不明）

酢の製造について。

ドイツの中流社会におけるシラーおよびゲーテ崇拝。

人間の幸福を求める権利について。
圧政に対して反乱を起こす権利について。（これはジャワ語で書かれていた。このタイトルはのちになって初めて知った）
閣僚の責任について。
刑事訴訟に関する若干の点について。
徴収された税は人民のために使ってほしいと要求する人民の権利について。（これもジャワ語で書かれていた）
二重のAとギリシア語のÊTAについて。
人の心の中の非人格的神の存在について。
文体について。
〝インスュリンデ国〟[**] の憲法について。（こんな国のことは全く聞いたことがない）
オランダ語文法における一貫性の欠如について。
衒学について。（この文章は取引上の多くの知識を駆使して書かれていることは間違いない）
ポルトガル人に対するヨーロッパの義務について。
森の響きについて。

＊　エッダ　中世北欧の歌謡、神話詩、英雄詩などの集成。
＊＊　インスュリンデ国　東インドのこと。著者ムルタトゥーリの造語。

水の可燃性について。（これは〃硝酸〃のことだと思う）
乳海について。（これは全く聞いたことがない。バンダ島*近海にあるらしい）
先駆者と預言者について。
軟鉄を用いない動力としての電気について。
文明の盛衰について。
国民経済における腐敗堕落の流行について。
特権を与えられた貿易会社について。（この中には私の本に必要なことがいろいろ入っている）
民族学研究の補助手段としての語源学について。
ジャワ南岸のツバメの巣のある断崖について。
日が始まる地点について。（これは意味不明）
道徳界における責任の基準としての個人の観念について。
慇懃無礼について。
〃ヘブライ人の手紙〃の作詩法について。
ウースター侯**の〃発明の世紀〃について。
ティモールのロティ島の食事をとらない住民について。（それだと生活は安上がりにつくにちがいない、そこでは）
バタック族***の食人とアルフル族****の首狩りについて。

公衆道徳への不信について。（彼は錠前師をなくしようとしているのだ。私は反対だが）

〝法〟と〝権利〟について。

哲学者としてのベランジェ***について。**（これもまた意味不明）

マレー人のジャワ人嫌いについて。

いわゆる高等学校の教育が無価値であることについて。

神の観念から明らかな、わが祖先の無情な精神について。

感覚器官の相互連関について。（これは本当だ。彼を見た時、バラの匂いがした）

コーヒーの木の針根について。（これは私の本のために別によけておいた）

感情と感受性（**〝感傷癖〟**、**〝感傷にふけること〟**）**について。**

神話学と宗教の混同について。

モルッカ******の**サゴヤシ酒について。**

---

* バンダ島　マルク（モルッカ）諸島の一つ。

** ウースター侯　イギリスの貴族（一六〇一―六七年）。清教徒革命では王党派として活躍した。機械学に関心を持ち、蒸気機関の発明に貢献したと言われている。

*** バタック族　スマトラ北部のトバ湖周辺の広い地域に住む民族集団。

**** アルフル族　スラウェシ（セレベス）島北部やマルク（モルッカ）諸島、ハルマヘラ島などに住む、イスラム化していない先住民。

***** ベランジェ　フランスの詩人、歌手（一七八〇―一八五七年）。反権力に徹し、諷刺詩でもって民衆に絶大な人気を博した。

****** モルッカ　モルッカ諸島。インドネシア語ではマルク諸島。香料諸島とも言われた。

オランダ人の商業の将来について。（私がこの本を書くことになったのは、実を言うとこの文書のせいである。こうした大規模なコーヒー競売がこれからもずうっと続くとは限らない、と彼は言う。私はこれを自分の仕事として生きている）

創世記について。（これは恥ずべき一文だ）

中国人の秘密結社について。

人が生まれつき持っている表現方法として、絵を描くことについて。

詩における真実について。（全くだ）

ジャワで精米水車が不評であることについて。

詩と数学との関係について。

中国人の影絵芝居について。

ジャワ・コーヒーの価格について。（これは別によけておいた）

ヨーロッパの通貨制度について。

共有地の灌漑について。

人種の混血が精神に及ぼす影響について。

取引における収支均衡について。（彼はこの中で為替のプレミアムについてとりあげている。これも私の本のために別によけておいた）

アジア人の慣習が持続することについて。（彼は、イエスはターバンをつけていた、と言っている）

食糧に左右される人口に関するマルサス*の考えについて。

アメリカの原住民について。

バタヴィア、 スマラン、** スラバヤ*** の各港の突堤について。**

思想の表現としての建築学について。

ヨーロッパ人官僚とジャワのレヘント***との関係について。**（ここからも私の本のためにいろいろ借用している）

アムステルダムで地下室に住むことについて。

錯覚の力について。

完璧な自然法では神は失業することについて。

ジャワの塩専売について。

サゴヤシの中の虫について。

格言、説教者、旧約聖書の雅歌、ジャワ人の四行詩について。

* マルサス　イギリスの経済学者（一七六六―一八三四年）。『人口論』が有名。
** バタヴィア　東インド植民地の首都。東インド総督府（政庁）所在地。現在のジャカルタ。
*** スマラン　中部ジャワ北岸の港市。スマラン理事州の州都。
**** スラバヤ　東部ジャワ北岸の港市。スラバヤ理事州の州都。
***** レヘント　植民地時代のジャワ島の原住民首長を指すオランダ語。副理事官（オランダ人）とともに県行政を担う責任者。各地の有力貴族が任命された。ただし世襲ではない。インドネシア語ではブパティと言う。

〃最初の占有者の権利〃について。
絵画芸術の貧困について。
魚釣りの不道徳について。（こんなことを聞いた人が誰かいるだろうか）
ヨーロッパの外でのヨーロッパ人の犯罪について。
弱小動物の武器について。
〃同害報復の権利*〃について。

これでもまだ全部ではない。詩は別にしても――詩もいろいろな言語で書かれていた――表題も何もついていない文書の束もいくつか見つかった。――マレー語で書いた物語、ジャワ語の戦いの歌、等々。さらに手紙もあり、何語で書いてあるのか見当もつかないものも多い。そのいくつかは彼宛のもので、彼が書いたものもあった。というよりはむしろ手紙の写しでしかないものもある。ただ彼はそれでもって何かをやろうと考えていたふしがある。全ての手紙には「原本と相違なきこと」と別人の署名がついていたからである。それからまた日記の抜粋、注記、まとまりのない思い付きを書いたものがあり、そのいくつかは実際に全くまとまりのないものであった。
すでにお話ししたように、私はいくつかの文書を別にしてよけておいた。商売に役立つのではと思われたからだ。自分は仕事に生きている人間だ。――しかし白状しておかねばならないが、残りの文書についいては辟易した。住所を知らないので、包みを返すわけにもいかなかった。それにいったん開けてしまったことでもあるし。中身を見てしまったことは否定のしようがなく、見なかったことにすることもできない。私はそれほど真実を愛するからだ。元通りにまた包み直そうとしたところで無駄なことであろう。それにまた、コーヒー関連のいくつかの文書が私の興味をそそったことは隠しようもないことだし、進んでそれを利用してみようかとも思っている。そういうわけで毎日のようにあちこちと少しずつ頁をめくって読んでみた。読み進むにつれてますます（フリッツは、これを別の形で言うが）、**本当に**ますます、世の中のことを正しく知るためには、ぜひコーヒーの仲買人になるべきだ、との思いを強くするに至った。砂糖を扱うローセメイエル家であれば、決してそういうものを目にすることはなかったと確信している。

その当時は、あのシャールマンがまた突然自分の前に現れて、**何か言い出さなければいい**がと思っていた。ただし、あの晩カーペル小路に曲がって入ったことは申し訳なかったとも思った。人は決して礼儀正しい道を踏み外してはならぬものだと改めて思った。もちろん彼が私に金を無心したことは事実だし、あの包みのことも話していたことはいた。もしかしたら、なにがしか包んで渡しておけばよかったのかもしれない。そうしておけば、あの翌日このようにまとまった文書を送り付けてきても、それは自分のものにしてもおかしくはなかったのだが。もしそうしていたら、玉石を選り分け、自分の本に必要な番号をそこに取り出し、残りは焼却するか、屑かごに捨てるかしたであろう。ただその

＊　同害報復の権利　被害者が加害者に対して同じ程度の報復をすることを認めた権利。『コーラン』の中に定められている。

時はそうはできなかった。というのも、もし彼がまたやって来たら、それを渡さねばならないし、もしいくつかの文書に関心を持っていることが分かれば、彼は今度はいとも簡単に法外な値段を吹っかけてくると分かっていたからだ。是が非でも手に入れようとする買い手がいることが分かった時ほど、売り手を優位に立たせるものはないからだ。そうした場面は、自分の商売をよく弁《わきま》えている商人ならできるかぎり避けるところだ。

もう一つ考えたことは、これについてはすでに述べたが、こういうことだ。――取引所通いなどをしていると、人間いかに情にもろくなるかの好例になるかとも思うが。バスティアーンスは三番目の営業マンで、もう老齢で使いにくくなっている。この三〇日間のうち二五日も出社しなかった。出社したところで仕事がろくにできないことが多い。私は誠実な人間として、各自が自分の仕事をきちんとできるよう配慮していく義務を会社――メイエル家が抜けてからはラスト商会――に負っている。誤解してへたに同情したり、神経質になって会社の金をドブに捨てるようなことはしてはならないからだ。これが基本方針だ。バスティアーンスに対して年に七〇〇フルデンも支払い続けるより、自分のポケットマネーから三フルデンをめぐんでやったがいいとも思っている。彼はもうその年俸に値しないのだ。その男は過去三四年にわたって一万五〇〇〇フルデン近くを給料として――そう、ラスト商会からと、それ以前はラスト・メイエル商会から。メイエル家は今は手を引いている――手に入れたことになる。それは一市民としては結構な金額だ。彼のような階層で、それだけもらえる人は多くはない。だから彼は文句を言う筋合いはない。シャールマンの文書の中にある乗数法についての一文を見て、このように計算できたというわけだ。

あのシャールマンは字はうまい、と思った。ただ貧乏たらしくて、何時か時刻も言えなかった——もし彼をバスティアーンスの後釜にしてやったら、どうなるかとも考えた。もしそうなったら、私を「旦那様」と呼ぶように言ってやろう。彼自身だってそんなことは分っているだろうが。自分の主人に名前で呼びかける使用人というのはありえないからだ。ともかく彼はそれで一生助かるであろう。はじめは四〇〇フルデンか五〇〇フルデンでいいだろう。バスティアーンスも七〇〇フルデンになるまでには長いこと働いたが、悪くはなかったはずだ。いや、三〇〇フルデンから始めるのがよかろう。今までずっとここで働いていたわけではないから、最初の数年間は見習い期間と考えていいはずだ。そうした方がまた公平というものだ。長年仕事をしてきた人と一緒というわけにもいくまい。きっと二〇〇フルデンでも満足するだろう……

しかし、彼の振る舞いには不安が残った……彼は肩掛けをまとっていた。それにどこに住んでいるのかも分からなかった。

5

その数日後、若いシュテルンとフリッツは連れ立って〝ワーペン・ファン・ベルン〟でやっている書籍市に出かけて行った。私はフリッツに何も買うなときつく言い付けておいたが、小遣いをたっぷり持っているシュテルンは何冊か屑同然のものを持って帰ってきた。まあ、**彼の**することだから、それはどうでもいい。ところが、フリッツが言うには、そこでシャールマンを見かけたという。その書籍市で雇われていたらしい。彼は本を箱から取り出したり、それを長いテーブルの上にのせて競売人の方に押し出す仕事をしていた。フリッツの話では、顔色がひどく悪く、会場で指図をしていた男にどなりつけられたという。『アフライア』という雑誌の数年分まとめたものを落としてしまったらしい。そんなことをやらかすなんて全くドジな話だ。それは女性の手芸品の最高傑作を集めた雑誌だからだ。マリーも砂糖商のローセメイエル家と共同でその雑誌を取っており、切り抜きを作っている。たしかあれは『アフライア』と言ったように思う。シャールマンがどなりつけられている時に、フリッツが耳にしたところでは、奴は一日に一五スタイフェル*もらっているらしい。「お前に一日一五スタイフェルただでくれてやるとでも思っているのか」とその指図をしていた人は言った。私の計算では、一日一五スタイフェルとすると――日曜日と祝日は入っていないはずだ、そうでないと彼は月給もしくは年給と言ったにちがいない――年に二二五フルデンになるはずだ。私は決断が速い――長く商売をしていると、次に何をすべきかすぐに分かるものだ――その翌朝早く、例の書籍市を開いていた書籍商のハーフサイヘルのもとに出向き、『アフライア』を落としてしまったあの男について訊いてみた。

「奴にはひまを出しましたよ」とハーフサイヘルは言った。「彼はなまけもので、知識をやたらひけらかし、おまけに病気がちでね」

私は封緘紙の小箱を一つ買った。そしてバスティアーンスをもう少し我慢しておいてやろうとすぐに決めた。ヴェテランの男を直ちに路頭にほっぽり出す決心はつかなかった。厳格だが、場合によっては温情を忘れぬというのがいつもの私の基本的な考えだ。商売に役に立つことなら耳に入れる労は決して厭うことはない。だからハーフサイヘルにかのシャールマンの住所を訊いてみた。教えてくれたので、書き留めておいた。

私は暫く自分の本のことをあれこれ考えていた。真実を愛するがゆえに、率直に言っておかねばならないが、自分の本をどのようにしたらいいのか見当がつかなかった。一つだけはっきりしていたことは、シャールマンの包みの中に見つけた材料はコーヒーの仲買人にとっては重要なものだというこ

＊　スタイフェル　オランダの五セント鋳貨。

とであった。ただ問題は、その材料をうまくふるいにかけてまとめるにはどうすればいいかだ。仲買人であれば誰でも、たくさんの売り物の中からよいものだけを選び出すことがいかに大事かは身にしみている。

しかし、文章を書くということは、顧客との通信文を除いては、私の仕事の中では多くはない。しかし何としても書かねばならぬと思っている。おそらく、今の仕事の将来はそれにかかっていると思われるからだ。シャールマンの包みの中に見つけた情報は、ラスト商会だけがその恩恵に与《あずか》ればよいといった性質のものではない。もし自分だけのためなら、ブッセリンク・ワーテルマンも読むことができる本をわざわざ出すことなどない。当たり前のことだ。ライヴァルを助けてやる者は愚の骨頂だ。これが私の確たる方針だ。だがコーヒー市場全体がだめになってしまう危険性が迫っていることは分かっていた。――それは全仲買人が力を結集して当たるしか、回避のしようがない危機であった。そうして結集した力でも、まだそれには不十分だということだってありうる。精糖業者の場合も同じことだ(フリッツの言う〝**精糖業者**〟と私の書く〝**精糖業者**〟では単語の綴りが少し違う。砂糖を**商っている**ローセメイエル家も私と同じ書き方だ。確かに〝**骨の髄まで悪党**〟という場合、二通りの似たような言い方があるが、どちらもともかく悪党には変わりはないのだから、なるべく短く言ってすませてしまうというのが私の流儀だ)。精糖業者と、それから**藍**商人もそこに一緒に考えていく必要はあろう。

こう書きながら考えてみると、船主でさえある程度はここにかかわってくるし、商船も同じだと思われてきた……確かに、そうだ。さらに製帆業者も、財務相、救貧機関、その他の閣僚、さらにパイ焼き職人、小間物を扱う露店商、婦人、造船技師、卸売商人、小売商、さらに家屋の管理人、園丁にもだ。

書いているうちに、いろいろな考えが浮かんでくるのも不思議なことである。私の本は粉屋にも関係しているし、牧師、ホロウェーの丸薬*を売る人、リキュール醸造業者、また屋根瓦焼き職人、国債で生活している人、ポンプ製造業者、さらに製綱業者、機織り、肉屋、仲買人事務所の事務員、オランダ商事会社の株主、そしてよく見ると、実にこれ以外のあらゆる人たちにも関係している……

そして国王も、……そうだ、とりわけ国王にだ。

私の本は**いやがうえにも**世間に知られるようになるであろう。それは致し方のないことだ……それからブッセリンク・ワーテルマンにもこれを読ませるがいい、……別に嫉妬して言っているわけではないが。奴らは汚い手を使って人を出し抜く、と言っているだけだ。今日若いシュテルンを〝王立《アル》動物学協会《ティス》〟に紹介した時、彼にもこのことを言っておいたから、彼は安心して父親にそう報告できるはずだ。

そういうわけで、私は数日間自分の本のことでどうしたものかとずいぶん悩んでいた。ところがフリッツがうまいこと助けてくれた。彼にはそのことは言わなかったが。誰かに恩義を感じていることを知られたくないからで、これは私の基本的な方針である。しかし恩義を感じていることは確かだ。

＊ ホロウェーの丸薬　ロンドンの製薬業者ホロウェー（一八〇〇―八三年）が販売した万能薬と言われた丸薬。

フリッツが言うには、若いシュテルンはあのように利発な青年で、オランダ語もあの通りすぐに上達し、シャールマンのドイツ語の詩をオランダ語に訳したとのこと。お分かりのように、わが家ではあべこべなことになっていた。**オランダ人**がドイツ語で書いた詩を、今度は**ドイツ人**がオランダ語に翻訳するのだから。各々がそれぞれ母語で書いていれば、手間はかからなかったのだが。しかしシュテルンに書かせてみて、……もし何か付け加えることが出てくれば、私が時に応じて章を書き足していく、という方法もあると思った。フリッツも手伝ってくれることだし。彼はeを二つ続けて綴る単語の簡単なリストを持っており、マリーなら清書ができる。こうすれば、不道徳なものはいっさい入り込んでいないことを同時に読者に保証することにもなる。この点は読者にもお分かりいただけるであろう。体面を重んずる仲買人は道徳や礼儀に適わぬものはいっさい自分の娘には与えないということだ。

それから二人の青年に自分の計画について話してみた。彼らも賛成してくれた。ただシュテルンだけは、ドイツ人特有の文学青年のようなところがあったので、書き進め方については一家言ありそうだった。私には気に入らなかったが、しかし春の競売が近づいていたし、ルートヴィヒ・シュテルンからはまだ注文が入っていなかったから、あまり強く異を唱えることはしたくなかった。「もし自分の胸が真実と美の感情に燃え立つなら、その感情とぴったり一致する語調になるのを妨げる力はこの世の中には存在しない。自分の言葉がありふれた日常性のしがらみに引っ掛かって不面目を蒙るくらいなら、口をつぐんでいた方がよい」と彼は言った（フリッツはここでも自分とは違う言い方をするが、

〝ありふれた日常性〟という語自体からしてもう長たらしい言葉で、自分はそういう言い方はしない）。こんなことを言うシュテルンもバカだとその時は思ったが、自分は商売第一だ。老シュテルンは大事なお客だ。そこでわれわれは次の点を確認した。

一 シュテルンは毎週二、三章ずつ書いて私に渡すこと。
二 彼の書いたものには、私はいっさい変更を加えないこと。
三 フリッツはもし文法上の誤りがあれば、それを直すこと。
四 この本は手堅い本であると見てすぐ分かるように、時に応じて私も何章か書いてもよいこと。
五 この本のタイトルは『オランダ商事会社のコーヒー競売』とすること。
六 印刷に回す前にマリーが清書すること。ただし洗濯がある場合にはそれが終わるまで待つこと。
七 出来上がった章は毎週パーティーで読んで聞かせること。
八 いかなる不道徳なものも排除すること。
九 私の名前は本のタイトルには載せないこと。私は仲買人だから。
十 シュテルンはこの本の**ドイツ**語訳、**フランス**語訳、**英**語訳を出してもよいこと。彼が主張するところでは、この種の作品はオランダ本国でよりも、外国での方がもっと評価されるという。
十一（ここはシュテルンが大いに強調しているところだが）私がシャールマンに用紙一連とペン一二ダースとインク一瓶を贈ること。

すべての点について異論はなかった。なぜなら私もこの本は急いでいたからだ。シュテルンはその翌日もう自分の最初の一章を書き終えていた――読者諸君、これで、一介のコーヒー仲買人（ラスト商会、ラウリール運河三七番地）が、どうして小説にも似た本を書くに至ったか、その疑問には答えたことになる。

しかしシュテルンはその仕事に着手すると、すぐにいくつかの難問にぶつかった。これほどたくさんの材料の中から必要なものを探し出してまとめていく難しさのほかに、彼には理解できない、また私にも珍しい単語や言い回しが次々と草稿の中に出てきたからである。それは多くの場合ジャワ語もしくはマレー語であった。さらにまた、意味のよく分からぬ略語もあちこちに出てきた。シャールマンの助けが必要なことはすぐに分かった。しかし若者が彼とよからぬ関係を結ぶことはよくないと思ったので、シュテルンもフリッツも奴のところには行かせたくなかった。そこでこの前のパーティーの夜の残り物の砂糖菓子を少々持って――私はいつもいろいろなことを想定しているから――彼を訪ねてみた。彼の住まいはもちろんいいところではない。住まいに関しても皆が平等になるというのは幻想にすぎない。彼自身も幸福の追求という論文の中で、このことに触れている。それに私はいつも不満を抱いている人は好かないのだ。

そこはランゲ・レイツェ横丁にある建物の奥の部屋であった。階下には古着古道具屋が住んでいて、あらゆるものを売っていた。茶碗、小皿、家具、古書、ガラス製品、ファン・スペイク*の肖像画などまだまだたくさんのものがあった。何かを壊すまいかと大いに気を遣った。もし壊した場合にはその値段以上の金額をふっかけられるのが常だからだ。小さな女の子が入り口の段々のところに座り、人形に着せ替えをしていたので、シャールマンさんがそこに住んでいるか聞いてみた。女の子が中に入って行くと、今度は母親が現れた。

「はい、お客さん、その人ならここに住んでおりますで。階段を上がりなさって下せえ、踊り場があり、それからまた上がって踊り場があって、さらにまた上がると、そこがそうなんで。ほら、お前、ちょっと行って、お客さんだと言ってきな。お客さん、お名前は何と言わせたらいいんですの？」

ドゥローフストッペル、ラウリール運河のコーヒー仲買人、と言ってはみたが、自分で行ってみると告げた。言われた通り、階段を上がって行くと、三つ目の踊り場のところで、子供の声で「じきに帰るのお父ちゃん、いいお父ちゃん」と歌っているのが聞こえた。ノックすると、女の人か、あるいは夫人かがドアを開けた——どちらだと言えばいいのか、自分でもはっきりしたことは分からない。女はとても顔色が悪く、顔の表情には疲れの跡が見て取れた。洗濯物を片付け終えた妻の顔を思い出した。彼女は白くて長いシャツもしくは腰ひものないジャケットを着ていて、それは膝のところまであり、前の方は黒いピンで留めてあった。その下にはすっきりしたロングドレスあるいはスカートの代わりに、花柄のついた黒っぽいリネンをまとっていて、それを二重三重に体に巻き付けているとみえて、彼女の腰と膝はかなりぴちっと締め付けられていた。女の人の服装に見られるひだや広がり、

＊ ファン・スペイク　オランダの海軍士官（一八〇二—三一年）。ベルギー独立戦争で、自らの命も顧みず、相手の軍艦を爆破して、オランダ軍の士気を鼓舞した。

あるいはふわっとしたボリューム感などはその痕跡もなかった。フリッツをよこさなくて幸いだったと思った。なぜかといえば、女の衣服はとても品がなく見え、しかもその見慣れぬ感じは、彼女が体を動かす時のだらしなさにより、さらに強まったからである。彼女自身はそれをとてもよい身なりと思っていたにしてもだ。その女は自分が他の女の人とは違って見えることに全然気付いていないようであった。――彼女はまた私が訪ねたことを全く恥ずかしがる風にも見えなかった。何かをあわててテーブルの下に隠すでもなし、椅子をきちんと直すでもなし、ひとことで言えば、見知らぬ人が立派な身なりで訪れた時、普通はするようなことを何もしないのだ。

女は中国人女性のように髪を後ろのほうに梳かしていて、それを頭の後ろで蝶のような結び目にして束ねていた。後で分かったことだが、彼女の身なりはかの地では**サロン**とか**カバーイ***と呼ばれている、一種の〝東インドの服装〟であった。しかし私にはとてもいやらしく思われた。

「シャールマンの奥さんでしょうか」と私は尋ねた。

「どちらさんでしょうか」と彼女は言った。それはまるで私が話しかける時、少し〝敬語〟を使うべきだとでも言わんばかりに、ちょっとひっかかるような口調であった。

ところで、私はお世辞というものが好きではない。顧客相手だと少しわけは違うが。もうずいぶんと商売をしているから、この世界のことはよく知っているのだ。しかしこんな四階で仰々しく構えることはないと思った。それで簡単に「ラウリール運河三七番地のコーヒー仲買人ドゥローフストッペルだが、旦那さんにお目にかかりたい」と言った。

彼女は私に籐の小椅子をすすめ、床で遊んでいた女の子を膝に抱き上げた。先ほど歌を歌っているのが聞こえた男の子は、頭のてっぺんからつま先までじろじろと私を見ていた。この子も恥ずかしがっている風はなかった。年齢は六つくらいの子で、やはり奇妙な格好をしていた。ぶかぶかのズボンはかろうじて太ももの半分までをかくす程度で、そこから踵までは脚はむきだしであった。非常にいやな格好だと思った。――「パパにようじがあってきたの?」と男の子は突然訊いてきた。この子の教育はまるでなっていないとすぐに分かった。本当なら「いらっしゃったのですか」と言うべきところだ。しかし私もどうしたものかと戸惑い、少し話ができればそれでよかったので、言ってやった。

「そう、坊や、君のパパに用事があってね、じきに戻ると思うかい?」

「しらない。パパはでかけています。ボクにえのぐばこをかってくれるおカネをさがしにです」(〝**絵の具箱**〟のことをフリッツはやはり違った言い方をするが、自分はそういう言い方はしない。**絵の具**は**絵の具**であって、それでしかない)

「これ、静かに」と女は言った。「絵本か音の出るおもちゃでちょっと遊んでいなさい」

「でも、あのおじさんが、きのうぜんぶもっていってしまったじゃないか」

男の子は自分の母にも「**じゃないか**」と言った。〝残らず持ち去った人がいた〟らしい……何たる客だ。その女も浮かぬ様子だった。彼女はこっそり目をぬぐいながら、女の子を男の子の方に連れて

＊ サロンとかカバーイ カバーイは東インドで女性が着る薄い生地の長袖の上衣。マレー語、ジャワ語ではクバヤ。サロンはカバーイに組み合わせる下衣。

行った。――そして「そこでノニーとちょっと遊んでいなさい」と言った。妙な名前だ。男の子は遊び始めた。

「ところで、奥さん」と尋ねた。「旦那さんはすぐに戻るでしょうか」

「どうでしょうか……」と彼女は答えた。そこへ、妹と船ごっこをして遊んでいた男の子が急にそれをやめて、尋ねてきた。

「おじさん、どうしてママに〝オクさん〟っていうの?」

「それじゃ、坊や、どう言ったらいいかな?」

「そう、……ほかのひとがいっているようにすれば……〝オクさん〟というのは、このしたで、さらをうっているひとだ」

さて、**私**はといえば、そう、コーヒー仲買人、ラスト商会、ラウリール運河三七番地、事務所には一三人働いている。給料をもらっていないシュテルンも入れれば一四人だ。確かに**私の**妻は〝**奥さん**〟である。しかしあの時、あの人に向かって〝奥さん〟と言う必要はあったのだろうか。いや、なかったんだ。分相応ということがある。……さらにまた昨日は裁判所の執行官がめぼしいものを持って行ったというし……でも、まあ、〝奥さん〟でもよいことにしよう。私はずっとそう呼ぶことにした。

シャールマンはどうしてあの包みを取りに来ないのか、訊いてみた。彼女もそのことは知っていたらしく、「ブリュッセルに出掛けてました」と言った。「夫はブリュッセルの『アンデパンダンス』紙で働いていたんですが、もうそこにはいられなくなりました。夫の書いた記事がもとで、その新聞はフランス国境でしばしば差し止めになり、フランスでは売ることができなくなったからです。そこで数日前にアムステルダムに戻りましたの。何か仕事が見つかるのではと思って……」

「それでおそらくハーフサイヘルのところで働いたんですね」と私は言った。

「はい、そうでした。でもだめになりました」と彼女は言った。そのことなら自分の方が彼女よりよく知っていた。彼は『アフライア』を落としてしまい、おまけになまけもので、やたら知識をひけらかし、さらにその上病いがちで……だから首になったのだ……

「それで」と彼女は続けた。「夫は近いうちにお宅に伺って、いや、もしかして今ちょうどお宅に伺っているかもしれません。何でも夫があなたにお願いしたことの返事をもらいたいと」

そこでシャールマンにはぜひ一度来てもらいたいが、呼び鈴は鳴らさないでもらいたい、と言っておいた。なぜならメードにはひどく迷惑だからだ。少し待っていればそのうち誰かが外に出る時ドアは開くでしょうから、とも言っておいた。それから私は帰った。持って行った砂糖菓子はやらずにまた持ち帰った。なぜなら、はっきり言って、気に喰わなかったからだ。不愉快な思いをしたからだ。仲買人といえば御用聞きの人とは違うからだ。自分はぱりっとした格好をしていた。これは断言してもよい。毛皮のついたコートを着ていた。それなのに彼女ときたらとても素っ気なくそこに座っていて、まるで自分一人でいるかのように子供たちと静かに話していた。その時、彼女は泣いていたようだ。満足ということを知らない人には自分は我慢がならない。しかもそこは寒くて、彼女も愛想がなかった。めぼしいものが持ち去られていたからだ。室内というのは快適であるにこしたことはないのだ。帰途、今一度バスティアーンスの様子を見守ってみようと心に決めた。人を路頭に迷わすことはしたくないからだ。

シュテルンが筆を執った最初の週の分は、以下に見られる通りだ。いうまでもなく、私の気に喰わぬところは多々あるが、彼と交わした約束の第二項は守らねばならぬ。ローセメイエル家の人もシュテルンの書いた分には満足していた。――が、私の思うところ、ローセメイエル家の人はシュテルンを持ち上げているのだ。なぜなら、シュテルンのハンブルクにいる伯父は砂糖商だからだ。

シャールマンは確かにやって来た。彼はシュテルンと話をし、シュテルンが理解できなかったいくつかの言葉や事柄を彼に、つまりシュテルンに説明していた。さて、読者諸君、以下に続く章をぜひ我慢して、読み通していただきたい。そうすれば、その後を受けて、より健全な読み物を私――バターフス・ドゥローフストッペル、コーヒー仲買人（ラスト商会、ラウリール運河三七番地）――が、またお目にかけることを約束しよう。

6

（シャールマンの様々な文章の中からシュテルンがまとめたもの＝訳者）

午前一〇時、バンテン理事州*のパンデグラン県とルバック県を結ぶ本道に日頃見られぬ騒ぎがあった。〝本道〟と言うと、ややおおげさかもしれないが、幅の広い歩道のことで、他にもっとよい言葉がないので、まあ、そう呼ぶのが無難なところであろう。しかし、もしルバック地方の新しい中心地ランカスビトゥンに行こうとして、四頭立て馬車でバンテンの州都セランを発てば、やがてはそこに到着することは確実だから、それは確かに道路であった。バンテン地方の低地は重い粘土質の、粘りつくような泥土で、これには足をとられっぱなしである。――しばしばもよりの村落の住民に助けを求めざるをえなくなる――とはいっても村落にはそれほど近いわけではなかった。この地方は村落がそれほど多くはないからだ――しかし、何とかして二〇人の農民を近くから集めることができれば、たいがいは馬と馬車を固い路上に引き上げるのに大して長くはかからなかった。御者が鞭をいれ、馬丁――ヨーロッパでは〝パルフルニエ〟と言うのだと思うが、もしかしたらヨーロッパには馬丁に相

＊ バンテン理事州　ジャワ島最西端の理事州。州都はセラン。当時のジャワ島は統治上二〇ほどの理事州に分けられていた。バンテン理事州は後にパンデグラン、ルバック、セランの三県に分けられた。

当する人はいないのかもしれない——つまり、他では見られそうにもない馬丁なる者が太くて短い鞭を持って、馬車の両側を跳びはねるように何度も動き、何とも言えないような甲高い声をはりあげ、馬の腹を鞭で打って動かそうとする。すると、しばらくはがたがたと揺れながら先へ進むが、またあっという間に悲劇に見舞われ、車軸まですっぽりと泥の中に沈んでしまう。そうするとまた救援の人を呼ぶので、——助けがやって来るまで待つ。そしてまたふらふらと先へ進んで行く。

この道を通る時、泥の中に沈んで忘れ去られてしまった前世紀の馬車が旅行者ごとどこかで見付かるのではないかと思うことがよくある。もちろんそういうものにはついぞ出喰わしたことがないから、かつてこの道を通った人は皆、目的地に何とか着いたのであろう。

だが、このルバック地方の道路から見てジャワ全土の大きな道路も似たりよったりのものだろうと考えるなら、それは大きな間違いだ。ダーンデルス元帥*が民衆の多大な犠牲のもとに建設させた本来の幹線道路は、多くの支道を持った実にすばらしい事業で、この元帥の精神力には驚かされる。オランダ本国では彼を羨んだり、彼に敵対しようとした人たちがありとあらゆる邪魔をした。それにもかかわらず、彼はジャワの住民の反対と首長たちの不満を抑えて、今でも訪れる人誰もが賛嘆する、そして実際それに恥じない事業をなしえたのである。

だからイギリス、ロシア、あるいはハンガリーも含めて、ヨーロッパの郵便馬車はジャワのそれとは比較にならない。高い山の尾根を越え、ぞっとするような深い谷間に沿って、重い荷を積んだ郵便馬車は快調に駆け抜けて行く。御者は御者台に釘付けされたように座って、何時間も、いや、丸々何日間も続けて座って、剛腕で重い鞭をふるう。疾走する馬をどこで何回ぐらい停めなければならないかもしっかりと心得ていて、山の斜面を飛ぶようにして降りたかと思うと、今度はそちらの曲がり角へと……進んで行く。

「ああ、道が、……深みにはまった」と旅慣れぬ旅行者は叫ぶ。「そっちは道がない……あそこに谷が……」

そう、確かにそう見える。道はくねっている。疾走している先頭の二頭がもう一歩で固い道路をまさに踏み外さんとすると、馬はぱっと向きを変え、馬車を左右に揺らせながらカーブを回る。馬はこれまで全く見たこともないような山の坂道を跳ぶように登り、……そしてもう谷は後ろに過ぎ去っている。

馬車はカーブを曲がりながら瞬間的に内側の車輪だけで立つ。遠心力が外側の車輪を持ち上げる。[**] ここで思わず目を閉じなかったら、よほど冷静沈着な人だ。ジャワを初めて旅する人はヨーロッパの家族宛に、命懸けの危険な目に遭いましたと書くのが普通だ。が、ジャワに慣れている人はそれを一笑に付す。

読者諸君、場所、風景あるいは建物について長々と描写して、お付き合いを願うことは私の本意で

* ダーンデルス元帥　オランダの軍人（一七六二—一八一八年）。ナポレオンの信任を得て、一八〇七年に東インド総督に任命され、一八一一年まで道路や港湾の整備などに努めた。その強引なやり方から〝雷親父〟の異名をとった。

** これは作者の誤解で、実際には外側の車輪だけで立つ。

はない。特に話の出だしではそうだ。冗漫とも思えるようなことを書いて、全く読む気をなくしてもらいたくないからだ。ヒロインが建物の五階からどこかに飛び降り、さてその運命やいかにと諸君がはらはらしていることが諸君の眼差しや態度から分かって、私の方に分があると分かった時初めて、私は大胆にも重力の法則をいっさい無視して、ヒロインを空中に止めおいたまま、心ゆくまで景色の美しさあるいはそのどこかに配置されている建物について綿密に描写してみることもできよう。そうなれば、中世の建築様式の詳細な議論も可能になろうというものだ。中世の城はどれも似通っている。建築様式が違っていても、城としては変わるところがない。〝本丸〟というものは、のちの何代目かの王の時代に付け加えられた建物よりもさらに何代か前にさかのぼるのが普通だ。塔は崩れはてている……

ところで、諸君、塔なんていうものはそもそもないのだ。もしあれば、それは想像か夢か理想である。〝半分の塔〟や〝小さな塔〟ならある。

なんらかの聖人を祭るために作られた建物には必ず塔が要ると考える熱狂などが長く続いて、ついにそれを完成させたなどということはない。信者に天国を指し示すと決まっている尖塔も、普通は土台よりも数段低く堅固な基礎の上に乗っていて、それはまるで大市で見せ物にされる二本とも脚のない男を思い起こさせる。〝**小さい塔**〟つまり村の教会堂の**尖塔**だけが完成を見たのである。

偉大な仕事をなしとげようとする決意が、その完成を見るまでずうっと持続しえた例しはまずめったにない。これはヨーロッパ文明にとっては褒められたことではないが。費用を賄うために完成させる必要があった事業のことは言わないでおく。私の言わんとしていることを確かめたいと思う人はケルンの大聖堂を見てほしい。その事業を目の前にした時棟梁の精神に宿っていた、この大聖堂の壮大な構想を汲み取ってほしい。――そして棟梁にその仕事を決意させ、続けることを可能にした民衆の心の中の信仰にも思いを馳せてほしいし――目に見えない宗教的感情を目に見える表象として具体化するにはそうした巨大建築物を必要とした、当時の思想の影響力も考えてほしい。――また事業を始める時の過度の緊張と、数世紀後にその事業の中止やむなきに至った瞬間を比較していただきたい……

エルヴィン・フォン・シュタインバハ*とオランダの棟梁との間には考え方に深い溝がある。長い間この溝を埋めようとしている人がいることも承知している。……ケルンでも大聖堂の再建が始まっている。しかし切れてしまった糸をまたつなごうというのであろうか。**当時の**聖堂参事会長と棟梁の意気込みを**現代**にまた見出すことになるであろうか。私には信じられないことだ。金は確かに出すことができるし、石や漆喰なら買うこともできる。――設計図を描いた技師や石を置く石工に金は支払うことはできる……だがその設計図の中に詩を見ていた、当時のさ迷える、しかし尊ぶべき感情は金では買うことができない。その詩は民衆に声高に話しかけた花崗岩でできた詩であり、不動のまま永遠に続く祈りとしてそこに立っている大理石の詩であった。

---

* エルヴィン・フォン・シュタインバハ　一四世紀後半のドイツの有名な棟梁。

7

（同じくシュテルンがまとめたもの＝訳者）

ルバック県とパンデグラン県の境で、ある朝異常な動きがあった。鞍をおいた数百頭の馬が道を埋めつくし、少なく見ても一〇〇〇人の人が――こういった所にしては多すぎる数だが――行ったり来たりしながら、にぎやかに何かを待っていた。そこには村長たちをはじめ、ルバック地方の郡長らもおり、全員が従者を伴っていた。派手な飾り衣装をつけ、銀の馬銜《はみ》をかんでいる立派な雑種のアラブ馬も見えるところから判断すると、この地方のもっとも偉い首長も居合わせているようであった。実際そうであった。ルバック県のレヘント*のラデン・アディパティ……**が高齢にもかかわらず、大勢従者を伴いランカスビトゥンの屋敷から隣のパンデグラン県まで、一二ないし一四パール***の道のりを出かけて来た。

新任の副理事官がやって来るためであった。東インドでは慣習は事実上法と同じで、どこよりもこの点は際立っている。ある地方の行政を委ねられた役人が着任する時には、盛大に迎えられるのが習慣となっている。前任の副理事官が死んでから数ヵ月間、次席として副理事官職の代理を務めていた内務監督官も――中年の男であるが――そこに出迎えに来ていた。

新任の副理事官が到着する日取りがはっきりすると、大急ぎで〝プンドポ〟という東屋《あずまや》が建てられた。その中にはテーブル一つと椅子が数脚運びこまれ、若干の清涼飲料も用意された。レヘントはこうして内務監督官と一緒にプンドポの中で新任の上司を待っていた。

〝プンドポ〟とはそもそも〝屋根〟をもっとも簡単な形で実現したもので、つばの広い帽子、雨傘あるいは大木のうろに近いものと言ってよい。四本ないしは六本の竹の柱を地中に立て、上の先端を別の竹で横につなぎ、その上にこの地方では〝アタップ〟と呼ばれているニッパヤシの長い葉をかぶせて固定したものを想像していただければよい。想像していただけたと思うが、プンドポはこのように至極簡単なものである。当地では、それゆえ、ヨーロッパ人や原住民の役人が新しい上司を県境に迎えに来た時に、〝ひと休みする小屋がわりのもの〟として使われるだけである。

私はいま副理事官をレヘントの上司と言ったが、しかしこれは完全に正しい言い方ではない。したがって、ここでこの地方の行政組織について少し述べておく必要があろう。

いわゆる〝オランダ領東インド〟は――この〝オランダ領〟という語を**形容詞の形**で使うのは正しくないが、公式にはこれが使われている――、オランダ本国と東インドの住民との関係にしぼって言えば、二つの大きな部分にはっきりと区別される。その一つは、土着の王侯たちがオランダ人による

＊　レヘント　六九頁参照。
＊＊　ラデン・アディパティ　ラデンは貴族に対する敬称。アディパティはジャワの貴族位階の一つで、最高位のパンゲランの次の位。ここでは本人の名前は伏せられて、……になっている。
＊＊＊　パール　東インドで使われた距離の単位。一パールは約一五〇〇メートル。

統治を主権の行使として認めつつも、その直接の統治が多かれ少なかれ王侯自身の手中に今なお残されている地域である。もう一つはジャワ島で、ここは、ごく小さな、おそらくは見かけ上の例外を除いては、完全にオランダの直接統治下におかれている。年貢、貢租、あるいは盟約というものはここではありえない。ジャワ人は**オランダ**政府の役人である。オランダ国王は**彼ら**の王である。かつての王侯や支配者の子孫は**オランダの臣民**だからである。彼らに対しては、**国王**の名代として統治する総督が任命、移動、昇進、罷免の権限を持っている。罪を犯した者は**ハーグ**で作られた法律により裁かれ、刑を受ける。ジャワ人が納める税は**オランダ**の国庫に入る……

このように、紛れもなくオランダ王国の一部をなす、このオランダ領のジャワについてのみ、ここでは重点的に述べる。

総督を支えるものとして、評議会*があるが、しかしこれは総督の決定に対しては**大きな**影響力を持っていない。バタヴィアのいくつかの行政機関は庁として組織され、その長には長官がいる。長官は最高統治者としての総督と各理事州の理事官との間に入る。しかし**政治がらみの**問題を扱う際には、理事官は直接総督にかけあうことになっている。

〝理事官〟という名称は、オランダ人がまだ単なる**間接**統治者として、つまり封建的支配者として君臨していた時代に由来するもので、当時は各地の王侯の王宮に理事官がオランダ人の代表として出向いていた。今は王侯はもはや王侯ではなくなり、理事官が各地方の統治者となっている。つまり地方長官、知事ということになる。彼らの統治範囲は以前とは変わっているが、名称はそのまま残された。

ジャワ人の住民に対してオランダの権力を代表するのは本来的には理事官である。住民は総督も、東インド評議会もバタヴィアにいる長官も知らない。住民はただ自分の住む州の理事官とその下で働く役人を知るだけである。

このような理事州は——中には約一〇〇万の人口を数える理事州もある——三つ、四つ、もしくは五つの県つまりレヘンスハップに分かれており、それぞれの県の長に**副理事官**が配置されている。副理事官の下の行政機関には、さらに内務監督官、監察官、多数の各種役人がいて、彼らは租税の徴収、農業の監視、建物の建築、治水事業、警察、裁判などにあたっている。

各県にはレヘントという称号を持つ位の高い原住民の首長がいて、副理事官を補佐している。レヘントは、行政との関係やその任務の範囲から言えば、**有給の役人**そのものであるが、いつもその地方の高位の貴族が任命され、場合によってはその地方もしくは近隣地方でかつては独立して統治していた王侯の一族が任命される。彼らが古くから持ってきた封建的な影響力がこうしてきわめて政治的に利用されており、アジアでは一般的に言ってこうした影響力はなかなか重要なものである。たいていの部族においては、そうした影響力は宗教の一部と見られている。こうして有力者たちが役人に任命されることにより、一種のヒエラルキーが作られ、その頂点にオランダの権力があり、それは総督により行使される。

＊評議会　東インド総督の諮問機関である東インド評議会のこと。この頃は構成員は五人。

太陽の下、全く新しいものは何一つない。たしか神聖ローマ帝国*の帝国伯、辺境伯、ガウグラーフ、グレンツグラーフ、城代伯はいずれも皇帝により任命され、その大多数は男爵から選ばれていたのではないか。貴族の由来は全く自然の理に適ったものであるから、ここではそれにはくわしく触れない。ただ、原因が同じであれば結果もまた同じになるのは、オランダでもまたはるかな東インドでも変わりはないとだけ言っておきたい。地域によっては遠く離れた所から統治がなされなければならず、それには中央の統治機関を代表する役人を送り出す必要がある。そのためにローマ人は軍事専制の下では長官を選出した。たいていはその地方を征服した軍司令官が選出された。こうしてその地方は〝属州〟つまり**征服州**として残った。神聖ローマ帝国の場合、ある遠隔地がその生い立ち、言語、習慣が同じであるがゆえに帝国に服属すべきものと見なされると、中央権力は、何でもすぐに軍事的優位に訴えて支配する方法を取らず、もっと**別の**方法でその遠隔地の民族を支配下につなぎとめなければならなかった。この場合、その地方の土着の人間で、かつ身分が他の人々よりも高い人物に行政を委ねることが必要となった。そのようにしておけば、皇帝の命令を実行するように委ねられた人物に服従することは同時に皇帝の命令にも容易に服従することになる、と考えられたからである。こうすることにより、常備軍の費用が帝国国庫の負担になることも、常備軍が駐屯するそれぞれの地方の負担になることも――こちらの方がはるかに多かったが――、全面的にせよ部分的にせよ、ともかく避けることができた。こうして最初の伯がその地方の男爵の中から選出された。だから厳密に言えば〝伯〟は**貴族の**称号ではなく、ある公職を委ねられた人の呼称にすぎなかった。中世には、ドイツ皇帝は

〝伯（**地方行政官**）〟と〝侯（**軍司令官**）〟を任命する権利を持っていると考えられていたが、男爵たちは自らの出自に関しては皇帝と対等で、皇帝に仕える義務のほかは神にのみ従っているのだから、その限りでは皇帝は彼ら男爵の同意のもとにその中から選ばれるべきだ、と主張した。いきさつはこういうことであったと思う。伯は皇帝から授かった公職を全うする。男爵は自分を〝**神の恩寵に由来する男爵**〟と見なしていた。伯は皇帝の名代であり、その資格で**皇帝の**旗を掲げた。男爵は軍旗を掲げる資格を持つ武将として**自分の**旗の下に人々を集め、鼓舞した。

伯や侯が普通は男爵の中から選ばれると、彼らは今度は自分の出自ゆえに持っている影響力にこの公職の重みを付け加える。そしてのちにとりわけその公職の世襲が一般化すると、この公職の称号が男爵のそれを凌駕するという事態になったようである。しかし今日においてもなお、多くの男爵の家系は伯位に取り立てられることを拒否しているようだ。というのも、そうした誇り高い家系は、皇帝や国王の特別の計らいがなくてもその地方が辿ってきた歴史により貴族になり、そもそも貴族であったが**ゆえにいつも**貴族であり続け、いうなれば生え抜きの貴族であるからだ。そうした例はたくさんある。

そのように伯領の統治を委ねられた人は当然のことながら自分の息子、あるいは息子がいない場合には他の血族が、その地位を継ぐことができるように皇帝から認めてもらおうとする。そしてこれが

＊ 神聖ローマ帝国　九六二年から一八〇六年までのドイツの正式呼称。

認められるのが普通であった。もっとも、オランダではこの世襲の権利は**本来的に**認められていたものではなかったと思うが。少なくともネーデルラント地方*の公職について言えば、例えばホラント、ゼーラント、フラーンデレン、ヘネハウエン**の伯位はそうであった。ブラーバント、ヘルデルラントなどの侯位も同様であった。最初は一つの恩顧であり、やがて一つの慣習となり、ついには世襲にすることがどうしても必要になった。しかし決して法として、世襲になることはなかった。

ジャワでもこれとほとんど同じで、ある県の首長になるのは土着の役人である。もっとも誰が選ばれるか、その選択の幅はネーデルラントの場合と同じではない。それに選ばれた人は総督により与えられた地位と自分が〝**生まれつき持っている**〟影響力を一つに結び付けて、**オランダ**の権力を代表するヨーロッパ人官吏の行政を手助けしていく。ここでもやはりその地位の世襲は、法律により決められるまでもなく、一つの慣習となっている。レヘントの存命中にすでに大多数の場合、この世襲の問題は決着がはかられている。もしその息子がその職務を世襲するという約束が出来上がっている場合には、それは勤勉な奉仕と忠義に対する報酬ということになる。もしこの決まりが守られない場合には、きわめて重大な理由があるはずで、もしそうなったら、普通は後継者を同じ一族の中から選ぶことになる。

＊　ネーデルラント地方　地理的概念としては現在のオランダ、ベルギー、ルクセンブルクおよび北フランスの一部を含む地域で、全部で一七の領邦があった。ネーデルランデンとも言う。

＊＊　フラーンデレン、ヘネハウエンはフランス語表記ではフランドル、エーノとなる。

8

（同じくシュテルンがまとめたもの＝訳者）

ヨーロッパ人の官吏と、こうした制度の下で高い位に任命されているジャワ人の貴族との関係はきわめて微妙である。県の責任者はオランダ人の副理事官である。彼は訓令を発し、その県の首長と見なされる。だが、それにもかかわらず、ジャワ人のレヘントがその地方に関する識見、出自、住民に対する影響力、経済力、そしてその経済力に見合った生活ぶりにおいてヨーロッパ人の副理事官をはるかに凌ぐということも珍しくはない。その上、レヘントは地元に住む〝**本来のジャワ人**〟の代表として、つまりその県に住んでいる何百、何千人の原住民の代表として発言していると見なされるので、東インド政庁にしてみれば単なるヨーロッパ人官吏以上にはるかに重要な人物である。**ヨーロッパ人**官吏なら代わりはいくらでもいるから、彼らの不満は別段恐れるに足りない。反対にレヘントの機嫌を損ねたら、それが騒動や反乱の芽になる恐れはある。

こうして、本当は**下の者**である人が**上の者**に命令を発するという奇妙な関係が生まれる。副理事官はレヘントに対して命令し、報告を求める。住民を橋や道路の工事に駆り出すよう命じる。税の徴収を命ずる。自分が裁判長をつとめる県の裁判会議にレヘントも出席するよう求める。レヘントが義務を疎かにした時には叱責する。こうしたきわめて一方的な関係は極端に礼節に則った形式によって初めて可能になる。しかしこの形式に恩情や、場合によっては強制を持ち込んでも構わない。こうした関係を象徴的に示している言い方が、「ヨーロッパ人官吏は補佐役の原住民役人を自分の〝**弟分**〟として扱うべし」という公的な指示にかなりはっきりと表されていると思われる。

しかし副理事官は、この〝**弟分**〟はその両親のもとではこの上なく愛され、あるいは畏怖されているということを忘れてはならない。何かいざこざがあった時には、兄貴分が自分の〝**弟分**〟を丁重に扱わなかったとして、兄貴分つまり副理事官の方が悪くとられることになる。その理由としてすぐに持ち出されるのが、兄貴分は年長者だという形式だけである。この点も忘れてはならない。

ジャワの貴族がこのように生まれつき礼節を重んじるから――それより身分の低いジャワ人も同じ身分のヨーロッパ人よりは格段に礼節を重んじる――、こうした見かけ上のむずかしい関係も維持されるのであり、そうでなければとても無理であろう。ヨーロッパ人がしっかりと思い遣りを持つように訓練を受け、穏やかに品位を持って行動するようになれば、レヘントは自分の方から進んで行政を助けてくれることは確かだ。不愉快な命令も懇願の形をとればしっかりと守られる。両者の間の身分、出自、富の違いは、レヘント自身が自らをオランダ国王の代表としてヨーロッパ人と同じだと思えばこそ克服される。そして結局、表面的に見れば衝突を免れないような両者の関係も楽しい相互交流のきっかけとなる。これも実によくあることだ。

すでにお話ししたように、レヘントたちは富という点でもヨーロッパ人官吏を上回っている。別に驚くことでもないが。ヨーロッパ人は、面積ではドイツの多くの侯国にも匹敵する、ある理事州の行政を委ねられるにしても、普通は中年もしくは中年以上の年配の人で、結婚して、父親となっていて、……要するに**生活のために**その仕事につくわけである。その収入は家族を養うにちょうど足りる程度か、しばしば足りないことすらある。レヘントは、その土地の言葉で言えば、〝トゥムンゴン〟、〝アディパティ〟であり、そう〝パンゲラン〟*のこともある。これらはジャワでは王子という意味である。彼にとって問題なのは、ただ**生きていればいい**のではなく、貴族の生活はそもそもそういうものだと民衆が見ている通りに生きなければならないということだ。ヨーロッパ人は家を一軒建てて住んでいるが、レヘントの**住まい**は〝王宮《クラトン》〟であることが多く、その中にはたくさんの家や村が含まれている。またヨーロッパ人は妻は一人で子供が三～四人いるだけなのに対して、レヘントはたくさんの夫人とその子供などを抱えている。ヨーロッパ人は数人の役人を伴って外出し、視察旅行に際しても道中の説明役として必要な人数だけを連れて行くのに対して、レヘントは数百人も従えて、しかもその人たちは民衆の目にはお偉方としか映らないような従者である。ヨーロッパ人は市民として住んでいる。レヘントはさながら王侯のような生活をしており、そういうものだと思われている。

しかし、こうした生活はすべて**ただで**できるわけではない。オランダの統治はレヘントの影響力の上に築かれているから、そうしたレヘントの生活を認めている。それゆえ、オランダの当局が、〝東

＊　トゥムンゴン、アディパティ、パンゲラン　ジャワの貴族位階の最高位はパンゲラン、以下アディパティ、トゥムンゴンと続く。

インド人〟ではない人から見れば行き過ぎと思われるほどの高い収入をレヘントに認めていることは、至極当然なことである。しかし、それほどの収入でもそうした原住民首長の生活に必要な支出を賄いきれないことが珍しくはない。年に二〇万、いや三〇万フルデンもの収入を持っているレヘントが金に困っているのが実情である。その原因はいろいろある。浪費を意に介しない王侯特有の無頓着さもあれば、家来のやることに注意を払おうとしない怠慢もある。金には糸目をつけない買い物、そしてとりわけ問題なのがヨーロッパ人がこうしたレヘントのやり方をしばしば**悪用**していることだ。

　ジャワ人の首長の収入は四つに大別できるであろう。まず第一が月々の俸給、次がオランダ当局が買い取った権利の補償として支払われる一定金額、三つ目が県内で生産される作物、つまりコーヒー、砂糖、藍、シナモン等々の産出量に合わせて支払われる奨励金、最後が県内の住民の労働力と財産を自由に処分して手に入れる金である。

　この後者の二つの収入源については少し説明が要る。ジャワ人は元来が農民である。ジャワ人の生まれた土地はわずかの労働でも多くの報酬を約束してくれるので、農業は魅力がある。そのためジャワ人は水田の耕作に身も心も打ち込み、きわめて熱心に働く。農民はサワ、ガガ、ティパル*と呼ばれる水田や畑の中で育ち、ごく小さい時からもう父に連れられて畑に行き、田畑の灌漑のために鋤や鍬を使って堰や水路で父の手伝いをする。農民は収穫の回数で自分の年齢を数える。季節の移り変わりは水田の稲の色を見て知る。稲穂《パディ》を摘み取る仲間たちと一緒にいる時、心からくつろぎをおぼえる。そして夜になると楽しそうに歌を歌って米を搗き、脱穀する村《デサ》の娘たちの中から妻を見つける。犁を引く水牛を持てれば、それは農民にとって、ほほえましい理想である。ジャワ人にとって稲作は、ドイツのライン地方や南フランスの人々のぶどう栽培のようなものである。

ところがそこへ西洋から外国人が入り込んできて、その土地の主人公になってしまった。彼らはその豊饒な土地から利益をあげようとして、住民にその労働と時間の一部をヨーロッパの市場で大いに儲かりそうな農産物の栽培に割くよう命令した**。貧しい人たちを命令通りに働かせるには、ごく簡単な政策ですむ。ジャワ人は首長たちには柔順である。したがって首長たちにその儲けの一部を約束さえすれば、抱き込むことは簡単だ……そして、これは完全に成功をおさめた。

オランダで競売にかけられる膨大な量のジャワの農産物を見るだけで、この政策がいかに有効であったかすぐ納得できる。ただし、どう見ても褒められた政策とは言えないが。なぜなら、もし農民に労力に見合った報酬をもらっているかと聞いてみれば、その答えは否定的なものにならざるをえない。東インド政庁は農民に対して、**自分の**土地では**政庁に都合のよい**作物を栽培するように義務づける。もし農民がその収穫物を誰であれ、政庁以外の人に売れば罰せられる。そして**政庁自ら**がその**価格**を

＊　サワ、ガガ、ティパル　サワは水田、ガガ、ティパルは陸稲を作る畑。

＊＊　オランダの苛酷な植民地政策として名高い、いわゆる強制栽培制度と言われているもので、一八三〇年にジャワに導入された。オランダでは単に〝栽培制度〞と言う。農民は土地もしくは労働時間の二〇パーセント以上を、植民地政庁から指定された農作物の栽培に当てなければならなかった。しかし、これを大きく越えて、栽培を強制されることが多かった。収穫された農作物は植民地政庁が一括して安く買い上げ、農民が自由に処分することは禁止されていた。

決め、農民にはそれに従って支払いをする。ヨーロッパまでの輸送は特権を認められたオランダ商事会社が行なうが、その費用は安くはない。その上、首長たちに支払われる奨励金も政府の買い入れ価格にはねかえって、農民への報酬を圧し下げる、――そして結局、この取引全体が利潤を生み出さな**ければならない**から、ジャワ人がまさに餓死しない程度に彼らの労賃を抑える以外に道はないということになる。餓死されれば元も子もなくなるからだ。

ヨーロッパ人官吏にも、収穫に見合って奨励金が支払われる……

かくして、貧しいジャワ人は、紛れもなく二重の権力によって鞭打たれ続ける。紛れもなく自分の水田から引き離される。その結果、間違いなく、しばしば飢饉に見舞われる……だがバタヴィア、スマラン、スラバヤ、パスルアン、ブスキ、プロボリンゴ、パチタン、チラチャップといったジャワの港では、オランダの富の源泉になる農産物を積んだ船の旗が甲板に楽しげに翻っている。

飢饉……？　豊かにしてかつ肥沃なジャワで飢饉？　そう、読者諸君、わずかな歳月のうちに全ての地方が飢饉に襲われ、……母は子供を売ってでも食べ物をと思い、……そう、母が子を食べてしまった……

しかし、この時オランダ本国はこれに介入してきた。オランダ議会ではこうしたやり方に不満が示され、時の東インド総督は、こうしたヨーロッパ市場向けの農産物栽培を今後は飢饉をもたらすほどに再び拡大してはならぬと命令を出さざるをえなくなった……

ここまで来ると胸が痛くなる。こうしたことを心に苦痛を**覚えず**に書ける人がもしいるとしたら、それは一体どういう人だろうか。

最後に残っているのは、原住民首長の主なる収入源の一つ、つまり彼らが県内の住民の労働力と財産を思いのままに処分できるという点である。

これはアジアではほぼ全域で見られることだが、臣民は自分の財産ごとそっくり支配者に従属しているというのが、アジアの基本的な考え方である。かつての王侯の子孫もしくは一族は住民の無知をいいことに、これを利用する。住民は、トゥムンゴン、アディパティ、パンゲランといった地位が今では**有給の役人**であって、彼らは一定の収入と引き換えに自分たちが本来持っていた権利と住民の権利を売ってしまったということを、正しく理解していない。したがって今コーヒー畑やサトウキビ畑でわずかな報酬で働くのは、以前自分たちの首長に納めていた貢租に代わるものだ、ということも分かっていない。こうしたことを知らないがゆえに、相も変わらず数百家族が遠方から召集され、レヘントの水田や畑でタダ働きをさせられることも至極当たり前のこととされ、またレヘントの家計のために無償で食糧を提供することも当然だ、ということになっている。もし貧乏人の持ち馬や水牛のみならず、さらには娘や妻までがレヘントのお目にかなった時に、住民が何も言わずにそれを差し出すことをもし拒めば、それはもう前代未聞ということになろう。

レヘントの中には、こうした恣意的な権利をほどほどに行使し、自分の地位を維持していく上でどうしても必要なものだけに限って、それ以上は貧しい人々から取り上げない人もいる。しかしもっとひどいレヘントもおり、……そうした不正が全くない所はない。そうした不正を**根絶**することはむずかしく、いや不可能だ。というのもこうした不正に苦しめられている住民自体にも、その不正の根があるからだ。ジャワ人は温厚篤実であるから、首長に対して、また自分たちの先祖が代々服従してきた人の子孫に対して、敬慕の証しを見せる必要に特に迫られた時には、それがはっきりと現れる。もしジャワ人が贈り物を持たずに首長の邸《クラトン》を訪れようものなら、それは先祖代々続いている首長に当然示さねばならない尊敬の念からして失礼になると考える。こうした贈り物はそれほど高価なものでないことも多く、したがってそれを持って行かないことは侮辱にもなりかねない。こうした習慣は、専制君主に対するご機嫌伺いの貢物というよりはむしろ、子供がかわいい贈り物によって自分の父親に愛情を示そうとする親愛の行為に近いと言っていい。

だが、こうした**愛すべき習慣**があることで、かえって**不正**をなくすことが困難になっている。もしレヘントの邸の〝前広場《アロン・アロン》〟*が荒れた状態になっていたら、それは近くの住民の恥になろう。住民が前広場の雑草むしりをし、レヘントの地位にふさわしい広場に整えるのを、もし**止めさせよう**とすれば、それにはかなり大きな権力が必要になろう。もし、このように奉仕する住民になにがしかの謝礼でも出そうものなら、かえって住民全体を侮辱しているととられることは必定だ。しかしこの前広場《アロン・アロン》に隣接して、あるいはどこか他に、耕作を待っている水田《サワ》、あるいは水を――しかも数マイルもはなれた所から――引き入れなければならない水田《サワ》があるとしよう。この水田もレヘントのものである。そうすると彼は**自分の**水田耕作のために村全体の住民を召集する。住民だって自分の水田《サワ》のために同じように働かなければならないのに、……これも**不正**だ。

このことは政府も承知している。役人向けの法規、訓令、指示を載せた法令集を読んでみて、それらを作る際にいかに人道と正義が前面に押し出されているかが分かれば、人は喝采を送る。ヨーロッパ人はいかなる地方に役人として派遣されようとも、彼の最高の義務の一つとして、住民自身の卑屈な根性や首長の強欲さから住民を守ってやることを肝に銘じるよう言い渡される。まるでこの義務を**一般的な形で**規定してもなお十分ではないかのように、副理事官はある県へ赴任して職務に就く際にはそこの住民に対する慈父のごとき配慮を第一の義務と心得るよう、別個の宣誓が今でも求められている。

それは気高い天職である。正義を掲げ、下の者を上の者から保護してやり、強い者の横暴から弱い者を守り、〝**高貴な盗人**〟の畜舎から貧しい者の〝**雌の小羊**〟を取り返す、……そう、こんな気高い天職を与えられたかと思えば、喜びで胸が躍るではないか。ジャワの内陸に派遣されて、その任地もしくは報酬に不満を持つ人が時にはいるかもしれないが、その人は自分に課せられた気高い義務に、そして**その**義務を果たすことで得られるすばらしい充足感に目を向けてほしいものだ。そうすれば他に報酬などいるであろうか。

しかしこうした義務を果たすのは容易ではない。まず第一に、**正しい慣習**がなくなり、**不正**が罷り通るようになったのは一体どの部分であったのか、きちんと判断しなければならない。さらに不正が

＊前広場《アロン・アロン》　王宮《クラトン》の前にある広場、あるいは町や村の中心地にある広場。マレー語。たいていはモスクもある。

あり、実際、ゆすりもしくは勝手な振る舞いがなされて**いる**所では、被害者自身が共犯になっていることが多い。それは行き過ぎた服従から来ることもあれば、恐怖心からの場合もある。あるいはまた彼らを保護してくれるはずの人の意向や権力に対する不信から来ることもある。周知のように、ヨーロッパ人官吏にはいつでも他のポストに転出する可能性が開かれているのに対して、レヘントは、つまり**怖い**、**怖い**レヘントはそこから動くことがない。さらに、罪のない貧しい人の持ち物を自分のものにしてしまうやり方は、レヘントにはいくらでもある。もし〝側近《マントリ》〟がレヘント様はお前の馬をご所望であると言えば、その馬はすぐにレヘントの馬小屋に入っているという次第である。だが、これはレヘントが後日それに対して相応な代金をきちんと支払うつもりがない、という意味でも**必ず**しもない。数百人の労働者が報酬もなしに首長の畑で働くとはいっても、これは首長が**自分の**必要のためにだけそうさせているというのでもない。首長の考えは、自分の田畑が住民のよりもよい所にあり、したがってより肥沃であることを考えて、住民に収穫作業を委ね、そのおこぼれに与らせる方が人道的配慮に適っているということではなかったのか。その方が彼らの労働によりよく報いることができるということではなかったのか。

　それに、原住民首長たるレヘントに対してあえて不利な証言をする勇気を持っている証人を、ヨーロッパ人官吏は一体どこから連れて来ることができようか。もしヨーロッパ人官吏が裏付けも**なしに**あえて告発に踏み切ったとしたら、〝**弟分**〟の名誉が全く何の根拠もなしに傷つけられてしまい、そうなれば〝**兄貴分**〟との関係はどうなるであろうか。オランダ政府は仕事の見返りにレヘントに生活を保障しているが、アディパティやパンゲランという高位にある彼らに疑惑の目を向け、軽々に告訴して、その無能さを理由に生活の保障をやめ、罷免してしまったら、政府の恩顧は一体どうなってしまうであろうか。

そう、確かに、この義務を果たすことは容易なことではない。原住民首長は誰もが本来認められている一線をはるかに越えて、住民の労働力と財産を意のままに処分する権利を相変わらず行使している。これは誰が見ても、明らかだ。これだけでもこの義務の遂行がいかにむずかしいかが分かる。また副理事官は皆、これを止めさせるべく宣誓するが、レヘントが権力の乱用もしくは専横で告訴されることはきわめて稀だ。

〃**原住民を搾取やゆすりから守るべし**〃という宣誓に実を与えようにも、このようにきわめてむずかしい困難が横たわっているようだ。

9

（同じくシュテルンがまとめたもの＝訳者）

内務監督官のフルブルッへは立派な男であった。彼が毛織りの青い燕尾服に身をつつんでいると——襟や、袖の折り返しには樫とオレンジの小枝が刺繍してある、——東インドで見かけるオランダ人の典型的なタイプとしては、これ以上の人はまず見つからないと思われる。ついでに言えば、これは本国のオランダ人とは全く異なるタイプだ。仕事がないかぎり、ぼうっとしていて、ヨーロッパでなら勤勉な人だと人に言わせるようなせわしなさとも全く無縁だが、いざ仕事となると打って変わって一生懸命になる。周りの人々に対して飾りっ気はないが、それでいて心は優しく、気さくで、世話好きで、愛想がよく、品があって、堅苦しさもなく、人によい印象を与え、正直で、誠実で、しかしこうした性格を変にごまかそうという気もなく、要するに、世間で言う、どこに出しても恥ずかしくない男である。かといって今やフルブルッへの時代の到来と呼びたくなるようなことはなく、彼もまたそういうことは望んでいなかった。

彼はプンドポの真ん中のテーブルに向かって座っていた。テーブルには白い布がかけてあり、料理ものっていた。時々少しいらいらしたような不安な口調で巡査部長、つまり副理事官の下で警察および事務の長を務める人物に、まだ何も見えないかと尋ねた。それからちょっと立ち上がり、粘土を踏み固めた床で靴の拍車をカタカタと鳴らそうとしたが、うまくいかなかった。その後葉巻に二〇回もかかってやっと火をつけ、また座った。あまりしゃべらなかった。

彼は一人ではなかったのだから、誰かと話そうと思えば話せたはずだ。一人ではなかったというのは、プンドポの内や外で膝を折って待っている二〇人から三〇人のジャワ人の役人や側近《マントリ》、世話係を連れていたという意味ではない。また絶えず出入りする人も大勢いたし、プンドポの外で馬をおさえたり、あるいは馬に乗って巡回している様々な階級の人もたくさんいた、……だがこの人たちのことを言っているのでもない。そうではなく、ルバック県のレヘント、ラデン・アディパティ……その人が彼と向かい合って座っていたということだ。

待つというのはいつも退屈なことだ。一五分は一時間にも思われ、一時間は半日にも思われる。そんな具合だから、フルブルッヘももう少し言葉を交わしてもよかったはずだ。ルバック県のレヘントは教養のある老人で、いろいろな話題を知的に、また分別を持って話せる人である。たいていのヨーロッパ人は、彼と会っただけで、自分たちが教えるよりも逆に多くのことを学ぶことができると確信する。目は黒いが生き生きとして、その輝きは顔のしわに刻まれた苦労と髪の白さを帳消しにしている。彼の言葉はいつも長い熟慮の末に出てくるが、これは教養ある東洋人には珍しいことではない。彼と言葉を交わしてみると、その言葉はまるでメモ紙を見ているように一字一句同じで、その元になる控えは別に取ってあり、必要に応じて取り出せるようになっているのではないかと思われた。ジャワ人のお偉方の話し方になじんでいない人は、これを不愉快に思うかもしれないが、話し中に相手に不快な思いをさせるような話題は全て避けようということであれば、これはいとも簡単なことである。というのも、彼らは自分の方から話の流れの方向を〝急に〟変えることは決してないからだ。そういうことは東洋人の考え方からすれば、礼儀正しい会話に反するというわけだ。ある特定の問題に触れることを避けようとする人は、とりとめのないことだけを話していればよい。ジャワ人の首長は、話し中にあらぬ方向に話題を変えて、相手が触れてほしくないと思っている方面にその人を誘うということはない。この点は安心できる。

首長たちとの付き合い方については他にも様々な考えがある。外交辞令ぬきに単純に誠意を尽くすことが無難なようだ。

ともかくフルブルッへはさりげなく天気や雨を話題にして口を開いた。

「はい、内務監督官様、雨季でございますね」とレヘントが応じた。

フルブルッへはもちろん雨季であることは知っている。一月は雨季だ。しかし彼が雨のことを口にするだろうとは、レヘントもちゃんと心得ている。その後また少し言葉が途切れる。レヘントはやっと分かる程度に頭を動かして、プンドポの入り口にひざまずいている役人の一人に目で合図を送る。すると一人の小柄な若者が、青いビロードの胴衣と白いズボンに見事に身をつつんで――そのズボンには金色のベルトがついていて、腰に巻いた高価なサロンをしっかりと留めている――、頭にはすばらしい〝頭巾《カイン・クパラ》〟をつけ――その下からはいたずらっぽい黒い目がのぞいているが――、レヘントの足元まで膝行し、キンマ、石灰、ビンロウの実、ガンビール阿仙薬、*それにタバコの入った金色の箱を下に置いて、合わせた両手を深々と下げた頭まで持っていって、〝跪拝《スラマット》〟し、それからその箱を主人に差し出す。

「こんな大雨の後でございますから、道中難儀しておいでなのでしょう」とレヘントは長時間待つのは仕方がないかのように言った。そう言いながらキンマの葉に石灰を付けてこすった。

「パンデグラン地方は、道はそんなに悪くないのだが」とフルブルッへは答えた。彼はともかく気まずくなるようなことには触れたくないと思っていたが、それにしても今の答えは少しうかつであった。なぜなら、確かにパンデグラン県の道はルバック地方よりもよかったが、ルバックのレヘントにしてみれば、パンデグランの道を褒められていい気持ちがするはずはなく、フルブルッへはこの点を察すべきであったからだ。

アディパティは返事を急ぐような愚を犯さなかった。〝小姓《マス》〟はすでにいざりながらプンドポの入口に下がっていて、一行の中に入って座った。レヘントはもう唇と残り少なくなった歯を唾液で赤く染めていた。そして口を開いた。

「はい、パンデグランは住民が多いですから」

＊キンマ、石灰、ビンロウの実、ガンビール阿仙薬　キンマはコショウ科の植物で、シリとも言う。ビンロウはヤシ科の植物。ガンビール阿仙薬はガンビールの葉からつくる薬品。ビンロウの実を石灰にまぶして、キンマの葉でつつんで、ガムのようにかむ。唾液が赤く染まる。これにガンビール阿仙薬を加えることもある。

レヘントと内務監督官を知っている人には、あるいはルバックの内情に通じている人には、早くも鞘当てが二人の間で始まったなと分かったはずである。つまり隣の県の道の方がましであるとほのめかすことは、ルバック県も同じようにましな道を作ろうとしたがうまくゆかなかったことを結果的にはあてこするようなものであった。確かにパンデグランは人口が多いというのはレヘントの言う通りであった。面積はルバックよりも小さいにもかかわらず、多かった。だから労働力をかき集めて大きな道の工事をすることは、ルバック地方よりも容易であった。ルバックの方は数百平方パールにわずか七万人しかいないという状態であった。

「確かにその通りだ」とフルブルッヘは言った。「ここは住民が少ない、だが……」アディパティはあたかも次の一撃を待っているかのように、彼を見つめた。「だが……」の後には、もう三〇年もルバックのレヘントを務めている者なら聞くのも不愉快な何かが続くことは先刻承知であった。フルブルッヘはここまででやめようと思い、再び巡査部長にまだ何も見えぬかと訊いた。

「パンデグランの方には何も見えませんが、内務監督官様、でも向こうの別の方から誰か馬で参ります……隊長様です」

「確かにそうだ、ドンソ」とフルブルッヘは外の方を見つめながら言った。「彼はこの近くで狩りをしに、今朝早く出掛けたが……ヘーイ、デュクラーリ、……デュクラーリ……」

「気付かれましたよ、内務監督官様、こっちにいらっしゃいます。後ろの方からお供の少年も〝小鹿《キダン》〟を積んでやって参ります」

「隊長さんの馬を持っていろ」とフルブルッへが外にいる召使の一人に命じた。「ボンジュール、デュクラーリ、濡れているんじゃないか、何を撃った？……。入りたまえ……」

三〇がらみのたくましい男が、軍服を思わせるようなものは何も身につけず、軍人特有の身のこなしでプンドポの中に入って来た。それはランカスビトゥンの小守備隊の隊長、デュクラーリ中尉であった。フルブルッへと彼は親しく、その親密さは、デュクラーリが新要塞の完成までここ暫くフルブルッへの邸宅に引っ越してきているほどであった。彼はフルブルッへと握手し、レヘントには丁重に挨拶して、「ここでは何が出るのかな」と言いながら座った。

「お茶にするかい、デュクラーリ」

「いや、結構暑いんでね。ココヤシ水はあるかい？　あれはさっぱりしていて……」

「いや、それは止めた方がいい。体が熱い時のココヤシ水は全くだめだよ……体がこわばり、痛風のようになるから。重い荷物を運んで山を越えて来た苦力《クーリー》を見てごらん、彼らはお湯か〝コピ・ダウン〟を飲んで疲れをとるからね……生姜入り茶の方がもっといいが……」

「何……、コピ・ダウン、つまりコーヒーの葉のお茶っていうことかい？　そんなの全然お目にかかったことないなあ」

「君はスマトラ勤務がなかったからね、スマトラではありふれているよ」

「それじゃ、まあ、お茶にしてもらおうか……でもコーヒーの葉のお茶や生姜入りのではなく……そう、君はスマトラにいたことがあるんだ……で、新任の副理事官も、同じだね？」

この会話はオランダ語だったので、レヘントには分からなかった。デュクラーリは、何か失礼なことがあってレヘントをこの話に入れなかったと思ったのか、あるいは別の考えがあったのか、ともかく急にレヘントの方を向き、マレー語で話を続けた。

「アディパティ殿、内務監督官と新任の副理事官は知り合いの仲ということはご存じでしたか」

「いや、そうは言っていない、知り合いというわけではないので」とフルブルッへがやはりマレー語で言った。「まだ会ったことはない。彼は私の少し前にスマトラに勤めていた。ただスマトラでは彼についていろいろな噂が流れていた、と言っただけだよ」

「まあ、同じことだ。誰かを知るのに必ずしもその人に会う必要はないから。……アディパティ殿、どう思いますか」

その時、アディパティは召使を呼んだので、答えが返って来るまでに少し時間がかかったが、「ええ、確かに隊長様のおっしゃる通りです。ただ、どんな人か、会ってみるのが必要なこともよくありますが」と言った。

「一般的には、まあ、そういうことだろうね」今度はデュクラーリがオランダ語で続けた。彼にはオランダ語の方が話しやすかったからか、それともレヘントに対して礼儀はもう十分尽くしたと思ったのか、あるいはフルブルッへだけが分かってくれればいいと思ったのか、ともかくオランダ語で話した。「一般的にはそうかもしれないが、ハーフェラールについては何も個人的な情報など必要ないよ……奴はバカだよ」

「そんなことは言ってないよ、デュクラーリ」

「そう、君の言葉ではないが、君がハーフェラールについて教えてくれたことを総合的に考えて、そう言っているだけだよ。川に落ちた犬を鮫から守ってやるために川に飛び込むような人はおかしいと言っているんだ」

「そう、それは利口なことではないが……でも……」

「ファン・ダム将軍*を攻撃しているあの諷刺詩の例もあるし……あれはまずかった」

「あれはなかなかのものだった……」

「そう、でも若僧が将軍に向かってあれはまずいね」

「もちろん彼がまだ若輩者だったことは分かるが……一四年前のことだから……まだ二二歳だ」

「それで奴が七面鳥を盗んだというのは……」

「それは将軍を困らすためだ」

「その通り。若僧が将軍を困らしたりしてはいけないんだ。それに将軍といっても、長官としては文官であり、しかも奴の上司だったから……あのもう一つの諷刺詩は面白いが……だが相も変わらぬ、あの対決好きは……」

＊　ファン・ダム将軍　オランダの軍人（一七八九―一八五四年）。仮名。本名はA・V・ミヒールス。ジャワ戦争（一八二五―三〇年）やパドリ戦争（一八二一―三七年）などで勇名を馳せた。この小説ではスマトラ西海岸州長官と呼ばれることもある。

「彼はいつも他の人のために、ああやっているんだ。いつも彼はもっとも弱い者の味方だ」

「そう、断然対決が必要というなら、自分のためにやればいいんだ。私は対決などめったなことでやるものではないと信じている。必要になればやるつもりだが、……毎日それを仕事にするなんて……いや、ご免だ。奴もそうした点は改まっていればいいが……」

「確かに。大丈夫だよ、きっと。彼ももうだいぶ年だし……それにもう結婚してずいぶんになるし、副理事官だし……それにいつも耳にするところでは、彼の心根は優しく、正義の味方らしいよ」

「それならルバックは適任だろうな。実はあちらで今しがたちょっとしたことがあって、……レヘントはわれわれの話が分かるかな」

「分からないよ、でも……獲物袋の中から何か取り出して見せてくれないか。そうすればわれわれが狩りの話をしていると思うだろう」

デュクラーリは獲物袋を手にして、数羽のモリバトを取り出した。そして、あたかも狩りの話をしているかのようにそれに触りながらフルブルッへに話したことには、今しがた畑の中で一人のジャワ人があとをつけてきて、住民があえいでいる負担を軽くするために何とかしていただけませんでしょうか、とすがってきたという。

「そして」と彼は続けた。「事態はきわめて深刻だ、フルブルッへ。私はこうしたことが起こること、それ自体は驚いていない。バンテン地方はもう長いから、ここで何か起きていることは知っている。しかしそういうことではなく、普段は非常に慎み深く、自分たちの首長のことについては非常に控え目な、貧しいジャワ人が、何も関係のない人にああいうことを頼んでくること、それに驚いたのだ」

「それで君は何と答えたんだい？　デュクラーリ」

「もちろん、私にはかかわりのないことだ、内務監督官の君か、新任の副理事官がランカスビトゥンに着いたら、出向いて訴えたら、と」

「お見えになりましたよ」と巡査部長のドンソが急に叫んだ。「側近《マントリ》の方が編笠《トウドウン》を振っております」

全員が立ち上がった。デュクラーリは、プンドポの中にいれば、あたかも副理事官を迎えに県境まで来たかのような印象を与えるので、——もちろん自分にとっても目上ということになるが、直接の上司ではないし、その上バカだというから——そのまま馬に乗り、供の者を連れて去って行った。

アディパティとフルブルッへはプンドポの入口に立ち、四頭立ての幌馬車が近づくのを見ていた。馬車はほどなくして、かなり泥まみれになって、竹造りの東屋の前に停まった。

10

（同じくシュテルンがまとめたもの＝訳者）

巡査部長のドンソが馬丁やレヘントの従者として来ている大勢の召使の手伝いを受けて、馬車をすっぽりと覆う黒革の幌を留めている革紐や金具を全部取り外すまでは、一体馬車の中に何が乗っているのかかいもく見当がつかなかったであろう。その革製の幌は、動物園がまだ巡回しながら動物の芸を見せていた先年、ライオンや虎を町へ連れて来る時の用心深さを思い起こさせるものだった。今回は馬車の中にいるのはライオンでも虎でもなかった。このようにすっぽり覆ったのは、雨季だったからで、雨への備えを欠かすわけにはいかなかった。道中長い間揺られてきて、馬車から降りることは、全くあるいはあまり旅をしたことのない人が考えるほど簡単なものではない。それは大洪水が来る前哀れなトカゲ類が粘土の中に潜って長く待っていたために、初めはずうっとその中に潜っているつもりはなかったのに、いつのまにかその粘土の一部と化してしまったのによく似ている。狭苦しい馬車の中で互いに体を押し付けられ、窮屈な姿勢で長く座っていると、旅行者の場合も〝同化現象〟とでも呼んでいいようなことが起きる。そうなると、ついには、どこまでが馬車の革張りのクッションで、どこからが自分の本当の体であるのかも判然としなくなる。そう、こうした馬車の中では、歯痛もしくは筋肉の引きつりをラシャの服についた虫だと思ったり、その反対のことを思ったりすることがあるが、それもあながち無理とは思われない。

思想家が知の領域で発言する契機となるものは、物質界にもある。それで私自身もよく、こう自問してみる。間違ったことが法律的に強制されたり、〝不正〟が〝正義〟と勘違いされたりするのは、多くの場合、もしかしてあまりにも長い間一つの幌馬車に仲間と一緒に座っているために生ずるのではないか、と。脚を左の方の、帽子箱とサクランボを入れたカゴの間に出さなければならなかったり、膝をドアに押し付けて、向かいに座っている婦人の大きく広がったクリノリーヌ*に触れるのを避けたりして、女性の尊厳を冒すつもりがないことを示したり、また隣に座っている〝セールスマン〟の靴の踵を、豆のできた足が非常に警戒してみたり、右側が雨漏りするために長い間首を左側にばかり向けていなければならなかったり、……そう、最後には首にも、膝にも、足にも、あらゆるところに何がしか歪みが生じてしまう。だから時々馬車を代えたり、座席を代えたり、同行者を代えるのがよいと思う。そうすれば首をちょっと反対に向けたり、時々膝を動かしたり、また時にはダンス・シューズをはいた令嬢が隣に座ったり、足が床に届かないかわいい男の子が座るかもしれない。そうすれば再び大地に降り立った時、すぐに**真っすぐ**前を見て、**真っすぐ**歩くことができるのではないか。

プンドポの前に停まった馬車の中でも、こうしたいわば〝連続状態の解消〟に対して何か抵抗が

＊クリノリーヌ　大きくふくらませたペティコートの一種。一九世紀半ば頃ヨーロッパやアメリカで流行した女性ファッション。クリノリン。

起きていたかどうかは知らないが、動きが現れるまでには長い時間がかかったことははっきりしている。そこでは礼譲の争いが起きていたようだ。「どうぞお先に、奥様」とか「理事官殿」という声が聞こえた。ともかくやがて一人の紳士が降りて来たが、その態度や外観に、先ほど述べたようなトカゲ類を思わせるようなところがあった。この人についてはのちほど詳しく述べるが、ここで言っておきたいのは、彼のぎごちない動作は馬車との同化のせいばかりではなかったということだ。というのは、この男はこの周辺数マイルにわたって乗り物というものが全くなかった時代さながらに、落ち着いてゆったりとした動きの中にも慎重さを崩していなかったからで、その態度はもしかしてかのトカゲ類も羨むのではないかと思わせるほどであった。それは居合わせた多くの人の目にも威厳、冷静沈着さ、聡明さとして映った。彼は、東インドにいるヨーロッパ人がたいていそうであるように、非常に青白かった。ただこの地方ではそれは決して不健康の兆候とは見られていない。そして彼の神経質そうな顔から、彼が知的な雰囲気の中で育ったことがはっきりと分かった。ただその眼差しには冷ややかなものがあり、まるで対数表を思わせるようであった。見た目には彼の態度は概して不愉快そうでも、また不快感を与えるものでもなかったが、その大きいが細い鼻は、変化のきわめて乏しい顔の上で退屈しているように思えた。

彼は一人の婦人に丁重に手を差し伸べて、降りるのを手伝い、彼女はまだ馬車の中にいる紳士から三歳ぐらいの金髪の男の子を受け取ると、二人はプンドポの中に入った。それに続いてこの紳士も入った。ジャワの事情を知っている人ならすぐ目に付いたであろうが、彼は馬車のドアのところに立ち、ジャワ人の老婦人である〝子守り《バブ》〟が降りるのを助けてやった。それから別の三人の召使が、まるで親牡蠣《かき》の上に子牡蠣がくっついているように馬車の後ろにくっつけてある蠟《ろう》引き革の箱からやっとの思いで出てきた。

最初に降りてきた紳士はレヘントと内務監督官のフルブルッヘに握手の手を差し伸べると、二人がこれをうやうやしく握った。この二人の態度から、重要な人物を前にしていることを意識しているのが見てとれた。それはバンテンという大きな州の理事官であった。ルバックはその一部をなす県、つまりレヘンスハップである。正式には副理事官州と呼ばれている。

ところで創作された物語を読んでいて、その著者が民衆の好みにあまりに無頓着であることに腹立たしく思うことがよくある。滑稽なものあるいはおどけたものを創作する段になると、特にそう思う。話し手として、言葉が通じない人や発音がうまくできない人を、よく登場させる。例えばフランス人にフランス語なまりのオランダ語で「すぐに大きな運河のところに行け」とか「フリーチェはよく煮えた野菜を決して捨てはしない」と、いかにも面白おかしく言わせる。フランス人がいない時にはどもりの人を登場させる。さもなくば、いくつかの言葉を何度も繰り返しながらしゃべることを得意芸とする人を〝創作する〟。「**わたしの名はメイエル**」と言ってばかりいる人が出てくる、愚にもつかぬヴォードヴィルが〝受ける〟のを見たことがある。こういうやり方でウィットを売り物にするのはいささか安易なことだと思う。正直言って、そういったものを面白がる人の気が知れず、腹が立つ。

しかし今ここではこれによく似たことを紹介しなければならない。私はその時々に合わせてある人物を登場させなければならないが、——出来るだけ少なくしようとは思うが——その人物のしゃべり方がまさに今言ったようなしゃべり方で、私としてもこんな人物を下手に登場させると、諸君を笑わせようとして失敗したのではないかと勘ぐられるかもしれない。だから、諸君にははっきりと断っておくが、今ここで話題になっているバンテン理事州の最高位の理事官は確かに威厳はあるが、そのしゃべり方にはこうしたクセがあり、これは別に私の創作でも何でもないということである。そのしゃべり方は〝**ぴくぴくと痙攣する動作**〟でウィットの効果を出そうとでもしなければ、再現はむずかしい。つまり彼のしゃべり方は、すべての語の後ろにピリオドを置くか、あるいは長い休止符を置くようなしゃべり方で、語と語の間《ま》の取り方は、教会で長いお祈りの後に「アーメン」と言って、しばし沈黙するのと比較するのが一番だと思う。それは誰でも知っているように、咳をしたりハナをかんだりする時間ですよ、と合図するようなものである。彼の言葉はいつもよく考えた末の言葉で、彼がもしそうした間延びした休止符をあえて自分からやめてしまえば、その言葉は、少なくとも修辞学的観点からは、その多くが申し分ないものになるであろうが、現実にはそうではなく、あのようにばらばらに崩れそうで、つっかかりそうな、ごつごつした感じは全く聞きづらいものである。だから聞く人もよくつまずく。というのも、一つの文が終わり、言葉足らずのところは聞いている人が適宜気を利かせて補うように期待されているものと思って、やおらこちらがしゃべり始めると、今度は言い残した言葉が、撃破された軍隊の〝敗残兵〟のように後ろから続いて出てきて、話すのを遮るような感じになってしまう。これはいつも不愉快なことだ。州都セランの民衆は、少なくとも役所仕えでもしないかぎり、――というのも役所仕えは人を慎重にするから――理事官のこうした話し方を〝ねばっこい〟と言う。この言葉はとてもきれいな言葉だと思わないが、理事官の大きな個性である能弁さをかなりよく示していることは認めざるをえない。

マックス・ハーフェラールとその妻については、まだ何も述べていない。なぜなら、この二人は理事官のあとから子供と子守りを伴って馬車から降りてきたからである。この二人の様子と人柄については、この後の事件の経過や諸君の想像力に任せても何も問題はないが、今ここでちょっと触れているついでに言っておけば、ハーフェラール夫人はきれいな人ではないが、眼差しと話し方にはなかなかかわいいところがあった。その何げない振る舞いから、彼女が世間にもまれてきたこと、また社会的にも高い階層の出であることがはっきりと分かった。〝品のよさ〟で通るには自分も相手をもあえて〝**堅苦しさ**〟の中に追い詰めなければというような俗物的な態度、それにつきものの頑固さや不快感は彼女には見られなかった。だから、世の女性たちがこだわる外面的なものには重きを置いていなかった。身に着けているものも、そうした意味では簡素そのものであった。青い〝編み紐〟の付いたモスリン製の白い〝上衣《バジュ》〟が――ヨーロッパではこんなのは〝ガウン〟と言うと思うが――彼女の旅行着であった。首のまわりには細いスカーフを巻き、それには二つの小さなメダイヨン*が付いて

＊　メダイヨン　ごく小さい写真や髪の毛などを入れて首にかけるもの。ロケット。

いるが、それは見えないようになっている。というのも、それは胸の襞の中に隠されているからだ。〝中国人風の〟髪は後ろで束ねてあって、髷《コンテ》には〝ジャスミン《ムラティ》〟の小さな花輪をさしていた。そう、これが彼女のおしゃれの全てであった。

　彼女が美人だとは言わないが、どうかその反対だとも思わないでいただきたい。彼女を次のように紹介すれば、彼女を美しい人だと思う人が出てくるかもしれない。彼女は、夫のマックスにかかわるある問題が起きた時、「天才が不当に扱われている」と言って、憤慨し、あるいはまた自分の子供の幸せにかかわるある考えに魅せられると、心を熱く燃え上がらせたからである。顔は心の鏡、とはすでにあまりにも言い古された言葉である。心が反映されていないために何も映し出していない無表情な顔には、肖像としての価値をも認めることはできない。そう、確かに**彼女は**美しい精神を持っていた。そして彼女の顔には精神が見て取れるのであるから、彼女の顔をもし美しくないという人がいれば、その人の目は曇っていることになるであろう。

　ハーフェラールという人は三五歳の、やせ型で、動作の俊敏な男であった。際立って薄い上唇はよく動き、青みがかった大きな目は、静かな気分でいる時は何かを夢想しているように見えるが、何か大きな考えに捉えられると炎を放つ。この他には特に目立ったものは表情には見られない。ブロンドの髪がこめかみに垂れ、一度会っただけでは、頭にも心にも稀有なものを持っている人を目の当たりにしているとはとても思われないが、それは無理もない。彼は〝矛盾に満ちた器〟であった。彼はランセット*のように鋭利で、処女のように柔らかく、己が発する痛烈な言葉が与える傷をいつもまず第一に自分で感ずる。そして傷つけられた人以上にその傷に苦しめられる。飲み込みが早く、最高のもの、もっとも複雑なものをすぐに理解し、進んで難問の解決に当たり、そのためにあらゆる努力、勉強、緊張を捧げる、——そして時として、子供でも教えられそうな、きわめて簡単なことが理解できないこともある。真実と正義を人一倍愛するがゆえに、さらに高いところ、さらに遠いところ、さらに深いところにある不正を正そうとするあまり、——そうした不正との戦いはもっと大きな緊張を強いるがゆえに、いっそう彼を引き付けるようだが——もっとも簡単で、もっとも手近な義務をないがしろにすることがよくある。騎士のように勇敢であるが、ドン・キホーテ顔負けにしばしば風車に突撃してその勇気を無駄にする。飽くことを知らない名誉欲に燃えて、そのため社会生活上の普通の栄誉はことごとく無価値なものと考えている。しかしそれでも静かで、家庭的で、人目に付かない生活の中に最大限の幸せがあると信じている。彼は言葉のもっとも高尚な意味で詩人であり、一つの火花を見て太陽系を夢想し、そこに自ら創造した創造物を住まわせ、自分で生み出した一つの世界の主を自任し、それでいてその後間髪を入れず、いささかも夢想に陥ることもなく、米の値段、文法、あるいはエジプトの鶏の孵化法の経済的利点について非常に要領よく話すことができるといった具合である。彼には全く未知の科学は何一つなかった。知らないものは〝察知し〟、自分の少しばかりの知識を——人は誰でも知っていることはわずかで、彼とても、他の人よりはいかに多く知っていようと

＊　ランセット　外科用の刀針。

も、その例外ではない——、つまりわずかばかりの知識をさらに何倍にも大きくして使う才能を十分に持っている。几帳面で、きれい好きで、その上全く我慢強かった。しかし、その几帳面さ、きれい好きさ、我慢強さがまた彼のあだになった。彼の精神には突飛なところがあるからだ。物事を判断するのが遅く、かつ慎重であった。もっとも、彼が迅速に結論を下すのを聞いて、そうは思わない人もいるが。彼が与える印象はあまりにも生命力あふれるもので、とてもそれが長続きするとは思われないほどである。それでもしばしばそうした印象を裏切らないほど活動的になり、そのことを実証する。偉大なもの、崇高なものはすべて彼を引き付けた。それでいて同時に子供のように無邪気で、ナイーヴなところがあった。正直であった。あまりに正直であるがゆえに寛大であった。数千フルデン恵んでやったがゆえに、数百フルデンの借金は返さないでいることもあるかもしれない。自分の精神が理解されたと感じた時には、機知に富み、愛想がよいが、そうでない時には無愛想で、人付き合いが悪い。友人には親切で、またあらゆる苦難に身を捧げる。愛情や好意には敏感で、自らの約束はよく守り、ささいなことには抵抗しないが、ここが自分の見せ所と思われる時には頑固と言っていいほど動じることがない。彼の精神的優位を認めた者には腰が低く、好意的であるが、それに逆らおうとする人がいれば、事はめんどうになる。誇りを持っているがゆえに、腹蔵がなく、自分の誠意が愚行ととられかねない場合には、時々思い出したように歯切れが悪くなってしまう。また精神的な喜びも、官能的な喜びも、等しく受け入れる。自分が理解されていないと思った時にはおじけづいて、能弁ではなくなるが、自分の言葉がここぞとばかりに壺にはまったと思う時には、饒舌になる。自分の精神からほとばしり出る刺激が少なくて、それによって鼓舞されることがない時には、行動は遅いが、それがある時にはよく動き、燃える。さらに身のこなしは優しく、洗練されており、行動には非の打ちどころがなかった。ハーフェラールという男はまあ大体こんな男だ。

大体というのは、物事の定義は何であれむずかしいもので、とりわけ日頃なじみのタイプから大いにはずれている人物を描こうとすれば、なおさらむずかしいからである。英雄詩の詩人が自分の描く英雄を悪魔もしくは天使のどちらかにしてしまうのは、そのためであろう。黒か白かというのは描きやすいが、その中間の色調を正確に表現することは、実態にこだわって、あまり暗すぎないように、あるいはあまり明るすぎないようにしようとすれば、いよいよむずかしくなる。私がハーフェラールを描こうと試みる時も、それがきわめて不完全なものに終わることは自分でも分かっている。今自分の前にある材料は種々雑多で、あまりにも多すぎてかえって私の判断を妨げてしまう。ただ彼の人物については、これから諸君に伝えようとしている事件の経過につれて、また触れながら、補っていくことにしよう。彼は並はずれた人間で、その意味でも研究してみる値打ちがあることは間違いない。そう、今気付いたが、彼が物事のばかばかしい側面も、重大な側面も、ともに同じような速さで同時に捉えていたという点こそ彼の大きな特徴の一つだと言うのを忘れていた。そうした特徴から、彼のしゃべり方には——彼自身は気付いていないが——一種の〝**ユーモア**〟が生まれ、それを聞いている人は、はたして自分が彼の言葉にあふれている深い感情に打たれているのか、それとも彼の言葉のまじめさを急にぶち壊しにしてしまうような滑稽さに笑いを余儀なくされているのか、しょっちゅう戸惑うことになる。

注目すべきことは、彼の容貌そして感情の動きには、自分の過去を示す跡がほとんど見られないということである。自分の体験を自慢することは陳腐なことで、失笑を買う。自分では泳いでいると思いながら、五〇年も六〇年も同じ流れの中に漂っている人はいるし、ある運河通りから別の通りへ引っ越した以外、いつもほとんど何も語ることができそうにない人もいる。何の苦労もなしに白髪になってしまった人が自慢する経験談を聞くことほどつまらぬものはない。自分の体験を、現実に自分が辿ってきた運命の変遷を考えれば、誇りに値するものだと考える人もいるにはいる。ただそうした運命の変遷がその人の精神生活にも影を落としているのかどうかは少しも明らかではないが。重大な出来事を目の当たりにしたり、それを体験したりしても、それがその人の精神にほとんど、あるいは全く影響を及ぼすことがない場合だってあるのではないか。疑わしいと思う人は、一八一五年に四〇歳か五〇歳であったフランス人皆が皆、はたして自分の体験によって何らかの精神的影響を受けたかどうか、考えてみてほしい。その年齢の人は皆、一七八九年に始まった壮大なドラマの上演を見ただけではなく、多少のちがいはあれ重要な役割を担ってそのドラマに共演した人たちだからだ。

そして、その反対に、いかに多くの人が、外部の出来事が何か引き金となったわけでもないのに、次から次へと感激を味わったことか。例えばこんなものを考えてみればよい。ロビンソン・クルーソの物語、シルヴィオ・ペッリコ*の監禁、サンティーヌの最愛のピッチョーラ**、つまり全生涯を通じて一つの愛を抱き続け、自分の心の中に去来するものいっさいを言葉で表すことがなかった〝老女〟

の胸の中の戦いや、さらには外面的には事件の経過にかかわることなく、同胞や同僚の幸せに燃えるような熱い関心を寄せた博愛主義者***の感動を。またこの博愛主義者がどんなに希望と恐怖を交互に感じていたか、どのようにしてあらゆる変化を見守っていたか、心優しい美談にどんなに感激したか、そしてその美談が一瞬にもせよ、それよりも力ある人々によって隅に押しやられ、踏みにじられるのを見て、いかに怒りに燃えたか。また独房の中にあってさえ、真理の何たるかを民衆に教えようとしていた哲学者がいたことにも想いを馳せてほしい。たとえ彼の声が偽善的な敬虔主義者****や我利我利亡《がりがりもう》者《じゃ》の山師たちによってかき消されていることが分かっていてもである。ソクラテスを見てほしい、——毒杯を仰いでいる時の彼ではない。ここで言いたいのは、心の内なる経験のことであって、外部の出来事がもたらす体験のことではない——善と真を追求していたソクラテスが〝青年を堕落させる輩、神を恐れぬ輩〟と名指しで非難された時、彼の心はいかに暗澹たる悲しみに捉えられていたことか。

あるいは、もっといい例を挙げれば、キリストだ。悲しげにエルサレムを眺め、「だが、お前たち

* シルヴィオ・ペッリコ　イタリアの詩人、戯曲家（一七八九―一八五四年）。長年囚われの身であった。
** サンティーヌの最愛のピッチョーラ　サンティーヌはフランスの詩人、散文家（一七九八―一八六五年）。『ピッチョーラ』（一八三六年）という小説で知られる。
*** 博愛主義者　人間相互の兄弟愛や隣人愛などを基本理念として実践する人。
**** 敬虔主義者　〝生きた信仰〟を唱えて、禁欲的生活を実践し（信仰の内面化）、伝道、教育、慈善事業への積極的かかわりを主張する人。一七世紀後半ドイツに生まれた信仰運動。

は応じようとしなかった」と嘆くキリストを思ってほしい。

こうした悲痛な叫びは——毒杯もしくは十字架を前にして——無傷の心から出るものではない。そこには苦しみがあったはずだ……苦しい経験が**あったればこそだ**。

思わず熱弁になってしまった……だが、いったん始めてしまった以上、このまま続けるしかない。ハーフェラールはいろいろなことを経験した。市内のある運河通りからの引っ越しの類いなら、諸君はもう聞くのはご免だろう。ともかく彼は一再ならず難局にぶつかった。火事、騒乱、暗殺、戦争、決闘、奢侈、貧困、飢餓、コレラ、愛、そして〝数々の愛〟が彼の日記を埋めてきた。足を踏み入れた国はフランス、ドイツ、ベルギー、イタリア、スイス、イギリス、スペイン、ポルトガル、ロシア、エジプト、アラビア、東インド、中国、アメリカに及んだ。

こうして、自分の生きてきた境遇の中で、いろいろなことを経験することが**可能であった**。そして実際多くの経験を**して来た**。彼の人生がふんだんに与えてくれた様々な感動を心に刻むこともなく、ただ漫然と人生を送っていたのではなかった。彼の精神の動きの速さ、感受性の強さを見れば、これは太鼓判を押してもいい。

彼がいかに多くのことに出会い、いかに多く苦しんできたか——これは彼の表情からはあまりはっきりと窺い知れないが——、このことを知っている人は、あるいはそう思いを巡らすことのできる人は、誰でも改めてこれには驚異の念を抱く。彼の表情には確かに疲れのようなものが見えるが、これは寄る年波よりもむしろ早熟の青年を思わせる。確かに寄る年波もあろう。なぜなら東インドでは三五歳といえばもう若くはないのだから。

彼の感情の動きもまた若いままであった。すでに述べた通りだ。彼は子供と一緒に、子供のように遊ぶことができた。息子の小マックスはまだ小さすぎて凧を揚げられないとよくこぼしていたが、彼つまり〝大マックス〟は凧揚げが大好きであった。男の子たちと〝馬跳び〟をしたり、女の子に刺繡の下絵を描いてやることが大好きであった。そしてよく女の子から針を取って、自分でも刺繡を楽しんでいた。その際でも、女の子たちを〝刺繡の機械〟よりは少し上手だと褒めるのが口癖だった。一八歳の青年たちのところで、彼も一人の生徒となり、一緒に〝われら祖国を讃えん〟*や〝かくして喜ばん〟**を歌うのが好きであった、――そう、ただつい最近こんなことがあったというが、私は心から信じているわけではない。彼は休暇をもらってアムステルダムに戻っていた時、口に長いパイプをくわえているヨーロッパ人の足元に一人の黒人が鎖につながれている看板があって、その下の方に〝タバコを吸う若い商人〟ともっともらしく書かれているのを見て、気に食わぬ看板だと言って、壊してしまったという。

彼が馬車から降りるのを手伝ってやった子守り《バブ》は東インドで普通に見られる子守りと何ら変わったところはなかった。やはり年を取っている子守りであった。もし諸君がこういった召使のことを知っているなら、その人たちがどういう姿をしているか言う必要はないが、もし知らないとしても、それ

＊　〝われら祖国を讃えん〟　一九世紀の学生歌。オランダの詩人スターリングの詩による。
＊＊　〝かくして喜ばん〟　オランダの学生歌。中世ラテン語の詩をもとに一八世紀末に生まれた。

を説明することはやめておく。ただこの子守りの老女はする仕事が非常に少ないということだけが、東インドの他の子守りたちと違うところであった。というのもハーフェラール夫人は子供の世話をみることにかけては模範的であったからで、小マックスのためにしなければならないこと、あるいは小マックスと一緒になってしなければならないことを、自分から進んでよくやっていた。世の中には〝自分の子供たちの女奴隷〟に成り下がることを潔しとしない婦人が多いが、その人たちにとっては彼女は驚異の的であった。

11

（同じくシュテルンがまとめたもの＝訳者）

バンテン理事州の理事官は、新任の副理事官ハーフェラールにレヘントと内務監督官を紹介した。ハーフェラールは二人に丁重に挨拶した。内務監督官には──新任の上司との顔合わせにはいつも気まずさがあったが──優しい言葉を二言三言かけて、気を楽にさせた。すぐにも親しげな雰囲気をかもし出して、これからの二人の関係を気の合ったものにしようとしているようであった。レヘントは〝黄金の日傘《パヨン》〟を持たせて歩く身分ながら、同時に自分の〝弟分〟でもあるから、その対面はそれに相応しいものになった。こんな天気の中、県境までわざわざ出迎えるには及ばなかったのにと、彼は厳かながらも優しく、レヘントの誠意を尽くした律義な態度には苦笑をして見せた。厳密に言えば、確かにレヘントも出迎えに来る必要はなかった。そうした儀礼上の規則はなかったからである。

「本当に、アディパティ殿、私のためにこんなにされては困りますなあ……ランカスビトゥンで初めてお目にかかれるとばかり思っておりました……」

「お近づきいただくために、なるべく早く副理事官様にお目にかかりたく存じておりました」とアディパティは言った。

「本当に、本当に、名誉なことですが、あなたのような地位の方が、しかもご高齢で、あまり無理をなさってはいけません……しかも馬でお出でかな？」

「はい、副理事官様、いざ仕事となりますと、体はまだいつも通りにしっかりと動きます」

「でも、無理をしてますね……ね、理事官？」

「アディパティ・君は・とても」

「まあ結構なことですが、限度というものが……」

「熱心ですな」と理事官は後ろに引きずるように言った。

「まあ結構なことですが、限度というものがあります」とハーフェラールは前の言葉を反芻するかのように、もう一度繰り返さなければならなかった。「理事官、もしよろしければ、席をもう一つ作りましょうか。子守りはここに待っていれば、ランカスビトゥンから〝輿《タンドゥ》〟をよこします……妻はマックスを膝に抱きますし……ね、ティーネ……場所は十分あります」

「それ・は・私・としては」

「フルブルッへ、君も乗せてあげよう、理解できませんね……」

「ん……」と理事官が言った。

「どうしてあなたが泥道を無理に馬でびしゃびしゃと行くのか理解できません。馬車には席は十分ありますよ。馬車だとすぐに近づきになれるし、……ね、ティーネ、ちょっと考えよう……ここに、マックス、……ねえ、フルブルッへ、かわいいやつでしょう……家の坊主で……マックスです」

理事官はアディパティと一緒に座った。ハーフェラールはフルブルッヘを呼んで、赤い鞍敷を付けている白馬は誰のものか尋ねた。フルブルッヘがどの馬のことかと確かめようと、プンドポの入口に行きかけると、ハーフェラールが彼の肩に手をかけて、訊いた。

「レヘントは、いつもあんなに仕事熱心なのかなあ?」

「年の割には元気ですね、ハーフェラールさん、あなたによく見せようとしていることはお分かりでしょう」

「そう、そう、それはね。彼のよいところはいろいろ聞いたよ……教養人だってね」

「はい、……」

「やはり大家族なのかなあ?」

フルブルッヘは話の脈絡が理解できないとでもいうようにハーフェラールを見つめた。ハーフェラールをあまり知らない人には、よくこういうことがあった。ハーフェラールは飲み込みが速かったので、話をしていても、途中の言葉を飛ばしてしまうことがよくあった。**彼自身の**頭の中では、話のつながりはいかにもゆっくり進行しているようであった。しかしあまり頭の回転の速くない人が、あるいは彼の速さについてゆけない人が、こういう場合、口元にいかにも「そんなこと……、またどうしてそんな?」と言いたげに彼をじっと見つめることがある。だからといって、その人が悪いというわけにはいかなかった。

フルブルッヘへの表情には何かそうしたものが見えたので、ハーフェラールは、もう一度質問を繰り返さなければならなかった。すると、フルブルッヘは答えた。

「はい、かなりの大家族です」

「この県には建築中の〝モスク〟《ムスジッド》があるかい」とハーフェラールが続けた。しかもそれがまた、言葉とは裏腹に、モスクとレヘントの〝大家族〟との間には何か関係があることを示唆しているような口調であった。

　フルブルッヘは、モスクでは確かに多くの人が働いている、と答えた。

「そう、そう、そうだと思うよ」とハーフェラールは叫んだ。「それでどうかな、地租の支払いはだいぶ滞っているのかな」

「はい、改善の余地があるでしょう……」

「やはりそうだ、特にパラン・クジャン郡は」とハーフェラールは、自分で答えた方が手っ取り早いとでもいうように先に言ってしまった。

「今年の課税額はどのくらいかな」とハーフェラールはさらに続けた。フルブルッヘが答えに詰まって少しもじもじしていると、ハーフェラールがやはり先を越して、一息に次のように続けた。

「もう結構、結構、知ってるから……八万六〇〇〇と数百……昨年より一万五〇〇〇多いわけだ……でも一八四五年よりはわずか六〇〇〇多いだけか……一八四三年から見ると八〇〇〇しか増えていない……住民数は非常に少ないし……、そう、マルサスだ……人口は一二年間でわずか一一パーセント増えただけだ、そこが問題だなあ、国勢調査は昔はかなり杜撰だったから……それで今も……一八五

○年か五一年にかけては減ってさえいる……家畜数も増えていない……これは悪い兆候だ……ああ、あの跳びはねている馬、気が狂ったんだ……マックス、ちょっとおいで」

フルブルッヘは、新任の副理事官に教えることはほとんどないことに気付いた。また自分は〃任地では古顔の先輩〃とはいっても、それで優越的な立場に立てることはないと分かった。もっとも好人物の彼としては初めからそんなことは望んでいなかったが。

「でも、仕方ないことだ」とハーフェラールはマックスを腕に抱きながら続けた。「チカンディ*地方やボラン**地方ではとても喜んでいる人がいる……ランプン***地方の反乱者もだ。フルブルッヘ君、あなたの協力を大いに期待しているよ、レヘントは年だし……彼の娘婿は今もずっと郡長かい。いずれにしても彼は礼を尽くすに値する人物だと思う……レヘントのことだが……ともかく当地があらゆる面で貧しいことは私にとり大いに幸いだ……ここには長く居たいと思うよ」

それから彼はフルブルッヘに手を差し伸べ、二人は連れ立って、理事官、アディパティ、それにハーフェラール夫人が座っているテーブルに戻って来たが、フルブルッヘは五分前よりはいい気分になっていた。先ほど隊長が言っていたほど〃このハーフェラールという人物はバカではない〃と分かったからである。フルブルッヘも決して頭の悪い人ではなかった。ルバック県を知っている彼は――知っ

* チカンディ　バンテン理事州セラン県の郡の一つ。
** ボラン　バイテンゾルフ理事州の一県。
*** ランプン　スマトラ最南部の理事州。一八五六年までオランダの支配に反対して抵抗が続いていた。

ているとはいっても、案内書の類いの出版物が何も出ていない大きな地域であるから、一人の人間が持っている知識は高が知れているが——見かけ上は何も脈絡がないハーフェラールの質問にもやはりつながりがあり、新任の副理事官はまだ県内には全然足を踏み入れたことがないのに県の内情を知っているのだと気が付き始めた。ただ、ルバック県が貧乏であることを喜ぶハーフェラールの気持ちにはついていけなかった。きっとハーフェラールの言葉を聞き間違えたのだと思った。けれども、後になってハーフェラールが繰り返し同じことを言ったので、彼はハーフェラールが喜ぶ気持ちの中にいかに崇高な精神が脈打っているかが分かった。

　ハーフェラールとフルブルッへはテーブルの前に腰を下ろした。お茶を飲んで、とりとめのないことを話しながら、ドンソが理事官に新しい馬の用意ができたことを報告するのを待っていた。やがて一行は馬車に乗り込んだが、できるかぎり席の座り方には気を配った。そして、馬車は走り始めた。ガタガタと揺れるため、会話を交わすことはむずかしかった。小マックスは〝バナナ《ピサン》〟を持たされて静かにしていた。母親は彼を膝の上に抱いていて、ハーフェラールが重そうだから自分の方に渡すように言っても、疲れていることなどおくびにも出そうとしなかった。馬車が泥の穴に落ち込んで、いやおうなく静かになった瞬間、フルブルッへは理事官に、スローテリング夫人のことはもう副理事官にお話しになったかどうかと尋ねた。

「ハーフェラール・氏・の・話では」

「そうだとも、フルブルッへ、どうして？　あの方はわれわれのところに居てもいいので、私は別に…

…」

「それ・は・構わ・ない」と理事官はやっと続けた。

「あんな状態ではあの夫人に出て行くように言いたくありません……当然のことで……そうだよね、ティーネ？」

ティーネも当然だと思っていた。

「ランカスビトゥンには二軒ありますから、二家族分はたっぷりありますよ」とフルブルッヘが言った。

「でも、ああいうことがなかったとしても……」

「私は・あえて・そう・彼女に」

「はい、理事官、問題はございませんわ」とハーフェラール夫人が叫んだ。

「約束は・できません・なぜなら・それは」

「一〇人家族だそうですが、もしわれわれのところで構わなければ」

「なかなか・厄介な・ことです。それに・彼女・は」

「でもあの状態での旅行は不可能です、理事官」

馬車が泥の中から出た時の、ずしんというショックで、スローテリング夫人の旅行は不可能ですという言葉には感嘆符が付けられたようになった。誰もがそうした衝撃の時におきまりの「ワッ」という声をあげた。母の膝にいる小マックスは衝撃で落としたバナナ《ピサン》をまた手にした。そして理事官が自分の言葉を完成させるために、言葉を継ごうと決心する頃には、馬車はもう、すぐ次に続く泥の穴にかなり近づいていた。理事官はさらに付け足して、自分の言葉を完成させる。

「東インドの・女・は」

「それは全く同じことでございます」と言って、ハーフェラール夫人は分かってもらおうとした。理事官は、そういうことだと、それはもう解決済みと認めるかのように、うなずいた。それからまた会話をするのがむずかしくなり、途切れた。

そのスローテリング夫人とは、二ヵ月前死んだハーフェラールの前任者の未亡人である。そのためフルブルッへには臨時に副理事官職に就いていた。だから彼もその期間は広い邸宅に引っ越す権利はあった。その邸宅はランカスビトゥンにあり、どの県でもそうだが、中心となる役所として政庁*により用意されていたものである。しかし彼はそうはしなかった。というのも、またすぐに引っ越さねばならなくなるし、未亡人と子供にそのまま住んでもらおうと思ったからである。別にそこに移らなくても、まだ十分にゆとりはあった。というのも、かなり大きな副理事官住宅のほかに、同じ〝屋敷内〟にまだ別の住宅もあり、昔は副理事官の住宅になっていた。どんなに荒れてはいても、まだ住宅としては十分使いものになった。

スローテリング夫人は数ヵ月後に控えた出産がすむまで元の家に住めるよう、亡き夫の後任の人にお願いできまいかと、理事官に頼んでいた。これはハーフェラール夫妻にしてみれば、二つ返事で答えるべき筋合いの願い事であった。客をもてなすということは二人の最高の喜びであったからだ。

理事官は、スローテリング夫人を〃東インドの女〃と言っていた。この言い方は東インドを知らない読者には少し説明が要る。というのも、これは生粋のジャワ人の女のことだとすぐに間違って理解される恐れがあるからだ。

東インドのヨーロッパ人社会はかなりはっきりと二つの部分に分かれている。つまり、本来のヨーロッパ人の社会と、もう一つは法的には全く同じ権利を持っていながらヨーロッパ生まれではなく、多少なりとも東インドの血が混じっている人の社会の二つである。東インドにおける人種観念の名誉のために急いでここに付け加えなければならないが、社会生活においてこの二つの人種の間に、つまり原住民に対しては共にヨーロッパ人という呼称を持っているこの二つの人種の間にいかにはっきりした線が引かれていても、アメリカ社会でかつて一般的であった階級分化のような野蛮な性格は全くなかったということである。もちろん今でもなお、不正義や腹立たしいことがこの関係の中にたくさんあることは否定できない。〃リップラップ《欧亜混血人》〃という語がしょっちゅう私の耳に入ってきたことも否定しようとは思わない。このリップラップという言葉は、リップラップでない人、つまり純粋の白人がいかに真の文明を大きく踏み外しているかを示す証拠としてよく取り上げられる。欧亜混血人が、例外は別としても、社交界から排除されていることは事実で、また一般的には、ごくありふれた俗な言葉を使うのを許してもらえるなら、〃完全ならざる者とみなされている〃ということも事実である。

＊政庁　オランダ領東インド政庁。植民地支配にあたる中央官庁で、バタヴィアにあった。総督府官房のほか、司法庁、経済庁など七つの庁を持つ（ただし時代によりその数は変わっている）。

しかし、こうした排除や蔑視を一つの**原理原則**として持ち出したり、擁護したりする場面にはあまりぶつからない。どういう人間関係を選ぶかは全く個々人の自由であり、本来のヨーロッパ人が同じ国民性を持つ人との付き合いを優先し、感情や考えを異にする人や、さらには——ここがおそらく肝心なところだが——**自分たちとは異なる偏見**を抱いている人との付き合いを軽視するからといって、それを悪く思うこともないであろう。もちろんそのように感情や考えを異にする人々の方が立派かどうかという価値判断はここでは関係ない。

〝リップラップ〟——もっと教養のある言葉を使うなら〝**いわゆる原住民系の子**〟と言わねばならない。私はこの言い方に侮辱的な意味を込めていないから、ここでは頭韻法から生まれたこの言い方にこだわるのをお許し願いたいが、そもそもこの語はどういう意味なのであろうか——リップラップにもよいところは一杯あり、ヨーロッパ人も同じだ。両者とも欠点もたくさんある。その点では同じだ。しかし両者が持っている美点も欠点もあまりにもかけ離れていて、彼らが付き合っても、一般的にはその違いを認め合うところまでいかない。その上、これは政府の責任でもあるが、リップラップの教育はしばしば劣悪な状態におかれている。問題はヨーロッパ人をどうしよう、こうしようということではない。たとえヨーロッパ人が子供の時から教育に恵まれなかったにしても、それによって問題がヨーロッパ人の側に出てくるということはない。そういうことではなく、欧亜混血人一**般**が受ける教育が学問的に見て貧弱であることが、ヨーロッパ人と対等の関係に立つことを妨げているのである。こう考えて間違いない。**個人的**には教養、学問あるいは芸術の分野で特定のヨーロッパ人より秀でていても、なお同じことである。

ここにも目新しいものは何もない。例えばウィリアム征服王[*]の場合がそうだった。ほとんど取るに足りないノルマン人をもっとも文明開化されたサクソン人より上におくというのが征服王の政策であった。そのため、ノルマン人は自分たちの方が数の上では**全体的に**優勢であることに訴えて個人的にも影響力を行使しようとし、数の上での優勢という民族的な影響力が**なければ**全く非力で歯が立たない場面でも、あえてそのようにしようとした。

こうしたことから、あらゆる交流において**何はともあれまず**強制が生まれたのであり、そうした強制は、統治する側が達観した哲学と度量の大きさを見せて物事を見通してゆく以外に取り除きようがない。

このような関係にあっては、勝利者の側に立っているヨーロッパ人の方が人為的に作られた優位に楽に適合してゆくことは論をまたない。しかし、自分の教養と言葉の多くをロッテルダムの下町のザント通りで身につけた人が、混血の人が〝**一杯の水**〟や〝**政庁**〟を男性名詞にしたり、〝**太陽**〟や〝**月**〟を中性名詞にしたりするのを聞いて笑い出せば、それは滑稽というものだ。

リップラップといっても、教養があったり、立派な教育を受けていたり、学問のある人がいるかもしれないし——実際そういう人はいる——、他方では仮病を使って自分が皿洗いをしている船に戻ら

＊ ウィリアム征服王　ノルマン王朝初代のイギリス国王（一〇二七—八七年〔在位一〇六六—八七年〕）。一〇六六年にイングランドを征服した。

なかったり、〝あなたの〟とか〝ご免なさい〟という語を使えば丁寧になると単純に考えているヨーロッパ人が、千八百何年かに藍の取引で〝巨額の利益〟をあげた商事会社*の経営者になるやいなや——そう、それも最近になって〝店《トコ》〟を構えて、ハムや猟銃を売っていただけなのに——急に態度を変える。またもっとも教養のあるリップラップでさえ〝**h**〟と〝**g**〟の発音を十分に区別できないと知るや、〝**hek**（垣根）〟と〝**gek**（バカ）〟の区別ができない人はバカだと言って笑い出してしまう始末だ。

しかし、そんなことを笑うよりは、アラビア語とマレー語では〝cha〟と〝hha〟は同一の文字で記され、〝**ヒエロニムス**（**Hieronymus**）〟は〝ジェロニーモ（Geronimo）〟を経て〝**ジュローム**（**Jerôme**）〟に変化し、**Huano** から **Guano** に変化していることを知っているべきだ。また〝**ミトン**（**want**）〟は〝**手袋**（**handschoen**）〟のことで、〝**ストッキング**（**kous**）〟は〝**長靴**（**hoze**）〟に由来すること、〝**Guild Heaume**〟はオランダ語では〝**Huillem**〟とか〝**Willem**〟と発音されていることも知っておいた方がよい。もっとも藍で一財産築いた人にこんなことを望むのは全く無理な話だが。

また、この手のヨーロッパ人であれば、教養のあるリップラップと付き合うこともむずかしい。〝**ウィレム**（**Willem**）〟がどうして〝**ギヨーム**（**Guillaume**）〟から出てくるか、私には分かっている。その私でも、とりわけモルッカ諸島では、その該博な知識に驚かされるような欧亜混血人にずいぶん出会ったことは告白しておかなければならない。そして彼らに会ってみて思い知らされたことは、われわれヨーロッパ人は、どんなに多くの文明の利器に恵まれていようとも——単純に比較してみてということでもないが――、ごく幼少の頃から人為的に強制された理不尽な服従や皮膚の色に対する偏見と戦わなければならない哀れな最下層民《パーリア》よりもはるかに遅れていることがしばしばある、ということだ。

スローテリング夫人はマレー語しか話さなかったから、オランダ語のミスを犯すということは全くなかった。彼女にはまたのちにお目にかかることになろうが、それはわれわれ一行が長い間馬車に揺られて、やっとランカスビトゥンに無事着き、副理事官宅の玄関前のヴェランダでハーフェラール、ティーネ、小マックスと一緒にお茶を飲む時である。

理事官は新しい副理事官の赴任のためだけに同行していたから、その日のうちにセランに帰りたいと言った。

「なぜなら・自分は」

ハーフェラールも大急ぎで支度をします、と言った。

「とても・忙しい・から」

そこで三〇分後にレヘントの屋敷の、玄関前の大きなヴェランダに集合することを皆で約束した。あらかじめ支度を整えていたフルブルッヘは、すでに数日前から郡長、レヘントの補佐、市長、検事《ジャクサ》といった役人のほかに、収税吏、数人の側近《マントリ》ら、この就任の儀式に出席しなければならないすべて

* 商事会社　オランダ商事会社をさす。四五頁参照。
** パティ　レヘントの次の高位の官職。レヘントを補佐して行政の任にあたった。

の原住民役人に、県の中心地ランカスビトゥンに集まるように命令してあった。
レヘントのアディパティは別れの挨拶をして、自分の屋敷に向かった。ハーフェラール夫人は自分の新居を眺め、それに大いに満足していた。とくに庭が広々としていて、戸外に出て過ごすように言われていた小マックスにとっては好都合と思われた。理事官とハーフェラールはめいめい一つの部屋に入り、着替えをした。というのも、今行なわれることになっている儀式には公式に決められた服装で出なければならないからである。邸宅の周りには、理事官の馬車に馬で一緒についてきた者や召集された首長たちの従者が数百人も輪を作っていた。警察や役所の使用人は忙しそうに行き来していた。ともかく、忘れられたような一地方の単調な静寂が、少しの賑わいにより暫し破られたということは誰の目にも明らかであった。

ほどなくしてアディパティの飾りのついた馬車が前庭に着いた。理事官とハーフェラールは、金や銀の飾りでぴかぴか光りながら、それでいて剣に少し足をもつれさせて、その馬車に乗り込み、レヘントの屋敷に向かった。彼らはそこで銅鑼とガムラン*、あらゆる弦楽器の音楽で歓迎された。フルブルッへも泥のついた服を着替えて、すでに到着していた。位の低い首長たちは大きな円陣を作って、東洋式に地面に敷いたゴザの上に座っていた。長いヴェランダの端にはテーブルがあり、そこには理事官、アディパティ、副理事官、内務監督官と数人の役人が座った。お茶とお菓子が出され、簡単な儀式が始まった。

理事官が立ち上がり、マックス・ハーフェラールを南バンテン県《バンテンキドゥル》——原住民の呼び方に従えばルバック県――の副理事官に任命するという総督の決定を読み上げた。続いて彼は法令集を手に取った。この中に就任に際してなされるべき宣誓が入っており、普通は次のような文言になっていた。〝○○○職に任命され、もしくは昇進するために、何人にも約束事や贈与をなさず、将来もかかる行為をなさぬこと。オランダ国王陛下に対し忠義忠誠を誓うこと、また東インド地方における陛下の名代に忠実に仕えること。すでに与えられている、もしくは将来与えられる法令および規則を厳守し、また厳守させること。善良なる○○○（ここでは副理事官）にふさわしい行動を万般にわたって取ること〟

この後に、もちろん〝**全知全能の神の御加護のあらんことを**〟という神聖な一句が続く。

ハーフェラールは、この読み上げられた言葉を復唱した。原住民を搾取と圧政から守る所存であるという誓いは、本来この宣誓の言葉に含まれているものと見なければならない。なぜなら、既存の法令や規則を守る所存であると誓うからには、原住民を搾取と圧政から守るためにすでに存在している多くの規程に一度目を通すだけで十分であって、そのことに関して別個に宣誓することなど本来ふさわしくないと分かるからである。しかし立法者は念には念を入れても不都合はないと考えたようで、少なくとも副理事官には別個の宣誓を求め、今一度彼の義務を明確に規定した。そこでハーフェラールも今一度〝**全知全能の神**〟を証人として、〝原住民を圧政、虐待、金品の強要から守る所存である〟と宣誓した。

＊ ガムラン　ジャワやバリ島の青銅製の伝統的な打楽器およびその音楽。

鋭い観察者であれば、宣誓に際しての態度や口調は、理事官とハーフェラールとでは違いがあることに気付いていたかもしれない。両人ともこうした儀式には数多く出席していた。ここで違いというのは、新しさ、物珍しさに多少なりとも感心させられたということではなく、ことごとくこの両人の性格の違いによるものであった。理事官はいつもより少し早口にしゃべった。というのも彼は総督の決定と宣誓書を読むだけでよかったからである。自分で締め括りの言葉を探す必要はなかった。しかし万事が厳かに堂々と行なわれたので、ただ漫然とこの儀式を見ていた人には、理事官がいかにこの儀式を重要視していたかがきわめてはっきりと印象づけられたにちがいない。これに対してハーフェラールが指を立てて宣誓を復唱した時、その表情や声、態度には何か含むものがあって、いかにも「たとえ〝全知全能の神〟が**いなくても**、やる時にはやる、それは分かりきっている」とでも言いたげであった。そして人情の機微に通じている人なら、理事官のしかつめらしさよりはハーフェラールの自然体の方に好感を持ったであろう。

もし裁判を天職とする人ならば、あるいは数千人の運命を一手に握っている人ならば、自ら発したわずかな言葉には責任を持っていかねばならないと感じるであろうし、たとえそうした言葉を自ら発していない場合でも、自分の良心に従えば、責任を持たないわけにはいかないのではないか。こんなことをわざわざ言うのはバカげたことであるが。

われわれはハーフェラールを信じている。彼なら、もし貧しい人や虐げられた人に出会ったなら、たとえ〝全知全能の神〟にそれとは正反対のことを誓っていても、そういう人に救いの手を差し伸べていたであろう。

この後、首長たちに対する理事官の演説があった。その中で彼は首長たちに対してこの県の最高責任者としての副理事官を紹介し、この副理事官の言うことに従って各自の義務を厳格に守っていくように促した。それからさらに事務的なありきたりの言葉が続いた。首長たちはこの後一人ずつ名前を呼ばれてハーフェラールに紹介された。ハーフェラールはめいめいと握手を交わし、こうして〝就任式〟は終わった。

12

（同じくシュテルンがまとめたもの＝訳者）

アディパティの屋敷で昼食がふるまわれ、デュクラーリ隊長もそこに招待された。それが終わるとすぐに、「とても・忙しい・から」と言って、その日の晩にはぜひセランに戻りたがっていた理事官は再び馬車の人となった。ランカスビトゥンにはこうしてまた静寂が戻った。わずかばかりのヨーロッパ人が住んでいるだけの、ジャワ内陸部の駐屯地であれば、それが普通である。その上、大きな道路にも面していないからである。デュクラーリ隊長とハーフェラールの出会いもすぐに打ち解けたものになった。アディパティは今度の新しい〝兄貴分〟には満足のようであった。フルブルッヘはセランへ帰る理事官に付いて遠くまで見送りをしたが、彼がのちに話したところでは、理事官もまたハーフェラール一家には大いに満足しているとのことであった。一家はルバックへの赴任に先立ち、数日間理事官宅に滞在していた。さらにフルブルッヘは、政庁の受けがいいハーフェラールはすぐにもっと高い地位に昇進するか、少なくとももっと〝豊かな〟県に配置換えになることは全く間違いない、という見通しを付け加えた。

マックスと〝彼のティーネ〟は最近ヨーロッパの旅から帰って来たばかりであった。そのため、私がかつて耳にしたことのある奇妙な言い方によれば、いわゆる〝旅行カバンの生活〟にはうんざりしていた。二人はずいぶんとあちこちを巡った末、今やまたくつろぎのある場所に住むことができて、とても幸せな気分になっていた。ヨーロッパに出かける前は、ハーフェラールはアンボンの副理事官であった。そこではたくさんの厄介な問題と取り組まなければならなかった。というのもアンボン島の住民は、最近になって間違った政策が多く導入された結果、もう一触即発の危険な状態にあったからである。ともかく彼は大変な苦労をしてこの不満の空気を抑えることに成功はしたが、その際に政庁が差し伸べてくれた協力が少ないことに失望し、さらに過去数世紀にわたってモルッカ諸島のすばらしい地方を過疎の地に落ちぶれさせてしまった誤った政策に憤慨して、……——これについては総督のファン・デル・カペレン男爵が一八二五年に報告している文書をぜひ読んでいただきたい。この博愛主義者が書いた文書は同年の東インド法令集に載っているが、事態はそれ以後も改善されていない——、こうしたことがすべて重なって憤慨のあまり、彼はとうとう病気になり、ヨーロッパに帰らざるをえなくなった。したがって厳密に言えば、彼は復職に際しては貧しくて活気のないルバック県よりももっとましな県を選ぶ資格は持っていた。なぜならアンボンでの彼の任務の範囲はずっと重要なもので、彼の上司は理事官ではなく、自らがもっとも責任ある立場に立っていたからである。

* アンボン　マルク（モルッカ）諸島の一つの島。アンボン理事州およびその中心地。アンボイナとも言う。

** ファン・デル・カペレン男爵　東インド総督（一八一六—二六年）。マルク（モルッカ）諸島の香料取引の改革につとめた。

その上、アンボンに赴任する前からすでに理事官に昇進させる話が持ち上がっていたから、彼が今栽培制度*にかかわる役得が非常に少ない県に任命されたことは、一部の人には奇異な感を抱かせた。それというのも、多くの人は職務の重要性をそれに付随している収入から判断するからである。しかし彼自身はこれには何ら不満を漏らさなかった。彼の志は、単により高い地位もしくはより多い収入を請い求めるというようなものではなかった。

しかし、より多い収入ということになれば、彼は大いに助かったであろう。というのも、ヨーロッパ旅行でそれまでのわずかばかりの貯えを使い果たし、借金さえしていた始末だったからである。はっきり言えば、金に困っていたのである。しかしそれでも彼は自分の職務を単なる金儲けとは考えず、ルバック県への配属にも満足して、ともかく倹約に努めて借金を返そうと考えた。派手な趣味もなくぜいたくも言わない妻であればこそ、進んで彼を助けてくれるものと思われた。

しかし倹約することはハーフェラールには苦手であった。彼は自分自身では厳密に必要なものだけで満足し、確かにその範囲内に留まることができたが、他の人が何か助けを必要としているところでは、助けること、つまり与えることこそ彼が欲してやまないものであった。彼もこれが自分の弱点であることは分かっていた。それゆえ自分の方こそもっと助けてもらいたいところなのに、あえて他人を助けるのはどれほど**不条理**であるか、自分の常識を総動員してあれこれと考えてみた。また愛する〝ティーネ〟と小マックスも、彼のこの物惜しみしない気前のよさがもとでとばっちりを食った時には、なおいっそうこの不条理を痛感した。そして自分の親切心は弱点や虚栄心にすぎず、仮面を付けた貴公子と思われたいという願望でしかないと自分を責め、これは改めねばならぬと自分自身に誓った。しかし様々な人が不遇の犠牲者として彼の前に現れると、彼はいっさいを忘れて助けてやることがよくあった。そして結局、この行き過ぎた美徳が招いた結果を苦い経験として味わう羽目になった。かわいいマックスが生まれる八日前になっても、かわいい赤子を寝かせる鉄製の小さな揺り籠を買うゆとりさえなかった。そしてその少し前にも、あきらかに自分よりはましな境遇にある人を助けてやるために、妻の数少ない装身具を犠牲にしていた。

しかし一家がルバックに着いた時、こういったことはすべてもう遠い過去のことであった。一家は喜びながらも、穏やかな気分で〝一家が暫し留まろうとしていた〟家に落ち着いた。バタヴィアに家具を注文するのもまた特別の楽しみであり、それらが全部揃えば〝快適で〟楽しい生活となるであろう。朝食をとるのはどこがいいか、小マックスが遊ぶのはどこにしようか、本棚はどこに置こうか、昼間書いたものを夜妻に読んで聞かせるのはどこにしようかと相談した。――というのもハーフェラールはいつも自分の考えを紙に書き留めながら練り上げて行くというやり方をしていたからで、……ティーネは〝いずれ活字にすれば、自分のマックスがどういう人であるか分かってもらえるだろう……〟と考えていた。しかし彼は自分の頭の中に思い巡らしていることを一度も活字にしたことはなかった。それというのも、多少恐れ多さとでもいうような、ある種の気後れが彼の心から離れなかっ

＊　栽培制度　一〇三頁参照。

たからである。彼の考えを活字にしてみてはどうかという人がいると、〝まさか自分の娘を真っ裸で外を歩かせようというのかい？〟とまぜっ返すのが彼であったが、これを見るだけで彼の気後れがどういうものかよく分かる。自分自身では少なくともそう思っていた。

これがまた周囲の者に「ハーフェラールはやはり変わり者だ」と言わせるもとになった。彼がとっさに口にする〝警句〟の一つは、このようなものであった。彼を変わり者ではないとは言わないけれど、もし誰かが彼の意表をついた言葉をあえて翻訳しようとすれば、外を歩く娘の服装のことを言った、このまぜっ返しの中に、おそらくそれにふさわしい訳語を見つけることができるであろう。娘たちはじろじろと見る通行人の目にびくびくしながら、最後は処女の恥じらいというヴェールに身を包んでしまうのだから、精神の汚れのなさをこういう形で論じてみれば、そこにはハーフェラールの気持ちに通ずるものが見られるはずだ。

確かに、二人はランカスビトゥンでは幸せになるであろう。ハーフェラールも、そして彼のティーネも。ただ一つ気掛かりなのは、二人がヨーロッパに残してきた借金のことで、それは、東インドへの帰任の旅費がまだ支給されていなかったことや家具の購入費が重なって、さらにふくらんでいた。しかし二人だったら生活費を半分に切り詰めて、いや三分の一にしても生活してゆけるであろう……ハーフェラールはおそらくすぐに理事官になるであろうし……そうすれば万事が数年のうちに片付くであろう……

「ティーネ、ルバックを離れることになったら、きっと寂しいだろうね。ここではすることが一杯あるから。ねえ、大いに倹約に励んでもらいたいんだ、そうすれば昇進しなくても全部ケリはつけられると思うよ……そうしてここにずっと居たいんだ」

倹約を口にはしてみたものの、ハーフェラールはそれをティーネに向けてはならなかった。倹約が必要になったのは**彼女**のせいではなかったからだ。しかし彼女は愛するマックスと一心同体であったから、こう言われたところで、それを自分に向けられた小言とは思わなかった。小言など実際はありえぬことだった。ヘマをしたのは**自分**ばかりだ、とハーフェラールは知りすぎるほど知っていたし、それも自分があまりにも気前のいいところを見せすぎたからだ。**ティーネ**の落ち度は——もし彼女の側にもあったと仮定して——、夫のマックスを愛していたがゆえにいつも夫のなすことには何も反対しなかったという点だけであった。これも彼は十分に分かっていた。

そう、たしか、こんなこともあったが、やはり**彼女は**反対しなかった。夫のマックスがアムステルダムのニーウストラートに住む二人の貧しい女を——この二人はアムステルダムを一歩も離れたことがなく、いわば〝遠出〟の経験が全くなかった——ハールレム*の大市に連れて行き、案内してやったが、その時の口実がふるっていて、〝品行のよい老女に楽しみを与える〟よう国王から仰せつかったという、何ともばかばかしいものであった。また彼がアムステルダムの全ての施設にいる孤児にお菓子とアーモンド・ミルクを振る舞い、お土産におもちゃを一杯持たせた時も、そうであった。また貧

＊　ハールレム　アムステルダムの西にあるオランダの都市。

しい歌手の一家が自分の国に帰りたがっている時も、マックスは宿賃を払ってやったことがある。この一家はそれでいて自分たちの持ち物であるハープやヴァイオリン、コントラバスは自分たちの哀れな商売に必要な物だとして手放そうとはしなかった。この時も**ティーネ**は夫のやることに全く口を出さなかった。またこういうこともあった。ある晩マックスは街で声をかけてきた女の子を妻のところに連れてきて、食事を与え、泊めてやった。そんな時でも彼は「さあ、帰りたまえ、こんなところで客を探してはいけないよ」などとは説教はしなかった。彼はその前に必ず、その女の子がそうした行為に走らなくてもすむように手を尽くした。妻のティーネはこの時も、夫のすることにはいやな顔をしなかった。また家主が破産して、ピアノを持って行かれたため娘たちが音楽を奪われてしまい、辛い、とこぼすのを聞いた時、マックスは家主の居間にそのピアノを取り戻してやった。**ティーネ**はこれこそ夫の真骨頂だと思った。メナドにいた時、最愛の夫マックスが、競売人の手にかかる寸前の、ひどく悲しんでいた奴隷の一家を買い受けて解放してやったが、**ティーネ**はこれもよく理解できた。またフランスの軍艦バヨネーズ号が寄港した時、士官たちが馬を乗りつぶしてしまった時も、マックスは馬の持ち主に馬を弁償したが、**ティーネ**はこれも当然だと思った。メナドやアンボンにいた時、アメリカの〝捕鯨船〟の遭難者全員を自宅に呼んで世話をしたが、アメリカ政府に対してその費用を請求するような〝ケチな了見〟は見せなかった。これには**ティーネ**も反対しなかった。どの軍艦が寄港する時でも、士官たちがたいていマックスのところに宿泊し、彼の家を好んで〝仮の住まい〟とするわけも、**ティーネ**にはよく分かっていた。

　その彼こそが、彼女の愛するマックスではないのか——王侯のように非常にゆったりと構えている彼を、世間一般で見られるような倹約や経済の尺度に縛り付けようとすることは、あまりにも狭量で、無益で、かつ不条理ではないのか。それに、時には家計の収支のバランスが一時的に崩れたって、マックスは輝かしい経歴を約束されている〝**彼女の**マックス〟ではないのか。まもなく彼は収入を気にすることなしに、自分の寛大な精神の赴くままに振る舞うことができる境遇に入るのではないのか。〝**彼女**のマックス〟は総督もしくは一人の王になるのではないのか。彼はすでに王であったとさえ言っても、おかしくはないのではないか。

　もし彼女の側に落ち度があるとすれば、それはマックスに対する彼女の熱い思いのせいであったし、もしそうだとしても、ここでは〝多くを愛した人はその分だけ救われる〟という格言があてはまるであろう。

　しかし、彼女には落ち度はなかった。たとえ愛するマックスに抱いている過大とも言える思い入れをマックスが彼女と共有していなくても、マックスの前途には洋々たるものがあることは、見る人が見れば分かることであった。もしこうした見通しが外れず、そのまま実現されれば、彼の気前のよさがもたらす様々な不幸な結果はほどなく取り除かれてしまうであろう。しかし彼と彼女の屈託のなさには、もう一つ別の理由もあった。

　彼女は幼くして両親を失い、親戚のもとで育てられた。彼女が結婚する時、彼女に残されている財産はわずかしかないと告げられ、それをもらった。しかしハーフェラールは昔の何通かの手紙や、彼女が母からもらった手文庫の中にしまってあったいくつかのバラになった書き付けから、彼女の一家は父方も母方もかなり裕福であったことを知った。ただ彼にもよく分からなかったのは、この財産がどこで、どうして、いつ無くなってしまったかということであった。お金のことには全く関心のなかった彼女自身は、彼女の親戚が昔持っていた財産について何かを教えてくれるように、ハーフェラールからいくら訊かれても、ほとんど何も答えられなかった。彼女の祖父のファン・W男爵はウィレム五世*とともにイギリスに亡命し、ヨーク侯の軍隊で騎兵大尉であった。彼は亡命したこのオランダ共和国総督一家とともに、イギリスで楽しい生活を送っていたらしい。それが、彼の落ちぶれた原因だと口さがない人たちが言っていた。その後、ワーテルローの戦い**で、彼はボレール隊の軽騎兵の突撃に加わって戦死した。彼女の父、つまりファン・W男爵の息子が残した手紙は涙なしには読むことができない。——当時一八歳であった彼女の父は、中尉として同じ軍団におり、その突撃に際して頭にサーベルの一撃を受け、それがもとでそれから八年後に発狂して死ぬことになるが——彼女の母にあてた手紙を見ると、彼は自分の父の亡骸を探して戦場をさまよい、結局見つけられなかったことが切々と語られていた。

母方については、彼女は祖父がかなり裕福な生活をしていたことを覚えている。この祖父はスイスの郵便事業に出資していたことも、いくつかの書類からはっきりしている。これは今でもドイツやイタリアの大部分で見られることで、この事業からの収入がトゥルン・タクシス侯***の〝**収入源**〟の一つになっているのと同じことである。このことはかなりの財産があったことを窺わせるが、しかしどうしたわけか、ともかくこれは次の代にはほとんど全く伝えられなかった。その原因は全く不明だ。ハーフェラールは結婚して初めてこのことを知ったが、大したことは聞き出せなかった。調べてみて驚いたことに、今述べた手文庫は彼女が亡き母への**敬愛**の情からその中身とともに大事にしまってあっただけで、その中に入っている書類が金銭的に見ておそらく重要なものであろうとは彼女自身知らなかったのだが、それも、不可解なことにいつのまにかなくなっていた。彼がいかに私利私欲に走らぬ人であったとしても、こうした事情やその他のことをいろいろ勘案してみれば、その背後には何か〝秘められたロマン〟が潜んでいるのではないかと思われたのも無理はない。彼はその生活ぶりから、いくらお金があっても十分ではなかったのだから、その〝ロマン〟がめでたい結末を迎えるよう心から願っていたとしても別に彼を非難する必要などない。そのロマンの真偽がどうであれ、〝**横領**〟があったにせよ、なかったにせよ、ともかくハーフェラールの心の中に〝百万長者の夢〟と呼んでいいような何かが生まれていたことは確かである。

しかし、誰か他人の権利であれば、それがいかに埃をかぶった文書であれ、あるいは厚いクモの巣のようなペテンの下に深く埋もれていたものであれ、ハーフェラールなら非常に念入りに、かつ鋭意

＊　ウィレム五世　オランダ共和国の最後の総督（在位一七六六―九五年）。総督はオランダの最高の貴族で、軍の最高司令官。国王に近い存在であった。
＊＊　ワーテルローの戦い　ナポレオンが敗れ、没落した戦い（一八一五年七月）。
＊＊＊　トゥルン・タクシス侯　中世末から近世にかけてドイツやオランダで郵便事業を独占していた貴族。一七四八年以降レーゲンスブルクを拠点にしていた。一八六六年に独占を放棄した。

に追及し、それを守っていったのではないかと思われた。しかしこと自分の利害に関するところでは、おそらく真相解明につながる瞬間が、わずかにせよ、あったはずなのに、それを見逃してしまうという杜撰なところがあった。これもまた奇妙なことであった。自分の利益につながるものには、後ろめたさを感じたのだろうか。もし〝彼のティーネ〟が別の人と結婚していて、その人がティーネの祖父の財産にまとわりついているクモの巣を取り払ってくれるように頼んできたとしたら、ハーフェラールは〝この同情すべき孤児〟のものとなるはずの財産を彼女の手に取り戻すことに成功したに違いない。私はそう信じている。しかしこの同情すべき孤児は今や**自分の**妻であり、彼女の財産は**彼のもの**であるから、彼女の名において〝あなたがたは何かまだ私に忘れちゃいませんか〟と問いただすのは、いかにも利にさとい商人のようで、何か〝礼儀に反する〟ように彼には思えた。

それでも彼は自分からこの百万長者の夢を忘れることはできなかった。これまで調査にずいぶんと金をかけすぎてしまい、自責の念にさいなまれることがよくあったから、そんな時に弁解の余地を残しておくためだけにしても、ともかく忘れることはできなかった。

ジャワに戻る直前にはもうすっかり金を使い果たして四苦八苦し、多数の借金取りに〝責め立てられて〟、誇り高い頭を下げなければならなくなっていたが、この時初めて彼は自分の愚図ないしは気後れを振り払って、自分にはまだ権利があるはずだと、この財産のために一肌脱ごうということになった。それに対する答えとして返ってきたのが一通の古い計算書で、それには何もケチのつけようがなく、それが周知のような結果になった理由であった。

しかし、二人はルバックでは倹約に努めるであろう。倹約してはならない理由が何か他にあろうか。こんな未開の土地であれば、わずかの食べ物のために多少なりとも尊厳をひさがねばならない女の子が夜ふけに路上をさまようことはないし、いわくのある仕事で生計を立てている人が徘徊することもない。運命の転変により一家がたちまちに没落してしまうようなことは、こういう所では起こりっこない、……ただハーフェラールの善意が乗り上げてしまった暗礁はいつもこんな類いのものであったが。この県ではヨーロッパ人の数は人目につかぬほど非常に少ない。そしてルバック県のジャワ人はとても貧しくて、——何か運命の転変があって——それよりもさらにひどい貧困が襲ったとしても人の関心を引くことがなかった。ティーネにしても、こうしたことをあれこれ思いめぐらしていたわけではなかった。これまでは自分たちの恵まれぬ境遇の原因をもっとはっきりとつかまねばならないと思っていた。むろん夫マックスへの愛情がそうさせたのだが、それ以外の思いもあった。ただ彼らのこの新しい環境には、静けさのようなものが息づいていた。昔ならハーフェラールが「そうじゃない？ティーネ、これはやはり避けて通ることができないんだ」と言えば、ティーネがいつも「そう、マックス、あなたはそこから逃げてはいけないわ」と答える場面がしょっちゅうあった。——そこには多少なりともロマンティックな雰囲気を無理に作り出そうとする色合いが見えるが——だが今回は彼にそうしたことを言わせるようなものは全くなかった。

この何の変哲もない、見かけ上は動きのないルバックが、実はハーフェラールのこれまでのありとあらゆる気紛れを合わせてもなお及ばないほどの大きな犠牲を彼に強いることになったのである。これは以下に見る通りだ。

ただこの時点では、そんなことはまだ二人には思いもよらなかった。彼らは明るい将来を思い描き、二人の間に愛があり、かわいいわが子に恵まれていることに、とても幸せを感じていた……

「この庭には何とたくさんのバラが！」とティーネは叫んだ。「〝ランペ〟も〝チュンパカ〟*も、あんなにたくさんの〝ジャスミン《ムラティ》〟が。あのきれいなユリをごらん……」

彼らはまだ子供であった。新しい家をことのほか喜んだ。ハーフェラールを訪ねて来ていたデュクラーリとフルブルッヘは夕方一緒に住んでいる家に帰ると、副理事官一家のまるで子供のようなはしゃぎぶりに、話がはずんだ。

ところが、ハーフェラールは事務所に行ったきり、なぜかその晩は、朝までそこで過ごした。

* ランペ、チュンパカ　いずれもスンダ語。ランペは輪にして花飾りや様々な葉とともに供物に使われる香りのいい花の総称。著者の勘違いで個別の植物名ではない。一方、チュンパカは柿の木ほどの木に咲く、花弁が長く香りがいい白い花で、葉っぱのように一枚ずつ咲く。

13

（同じくシュテルンがまとめたもの＝訳者）

ハーフェラールは内務監督官のフルブルッヘに頼んで、今ランカスビトゥンに集まっている首長たちに明日まで留まるように伝えてもらった。〝首長懇談会《セバ》〟を開いて、全員に出てもらうためであった。この種の集まりは普通は月に一度開かれるが、首長によっては県の中心地ランカスビトゥンからかなり離れた所に住んでいる人もいるので、その人たちがあらためてここを往復する手間を省いてやり、定例化されている日時まで待たずに、すぐに首長たちに正式な形で話をしておきたいと思ったからで、ハーフェラールは最初の〝首長懇談会《セバ》〟の日取りを明日の午前と決めた。

彼の住宅の左手、同じ〝屋敷〟内ではあるが、スローテリング夫人の住む建物の向かい側に、副理事官の事務所の一部ともなっている建物があって、ここには同時に金庫も置かれていた。この建物の一部はかなり広い、明るいヴェランダになっていて、こういった会議にはうってつけであった。翌朝には早くから首長たちがそこに集まっていた。ハーフェラールは中に入り、挨拶をし、腰を下ろした。それから農業、警察、裁判に関する報告書を受け取り、あとで目を通すために脇へ置いた。

集まった人たちは、それから理事官が前日行なったような演説があるものと思っていた。ハーフェラール自身首長たちに理事官とは別のことを言うつもりであったのかどうか、全く分からないが、こうした機会に彼が一席ぶつのを聞いて、その姿を見ていれば、彼の人となりがどうであったかよく分かったであろう。こうした演説になると、彼は何とも感情が高ぶり、独特の言い回しでもって、ごくありふれたことにも新しい色を添える。そういう時には背筋をぴんと伸ばして、眼はらんらんとし、普段の媚びているという感じを与えるほどの柔らかい声が刺すような鋭い声に変わる。また、まるで何か高価なものを——自分自身には取るに足りないものだろうが——辺りに撒き散らすかのように、唇の形は自由自在に動く。そして話し終えた時には、皆がポカンと口を開けて、彼をまじまじと見つめ、「ああ、一体あの方はどういう方なのでしょうか」と思わず漏らしてしまう。

こうした折には、使徒のような、また先覚者のような話し振りになる彼ではあるが、自分自身ではどのようにしゃべったのか、のちになっても思い出せなかった。これははっきりしている。彼は能弁であったが、それは論理の簡潔さで人を納得させるよりも、多分に人を驚愕させ、感動させるところにその特徴があった。これもはっきりしている。彼なら、マケドニアのフィリッポス王*に対して戦争を決意するや、直ちにアテネ人の戦士たちを煽り立てて狂乱状態にさせることはできたであろうが、筋道立った議論で人々を戦争に駆り立ててゆくのが彼の仕事であったなら、おそらくそれほど成功は収めなかったであろう。ルバックの首長たちに対する彼の演説はもちろんマレー語であった。マレー語を使った分だけ、その演説はまた独特の効果をあげた。というのも、東洋語は単純であるだけに多くの表現に力強さがあり、そうした力強さは西洋語では作為が加わりすぎて失われてしまっている。

それでいて、マレー語の耳に心地よい響きは他のいかなる言葉でも表すのはむずかしい。——それにまた、彼の演説を聞く人の多くは素朴ながら決して愚鈍な人ではなかったし、同時にわれわれとは大いに感動を異にする東洋人であったことも考えてほしい。

ハーフェラールの話はあらまし次のようなものであった。

「南バンテン《バンテンキドゥル》のレヘントを務めるラデン・アディパティ君、また県内各郡の首長を務める郡長《ラデン・ドゥマン》諸君、裁判に係わる検事《ラデン・ジャクサ》君、当ランカスビトゥンを治める市長《ラデン・クリウォン》君、さらにはラデン**および側《マン》近《トリ》の諸君、南バンテン《バンテンキドゥル》県の首長を務めるすべての皆さんに、ご挨拶を申し上げたい。

皆さん全員がここに集まり、私の言葉に耳を傾けて下さることを、私は心より嬉しく思います。

諸君の中には学識ならびに誠意において秀でた方々がいることは私も承知しております。私は自分の学識を、諸君のそれでもって高めて行きたいと念じております。なぜなら私の学識もまだ十分ではないことは、自分自身よく承知しているからであります。私は誠意というものを愛しておりますが、私の心の中にはその誠意を帳消しにし誠意の広がりを妨げている欠点があることも、しばしば気付いているところであります。諸君もご承知の通り、大木が小さな木を押し退け、枯らしてしまうことがあります。それゆえ、私は美徳に恵まれた諸君のひそみにならい、今以上に修養に努めたいと思っております。

* マケドニアのフィリッポス王　アレキサンドロス大王の父（前三八二—三三六年）。ギリシアを征服した。
** ラデン　九三頁参照

私は心から諸君に敬意を表します。

私は東インド総督より当県の副理事官として諸君のもとに赴くよう命じられた時、心が高鳴りました。諸君もご承知のように、私はまだ南バンテン県《バンテンキドゥル》には足を踏み入れたことがありませんでした。それで、私は当県に関する書類に目を通してみたところ、当南バンテン県《バンテンキドゥル》にはたくさんの美点があることを知りました。民衆は谷間に水田を持ち、山間部にもあります。諸君は平和に暮らすことを願い、見知らぬ人が住む土地に住もうとは思っておりません。確かに当南バンテン県《バンテンキドゥル》は大変よい所であります。

しかし、私の心が高鳴ったのは、そのためではありません。他の地方でも、よい所はたくさんあるはずです。

当県の人々は貧しいことが分かりました。それゆえにこそ、私は心の奥底から喜びを感じたのであります。

というのも、私はアラーの神が貧しき人々を愛していることを知っているからであります。神はまた試練を与えようとする人には富を授けられるが、貧しい人には神の言葉を語り伝える人を遣わし、貧しき人々が苦難から立ち上がれるようにして下さるからであります。

神は、茎が枯れてくれれば雨を、花の萼《がく》が乾いてくれれば一滴の水を恵んで下さるのではないでしょうか。

労働で疲労困憊して家へ帰るもままならず、膝ががたがたになって賃金をもらいに行けず、道端に倒れ込んでしまった人たちを探すために遣わされるということは、うれしいことではありませんか。穴に落ちてしまった人には手を差し伸べ、山を登る人には杖を恵んでやることができれば、それはうれしいことではありませんか。不平の言葉を祈りの言葉に変え、すすり泣きを感謝の言葉に変えるために、多くの人の中から選ばれたと思えば、心は勇躍弾まないでしょうか。

そう、私は南バンテン《バンテンキドゥル》の地に呼ばれて、この上なく幸せであります。

私は苦楽を共にする妻に言いました。『喜んでくれたまえ。アラーの神がわが子の頭に祝福を与えてくれたのだ。全ての仕事がまだ終わっていない所に私をお遣いになったのだ。収穫の前にそこに赴くことを嘉し給うたのだ』と。なぜなら、喜びはただ稲穂《パディ》を刈ることにあるのではなく、精根こめて育てた稲穂《パディ》を刈ることにこそあるからであります。人々の魂は賃金をもらうことにより成長するのではなく、賃金に値する労働をすることで成長するのであります。

私は妻に言いました。『アラーの神はわれわれに子をお恵みになった。その子がいつか、〝私が神の申し子であることはご存じでしょうか〟と言うことになるかもしれない』と。そうすれば、その子に優しく声をかけて、その子の頭に手をのせ、『さあ一緒に食事をし、生活を共にして、助け合って行きましょう。私はあなたのお父上を存じ上げておりますから』と言う人々がこの地に出てくるでしょう。

ルバックの首長諸君、ここにはなすべき仕事がたくさんあります。

皆さんにお聞きしたい。農民は貧しくはありませんか。実った稲《パディ》が、それを育てた人の口に入らないことがよくあるのではありませんか。この地方には不正は多くはありませんか。子供の数は少なくはありませんか。

ここから東にあるバンドゥン*の住民がここにやって来て、もし次のように尋ねたとしたら、諸君の心は恥ずかしいとは思いませんか。すなわち『どこに一体村があるのか、どこに農民がいるのか、どうして青銅製の口から喜びを伝えるガムラン**が聞こえないのか、どうして娘たちが籾《パディ》を搗く音が聞こえないのか』と。

ここから南海岸に向かって旅をして、どこにも水をたたえぬ山を目にしたり、どこを見ても水牛が全く犂を引いていない平野があったりすれば、諸君の心は痛みませんか。

そう、そう、そう、諸君も私も、こういうことには心が痛むでしょう。それゆえ、アラーの神がここで働くようにと言われ、われわれに力を与えて下さったことに、われわれは感謝しているのであります。

なぜなら、この地方には住民は少ないが、田畑は十分あるからであります。雨も十分に降ります。山々の頂は空の雲を吸い込み、地面を潤すからであります。樹木が根を張るのを妨げる岩石がいたる所にごろごろあるということもありません。多くの所では土地は柔らかく、肥沃であり、穀物の種が撒かれるのを待っております。やがて穀物はたわわに実って、諸君のもとに戻ってくるでしょう。この地方には、稲《パディ》がまだ青いうちにそれを踏み付けてしまう戦争はありませんし、〝鋤《パチョル》〟を使えなくしてしまうような病気もありません。また陽射しも厳しすぎるということはありません。諸君やその子供たちに欠かせない穀物を実らせるのに十分な陽射しで、それ以上厳しいものではありません。また『一体どこに種を撒いたのか全く見当がつかない』と諸君を嘆息させるような洪水もありません。

もしアラーの神の思し召しが、この地を、田畑を流し去るような洪水の起こる所にしていたならば、あるいは神がこの地を不毛の石ころのように硬い土地にしていたならば、あるいは神がこの地を焼き焦がすような灼熱の土地にしていたならば、あるいは神が田畑を引っくり返すような戦争をここにお望みならば、はたまた神が手を萎えさせる病気や、もしくは穀物の穂を枯らしてしまう旱魃で苦しみを与えるならば……ルバックの首長諸君、これには頭を下げて、〝すべては神の思し召し〟と言うしかありません。

しかし、ここ南バンテン《バンテンキドゥル》はそうではありません。

私は諸君の友人、諸君の兄となるために、ここに遣わされたのであります。もし諸君が道で虎を見たならば、諸君の弟たちに気を付けるよう言わないでしょうか。

ルバックの首長諸君、われわれは一再ならず過ちを犯しましたし、この地方が貧しいのも、われわれがあまりにも多くの過ちを犯したからであります。

チカンディやボラン、またクラワン＊＊＊地方やバタヴィア郊外には、この地方に生まれていながらここ

＊　バンドゥン　一八六四年以降プリアンガン理事州の州都となる。バンドゥン県の中心地でもある。
＊＊　ガムラン　一四九頁参照。
＊＊＊　クラワン　西部ジャワ北海岸の理事州。州都はプルワカルタ。

を見捨てて出て行った人がたくさんおります。

どうして彼らは、自分の両親の骨を埋めた土地から遠く離れた所で仕事を探さねばならないのでしょうか。どうして彼らは割礼を受けた村《デサ》から逃げるのでしょうか。どうして彼らは、この地方の森林が作り出す緑陰よりも、かの地に生えている木の樹陰の涼しさの方を選ぶのでしょうか。

海を越えた北西のかなたにさえ、この地方の子供であったはずなのにルバックを捨て、見知らぬ土地を〝短刀《クリス》〟や〝鉈《クレワン》〟や銃を持って徘徊している人が大勢おります。彼らはそこで惨めに死んでゆくのであります。なぜなら、その地には暴徒を取り締まる政府の権力があるからであります。

ルバックの首長諸君、私はあなた方にお尋ねしたい。どうして生まれた土地に葬られることもなく、出て行ってしまう人がかくも多いのでしょうか。『子供の時、私の根元で遊んでいた人は一体どこにいるのでしょうか』と木が尋ねるのはどうしてなのでしょうか」

ハーフェラールはここで一息ついた。彼の言葉がどんな印象を与えたか少し知ろうとすれば、聞いている人たちの顔を見るよりも、今話している当人の言葉を聞いて、その顔を見ていればよい。彼が自分の子供のことを話す時には、その声には何か柔和なところがあり、なぜだか分からないが感動的な響きがあり、思わず『どこにそのかわいい子供がいるのだろう、父親にあんな風に言わせる子供にすぐにでもキスをしてあげたい』と言いたくなってしまう。しかしそのすぐ後に、やや唐突な感じで『どうしてルバック県は貧しいのか、さらにここの多くの住民が他に逃げて行くのはなぜなのか』という問いかけに移ると、彼の声には、硬い木に力を込めて穴をあける時のドリルの音を思い起こさせるような鋭さがあった。だが彼の声は大声ではなかったし、いくつかの言葉に特に力を込めるということもなかった。彼の声には単調さのようなものさえ感じられた。しかし練習で身に付けたにせよ、自然にそうなるにせよ、ともかくまさしくこうした単調さが彼の言葉を強く印象づけた。そうした言葉に敏感な人たちには、より強い印象を与えた。

彼は自分の身の回りの生活の中からいつもいろいろな比喩を思い付くが、それは彼が言おうとしていることを正しく理解してもらうためのよい手助けになることはあっても、よくあるように、話の邪魔になるだけで説明しようとする問題の理解に少しも役に立たないやっかいな添え物になることはなかった。今では〝獅子のように強い〟という言い回しはばかばかしいと分かっているのに、それに慣れっこになり、よく使う。**ヨーロッパ**で初めてこの比喩を使った人は、レトリックよりもイメージを大事にする、いや、イメージ以外は何も語ることの**ない**叙情詩から、この比喩を取り出したのではないということだ。そうではなくて、**ライオン**が出てくる何かの本から——おそらく聖書だと思うが——軽い気持ちでこの比喩を書き写したまでのことだ。なぜなら、その比喩を聞く人だって誰もライオンの強さなど経験したことがないからで、力強いことが予め分かっている何か別のものをライオンになぞらえることによって、その力を思い知らせる必要があったのだろう。その逆ではないはずだ。

ご承知のように、ハーフェラールは確かに詩人であった。山の中にある水田の話をしている時には、周りを見渡せるこのヴェランダから目をそちらに向けて、実際に水田を見ているのではないかと思わせた。木に向かって、子供の頃根元で遊んでいた人は今どこにいるのかと問いかける時には、その木が実際そこに立っているかのように思わせたし、ハーフェラールの言葉に耳を傾ける聴衆の想像力をかき立てるために、実際にそう問いかけながら、まるでルバックを離れて行った人たちを目の前に見回しているかのように思わせた。また作り話をしていたわけでもなかった。彼は木が話すのを聞き、詩人の心の中にはっきりと理解されていたことを辿ろうとしていただけであった。

もしハーフェラールのしゃべり方にそれほど個性があるかどうか疑わしいと言う人がいるなら――彼の話し方は旧約聖書の預言者の話し方を思わせるところがあるから――すでに述べたことを思い出してほしい。話に熱がこもると、彼には実際預言者を思わせるようなところが現れる。森の中や山中での生活は彼に様々な印象を与えていたし、いかにも詩が息づいているかのような東洋の雰囲気に彼は親しんできたから、たとえ旧約聖書のすばらしい詩の一節を全く読んでいなくても、おそらく預言者のような話し方をしたことであろう。

彼が青春時代に書いていた詩の中に、すでに次のような一節があったではないか。それはサラク山――プリアンガン地方の山としては最高峰ではないが、高い方の山の一つである――で書かれたもので、この詩の冒頭の部分は、ここで彼が抱いた感情が穏やかであったことを示しているが、それが突然、彼が足元で聞いた雷鳴さながらに、轟きに変わっている。

ああ、なんとうれしいことよ、ここに登り、声を張り上げ神を讃えるは、
山の背、丘を伝わり、祈りは朗々と響きわたる、

下界より心ははるかに舞い上がる、
山の上にあれば、神はますます身近にありて、
神が御自ら作りし祭壇と聖歌隊席は、
いまだ人の足で汚されることもない、
この山中で神の御言葉は雷鳴の中に轟き……
神雷は鳴り響きつつ、〝陛下〟と叫ぶ。

この最後の二行は、山腹に反響して震える雷鳴を実際聞いて、それを神が人々に読んで聞かせてくれたものと感じていなければ、このようには書けなかったのではないか。諸君はそう感じないであろうか。

だが彼は韻を踏む詩が好きではなかった。「韻律は窮屈なコルセットだ」とも言っていた。もし自分で「しでかしてしまった」ことを――これは彼自身の言葉だが――、何か詩に詠まなければならない羽目になった時には、自分の作品をけなすことで悦に入っていた。そのやり方ときたら、作品を笑いものにするような口調で読み上げてみたり、あるいは、とりわけもっとも厳粛な一節で突然中断してみたり、聞いている人を気まずくさせるようなジョークを節と節の間に挟んだりするものであった。けれども、そうしたジョークは一つのアンバランスに対する諷刺以外の何物でもなかった。一方ではコルセットまがいの韻律の定形があり、他方ではそれにとらわれてひどく窮屈な思いをしている自分

の精神があり、この両者は全くアンバランスであったからだ。

首長たちの中には、出された清涼飲料を口に運ぶ人はわずかしかいなかった。ハーフェラールは、こうした席には欠かすことのできない〝お茶と砂糖漬け菓子《マニサン》〟を皆に配るように、目で合図を送ってあった。彼は演説の最後の言葉を述べると、意識的に一息入れたがっているようであった。それには訳があった。その間におそらく首長たちはこもごもこう考えるにちがいない。『そんなに多くの人が胸に恨みつらみを秘めてこのルバックを捨てて行ったことに、彼はどうしてもう気付いたのか、当地にはびこる貧困を逃れるために多くの家族が近隣の地方に逃げて行ったのをどうしてもう知っているのか、ランプン地方でオランダの支配に反旗を翻している徒党の中にたくさんのバンテン人が混じっていることすら彼にはもうお見通しであるのはどうしてなのか、彼は何をしようとしているのか、何を言わんとしているのか、彼の質問は誰に向けられているのか』と。

中にはラデン……、パラン・クジャン*の郡長に目をやる人もいた。が、たいていの人は視線を床に落としていた。

「マックス、ここにおいで」とハーフェラールは、庭で遊んでいる子供を見つけると言った。そしてアディパティがその子供を膝に抱き上げた。しかし子供は落ち着かなかったのか、アディパティの膝の上には長くは居なかった。飛び上がって離れ、大きな輪を描いて走り回った。そして何かを語りかけて首長たちの気持ちを和ませ、彼らが身につけている短刀《クリス》の柄をいじって遊んだ。裁判にかかわる検事《ラデン・ジャクサ》のところに来た時――他の人より目立った服装をしていたので、子供の注意を引いたのだが――、検事《ジャクサ》は小マックスの頭を指して、隣に座っている市長《クリウォン》に何か言った。市長もこれには頷いたようであった。

「さあ、マックス、あっちへ行きなさい。パパはこのおじさんたちとお話があるから」とハーフェラールは言った。子供は投げキッスで挨拶してから、行ってしまった。

「ルバックの首長諸君、われわれは全員オランダ国王に仕えているのであります。国王陛下は正義には篤く、われわれが与えられた義務を果たすことを望んでおられますが、何分ここからはるかかなたにおられます。三〇の一〇〇〇倍のそのまた一〇〇〇倍、つまり三〇〇〇万人、いやそれ以上の人々が陛下の命に従わなければならないのですが、その陛下は陛下のお心にすがる全ての人々の近くにおられることはできないのであります。

　バイテンゾルフ**におられる偉大な方もまた正義に篤く、皆がその義務を果たすことを望んでおられます。この総督も、都市や町の全ての関係機関や、農村の長老に命令を出し、陸軍を指揮し、海上の船舶を指揮する権限を持っているのでありますが、どこで不正がなされるか、いちいちつかむことができません。なぜなら不正は総督の目の届かぬ所で起こるからであります。

　セラン***におられる理事官は人口五〇万のバンテン理事州を治める方であり、州内で正義がなされる

* 　パラン・クジャン　ルバック県を構成する五つの郡のうちの一つ。
** 　バイテンゾルフ　バタヴィアの南にある都市。総督の居住地。現在のボゴール。
*** 　セラン　バンテン理事州の州都。理事官の居住地があった。

のを望んでおられます。またご自分の治める州内各地に公正さが行き渡るように望んでおられます。しかし不正があったとしても、彼は遠くはなれて住んでおります。誰かが悪事を働いたとしても、処罰を恐れて、理事官の目の届かぬ所に隠れてしまいます。

　南バンテン県のレヘントを務めるアディパティ君も、皆が立派な生活をし、恥ずかしいことが県内に起こらないことを望んでおられます。

　私も昨日全知全能の神に誓いました。正しく、慈しみを持って仕事に励み、正義を尽くすことを恐れず、いやがらず、〝よき副理事官〟たらんことを。——私は自分に課せられた義務を果したいと念じております。

　ルバックの首長諸君、われわれ全員がそう願っております。

　しかし、もしわれわれの中に、私利私欲のために自分の義務を疎かにしたり、金のために正義を売ったり、貧しい人から水牛を取り上げたり、飢えている人が持っている果実を取ったり……もしこういう人がいたなら、一体誰がこれを罰するのでしょうか。

　もし諸君の誰かがそうしたことを見つけたならば、それを止めさせるでしょうし、レヘントもそうしたことが県内で起こったなら、それを許すことはないでしょう。私もできるならばそれを阻止するでしょう。しかし、諸君**も**、アディパティ君**も**、そして私**も**、もしそれを知ら**なかった**ならば……

　ルバックの首長諸君、その場合には一体誰が南バンテン県《バンテンキドゥル》で正義を守って行くのでしょうか。

　そうした場合、正義がどのようにして守られるのか、私がこれからお話ししますので、お聞きいただきたい。

いつか、われわれの妻や子供たちがわれわれの経帷子《きょうかたびら》を用意しながら、泣く時が来るでしょう。そして、それを見た通りすがりの人が『あちらでどなたかが亡くなりましたよ』と人に伝えるでしょう。すると村々をめぐり歩いている人もそのことを他の村に伝えるでしょうし、彼を泊めてくれた人は『亡くなったのは誰ですか?』と尋ねることでしょう。

『彼はいい人で、正義感に燃えた人でした。きちんと裁き、訴え出た人を門前払いにするようなことはしなかった。辛抱強く訴えに耳を傾け、奪われたものを取り返してくれた。水牛を持って行かれたため田に犂を入れられない人には、水牛が手に入るように助けてやった。また娘が母の家からさらわれた時には、その盗っ人を捜しだし、娘を取り返してやった。人が労働した時には、賃金をきちんと支払ったし、持ち主のいる木からその果実を取り上げることもなかった。他の人の着物を自分が着たり、貧しい人の食べ物を取り上げて自分の口にすることもなかった』

そうすれば村人は言うでしょう。『アラーは偉大なり、アラーはその人をお手元にお引き取りになったのだ。神の御心である。立派な人が亡くなられた』と。

またある時には、村々をめぐり歩いている人が一軒の家の前に立ち、『ガムランの音がせず、女の子らの歌声も聞こえませんが、どういうことでしょうか』と尋ねることがあるでしょう。そうすればまた『亡くなった方がおります』という言葉が返ってくるでしょう。

そして、その人が夜になってよその村のどこかで泊めてもらうと、そこの主人や息子、娘が、さらには村の子供たちも、彼の回りに集まってくるでしょう。そこでその人は次のように言うでしょう。『あちらで亡くなったのは正義を貫くと誓っていた人でしたが、お金をくれた人に正義を売ってしまいました。その人は、畑で働いていた人を呼び出して、その人の汗でもって自分の畑に肥料を施しました。彼は仕事をした人に賃金を支払わず、貧乏人の食べ物を取り上げて、食べてしまいました。彼は他の人々の貧乏につけこんで金持ちになり、金銀や宝石をたくさん持っています。しかし近くに住んでいる農民たちは、腹をすかしている子供に食べ物を与えることができません。彼はうまいことやったとにんまり笑うが、正義を求めて訴える人はくやしさに歯ぎしりします。彼の顔には満足感がありますが、乳をふくませる母たちの胸には少しの乳もなかったのです』

これでも村人たちは『アラーは偉大なり……われわれは誰をも呪うことはしない』と言うでしょう。ルバックの首長諸君、われわれは皆いつかは死ぬのです。

われわれが治めている村々では人々は一体何と言うでしょうか。通りすがりの人たちは、葬式を見て何と言うでしょうか。

そして、われわれの死後、われわれの魂に向かってある声が次のように尋ねたら、われわれはそれに何と答えるでしょうか。『畑ですすり泣きが漏れるのはなぜでしょうか、若者たちが姿をくらましてしまうのはなぜでしょうか。納屋から収穫物を持って行くのは誰なのでしょうか。水田を耕す水牛を小屋から連れ去って行くのは誰なのでしょうか。あなたは監視のために遣わされたあなたの兄弟と一緒になって、何をしたのでしょうか。なぜ貧乏人は悲しみ、妻が身ごもるのを呪うのでしょうか』

と」

ここで、ハーフェラールはまた一息入れた。そしてしばし沈黙した後、ごく普通の調子で続けた。まるで、人に感動を与えるようなことは何もないかのように。

「私は皆さんとは友好的な関係を築いて行きたいと念じております。だから私を友人として見ていただきたい。もしかして道を踏み外したと思われる人は、私の穏便な判断があるものと信頼していただきたい。なぜなら私自身よく間違うことがあり、そんなに厳しいことは言えないからです。少なくとも普通の職務上の過失や怠慢にはそうです。ただ怠慢が日常化している場合だけは、これは見過ごすわけにはいきません。たちの悪い過ち……ゆすりや無理難題の押し付けのことはあえて言いません……そんなことは起こらないでしょう、ねえ、アディパティさん？」

「はい、副理事官様、そんなことはルバックではございません」

「それならよろしい、南バンテン《バンテンキドゥル》の首長諸君。われわれの県がかくも貧しいことを幸いとしましょう。これから立派なことをすればいいのです。アラーの神が命を恵んでくれた以上は、われわれは幸せに生きられるよう心がけてゆきましょう。幸い、土地は十分肥沃ですし、人々もやる気を持っています。皆の労働が報われて、収穫物を手にすることができれば、遠からずして人口も増え、そう、頭数のみならず、財産も増え、楽しみも増えて行くことは間違いありません。よいことは次々と続いて行くことが多いからです。私は改めて諸君にお願いいたしますが、どうか私を友人と思っていただきたい。その友人は可能なかぎり諸君を助けるでしょう。とりわけ不正と戦わなければならないところでは、諸君を助けるでしょう。ここに私は進んで諸君の協力者になることを誓うものです。

先刻いただいた農業、畜産、警察、裁判に関する報告書は決済をしてから、お返しすることにします。

南バンテンキドゥル《バンテンキドゥル》の首長諸君、私の話は以上です。どうぞご自宅にお戻り下さい。ご機嫌よう」

彼は一礼してから、老レヘントに腕を貸して、庭を通って住宅の方に案内した。そこではティーネが玄関側のヴェランダに出て待っていた。

14

(同じくシュテルンがまとめたもの＝訳者)

「ちょっと、フルブルッへ、君はまだ帰らないで。まあ、マデイラ*を一杯やろう。あっ、そうだ。あれを訊いておかなければ。検事《ラデン・ジャクサ》、ちょっと」

首長たちが皆何度もお辞儀して帰り支度をしていた時、ハーフェラールはこう言った。フルブルッへもちょうど庭を出るところであったが、検事《ジャクサ》と共に戻ってきた。

「ティーネ、マデイラを飲みたいんだ、フルブルッへと。検事《ジャクサ》、うちのマックスのこと、君は市長《クリウォン》に何て言ったの？　聞かせてほしいね」

「いや、いや、**ご勘弁下さい**《ミンタ・アンプン》、副理事官様。私はお子さんの頭を見ておりました。あなたがお話しなさいましたから」

「へーっ、うちの子の頭が私の話とどう関係しているのかなあ……何と言ったか自分ではもう覚えていないがねえ……」

＊　マデイラ　大西洋のポルトガル領マデイラ島特産のワイン。

「副理事官様、私が市長《クリウォン》に申しましたのは……」

小マックスに話題が及ぶと、ティーネが近寄ってきた。

「私は市長《クリウォン》に若様《シニョ》は王子様のようだ、と申し上げました」（ポルトガル語の**セニョ**は、ここ東インドでは若君に対して使われている。これはラテン語の〝**暗い**〟から〝**森**〟という語が作られたのと似ている）

ティーネはこれを聞いてうれしくなり、……自分でもそうだと思った。

アディパティがその子の頭を見て、つむじ《ウセル・ウセラン》を二つ見つけたというのも本当のことで、それはジャワの迷信によれば、いずれ王冠を戴く印であった。

レヘントがまだ居るところでジャクサを一杯に付き合わせるのは、儀礼上許されないことなので、ジャクサはそのまま帰ってしまった。そしてもうしばらく一同はそのまま留まっていたが、〝職務〟のことは誰も口には出さなかった。しかしレヘントが急に「収税人が頂くことになっている金額はまだお支払いいただけないのでしょうか」と尋ねた。

「いや、違いますよ」とフルブルッへが言った。「アディパティさん、ご存じのように、あの人の釈明が全部終わるまでは支払いはしてはならないことになっているんです」

ハーフェラールはマックスと遊んでいたが、それでもレヘントの顔色から、フルブルッへの答えがレヘントの気に入らなかったことをちゃんと読み取った。

「ねえ、フルブルッへ、まあいいことにしよう」と彼は言った。そして事務所から職員を一人呼んだ。

「まあ、支払ってやることにしよう。その人の釈明はきっと了承されるだろうから」

アディパティが帰った後、法令集にはやかましいフルブルッへが言った。

「しかし、ハーフェラールさん、あれはまずいですよ。あの収税人補佐の釈明は今セランで調査中でして……もし不足分があったとしたら……」

「その時は、私が埋め合わせをしよう」とハーフェラールは言った。

収税人に対してどうしてこのように寛大になれるのか、フルブルッへには理解できないことであった。呼ばれた事務員がまもなく書類を持ってやって来た。ハーフェラールはそれに署名し、支払いを急ぐように言った。

「フルブルッへ、どうしてこうするのか君に言っておこう。レヘントは家に一銭もないんだ。彼の文書係の人がそう言っていた……金が欲しいのは**レヘント自身**なんだよ。収税人はそれをレヘントに前貸ししようとしているんだ。だから、地位もあり年も食っている男を困らせるよりは、自分の責任で事務手続きに一つ違反しようと思う。それにしても、フルブルッへ、ルバックではひどい権力の乱用がなされている……当然つかんでいると思うが……そうだよね？」

フルブルッへは黙っていた。

「**私には**分かってるよ」とハーフェラールは続けた。「**分かってるんだ**。スローテリング氏が亡くなったのは一一月だったよね？　そう、**彼の亡くなったその翌日に**レヘントは人々を呼び立てて**自分の水《サ》田《ワ》**で働かせた。しかも何も払わずにただで。**君も**当然知っていたはずだ。知ってたよね？」

フルブルッへは知らなかった。

「君はそれに気付か**なければならなかったんだ**。**私には**分かっている」とハーフェラールは続けた。
「各郡の月例報告書がそこにある」——彼はさきほどの集まりの時受け取った文書の束を指し示した
——「そう、中はまだ全く開けて見ていないが、その中で特に問題なのは、首長のところに賦役とし
て差し出された労務者の明細書だ……ところで、その明細書は正確かい？」
「まだ見ておりませんので……」
「私もだ。だが、それが正しいものか君に聞きたいんだ。先月の明細書は正確なものだったかどうか」
フルブルッへは黙っていた。
「君に言っておこう。そいつは**偽りだ**。というのは、賦役に関する規程が認めているよりも三倍も多
い人間が、レヘントのもとで働くように呼び出されていたからだ。報告書にはあえてそのことは記載
しなかった。そうじゃないかい？」
フルブルッへは口を開かなかった。
「私が今日受け取った報告書にも嘘がある」とハーフェラールは続けた。「あのレヘントは貧しい。
ボゴール*やチアンジュール**のレヘントも彼の一族だが、彼が本家筋で、〝アディパティ〟で、一方チ
アンジュールのレヘントは〝トゥムンゴン〟にすぎない。ルバックはコーヒー栽培には向いていな
いので、その分レヘントにも役得が入らない。だから彼の収入では、プリアンガン地方のただの
〝郡長《ドゥマン》〟にも派手さや華やかさという点では歯が立たないわけだ。プリアンガンの〝郡長《ドゥマン》〟といえば
自分の甥のアディパティが馬に乗る時、馬をおさえているような立場だ。そうじゃないかい？」

「ええ、その通りです」

「彼は俸給のほかは何ももらっていないし、それに政庁が便宜を図ってやった前貸し金の返済分を、その俸給から差し引かれているところだ。あの時彼は……そう、君もあれを知っているよね？」

「はい、知っております」

「彼が新しいモスク《ムスジッド》を作らせようとした時、これには多額の金が必要だったのだが、その時、彼の一族の多くの者が……あのことは知っているよね？」

「はい、承知しております」

「彼の一族の面々が多数――本当はルバックの人ではないし、だからルバックの人に敬われているわけでもないのに――彼のところにまるで盗賊団のように群がって、金をせびり……あれは確かなことだよね？」

「はい」とフルブルッへは言った。

「彼の金庫が空っぽの時でも、そういうことはよくあることだが、奴らはレヘントの名を騙って人々から自分の欲しいものをゆすり、……そうだよね？」

「その通りです」

「だから、私の聞いていた通りなのだ。しかもそれにはまだ先があることだし。年を取ってしまった

＊　ボゴール　オランダ人がバイテンゾルフと呼んでいた都市。一七七頁参照。
＊＊　チアンジュール　プリアンガン理事州の内の一つの県。その中心地となる都市。

レヘントは、ここ数年来宗教指導者に贈り物をして、自分の功徳を高めたいという気持ちにとりつかれている。彼はメッカ巡礼の旅費に多額の金を出しており、その結果、彼の手元には聖遺物やお守り、〝護符《ジマ》〟といったあらゆるがらくたが戻ってきている。そうじゃないかい？」

「おっしゃる通りです」

「そう、そんなことをしているから、彼は金に困っているんだ。パラン・クジャンの郡長《ドゥマン》であるラデン・ウィラ・クスマは彼の娘婿だが、レヘントが己の手を汚すのはレヘントという地位の手前もあってはばかられる場合には、このドゥマンが——彼一人ではないが——貧しい人から金品をゆすったり、農民を彼らの水田から連れ出して、レヘントの水田《サワ》に追いやって働かせ、アディパティの歓心を買っているというわけだ。そして、このレヘントは……、そう、私は彼がこんなことを喜んでやっているとは思いたくないが、金に困ってこうした手段を使わざるをえないわけだ。万事が万事こういうことじゃないか、フルブルッへ？」

「はい、その通りです」とフルブルッへは答え、ハーフェラールの目は厳しいことがだんだんと分かってきた。

「レヘントが一文なしであることは分かっていたよ」とハーフェラールは続けた。「私は自分の義務を果たすつもりだと今朝言ったのを聞いたと思う。不正は許さない、神にかけて許さないつもりだ」

そして彼はパッと立ち上がった。彼の口調には昨日の**公式**宣誓の時とは全く違うものがあった。

「しかし」と彼は言葉を続けた。「自分の義務は柔軟に果たしていこうと思う。すでに起こってし**まっ**

たことをあまりあれこれと詮索しようとは思わない。しかし**今日から**起こることは、すべて**私の**責任になる。それにはよく注意していく**つもりだ**。ここには長く居たいと思う。フルブルッへ、われわれの使命は実に美しいものだということは分かってるね。だが、今言ったことは全て、本来ならば**君か**ら聞いていなければならないことだよね？

そのことは分かっていると思う。誰が南海岸で〝闇の塩《ガラム・グラップ》〟を作っているか分かっているし、君のこともよく知っているつもりだ。君が正直な人だということもよく分かっている。しかし、ここではこれほど不正が罷り通っているのを、どうして言ってくれなかったのかなあ？ 君はもう二ヵ月副理事官代理を務めており、その上内務監督官としてはここはもう長いし、だから君が知らないはずはないんだ」

「ハーフェラールさん、私はこれまであなたのような人に仕えたことは全くありませんでした、……あなたは他の人とは全く違っております。どうか悪しからず」

「いや、そういうことでは全然ないんだ。私が他の人とは全く違っていることは、自分でも分かっている……しかしそれはこの問題とは関係のないことじゃないか」

「あなたが示された判断や考え方はこれまでにはなかったものですから、それでこういう結果になってしまうのですが」

「いや、これまでの判断や考え方は、〝謹**んで**……**いたします**〟という決まり文句で書き出したり、〝**政府の大きな喜びとするところであります**〟と書いて、その真意を隠してしまう、あの忌まわしい役所仕事の**常套句**によってうやむやにされてきたまでの話だ。フルブルッへ、君は何も悪くはないんだ。君は私から学ぶことなど何もない……例えば今朝の首長懇談会《セバ》の席で、私は何か新しいことを君に言ったかい？」

「いいえ、新しいことは何も……でもあなたは他の人とは違うことをお話しになっています」

「そう、それは私の受けた教育に欠陥があったからなんだ……私の話し方は気まぐれで、まとまりがないんだ。しかし君はこのルバックの不正全体にどうしてそのように呑気に構えていられるのか、それを話してくれたらねえ」

「誰かが**率先して**やろうとした様子は全くありません……それにこの地方ではいつも万事そんな調子でして……」

「そう、そう、私にも分かっている……皆が皆、預言者や使徒になれるわけではないから……もしなれるのなら、磔の十字架が増えて、木材は値上がりするだろう。だけどそうした不正を全てなくするために手伝って欲しいんだ。君の**仕事**だからしてくれるよね？」

「もちろん、あなたにはぜひ。でも皆がそれほど厳格に不正の摘発に目を向け、それを評価してくれるかどうか。そうなれば結局、風車と戦うような羽目になるのが落ちですから」

「いや、それだと、不正に進んで手を染めている人はそれで生活しているわけだから、不正は何もありませんと言うだろう。そして君をドン・キホーテ呼ばわりして喜び、そのまま**奴らの**風車を回し続けるだろう。だが、フルブルッへ、君は**私のこと**を待たずに君の仕事をしていいんだ。スローテリング氏は有能で、正直な人だった。彼はどんな動きがあるのかつかんでいたし、それに目をつぶらず、抵抗したんだ。これを見たまえ」

　ハーフェラールは書類の中から二枚の紙を取り出し、それをフルブルッへに示しながら、訊いた。

「これは誰の筆跡だろう？」

「スローテリング氏のです……」

「その通り。これは、彼が理事官に相談しようとしていた問題を扱った文書の控えであることははっきりしている。こう書いてあるよ。**一　米作について。二　村長たちの住宅について。三　地租等の徴収について**。この後ろに感嘆符が二つ付いている。スローテリング氏はどういう意味でこれを付けたんだろう？」

「分かりません」とフルブルッへが言った。

「いや、分かるよ。国庫へ入るよりもずうっと多く徴収されているという意味だよ。じゃあ、今度は君にも分かるものを見せてあげよう。これは記号ではなく、文字で書いてあるから。見たまえ。
一二　レヘントならびにその下の首長たちの不正などについて（**住民の負担で各種の建物が維持されていることについて**）。
　これではっきりしているねえ？　スローテリング氏は**率先して**この問題に当たろうとしていたんだ。分かるだろう？　だから君も彼に協力できたはずなんだ。こうも書いてある。聞きたまえ。
一五　原住民首長たちの一族や使用人の多くが、現実には栽培制度に関係していないにもかかわら

ず、栽培手数料*の支給者名簿に名を連ねている。そのため、彼らがこの制度の受益者となり、現実にこれにかかわっている人々が不利益を被っている。また彼らは不当にも水田の所有者とされている。水田は栽培制度に参加している人にのみ与えられるべきである。

ここにもう一つの文書がある。鉛筆書きだ。こうなっているよ。ここでも非常にはっきりしている。

つまり、

パラン・クジャン**の住民数の減少は、全面的に住民に対する行き過ぎた権力の乱用に起因している。**

これについてはどう思う？　私が正義、正義と言っているからといって、見かけほど変わり者ではないし、同じことをやろうとしていた人が他にもいたことは、分かるよね？」

「おっしゃる通りです」とフルブルッヘは言った。「スローテリング氏はちょくちょく理事官とこうした問題全てについて相談しておりました」

「それで、どうなったんだい？」

「その時はレヘントが呼び出されて……**ひざ詰めで**……」

「そういうことになるだろうな。それで？」

「相も変わらずレヘントは全部否定しました。そこで証人が必要ということになり……しかし誰もレヘントに逆らって証言などしようとしません、……ハーフェラールさん、事はそれほどむずかしいのです」

読者は、私の本を最後まで読まなくとも、どうしてそんなに特別にむずかしい問題なのか、フルブルッヘと同じように察しがつくと思う。

「スローテリング氏はこのことでとても怒っていました」と内務監督官は続けた。「それで首長たちに厳しい書簡を送りました……」

「それは読んだところだ。昨夜から今朝までかかって」とハーフェラールは言った。

「このまま改善の跡が見られず、理事官も**断固とした措置**を取らなければ、自分が直接総督に掛け合うつもりだ、と彼はよく言っておりました。そしてこのことは彼が議長を務めた前回の首長懇談会《セバ》でも首長たちに伝えてありました」

「もしそういうことになっていたら、きわめてまずかっただろうな。理事官は彼の上司だから、いかなる場合も理事官を飛び越して直接総督に言うことは許されないからだ。それに彼もまた何でそうしようとしたんだろうか。バンテンの理事官たる者が不正や勝手な振る舞いを許すなどとは考えられないんだが」

「許すかどうか……いや、でも誰も首長のことを訴えたがりませんから……」

「そう、私だって訴えたくはない。相手が誰であろうとも。しかし**いざ**という段になったら、首長だろうと他の人だろうと同じだ。だが、ここでは幸い告訴ということにはならないだろう。明日、私がレヘントを訪ねてみよう。彼には権力の乱用は間違いであるとはっきり言っておこう。特に貧しい人々

＊栽培手数料　いわゆる強制栽培制度の下で、動員された農民に労働の対価として支払われた一定の金額。

の持ち物を取り上げることはよくない、と。だけど、万事問題ないことを願っているので、今苦しい立場におかれている彼をできるだけ助けてやろうと思う。私がどうして収税人にすぐに金を支払ってやったか、これで分かったよね。それから、政庁にはレヘントの前借り金を返済免除にするように頼んでみるつもりだ。そこでフルブルッへ、君にお願いしておきたいが、われわれの任務は厳格に果たしていこう。ただしできるだけ柔軟に。しかしどうしても**必要な**場合には、勇気を持ってやっていこう。君が正直者であることは私も承知している。しかし君は気が弱い。だから今後は本当のところをはっきりと言ってほしいのだよ……**その結果がどうなろうとも**……君のそのどっちつかずというのはご免にしてほしいのだ……、さあ、一緒に食事だ。缶詰だがオランダ産のカリフラワーがあるんだ……まあ、いたって質素な食事だが。しっかりと節約しなければならないのでねえ……マックス、おいで！」

マックスを肩車に乗せて、二人はホールに入って行った。そこにはティーネが食卓の料理に覆いをかけて待っていた。ハーフェラールが言ったように、**確かに**全く質素なものであった。デュクラーリ隊長が、フルブルッへに昼食までに家に戻るつもりがあるかどうか、ちょうど訊きに来たので、彼もお相伴にあずかることになった。もし読者諸君が私の話に少し変化が欲しいというなら、以下の章を読んでいただきたい。その食事の席で一体どんなことが話題になったか、お話しするつもりである。

15

（同じくシュテルンがまとめたもの＝訳者）

マックス・ハーフェラール

読者諸君、城というのはどれも似たりよったりのものだから、私がある城のことを描写しようとすると、城から飛び降りたヒロインが地面に落ちるのを待たずに、諸君はすぐにうんざりしてこの本を放り出してしまうのではないだろうか。一体どのくらいの時間なら、そのヒロインを空中にとどめたままで諸君に我慢してもらえるのか、よく確かめたいと思い、いろいろ気を遣った。もしこの本の中でこうした飛び降りのシーンを書かねばならないとしたら、私はいつも慎重を期して二階をその**飛び降りの場所**にして、あまり説明の要らない城を選ぶことになろう。でもしばらくはご安心いただきたい。ハーフェラールの家は平屋で、この本のヒロイン、つまりあの貞節で〝**控え目**〟で、愛すべきティーネがヒロインであるが、彼女は決して窓から飛び降りるようなことはなかったからだ。

前章の終わりで、次の章ではいささか変化があると述べておいたが、これは実を言えばむしろレトリックの話であって、ちょうど〝区切り〟のいいところで終わらせる必要があったからだ。だから本当にこの章を〝変化をつけるため〟だけのものと考えているわけではない。もの書きというのは……人間としてはうぬぼれが強い。自分の母親のことや自分の髪の色のことを悪く言われたり、アムステルダム訛りがあると言われても――アムステルダムの人は全然そうは思ってはいないが――、おそらく文句をつけることはないであろう。しかし自分が取り上げて書いたものに近い何かの、その付け足しと言っていいような部分の、しかもそのごく一部の、そのまた表面にでも触れようものなら、……容赦はしないであろう。だから諸君が私の本をつまらぬと思うなら、もし互いに顔を合わせることがあっても、知らんぷりをしていただきたい。

いや、そうした〝変化をつけるための〟章でさえ、私にしてみればきわめて重要で掛け替えのない章に思われるが、それはもの書きとしてのうぬぼれの強さをルーペとして使って対象を拡大して見ているからである。もし読者がこの章を飛ばして読み終えてからこの本はどうも気に喰わぬと思ったら、そこを読み飛ばしたからこの本をまともに評価できないのだと、私はためらわずに言うであろう。なぜなら読者はまさしくその〝**核心に触れるところ**〟を読まなかったからだ。つまり私にしてみれば、つまり人間として、もの書きとして言うが、読者がうかつに読み飛ばした――失敬な話だが――章だってことごとく〝**核心に触れる大事な**〟章だからだ。

あるいはこんなことを考えてみればどうだろうか。諸君の奥さんが「その本はどうですか」と尋ねる。それに対して諸君は例えば――私にとっては**聞くも空恐ろしいことだが**――世の亭主族によくありがちな口のうまさで言う。

「ふむ……そう……まだ分からないね」

はてさて、困った御仁だ、ぜひ先を読んでもらわなければ。もうすぐ山場を迎えますから。私は唇を震わせながら、諸君を見つめ、読み終えた頁の厚さを測り……諸君の顔に〝あの素晴らしい〟章の余韻が残っているのではないかと探すが……〝いや、まだそこまで読んでいない〟とつぶやく、……〝もうすぐ彼は飛び上がるだろう、……感極まって何かを抱きしめるだろう、……きっと妻を……〟

しかし、諸君はさらに先へ読み進む。〝素晴らしい章〟はもう過ぎてしまったかもしれない、と思う……諸君は全く飛び上がらなかったし、何物も抱きしめなかった……

そして右手の親指がおさえている頁の残りはだんだんと少なくなり、何かを抱きしめるのではないかという私の期待もだんだんしぼみ……ああ、確かに私は涙さえ期待していたのだが。

そして諸君はその小説を〝とうとう二人は結ばれる〟ところまで読み終え、あくびをしながら言う――あくびこそ結婚生活を何よりも雄弁に物語るもう一つの表現法だ――、

「そう……そう……確かに本だが、……まあ、今ならざらにある本だ」

しかし、諸君、それじゃ、血も涙もないではないか、まるで虎だ、ジャワにいる**ヨーロッパ人**だ、読者よ。それでは諸君は爪楊枝でも噛むように私の精神を噛んで一時間を過ごしてしまったことにならないのか。同じ人間の肉と骨をかじったり、しゃぶったりして、共喰いしたことにはならないのだろうか……？　それじゃ人喰いだ、諸君が一度食べた草のように反芻しているものの中に、私の精神が入っていたのだ……諸君がその時お菓子のように食べて飲み込んでしまったのは、私の心臓だったのだ……なぜならその本の中に私の心臓と精神を入れておいたからだ。そして書き進むにつれてその草稿には幾多の涙が落ち、血管からはいかに血が流れ出たことか。私は洗いざらいぶちまけたのだ。

それを諸君はわずか数枚の五セント銅貨を出して買い……揚げ句の果てに〝ふん？〟はないだろう……

読者諸君、今**自分の**本のことを言っているのではない。お分かりいただけると思うが。だから、アブラハム・ブランカールト*の言葉を引用して、言っているだけのことでして、……

＊　アブラハム・ブランカールト　オランダの女流作家ウォルフとデーケンが書いた小説『サラ・ブルヘルハルト嬢の物語』（一七八二年）に登場する、誠実さと豊かな識見が売り物の人物。

16

「そのアブラハム・ブランカールトって、誰？」とルイーズ・ローセメイエルが聞いたので、フリッツが説明してやった。私もそれでひと安心した。なぜなら、それを機に私は立ち上がり、少なくともその晩に関してはそれで朗読を終わらせることができたからである。ご存じのように、私はコーヒーの仲買人で（ラウリール運河三七番地）、仕事は山ほど残っている。ということは、私がいかにシュテルンの仕事ぶりに満足していないかということを意味している。コーヒーのことを書いてくれればよかったのだ。しかし彼がしたことといえば……そう、神のみぞ知る。

　シュテルンは小パーティーの時、三夜にわたって最後の一〇章分を取り上げたが、最悪だったのは、ローセメイエル家の人たちがそれを褒めたことだ。私が何か文句をつけると、彼はルイーズに肩入れする。「彼女から褒めてもらうことは、世界中のコーヒーを全部集めたよりも、ずしりと重いし、いっそう私の心は燃える」などと口走る（　《ママ》頁の彼の長広舌を見てほしい。いや、見ない方がいいんだが）。こうなると、もうお手上げで、どうしていいか分からない。シャールマンのあの包みはまさしくトロイの木馬だ。フリッツもそれにはすっかりいかれてしまっている。私の見るところ、息子のフリッツがシュテルンを持ち上げているようだ。なぜならそのアブラハム・ブランカールトというのはあまりにもオランダ的でドイツ人にはむずかしすぎるからだ。二人ともすっかりいかれていて、本当に手の施しようがない。しかも全く運悪く、**コーヒーの競売に関する**本を書くと、私はハーフサイヘルと約束してしまった。オランダ中がそれを待っている。それなのにシュテルンはそれとは全く関係のない方向に進んでいる。昨日はこうも言っていた。「ご安心下さい。すべての道はローマに通じております。まずはともあれ序章の締め括りまでお待ち下さい……（あれでもまだ序章どまり?）、最後はコーヒー、コーヒー、コーヒーだけにしぼられることはお約束いたします（彼は実際には間違ってドイツ語の動詞をオランダ語風になおして〝約束する〟と言っていたが）。ホラティウスを考えていただければ分かります」と彼は続けた。「ホラティウスは、〝**混ぜ合わせの妙技を持つ人は皆から支持される**〟、……つまりコーヒーと何か他の物を混ぜる、と言っていたのじゃないですか。あなただって、コーヒーに砂糖やミルクを入れて、同じようになさるのではないですか」

こうなると黙っているしかない。彼の言う通りだからではない。そうではなくて自分はラスト商会の人間として、老シュテルンがブッセリンク・ワーテルマン商会の手にむざむざ落ちることのないように注意を払う義務があるからだ。奴らは老シュテルンを手玉にとるだろう。ペテン師だから。

読者諸君、私は諸君に洗いざらい打ち明けている。諸君がシュテルンの書いたものを読んだ後、──実際読んでくれたでしょうな?──関係のない人に怒りをぶつけることのないように──相手に向かって人喰いなどと悪態をつく人を誰が仲買人などに取り立てようか──、ともかく私がそれには関係していないと納得してくれればと強く願っている。今となってはもうあのシュテルンをわが社から追い出して、この本とかかわりないようにすることはできない。というのも、ルイーズ・ローセメイエルが教会から帰ると（男の子らが彼女を待ち伏せていたようだが）、シュテルンに、その晩は少し早く小パーティーにやって来てマックスとティーネの話をいっぱい読み聞かせてくれるように頼む始末だからだ。そこまで事態は進んでいる。

しかし、読者はこのいかめしい書名から何かそれに値するものが出てくると信じて、この本を買ったり、金を払って借りたりしているのだから、金を使った分だけ何かまっとうなものを要求する権利はあるわけだ。この点は私もはっきりと認める。だから自分もまた何章か書いていくつもりだ。諸君はローセメイエル家の小パーティーには確かに出ていない。その点、最初から最後まで付き合わされる私よりは幸せだ。ドイツ的興奮の臭いのする章を諸君が読み飛ばすことは自由だ。コーヒー仲買人の、まじめな私が書いた章だけを読むというのでもよい。

シュテルンの手稿を読んで驚いたのだが、ルバック県ではコーヒーは栽培されていないという。それが間違いないことはシャールマンの包みからシュテルンが教えてくれた。これは大きな問題だ。もし政府が私の本を見て、これは問題だと気が付いてくれたら、私のかけた手間ひまも十分報われるというものだ。シャールマンの書いた文書からはっきりしているのは、ルバック地方の土地はコーヒー

＊ ホラティウス　古代ローマの著名な詩人（前六五―前八年）。

栽培には向いていないということだが、これは断じて言い訳にはならない。あえてはっきり言うが、けしからぬことに、義務が果たされていないのだ。つまりその土地をコーヒー栽培に向くように作り変えないから、オランダ全体に対する義務を果たしていないことになり、とりわけコーヒーの仲買人や、そう、ジャワ人自身に対する義務も果たしていないことになる（ジャワ人に対する義務はまぁ仕方ないとしてもである）。あるいはまた、もし土地を作り変えることが無理だというなら、そこに住んでいる人々をコーヒー栽培に向いている地方に送り出せばよいのに、そうもしないのはやはり義務を果たしていないことになる。

私はよくも考えずに勝手な言い草を並べているわけでは決してない。あえて言うが、私は商売上の経験から物を言っているのである。この問題については、ワーウェラール牧師が異教徒を改宗させるための水曜礼拝式で話していたことを聞いて以来、ずいぶんとあれこれ考えてもきたからだ。

それは水曜日の晩のことであった。ご承知と思うが、私は父親としての義務は厳格に果たしているし、自分の子供のしつけには非常に気を遣っている、――フリッツは最近よからぬ口の利き方や態度を少し見せるようになったので（それは全てあの忌まわしい包みに原因があるのだが）、よくよく言い含め、こう諭しておいた。「フリッツ、だめじゃないか。これまでわしはお前に間違ったことは教えてこなかったつもりだ。だが今のお前は方向を間違っている。偉そうに、気むずかしく詩を作り、ベッツィー・ローセメイエルにキスをしたりしている。神を恐れることこそが、誰にとってもまず賢い人間になる出発点だ。だからローセメイエル家の人たちにキスをしたり、あんな偉ぶることはしないことだ。道徳を守れなくなれば堕落が待っている。聖書を読みなさい。あのシャールマンを見なさい。奴は神の道を踏み外したがゆえに、今は貧しく、ちっぽけな部屋に住んでいる。不道徳と、身を持ち崩したことの結果だ。アンデパンダンス紙に間違った記事を書いたり、あの『アフライア』という本の束を床に落としたりする始末だ。自分で賢いと思っている人は、えてしてああなる。奴は何時か時刻を言えないし、子供ときたら半ズボンをはいているざまだ。われわれの体は聖霊の宮であるし、父親というものはいつも家計のために汗水流して働かねばならぬということも忘れてはならないのだ(これは間違いない)。目を上に向けて、父がドゥリーベルヘンに隠居する頃にはひとかどの仲買人になれるように努力しなければならないのだ。正しい忠告に耳を傾けない人や、宗教や道徳を踏みにじる人には気を付けよ。そういう人をこそ自分を映す鏡としなくてはいけない。お前は自分をシュテルンと同じだと思うな。彼の父は大変な金持ちだし、シュテルンは別に仲買人にならなくても、いつも金には十分恵まれるであろう。悪はすべて罰せられるということを忘れるな。もう一度言うが、あのシャールマンを見よ。奴は冬着も持っていないし、まるで喜劇役者のような格好だ。教会へ行ったらよく聞いてくることだ。退屈しているように、椅子の上できょろきょろするのはよくない。教会が終わっても、女の子を待っているようなのはだめだ。そんなことをすれば説教が台無しになってしまうからだ。朝食でわしが聖書の文句を読んで聞かせる時も、マリーを笑わせてはならぬ。そういったことはすべて、しつけのよい家庭には似つかわしくないからだ。先日バスティアーンスが仕事を休んで、来なかった時に、——よく痛風を病んでいるから——お前は彼のメモ帳の上にいたずら書きをしていた。あんなことをしたら事務所の人の仕事の邪魔になる。そうしたバカなことは堕落につながると、神の言葉にもある。あのシャールマンも若い時にはそうしたバカなことをやっていた。奴は子供の時、西教会の広場でギリシア人をぶんなぐったことがある。今はあの通り、怠惰で、偉そうな顔をしているが、病気にもとりつかれている。だから、シュテルンとあのように、いつも悪ふざけをしてはならぬ。**彼の**父は金持ちである。シュテルンが簿記係の人に顔をしかめたとしても、見て見ぬふりをしていることだ。シュテルンが事務所の外で詩を書いているとしても、ここでは楽しくやっているし、マリーが彼のスリッパに刺繍を付けてくれたと父親には報告した方がいいと今度彼に言ってやりなさい。また彼の父親がブッセリンク・ワーテルマン商会の方に鞍替えするとシュテルンは確信しているかどうか、一度訊いてみてくれ。そしてそれは汚い手だとも言ってやってくれ。分かったか。そうすれば、シュテルンを正しい道に連れて行くことになり、それがまた隣人に対する義務だ。あんな詩を書くことなど全くバカバカしいことだ。いいか、人間は正直で素直でなければならぬ、フリッツ。事務所で女の子がお茶を持ってきた時、彼女のスカートを引っ張るようなことをしてはならぬ。主はわれわれのために十字架の上で命を失われたことを忘れるでないぞ。彼女がお茶をこぼしたら、恥をかくのはこのわしだ。聖パウロも言っている。息子たる者、決して父に悲しい思いをさせてはならぬ、と。わしは二〇年取引所へ行っているので、あえて言うが、わしはコーヒー取引の場となっている柱のところでは信用を得ている。だからわしの言うことを聞くことだ、フリッツ。帽子を持って、コートを着て、一緒に水曜礼拝式に行こう、お前のためになるだろうから」

ざっとこんな話をした。きっと彼には効き目があったと信じている。ワーウェラール牧師もことさら〝神の愛は明らかに不信心者への怒りから出ている〟ことをテーマにしていたことでもあるから。牧師の話を聞きながらずっと、人の英知と神の英知の違いには一体どれほどの隔たりがあるのだろうかと考えていた。読者にはすでにお話ししてあるが、シャールマンの包みの中には、たくさんの屑に混じって、堅実な議論を展開しているものも多数目についた。しかしそれもワーウェラール牧師の言葉と比較するならば、いかにちっぽけなものであることか。それは牧師自身の実力によるものではない。私の知るかぎり、彼は平均的な牧師だと思う。そうではなくて、天からやって来る力が彼をそうさせているのだ。この違いは、シャールマンが論じていた多くの点に牧師もまた言及しているわけだから、いよいよ歴然としている。なぜならご承知のように、シャールマンの包みの中にはジャワ人や異教徒に関するものがたくさんあったからだ（フリッツはジャワ人は異教徒ではないと言うが、誰であれ間違った信仰を持っている人は異教徒だと言わねばならぬ）。

私はワーウェラール牧師の説教を聞いて、ルバックでコーヒー栽培を止めてしまったことは不当だと思うようになったし――これについてはまたすぐに触れることにするが――、私は人間が正直だから、読者諸君がせっかくお金を出したのに何も見返りを得られなかったということでは相済まないと思う。だから牧師の説教から特に感動的なところをいくつか断片的に紹介してみよう。

彼は引用した言葉の中から神の愛を手短に示し、それからすぐに本来の問題点に話を移した。つまりジャワ人、マレー人、そして呼び名はどうあれ、それらすべての民族を改宗させる問題についてであった。

「親愛なる皆さん、イスラエルの使命はこうでありましたし（彼はカナン地方の住民の虐殺のことを言っている）、オランダの使命もこうであります。そう、われわれを照らすともし火は升の下に置かれていて全ての人を照らしていない*とか、われわれは永遠の生命たるパンを分け惜しんでいる、というようなことがあってはなりません。目をインド洋の島々に向けてみて下さい。そこには数百万の、そう、神に愛された尊いノアの、呪われた息子の子供たちが――彼はゆえなくして呪われたのではありません――数百万人も住んでおります。そこでは彼らは異教徒として無知のまま、身の毛もよだつような蛇の巣穴の中をはいずり回っております。そこでは彼らは手前勝手な聖職者の軛の下で、縮れた黒い髪の頭《こうべ》を垂れております。そこでは彼らは、似非《えせ》預言者の呼びかけのもとに神に祈っております。その預言者たる者は主がご覧になれば誠に汚らわしいものであります。親愛なる皆さん、似非預言者の言葉に従うだけではまだ足りないかのように、さらに他の神、ああ何ということか、もっと多くの**神々**をあがめている人々さえおります。その神たるや、彼らが自分たちに似せて自ら作った木または石の神であります。黒くて、のっぺりした鼻でうす気味悪く、悪魔のようであります。そう、親愛なる皆さん、涙なしにはこれ以上続けることはほとんどできません。そしてこれよりももっとひどいのがハム族**の堕落であります。彼らの中にはその名称が何であれ、ともかく神を知らぬ人がおります。彼らは市民社会の法律に従うだけで十分だと考えております。彼らが労働の成果として喜びを表すのは収穫の歌だけであり、実り豊かな収穫をもたらしてくれた至高の存在に対する感謝としてはそれで十分だと考えております。道に迷っている者もおります。親愛なる皆さん、そういう人たちは妻や子供を愛するだけで十分で、また隣人のものを自分のものにさえしなければそれで十分で、そうすれば夜、枕を高くして眠ることができると考えております。皆さんはこうした光景に戦慄を覚えないでしょうか。こうした誤れる人々の運命は、正邪を審判するために死者を呼び集めるラッパが鳴り響くやいなやどうなるのだろうと考えるだけで、皆さんの心は萎縮してしまわないでしょうか。皆さんには聞こえませんか、いや、聞こえております。なぜなら、今読み上げた言葉からもお分かりのように、皆さんの神は全能の神であり、正しき復讐の神だからであります。そう、皆さんは永遠の焦熱地獄で骨が砕け、炎が音を立てているのを聞いております。そこにあるのは叫喚と後悔の歯ぎしりであります。――そこでは、そこでは彼らは焼かれ続け、消え去ることはありません。なぜなら罰は永劫だからであります――そこでは炎の舌が泣き叫ぶ不信心者を犠牲者にしてなめまわし、決して満足することがありません――そこでは彼らの心臓にあくまでも喰いつくうじ虫が死ぬことはありません。神を見捨てた不信心者の胸の中で心臓が永久に喰われ続けるようにするために、喰い尽くすということがありません。洗礼を受けなかった子供の黒い皮膚がどんな風にしてはぎとられるか、見て下さい。その子は生まれ落ちるや、母の胸から劫罰の池に投げ捨てられるのです、[***]……」

* マタイによる福音書五章一五。「ともし火をともして升の下に置く者はいない。燭台の上に置く」

** ハム族　ノアの子ハムの子孫とされている民族。主に北アフリカに住む。

*** 最後の審判のこと。ヨハネの黙示録二〇章。

この時若い女が一人失神した。
「しかし、親愛なる皆さん」ワーウェラール牧師はさらに続けた。「神は愛の神であります、神は罪人がなくなることを望んでおられるわけではなく、罪人が神の慈愛により、キリスト**の中で**、その信仰**ゆえに**救われるよう望んでおられます。そしてそれゆえオランダは、その哀れな人々の中の救済可能な部分を救うために選ばれたのであります。神はそのために計り知れない英知でもって、国土は小さいながらも神の知恵により強大になった一つの国に力をお与えになりました。それは、いくら讃えても讃えきれぬほどの聖なる福音でもって、その住民たちが地獄の劫罰から救われるようにという思し召しからであります。オランダ船は大洋に乗り出し、文明と宗教、つまりキリスト教を迷えるジャワ人にもたらしているのであります。

いや、わがオランダは幸いなことに、自らのためにのみ救いを求めているのではありません。われわれはその救いを、はるかかなたの海辺の不幸な人間にも伝えたいのであります。そこにいる人たちは不信心と迷信と不道徳という足枷に縛られているのです。——そしてこの点でわれわれに課せられた義務をよく考えてゆくことが、私の説教の第七話になるでありましょう」

ここまでが**第六話**であった。われわれが哀れな異教徒に対して果たさなければならない義務として、次のようなものが挙げられた。

一　伝道協会に対して十分な金額を寄付すること。

二　聖書協会がジャワで聖書を配布できるように、援助すること。

三　植民地向け志願兵募集事務所のために、ハルデルウェイク*に〝訓練所〟を開設すること。

四　兵士や水兵がジャワ人に読んで聞かせたり、歌わせたりするのに適した説教書や賛美歌を作ること。

五　われらが敬愛する国王に、次のような請願をすることを任務とする名士の組織を設立すること。

a　長官、士官、役人の任命に際しては、正しき信仰の持ち主であることが確実な者のみにすること。

b　ジャワ人に対して兵営ならびに停泊中の軍艦や商船への訪問を認め、オランダ人兵士や水夫との交流を通じて、神の王国に教導されるようにすること。

c　聖書もしくは宗教の小冊子を居酒屋にて代金の代わりに受け取ることを禁止すること。

d　ジャワにおいてはアヘン専売権の認可条件として、アヘン窟はその予想される利用者数に見合った数の聖書を必ず置くことと、専売権を持つ者は、アヘンを売る際には必ず買い手に同時に宗教の小冊子をも買わせること。

e　ジャワ人は**労働**を通じて、神のもとに導かれるように命令すること。

六　伝道協会には十分に寄付すること。

この最後の点はすでに**一**として挙げたのと同じであるが、牧師はこれを繰り返した。話に熱が入れば、このように繰り返しが出てくるのも、十分に分かる気がする。

＊　ハルデルウェイク　オランダ中部ヘルデルラント州の港町。植民地志願兵の訓練所が一八四三年に創設された。

しかし読者諸君、五eで言っていることに注目されたであろうか。はてさて、こういうことを聞かされると、私はコーヒーの競売やかの不毛の地と思われているルバックの土地を思い浮かべずにはいられない。だからこれこそ水曜日の晩以来私の脳裏を離れなかった点だと私が言っても、読者は今さら不思議とも何とも思わないであろう。ワーウェラール牧師は伝道者たちの報告を読み上げたが、肝心の事実関係については誰も文句を付けようがない。ただ、彼が今そうした報告を目の前にして、神を意識しつつ、労働にいそしむことこそジャワ人が今までの精神を乗り越えて神の国に向かう近道だと主張するなら、私がルバックではきわめて良質のコーヒーがとれるはずだと言っても、まるっきり的はずれにはならないであろう。この点は確信していい。もっとはっきりと、おそらく神はこの地方だけをコーヒー栽培に向かないようにしたのであろうが、それはコーヒー栽培に必要な労働力を他の地方に移すことによってこの地方の住民を救いに近づけるためであったと言っても同じことだ。

私はこの本が国王陛下のお目に留まることを望んでいるし、神の英知がいかに密接に全市民共通の利害に結び付いているか、近いうちに大規模なコーヒーの競売でそれが明らかになればよいとも願っている。あの二心のない、腰の低いワーウェラールが、人間に対する深い洞察力を持たなくても（あの人は取引所に全く足など入れたことはない）、自分の道を照らす明かりとしての福音に導かれるだけで、いかにコーヒーの仲買人である私に突然一つの暗示を与えてくれたか、見ていただきたい。その暗示はオランダ全体にとり重要であるばかりでなく、もしフリッツがそれを注意して聞いていてくれれば（ごく静かに座ってはいたが）、おそらく五年早く私をドゥリーベルヘンに隠居させることだって可能にするはずの、そんな暗示だ。そう、確かに労働だ、労働、これが私の口癖だ。ジャワ人のための労働、これこそが私の生きがいであり、私の生きがいは、すなわち私にとり永遠の救いだ。

　最高の善、それが福音ではないのか。福音を越えるものは何かあるのか。人々に福音を伝えるのがわれわれの義務ではないのか。もしそのための手段として労働が必要というなら、――私自身二〇年も取引所に通っているが――ジャワ人を**労働**に駆り立てたって、それは許されるのではないか。将来業火に焼かれないためにもジャワ人の魂が労働を必要としているというのであれば、それを拒むことは許されないのではないか。かの哀れな、迷える人々がこの先、ワーウェラール牧師が見事に描いてみせてくれた戦慄を催すような行く末に向かうのを押し留めるために、われわれがあらゆる努力を傾けないとすれば、それこそ私利私欲、恥ずべき私利私欲と言われても仕方ないであろう。彼がかの黒い子供のことを話した時、若い女が一人失神したことでもあるし。おそらく彼女は少し浅黒い子供を持っていたのであろう。女というものはそういうものだ。

　私はこれまで口を酸っぱくして労働、労働と言ってきたはずだ。**私**自身朝から晩まで仕事のことで頭が一杯だ。シュテルンはこの本のことで私を煙たく思っているが、この本だって、私が国の繁栄のためにいかに心を砕いているか、またそのためにいかに全てを抛《なげう》ってきたかの証明ではないのか。その**私**にしてもさらに一生懸命に働かなければならないというなら、――**私は**洗礼を受けていることでもあるし（アムステル教会で）――ジャワ人がもし永遠の救いに与りたいなら、われわれオランダ人に手を差し伸べてくれるよう求めたって、構わないのではないか。

もしそうした協会（五eの条項を頭においているのだが）ができたら、私は入ろう。そしてローセメイエル家も入るように説得してみよう。なぜなら精糖業者もそれに利害を持っているからだ。もっとも彼らは——つまりローセメイエル家のことだが——その意図が全く純粋だとは思われないが。カトリックのメードを雇っていることでもあるし。

ともかく**私は**自分の義務を果たす。フリッツと一緒に水曜礼拝式から家に帰って来た時に、自分にそう誓った。**わが**家は主に仕えることになろう。私はそう心がけよう。しかもますます一生懸命に仕えることにしよう。なぜなら、私は年を取るにつれてますますはっきりと分かってきたからだ。万事が万事、神によりいかに賢明に定められているか、神の御手にわれわれを導いていく道がいかに慈愛に満ちたものであるか、永遠の生と現世の生のために神はいかにわれわれをお守り下さるか、こうしたことが分かってきたからだ。ルバックのあの土地もコーヒー栽培に大いに向くように作ることは可能なのだ。

17

マックス・ハーフェラール

私は原理原則にかかわる場合には誰とも妥協しないが、ことシュテルンに関しては、息子のフリッツとは違う道を共に歩んで行かねばならないと思っている。礼儀正しい人や仲買人であれば誰でも尊敬を受けているはずだが、そうした尊敬を裏切るような内容の本が世に出れば、私の名前も（会社はラスト商会だが、名前はドゥローフストッペル、バターフス・ドゥローフストッペル）同時に知られることになるだろうから、この際はっきりと、私がシュテルンを正しい道に引き戻すためにいかに苦労したか、伝えておかなければならない。これは私の義務であると思う。

彼には神については話さなかった。彼はルター派だからだ。その代わりに彼の感情と名誉に訴えてきた。ここではいかにそれに取り組んだかを見ていただきたいし、その際に人情の機微を心得てやればいかにうまくゆくか、という点にも注目していただきたい。彼がかつて「**名誉にかけて**」と言うのを聞いたことがあるので、それはどういう意味か訊いてみた。

「そうですね、私の言葉には嘘はないと、自分の名誉にかけていることです」と彼は言った。

「それは大いに結構だ。嘘は言わないと本当に信じているわけだね？」

「はい、私はいつも真実を話します。私の胸が熱く燃えたら……」と彼ははっきり言い切った。この後がどう続くかは見ものだ。

「それは本当にとても立派なことだ」と私は、あたかもそれを信じているかのようなふりをした。

しかしこれは私がしかけた巧妙な罠であった。老シュテルンがブッセリンク・ワーテルマンの手に落ちる愚を犯さないために、あの若僧を今一度軌道修正させ、仕事を始めたばかりの者と（彼の父はもちろん手広い商売をしているが）、二〇年も取引所に通っている仲買人との間の距離がいかに大きいかを思い知らせるために、そうしたわけだ。つまり彼が詩を作るテクニックにかけては何でもそらんじていることは私にも分かっているが（彼は〝くわしく〟と言っている）、詩というものにはそもそも嘘がついてまわるので、彼の嘘を見破ることは全く朝飯前のことだと思っていた。だから長くはかからなかった。私は控えの間に座っていた。彼はその〝隣の部屋〟にいた。つまりこれらの部屋はひと続きになっている。マリーは編み物をしていた。きっと彼はマリーに何か話しかけているのだと思い、注意して聞いていた。それが終わってから、彼が今そこで単調に読み上げていた部分の載っている本を持っているかどうか聞いてみた。彼は「はい」と言って、それを持ってきた。それはハイネとかいう人の作品の一部であった。その翌朝、彼つまりシュテルンに、次のような詩の部分（だったと思うが）について、このようなことを書いて渡してやった。

続きの居間で編み物をしていた若い娘に、ハイネの次のようなつまらぬ詩を読んで聞かせる

男が口にする真実への愛に関する省察

歌の翼に君を乗せ
いとしい人よ、さあ行こう

いとしい人……？ マリーが**君の**いとしい人？ 両親はそのことを知っているのか？ そしてルイーズ・ローセメイエルも？ そんなことを聞いて、つまり男の人が「**いとしい人よ**」と言ってくれるのだからもう自分も大人だと勝手に思い込んで、とたんに母親の言うことを聞かなくなってしまうような子供に、そんなことを言うのははたして利口な人間のすることだろうか。その〝**翼に君を乗せ**〟とはどういう意味か。君は翼を持っていないじゃないか、それに君の歌もだ。ラウリール運河は決して広くはないから、一度飛び越えてみたら？ もし翼を持っているとしても、まだ信仰告白を済ませていない女の子にそんなことを言ってもいいものだろうか。彼女がすでに正式に教会に受け入れられていたとしても、一緒に飛んで行こうと誘うのはどういう意味か？ 下らぬ！

ガンジス川の沃野まで
夢の所が待っている

それならそこへ一人で行き、別荘でも借りたまえ。が、母の家事を手伝っている女の子など一緒に連れて行かぬことだ。それにしても君だって本当にそう考えているわけではない。第一、君はまだガンジス川を全く見たことがないし、そこに楽しい生活があるかどうかも知らない。実際どうなっているか教えてあげようか。君は詩をこねくりまわしている間に自分を詩の格調と韻律のとりこにしてしまうために、それだけでも君の言っていることは全て嘘になっている。もし第一行目が〝**菓子**《クック》(koek)〟で終わると、君はマリーに〝**ブルック**(Broek)〟に一緒に行かないか、と誘うといった具合だ。だから君は、自分の旅程はきちんと考えたわけではないし、すべては訳の分からぬまま単語の音の響きで決まっていることは分かっているのだ。マリーが本気になって、いつかそういう旅をしたいわと言い出したらどうするのか。今はまだ、君の言う、そのできそうにもない行き方には決してとやかく言うまい。しかし彼女も、神の思し召しにより、君の言うような国に行きたがるほどバカでもあるまい、つまり

真っ赤に燃える花園は
静かに月に照らされて
蓮《はちす》の花が待っている
いとしい君よ、妹よ、
スミレはほほえみ、だきしめて
夜空に星を仰ぎ見て
ひそかにバラは語りかけ

耳をくすぐるメルヒェンよ

月に照らされたその庭で、君はマリーとどうしようというのか。そんなことをして恥ずかしくないのか、気がとがめないのか、下品ではないのか、シュテルン？ 私に、ブッセリンク・ワーテルマンのように恥をかけと思っているのか。奴の娘は駆け落ちしたし、汚い手を使う連中だから、まともな商社なら誰もかかわりを持とうとしない。取引所で、あなたの娘さんはどうしてそんなに長くあの庭にいたのですかと訊かれたら、何と答えればいいのか。彼女は、君の言う通りに、もう長く彼女を待ちこがれている蓮の花に会うためにそこに行ったのです、ともし私が言ったとしても、誰も信じてくれないことは君だって知っているだろう。私が次のようなバカなことを言ったとしたら、まともな人は皆同じように物笑いにするであろう。つまりマリーはその赤い庭で（どうして**赤**で、黄色や紫ではないのだ？）、スミレのおしゃべりやクスクス笑いを聞くために、あるいはバラがこっそりとささやき合うメルヒェンを聞くために行っているのです、と。もしそれが本当だとしても、そんなにひそひそと話されては、マリーには分からず、困るのではないか。やはりそんなのは嘘だ。たわけた嘘だ。醜いと言ってもいい。そうじゃないと言うなら、ちょっと鉛筆を取って、耳の付いたバラを描いて、どういう風なものか見てみたまえ。それに**メルヒェン**が〝くすぐる〟とはどういうことか。よかったら、いつか正しいオランダ語ではそれはどう言うか教えてやろうか。つまりそれは、その話には嘘がある……そういうことだ。

跳びはね出でて耳すます
賢いガゼルが、敬虔に
さらに遠くでせせらぎが
聖なる流れの波の音、……
腰をおろそう、あちらにて
棕櫚《しゅろ》の木陰の、その下で
愛と安らぎ満喫し
心地よき夢、結ぼうよ

君がまるっきり珍しい動物を見たいと思ったら、〝アルティス*〟に行くのではないか。野生のままでは、コールタールを塗ったきれいな鉄の檻の中ほどよくは見えないことは全く確かだが、それにしてもその動物は本当にガンジス川のガゼルでなければならないのか。どうしてガゼルは敬虔で、賢いのか。まあ賢いというのは認めよう――奴らは少なくともこんなバカげた詩は作らないから――、しかし**敬虔**とは？　これはどういうことなのか。これでは、真の信仰を持っている人だけに使われるべき神聖な言葉を誤って使うことにはならないのか。それから、その聖なる流れとは？　君はマリーを異教徒にしてしまうような話を彼女にしてもいいのか。君は、洗礼の水以外に聖なる水はないし、ヨルダン川を除いては聖なる川はないという彼女の信仰をぐらつかせてもよいのか。それは道徳や美徳、宗教、キリスト教、そして体面を汚すことにならないのか。

シュテルン、こういったことを全部よく考えてみてくれたまえ。君の父親のところは立派な商社だ。だから、私が君の感情に強く訴えるようなことを言っても反対しないだろうし、また美徳と宗教をしっかりと守っている人とは喜んで取引をするものと確信している。そう、節操を持つことは私にとっては神聖なことなのだ。自分の考えは遠慮なくはっきりと述べておく。私の言ったことを、だから隠すことなどない。どうか安心して君の父親に書き送ってくれたまえ。君は当地では信頼できる一家に滞在しており、私が君に善悪の区別を教えている、と。そして、もし君がブッセリンク・ワーテルマンのところに行っていたらどうなったか、自分でもちょっと考えてみたまえ。そこでも君はああした詩を読んでいたであろうし、誰も君の感情に強く訴えるようなことはしないであろう。汚い手を使う連中だから。このことは安心して父親に書いてやってくれたまえ。なぜなら、もし道義が脅かされることになったなら、私は誰をも恐れないからだ、と。ブッセリンク・ワーテルマンのところに行っていたなら、女の子たちは君と連れ立ってガンジス川に行ったかもしれない。そうすれば君は今頃は棕櫚の木の下で横になっているであろう。私が君に親身になって忠告したからこそ、君は今この見苦しくないわが家に居ることができるのだ。こういったことをすべて父親に書いてやりたまえ。そして、私が君のことを心にかけているから、君はわが家に来たことを感謝しているし、ブッセリンク・ワーテルマンの方では娘が駆け落ちしてしまった、とも。そう私からも父親によろしくと言っておいてくれ

＊ アルティス　アムステルダムにある動物園。

たまえ。さらに、私は奴らよりさらに一六分の一パーセント仲介手数料を引き下げるつもりだとも書いておいてくれ。私は、むやみに好条件を出してライバルの口からパンを奪うようなルール破りの連中に、一杯喰わされるわけにはいかないからだ。

それからローセメイエル家で朗読する時には、もう少しましなものを持って行って、私を安心させてほしい。シャールマンの包みから私が見つけたものは、過去二〇年間にジャワの全理事州で生産されたコーヒーの明細書であったが、そういうのを一度読んでやりたまえ。それから娘たちやわれわれ全員を、君の心臓かどこかを飲み込んでしまった喰人鬼呼ばわりするのはやめてくれ。そういうのは品がないのだ、いいか？　世情に通じている人だけを信じるのだ。私は会社（つまりラスト商会のことだが、かつてのラスト・メイエル商会）のできる前から君の父親とはもう取引をしてきている。だから悪いことは言わない、信じてくれたまえ。そしてフリッツにもう少し慎重にやるように励ましてやって、詩の作り方など教えないでもらいたい。奴が簿記係に対していやな顔をした時や、そういったことがいろいろあっても、見て見ぬふりしてほしい。君の方がずっと年上だから、フリッツのお手本となってほしいのだ。そしてしっかり地に足をつけ、誇りを持つように、彼を指導してやってくれないか。フリッツにはぜひ仲買人になってもらわねばならないから。

君の親愛なる友人バタープス・ドゥローフストッペルより。

（ラスト商会、コーヒー仲買人、ラウリールル運河三七番地）

18

（シャールマンの様々な文章の中からシュテルンがまとめたもの＝訳者）

私としては、まあ、アブラハム・ブランカールトの言葉を借りて、この章は〝お見逃しなく〟と言いたいだけで、それ以上の意味はない。というのも、私の考えでは、この章を読めばハーフェラールがどういう人物かもっとよく分かるからだ。ともかく、どうやら彼がこの物語の主人公らしくなってきたようだ。

「ティーネ、これはどういう〝**胡瓜**《クティモン》〟かな？　ねえ、君、果実には植物性の酢は全然合わないんだ。瓜には塩、パイナップルには塩、グレープフルーツにも塩、畑のものには全て塩が合うんだ。魚には酢、肉には……、リービヒ*の本に何か書いてあったよ……」

「はい、あなた」とティーネは笑いながら言った。「ここへ来てどのくらいになると思うの？　その**胡瓜**《クティモン》はスローテリング夫人からいただいたのよ」

ハーフェラールは昨日着任したばかりであることも忘れがちで、ティーネがいくら頑張っても、台

* リービヒ　ドイツの化学者（一八〇三―七三年）。農業化学・栄養化学の先駆者。

所の支度や家事はまだ無理だということにまで気が回らなかった。自分ではもうずいぶん長くここランカスビトゥンに居るような気がしていた。もし彼が書類に目を通しながら徹夜することもなく、またルバックに関することをこれほどたくさん頭に入れていなかったら、昨日初めてここに着いたばかりだということはすぐに気付いていたはずだ。ティーネはそう思った。彼女はいつも夫のよき理解者であった。

「ああ、そうか、本当だ」と彼は言った。「でも、リービヒは少し読まなくっちゃね。フルブルッへ、君はリービヒをずいぶん読んだろう？」

「誰ですか、それは？」とフルブルッへが聞いた。

「ピクルスの作り方についていろいろ書いた人だが。彼は牧草を羊毛に変える方法も見つけたんだったかなあ……？　君、知ってる？」

「いいえ」とフルブルッへとデュクラーリが同時に答えた。

「そうなんだよ。その方法はもうずっと前から分かっていたんだが……羊を野原に放してごらん、そうすれば分かるよ。しかし彼はそれがどうしてそうなるかを研究したんだ。しかし他の連中はリービヒの考えではまだ十分でないと言っている……今ではその製造工程で羊そのものを省いてしまう方法がないものかどうか、やっきになっている……ああ、学者というものは。モリエール*もそれに気付いていた……私はモリエールが大好きだ。もし君たちがよかったら、夜には読書会でも開こうか。マックスの坊主が寝たら、ティーネも加わるだろう」

デュクラーリもフルブルッヘもぜひにと言った。ハーフェラールは、本はたくさん持っていないが、と言ったが、それでもシラー、ゲーテ、ハイネ、ラマルティーヌ**、ティエール***、セー****、マルサス、スキアローヤ*****、スミス******、シェークスピア、バイロン*******、フォンデル********……ならあるとのことだ。

フルブルッヘが、英語は読めませんと言った。

「何とバカな、君はもう三〇を越えているのに、それじゃこれまで何をしてきたんだい？　それじゃパダンでの勤めは無理なはずだ。あそこは英語が多いから。君はマタ・アピ（火の目）嬢を知っているかい？」

「いいえ、そういう名前は知りません」

「いや、それは彼女の名前ではない。われわれがそう呼んでいただけで。なぜかというと彼女の目はそれほど輝いていたからだ。たぶん結婚していたと思うが、もうずいぶん前の話だ。あんなのは全く

---

* モリエール　フランスの喜劇作家（一六二二―七三年）。『人間嫌い』（一六六六年）。
** ラマルティーヌ　フランスの詩人、政治家（一七九〇―一八六九年）。
*** ティエール　フランスの政治家（一七九七―一八七七年）。首相もつとめた。
**** セー　フランスの経済学者（一七六七―一八三二年）。「セーの法則」で知られる。
***** スキアローヤ　イタリアの政治家（一八一七―七七年）。
****** スミス　アダム・スミス　スコットランドの経済学者。古典派経済学の泰斗。『国富論』（一七七六年）。
******* バイロン　イギリスの詩人（一七八八―一八二四年）。抒情詩、諷刺詩で有名。
******** フォンデル　オランダの詩人。劇作家（一五八七―一六七九年）。一七世紀のオランダを代表する文人。詩劇『ヘイスブレヒト・ファン・アームステル』（一六三七年）は特に有名。

お目にかかったことがない……そう、でもアルルでは……君も一度ぜひ行ってみたまえ。これまで旅行した中で一番きれいな所だ。美しい女の人ほど抽象美を見事に表現しているものはないと思う。つまり**真なるもの、精神的に純粋なるもの**を目に見える形で表しているものほど、美しいものはないということだ……私の言うところを信じて、一度アルルとニームに行ってみたまえ……」

デュクラーリもフルブルッへも、正直言ってティーネも、このように突然話がジャワ島の西の隅っこから南仏のアルルやニームに一気に飛んで、大笑いになるのを抑えることができなかった。ハーフェラールはきっと、アルルにあるローマ時代の**闘技場**の回廊にサラセン人が建てた塔の上に立った気分で何かに向かって勇んでいたのであろう、やがて皆が笑っている訳に気付くと、次のように続けた。

「そう、もしその近くまで行ったら、の話だ。あんなのはいまだかつて見たことがない。どんな評判の高いものを見ても、いつも失望するばかりで、それには慣れっこになってしまった。例えば、よく話題になる有名な滝をいくつか見てみたまえ。――トンダノ、マロシュ、シャハウゼン*、ナイアガラなどどこに行っても、特にどうという感動はない。案内書を見れば、〝滝の高さ何フィート〟とか〝毎分何立法フィートの水量〟かが分かり、それに合わせて自分の驚きがどの程度のものか感ずるわけだ。そしてその数字が大きいと『へーっ』と言う。私は滝などもう見たくない、少なくともわざわざ回り道して見に行こうなどとは思わない。あんなものは何も**訴える**ものがない。建物の方がそれよりもはるかに声を大にして訴えてくる。とりわけそれが歴史の本に出てくる場合には、そうだ。とはいってもその時の感情となると話は全く別なんだ。人はそこに、無常感を感じながら、過去の幻影にひとわたり目をやる。その中にはひどく嫌なものもあり、したがってそれがいかに重要なものであれ、人はいつもその中で美意識を満足させられるわけではない。少なくとも純粋な気持ちで見るということは決してない。歴史を思い起こさ**なくたって、**いくつかの建物の中には美はたくさんあるが、その美はまた必ずと言っていいくらい、その建物の案内によって——つまり案内書にせよ、生身の案内人にせよ——損なわれている。つまり単調に『この礼拝堂は一四二三年ミュンスター司教**により建てられた、柱の高さは六三フィートあり、……の上に乗っている——何のことだかよく分からないが——』というようなことを言って、見る人から印象を奪い取ってしまうのだ。こういうのは退屈なだけだ。なぜなら見る人は、ヴァンダル人***や**テキ**屋だと思われないためには、六三フィート分の感動を手元に用意していなくてはならないからだ。それじゃその案内がもし印刷物だったらポケットにしまい、生身の案内人だったら外に待たせておくか、黙っているように頼めばいいではないか、と思うだろう。しかしある程度は正しい判断を持つためには、しばしば情報も必要なことは確かだが、それはそれとして、何か建物の中に、ほんの短い一瞬よりもちょっぴり長く、われわれの美的感覚に訴えるような

＊　トンダノ、マロシュ、シャハウゼン　トンダノはスラウェシ（セレベス）島北東部の湖。マロシュはハンガリーとルーマニアを流れる川（ムレシュ川とも言う）。シャハウゼンはドイツとスイスの国境にあるライン川の滝のあるところ。

＊＊　ミュンスター司教　ミュンスターはドイツ西部の都市。

＊＊＊　ヴァンダル人　古代末期に北アフリカの地中海沿岸に進出したゲルマン民族の一部族。野蛮人の典型とされてきた。

ものを探し求めても無駄なことだろう。たとえそうした案内の類いが不要な場合であっても、そうだ。なぜなら建物は**動か**ないからだ。これは彫刻や絵画作品にもあてはまると思う。自然は運動だ。成長、渇望、思考、感情は運動だ……。静止は死だ。運動なくば苦痛も喜びも、感動もない。試しにそこにじっと動かずに座ってみたまえ。そうすればたちまち他の人に対して幽霊のような印象を与えているのが分かるだろうし、自分自身でもそう思い込んでしまうだろう。〝**活人画**〟を見て、初めはそれがいかに印象的であっても、すぐに次の絵に移りたくなる。われわれが美を求める意識は何か美しいものを一瞥しただけでは満たされず、美の躍動を次々と続けて見てゆくことを欲しているので、**その**種の芸術作品を鑑賞しても不満が残ることになる。それゆえ、美しい女の人は、静止している肖像画の美でないかぎり、神聖なるものの理想にもっとも近いものだ、と私は言いたい。

　私の言う動きがいかに大事かは、次のようなことからもある程度は察しがつく。つまりエルスラーにしてもタグリオーニ*にしても、ともかく踊り子が踊った後、左足で立ったままで観客に愛想笑いをする時、いやな感じをさせられるということだ」

「いや、それはここでは関係ありませんよ」とフルブルッヘが言った。「なぜなら、その格好は**絶対的に**いやらしいものだからです」

「確かに私もそう思うが、彼女はそういう格好を美しいものとして、つまり実際に美しいものがたくさん出てきたそれまでの出し物全ての**クライマックス**として、見せている。警句《エピグラム》の〝**山場**〟として見せている。彼女が踊りながら歌う**フランス国歌**《ラ・マルセイエーズ》の中のクライマックス〝武器を取れ〟として見せている。あるいはまた、たった今踊ったばかりの愛の墓場に立つ柳のざわめきとして見せている。われわれは皆多かれ少なかれそうなのだが、観客は普通は習慣に引きずられたり、他人の真似をしたりして、自分の好みを作り上げているから、舞台上のそうした瞬間をもっとも感動的なものだと思い込んでしまう。これは、観客がまさにそういう場面にさしかかると、思わず拍手喝采したり、『全部すばらしかったが、**ここへ来て**もう感動を抑えきれない』と叫び出すことからもはっきりしている。君は、あの〝ポーズ〟は**絶対的に**いやらしいと言った。私もそう言った。しかしどうしてそうなるのか。それは**動き**が止まると、それに合わせて踊り子が表現する**物語**も止まってしまうからだ。本当だとも、静止は死なのだ」

「しかし」とデュクラーリが口をはさんだ。「あなたは、美の表現としては滝も否定なさいました……あれも動くものなんだが……」

「そう、確かに。しかし**物語**のない動きだ。確かに滝は動いているが、場所を変えることがない。玩具の木馬のように、その場で揺れているだけで、〝**行ったり来たり**〟することもない。音は出すが、話すことはない……叫ぶだけだ。〝**ドッ**……**ドッ**……**ドッ**……〟と。……六〇〇〇年も、いや、もっと長く〝**ドッ**……**ドッ**……**ドッ**……〟と叫んでごらん。そうすれば、どれだけの人が君を楽しい人だと思うだろうか」

＊エルスラー、タグリオーニ　エルスラーは一九世紀の有名なダンサー姉妹。ウィーン生まれ。タグリオーニは一九世紀イタリアの有名なダンサー一家。

「いや、そんなのご免です」とデュクラーリが言った。「でも、動きがそれほどどうしても必要だというあなたの説にはついてゆけません。滝のことはあなたにお任せするとして、――でも優れた絵画はいろいろなことを表現できると思いますがねえ」

「確かにそうだ。が、ほんの一瞬だけだ。一つ例を挙げて説明しよう。今日は二月の……」

「いや、まだ一月ですが……」とフルブルッヘが言った。

「いや、そうではなく、今日は一五八七年の二月……ということにすると、君はロンドン塔に捕らわれている……」

「**私が?**」とデュクラーリが、よく聞き取れなかったと思ったのか、訊いた。

「そう、君が。君は退屈していて、何かないかと考えている。壁のあそこに穴があいているが、高すぎて、そこから覗くことができない、でも覗いてみたいと思う。それでテーブルをその前に持ってきて、その上に三本脚の椅子をのせる。脚の一本はちょっと壊れている。君は大市の時、椅子を使った曲芸師を見たことがある。七つの椅子を一つずつ積み重ね、その一番上で逆立ちをする。うぬぼれと退屈があれば、こんなことだってするわけだ。君はぐらぐらしている椅子に上がり、目印のところに届き……その穴から覗いてみる……そのうちに〝おお、神よ〟と言いながら、君は落ちる……それで、君はどうして落ちたか分かるかい?」

「椅子の三本目の脚が折れたのでしょう」とフルブルッヘがいかにも物わかりのよさそうな答えをした。

「そう、その脚は折れた。でも、そのために君が落ちたのではない。君が落ちたから脚が折れたのだ。他のどの穴の前でも、君はその椅子の上に立って一年間持ちこたえていた。しかも**今は**その椅子に一三本脚があったとしても、君は落ちたはずだ。そう、もし君が床に立っていたとしても……」

「まあ、そういうことにしておきましょう」とデュクラーリが言った。「何が何でも私を転ばせないと気がすまないようですから。そこに倒れて、すっかり伸びていましょう……でも、どうしてなのか、ちんぷんかんぷんです」

「いや、非常に簡単なことだ。……君は黒い服を着た一人の女が、そこで処刑台を前にしてひざまずいているのを見る。彼女は頭をうなだれて、黒いビロードの服とは対照的に首は銀のように青白く……大きな刀を持った男がそこに立っている。その男は刀を高くかざし、その青白い首に視線を定める……そしてその刀が打ち降ろされる時に描くはずの弧の見当をつける、その……その……脊椎骨の間に、正確に力を込めて打ち降ろすために。……そして君は、デュクラーリ、君は倒れる。なぜなら君はそれを見たからだ。だから君は〝おお、神よ〟と叫ぶ。それは君の椅子が三本脚だからではない。

君がロンドン塔から解放されてしばらくすると、君の甥のとりなしか、それとも君をこれ以上長くカナリヤのように養っていくことにいや気がさしたためか――それからしばらくの間、そう、今日まで君は寝ても覚めてもその女の夢を見、寝ている時でもびくっとして飛び上がり、ひどいショックでベッドの上に倒れ込んでしまう。なぜなら君は死刑執行人の腕をつかもうとして……そうじゃない?」

「まあ、そういうことにしましょう。でもロンドン塔の中で壁の穴から覗いたことなど全くないから、どうみてもそういう風には言えないのです」

「分かった、分かった。私も覗いたことがない。しかしメアリー・ステュアート*の斬首を描いた絵がここにあるとする。その描写は完璧であると仮定しよう、……その絵は金箔の額縁に収められて、もしお望みなら赤いヒモで吊るしてもいい、……そう、君の言いたいことは分かっている。そう、君は額縁は見ていない、……君は展示室の入口でステッキを渡したことさえ忘れている……君は自分の名前、自分の子供、兵隊がかぶる新型の帽子のことも忘れてしまう。それは〝**一枚の絵**〟を見るからではなく、その絵の中にロンドン塔**にいるのと**全く同じ**メアリー・ステュアートを見るからだ。そこには死刑執行人が現実さながらに描かれていて、すごい迫真性を持っている。そう、もっと言えば、君はその一撃を振り払おうとして、腕を差し伸べ、『殺さないでくれ、きっと改心するから』と叫ぶ……いいね、その絵の中で**死刑執行**がどうなるのか、**生かすも殺すも**君次第で、私はどうでもよい……」

「ええ、でもその場合、もっと後になってまたその絵を見たらどうなるのですか。私の印象はその時は、実際にロンドン塔で同じものを見た時と同じようには感動的ではなくなるということですか」

「そう、全く感動的でなくなるんだ。君は三本脚の椅子には上がっていないからだ。君は椅子を取り、――今度は四本脚のを、いや、それよりも安楽椅子を取り、――その絵の前に座り、ゆっくりとよく鑑賞しようとする（われわれは確かに何かいやなものを**鑑賞する**）。それじゃ、その絵はどんな印象を君に与えると思うかね」

「そうですね、恐怖、不安、同情、感動……壁の穴から見た時と同じように。あなたは、その絵は**完**

壁に描かれていると仮定しました。だから私は現実と全く同じ印象を受けるはずです」

「いや、死刑執行人がそんなに長い間あの重い刀を振り上げたまま動かないので、君は二分もたたないうちに、彼に同情して右腕に痛みを感ずるのだ……」

「**死刑執行人**に**同情**ですか」

「そうだとも、**苦痛への共感**、**同情**、……同時に、そんなに長く不自然な格好で、またおそらく不安な気分で、処刑台の前に座っているその女にも同情して。君はまだずっと彼女に同情しているが、今度は、彼女が首をはねられたからではない。そうではなく、それほど斬首まで時間がかかり、待たされたからだ。もし君がまだ何か言い、あるいは叫んだとしたら、――君が何かをせずにはいられなくなると仮定して――しまいには『おい、早くケリをつけろ、女は覚悟ができている』と言うしかないだろう。もし君が後日その絵を再び見たら、しかもたびたび見たら、君の**第一**印象はせいぜい〝まだ終わっていないのか。死刑執行人はまだ立ったままで、女もまだそこにひざまずいたままか〞というほどのものでしかなくなる」

「しかし、それじゃ、アルルの女の美しさにはどんな動きがあるというのですか」とフルブルッへが訊いた。

* メアリー・ステュアート　スコットランド女王（一五四二―八七年）。イギリスのエリザベス女王に対する謀反の廉で死刑判決を受け、処刑された。

** ロンドン塔　正しくはロンドン塔ではなく、フォザリンゲイ城。

「ああ、それは別のものだ。アルルの女たちは顔に歴史を**伝えて**いる。カルタゴは栄え、たくさんの船を作った。それが彼女らの額に見える……ローマに対抗しようとするハンニバルの誓いを聞いてみたまえ……彼女たちは弓の弦を編んでいる真っ最中だ……町中が沸き立っている……」

「ねえ、マックス、マックス、あなたはアルルにあなたの魂を置いてきてしまったのだと思うわ」とティーネが言った。

「そう、一瞬……しかしもう取り返した。聞こえるだろう？　アルルで、これこれこういう美女に出会ったとは言っていないよね？　皆がきれいなんだ。アルルでは恋に落ちるなんてありえないだろう。なぜなら、会う女、会う女皆が次々と前に会った女を凌いでいき、感動の連続だからなんだ。だから本当にローマのカリグラ帝やティベリウス帝*のことを思ったんだ、――この二人の逸話は知ってるよね？――全人類があわせてたった一つの頭を持てばいいと願ったのだ、……そう、私もアルルで無意識のうちに、そうした願いに捕らわれ、アルルの女たちが……」

「全員まとめてたった一つの頭であれば……と？」

「そうなんだ……」

「それを切り落とすために？」

「いや、そうじゃない……額にキスするために……と言いたいところだが、いや、そうじゃない……、いや、それをよくよく見つめ、夢想にふけり、……**虚心になろうと思って**」

デュクラーリとフルブルッヘにすれば、それもまたまことに奇妙な結論のように思われた。しかしマックスはそんなことを意に介する風もなく、そのまま続けた。

「なぜなら、その目鼻立ちがとても高貴なので、人はただの人にすぎないことに何か恥ずかしさを感じるからだ。火花でもないし、……一条の光、……いや、あの本質的な物質、……ひとつの閃き……しかし、……その時そこに突然一人の男が――兄弟か父親だが――その女たちの隣に座る。……だが、へーっ、驚いた、一人の女がハナをかんだのだよ」

「あなたはそうして、またはぐらかしてしまうのですね、あなたのやり方は分かっています」とティーネが言った。

「仕方ないんじゃない？　ともかく、そんなことならむしろ、彼女が死んでしまうのを見たいぐらいだった。あのような娘がハナをかんで、自らを汚していいものだろうか」

「しかし、ハーフェラールさん」とフルブルッヘが尋ねた。「もし彼女が本当に風邪を引いていたら？」

「いや、ああいう鼻を持っている人は風邪を引く**はずはなかった**のだ……」

しかし、運悪く、この時ティーネが突然くしゃみを催し、……とっさにハナをかんだ。

「ねえ、マックス、怒らないでね？」と彼女はくすくす笑った。

彼は返事をしなかった。見た目には何ともおかしかったのだが、彼は腹を立て**ていた**。ただティーネは、こんなことを言えば変に聞こえるが、彼が腹を立てているのをうれしく思った。また彼がアル

＊カリグラ帝、ティベリウス帝　カリグラ帝は第三ローマ代皇帝（一二―四一年）、ティベリウス帝は第二代ローマ皇帝（前四二―後三七年）。

ルのフォカイア人*の女以上のことを**彼女に**期待していることも分かり、やはりうれしく思った。もっとも彼女は自慢するだけの鼻を持っていたわけではなかったが。

デュクラーリは、ハーフェラールというのは相変わらず〝変わった〟人だと思った。ただあのハナをかむあたりから、ハーフェラールの表情にちょっとした困惑の色が窺えるのに気付き、やはり自分の思っていた通りだと意を強くしたが、それは無理もなかった。この時、ハーフェラールは、はっとわれにかえり、はるかなるカルタゴから、現実に引き戻されたのである。彼は自分の精神がまだ想像力の世界にあまり入り込んでいない時に見せる鋭い直感力でもって、自分の目の前にいる二人の男が、次のような命題を二つ立てたことを、二人の顔色から読み取った。

一 自分の妻がハナをかむのをいやがる男はバカである。

二 美しい線を描いている鼻はハナをかんではならないと思い込んでいる人が、やや〝団子鼻〟のハーフェラール夫人にもそれを期待するのは間違いである。

最初の命題は、まあハーフェラールには我慢できるとしても、二番目のはとなると……。

「ああ、そのことだが、ティーネは……」と彼はまるで返事を求められているかのように、叫んだ。もっとも二人の客人にとっては、この命題を口に出すのははばかられたが。

「ねえ、マックス」とティーネはすがるように言った。

この言葉には〝うかうか風邪も引けないように、私を持ち上げるのは、この人たちの前ではやめてほしいわ〟という意味が込められていた。

＊ フォカイア人――紀元前に小アジアの都市フォカイアからやって来たギリシア人。マルセイユなどの都市を作った。

19

（同じくシュテルンがまとめたもの＝訳者）

ティーネがどう考えているか、ハーフェラールには分かったようであった。彼は言った。

「まあ、いいことにしよう。しかし人間には誰が見ても非の打ちどころがない容貌や肉体など持たなくても構わないのだと願う権利もあるわけで、ここをしっかりと押さえていないと、間違ってしまうことがよくある。よろしいでしょうな、殿方？」

そんな権利があるなんて、誰も聞いたことがないと思う。ここにいる二人にしても。「スマトラにいた時、一人の女の子と知り合いになったのだが」と彼は続けた。「それは〝首長《ダトゥ》〟＊の娘で……そう、そんな小娘には、今言った、そうした生意気なことを願う権利などないと思い込んでいた。ある時、小舟のちょっとした事故があって、彼女がやはり……一人前に水中に落ちるのを見たのだ。私は人間として、やはり彼女を助けて引き上げてやらないわけにはゆかなかった」

「本当ならその時彼女はカモメのように飛ばねばならなかったのですね？」

「そう、そうだとも、……または、いや……つまり吹けば飛ぶような小娘だったんだ。どうして彼女と知り合いになったか知りたいと思わないか。それは一八四二年のことだった。ナタル＊＊の内務監督官をしていた時だ。君もあそこにいただろう、フルブルッへ？」

「はい」

「そう、それじゃ、ナタル地方では胡椒栽培が行なわれていたことは知ってるわけだ。胡椒畑は、ナタルの北のタロ・バレの海岸沿いにあるのだが、そこの監視が私の仕事だった。胡椒のことはよく知らなかったので、それにくわしい首長《ダトゥ》を小舟《プラウ》に乗せて行った。彼のかわいい娘は、その時一三歳の子供で、やはり一緒に乗って行った。海岸沿いに進んで行ったのだが、退屈になって……」

「その時、事故に遭ったんですね？」

「いや、そうじゃないんだ、上天気で……事故はもっとのちのことだ。天気が悪ければ退屈などしていられないんだ。海岸沿いに進んで行ったのに、むっとするような暑さだった。あんな小舟じゃ別に面白いこともないし、それにその時は、原因はいろいろあったんだが、ひどく憂鬱な気分だった。まず第一に、私は不幸な恋をしていた——それは当時の私には日々の糧ではあったが——、その上、自分は二つの功名心を求めて板挟みになっていた。王様になったようにうぬぼれていたが、いつしか王位を追われ、ある塔に登ったが、やはりそこからも落ち、……まあどうしてそうなったかは、ちょっと飛ばそう。その小舟には、苦虫をかみつぶしたような顔をして、落ち込んだ気分で乗っていた。まあ、こう言っておくだけで十分だ。ドイツ人がよく言う〝**ウンゲニースバール**〟つまり不機嫌であっ

＊　ダトゥ　スマトラのナタル地方の原住民首長。
＊＊　ナタル　スマトラ島のタパヌリ理事州南部海岸部の一地方および港町。

たわけだ。胡椒畑を視察したところで、どうということはないし、自分は長い間太陽系の支配者に任命されていたにちがいない、とずっと考えていた。それにまた私のような精神の持ち主を、あのような愚昧な首長《ダトゥ》やその娘と一緒に小舟に乗せることは、精神的な殺人行為のように思われてきた。もしそういうことでなかったら、私だってマレー人の首長に我慢もできたであろうし、彼らと仲良く付き合ってゆくこともできたはずだ。マレー人の首長にはジャワ人の貴族以上に魅力的なところがいろいろあることもある。そう、フルブルッへ、君が賛成してくれないことは分かっている。この点で私に賛成してくれる人は少ない……が、今はそれはよしとしておこう。

またもし別の日に、つまりあまり悩むことのない時に、あのような視察をしていたなら、おそらくすぐにあの首長《ダトゥ》と言葉を交わし、話し相手としては申し分のない男だと分かっただろう。おそらくあの娘とも言葉を交わし、それを楽しんだことだろう。というのも子供はたいていどこか個性的なものを持っているからだ。ただその時は、私自身がまだあまりに未熟で、その子の個性的なものを見つけるまでいかなかったのだが。でも今は違う。今は一三歳の女の子を見れば、まだほとんど、あるいは全く筆の入れられていない白い原稿用紙さながらに、汚れを見る思いがしない。普段着で〝構えていない〟作者に不意打ちをかけるのは、時として楽しいことだ。

その子はビーズに糸を通していた。すっかり夢中になっているようであった。赤いビーズ三つの次に黒いのを一つ……また赤いのを三つに黒いのを一つ、……きれいにできていた。

女の子の名前はウピ・ケテと言い、スマトラでは〝お嬢さん〟に近い意味だ……そう、フルブルッへ、知ってるよね、でもデュクラーリはジャワしか知らないか？　女の子の名はウピ・ケテだが、その子を〝かわいそうな子〟と呼んだような記憶がある。なぜなら私は彼女よりはるかに高い、上の立場に立っていると思っていたから。

午後になっていた……ほとんど夕方と言ってもよかった。女の子はもうビーズ玉をしまっていた。陸地はゆっくりとわれわれの横を通り過ぎ、背後のオフィル山**はだんだん、だんだん小さくなり、われわれの左側の西の方角には、広い海が見渡すかぎり続いていた。マダガスカルまでは遮るものがなく、さらにその後ろにはアフリカがあった。太陽は西に傾き、夕日はだんだん横の方から波の上を〝かすめる〟ように射してきた。そしてやがて太陽は海の中に沈み、まるで涼をとっているようだった……。ちぇ、また、あいつめ？」

「何が、……太陽のこと？」

「いや、そうじゃない、……その当時、私は詩を書いていた……

ナタルの岸に打ちつける、

大海原に問わんかな

＊　マレー人の首長　正しくはアチェ人の首長。マレー人は、広義にはマレー（ムラユ）語を話すマレー半島およびスマトラ島東海岸を中心にして住む人々。

＊＊　オフィル山　スマトラ西部の赤道直下近くにあるタラクマウ山（二九一二メートル）のこと。

ほかでは優しく静かでも
ナタルの岸では波荒く
沸き立ち怒るはなにゆえと

かわいそうなる漁夫の子は
君が問いかけ知るやすぐ
黒い瞳をまばたかせ
はるかな大空指し示し
はるかな西に目をこらす。

黒い瞳で少年は
西のかなたをじっと見て
君の見る方指し示す
見渡すかぎり水ばかり
海また海で何もなし

海辺の砂を大洋が

マックス・ハーフェラール

はげしく洗うも、それがため
見渡すかぎり海ばかり
水、水ばかりで何もなし
マダガスカルの海辺まで。

大海原をなだめんと
多くの生け贄捧げられ、
多くの叫び波に消え、
妻子、縁者に届かずに
ただ神のみぞこれを聞く

いまわのきわにあまた手が
波の中から突き出され
まさぐり、握り、水を掻き、……
何かにすがり、探せども……
はかなく永久に沈み行く

それから、この先はもう知らないのだが……」

「ナタルであなたの書記を務めていたクレイフスマンに手紙を書いて問い合わせてみれば、それはまた見つかるかもしれませんよ。**彼**ならそれを持っていますよ」とフルブルッヘが言った。

「どうして**彼**が持っているのかな？」とマックスが聞いた。

「おそらく、あなたの肩かごから……ともかく、彼が持っていることは確かです。この後に、例の島を沈めてしまったという大罪の伝説が続くのじゃないですか。昔ナタルには島が一つあり、そのおかげでナタルはいい停泊地になっていたとのことです。……あれは二人の兄弟を持つ精神《ジワ》の物語ということになっているが」

「そう、その通り。あの伝説……いや、あれは伝説ではないんだ。あれは私が作った寓話なんだ。あと二、三世紀もたてば伝説になるだろうが……もしクレイフスマンがあれを吹聴してくれればだが。神話というものはすべてそのようにして始まるものだ。〝ジワ〟は、ご存じのように**精神**のことだ……」

「マックス、ビーズを持ったその女の子はどうなったの？」とティーネが尋ねた。

「ビーズはもうしまってしまった。時間は六時で、あの赤道直下で、そう、ナタルは赤道より北へ数分のところにある。いつか陸路を通ってアイル・バンギ*に行った時には、馬で赤道を越えたのだが、もう少しで赤道の上で転ぶところだった。そこでは六時といえば夕べの瞑想の合図だった。人は朝よりも夕方の方がいつも気分がいいものだ。素直になっている。それが自然というものだ。朝には構えている。——これはドイツ語より入った誤った語法だが、オランダ語ではどう言うのかなあ？——執行官であれ、内務監督官であれ、あるいは……いや、これで十分だ。執行官がその日の仕事をきちんとこなすために〝構えて緊張している〟、……ああ、何たる仕事よ。そのように〝構えて緊張している〟精神とは一体どんなものか。内務監督官が、フルブルッへ、君のことを言っているわけではないが、目をこすりながら、不安な気持ちで副理事官の到着を待っている。その副理事官は勤務の期間が数年多いということで、子供じみた虚勢を張っているからだ。内務監督官は内務監督官で、その日はまた畑の測量をしなければならないのに、どうしたものかと困っている。デュクラーリ、君は軍人だから、そういうことは知らないと思うが、正直な内務監督官もいることは確かにいるんだ。それで彼は誠実に任務を全うすべきか、もしかして郡長《ラデン・ドゥマン》……というような原住民首長が、その白い馬は、〝とてもいい**値がついた**〟ので返していただけないでしょうか、と言ってきたらどうしようかと心配し、その板挟みになっている。あるいはまたその日、彼は第何号かの公文書に対して、はっきりと**賛否**を回答しなければならない。要するに、朝目がさめると、世俗的なことに心が煩わされる。そして気が滅入る。どんなに強気の人でも。

しかし、夕方になるとほっと一息つく。今から、君がまたモーニングを身につけるまでに一〇時間ある。一〇時間だ。つまり三万六〇〇〇秒、人間らしくなれるのだ。それだけの時間が君にほほえみかけてくれるというわけだ。私が死にたい……仕事に関係のない顔をしてあの世に行きたいと思うの

＊アイル・バンギ　スマトラ西海岸、ナタルの南にあった理事州。およびその中心地であった港町。

も、そのような時間だ。それにまた、君の妻が隅っこにEの文字を縫い付けたハンカチを君に持たせた時に、彼女が君の表情の中に彼女を**引き付けた**何かを再び見出すのも、そういう時間だ……」

「その時、妻は風邪を引いてはいけないわけね？」とティーネが言った。

「まあ、茶化さないで……人は夜には〝**くつろぐ**〟と言いたいだけなんだから。

そのようにして日が沈むと、私は素直な人間になり、その証拠と言ってもいいのだろう、初めてその女の子に言ってやった。『じきに涼しくなるよ』って」

「はい、旦那様」と彼女は答えた。

しかし、今度はもっと腰を低くして、その〝哀れな女の子〟に向かい、言葉を交わし始めた。こちらから聞いても彼女の口数は少なかったから、話しかけてやった分だけ、私の株も上がったというものだ。私は間違ったことは何も言わなかった。だがそれは自慢できることとはいえ、退屈なことでもあった。

「君はまたタロ・バレに一緒に行きたいと思わないかい？」と訊いてみた。

「旦那様の仰せであれば」

「いや、そうではなくて、ああいう旅行は楽しいと思うかい、と訊いているわけ」

「父が、いいと言えば」と彼女は答えた。

これでは腹が立とうというものだが、何とか抑えた。日は沈んでおり、すっかり〝**くつろいだ**〟気分になり、こんなバカバカしさには付き合っていられないと思った。むしろ、自分の声を聞くのがせめてもの慰めと考えた。なぜなら自分の声を聞きたがらない人は少ないからだ。そして終日**だんまりを決め込んだ**後なので、今こそしゃべり始めたわけだが、それはウピ・ケテのバカげた返事よりは少しはましなことであったと思っている。

彼女に何かを話してやろうと思った。そうすれば同時に自分もそれを聞くことになるし、彼女も別に何も返事をする必要がない。船の荷揚げをする時、最後に積み込まれた砂糖の〝籠《クランジャン》〟が最初に荷揚げされるように、われわれも最後に仕入れた考えや話を一番最初に口に出すものらしいね。『蘭印雑誌』*の中で最近読んだのだが、イェロニムス**の〝日本の石工〟という話で……あのイェロニムスという人はいいものを書いた。彼の〝忌中の家での競売〟読んだかい？ それから〝墓〟は？ そう、特に〝牛車《プダッティ》〟はどう？ これを君にあげよう。

その時はそれを読んだばかりだった。〝日本の石工〟……今でもすぐに思い出すが、これを読んだ時しばらくの間、あのナタルの海岸で書いた詩の中に迷い込んでいた。あの詩の中で、私は漁師の少年の〝黒い目〟を、斜視になってしまうのではないかと思うほど、〝辺り中にぐるぐると動かし〟……やがて一つの方向に見定めさせた。今としては全くバカげたことだが。あれは様々な考えが一つになってしまった結果だった。あの日私の心が乱れていたのは、ナタルの停泊地が危険であることと関係し

* 『蘭印雑誌』 東インドで一八三八年に最初に創刊された雑誌。
** イェロニムス ファン・ホエフェル男爵（一八一二―七九年）のペンネーム。バタヴィアで牧師を務めた後、第二院議員として強制栽培制度批判の先頭に立った。

ていた……フルブルッへ、君も知っているように、軍艦はあそこに近づくのは止められていた。特に七月には……そう、デュクラーリ、あそこでは偏西風が七月に一番強くなり、ここでは全く逆なのだ、……ところで、その停泊地が危険であるということは、私の名誉が傷つけられたことと大いに関連があり、その名誉はまた精神《ジワ》の歌とも関連していた。私は理事官にナタルの当地に築港するように何度も申し入れていた。少なくとも河口に築港し、バタック*地方を海と結ぶ要衝となっているナタル県の商業取引を盛んにしようとしたわけだ。内陸の一五〇万の人間には自分たちの産物を売りさばく方法がない。ナタルの停泊地はあのように不評だったから、それは仕方なかったのだが。しかし、私の提案は理事官の容れるところとならなかった。少なくとも理事官の話では、政庁がそれを認めそうにもないということであった。ご存じの通り、理事官というのは、これは政庁にとり好都合であろうと、予め計算できるものしか決して提案しない。ナタルに築港することは外国勢力を締め出そうという体制と原則的に合わないわけで、船舶をナタルに呼び寄せるということはもとより、帆船を停泊させることすらも、〝**不可抗力**〟の場合を除いては禁止されていた。それでも確かに船は現れたが、それはたいていはアメリカの捕鯨船か、スマトラ北端の独立した小王国で胡椒を積み込んだフランス船で、そういう場合には私はいつも船長に私宛に手紙を書かせ、飲料水の補給のために許可を求めるという形にした。ナタルのために何かやろうとした私の試みも失敗して、頭が混乱し、あるいはむしろ自分がよかれと思った所に港一つも造らせることができないことが分かり、自分の虚栄心が打ち砕かれた——これ自体はほとんど取るに足りないことだが——。そうしたことが全て、太陽系を操りたいという私の意気込みと絡み合って、……そう、それがその日私を非常に不機嫌にしていた。日が沈んで何かほっとした時、というのも不満は一種の病気だから、まさにその不満という病気が〝日本の石工〟の話を思い起こさせたというわけだ。おそらく、ただそういう理由だけで、その話を軽い気持ちで話してやろうと思った。そしてあの子のために自分から進んでそうするのだと勝手に思い込み、取っておかねばと思っていた水薬の最後の一滴をわざと飲んでしまうような気持ちであった。だが、私を癒してくれたのは彼女、つまりその子の方で、私がその話をしたことそれ自体ではなかった。少なくとも一日かそこいらはそうであった。

「ウピ、ある男が岩から石を切り出していた。仕事はとてもきつく、彼は一生懸命働いた。しかし手間賃は少なく、満足できなかった。

彼は仕事がきついので、ため息をつき、叫んだ。赤い絹の〝蚊帳《クランブ》〟のついた〝ベッド《バレ・バレ》〟の上で休めるように金持ちになりたいなあ。

すると天から天使が舞い降り、願いをかなえて上げましょう、と告げた。

そして彼は金持ちになった。ベッド《バレ・バレ》の上で休み、それに付いた蚊帳《クランブ》は赤い絹製であった。

その国の王様が馬に乗った家来を前後に従えて通り過ぎた。王様の頭の上には黄金の〝日傘《パヨン》〟が差し掛けてあった。

＊　バタック地方　スマトラ北部トバ湖周辺のバタック族の住む地域。

金持ちになったこの男がこれを見て、自分の頭には黄金の日傘《パヨン》が差し掛けられていないのを悲しみ、面白くないと思った。

彼はため息をつき、王様になりたいと叫んだ。

そこへ天から天使が舞い降り、願いをかなえて上げましょうと言った。

そして彼は王様になった。彼の車の前にも後ろにも馬に乗った家来が従い、頭上には黄金の〝日傘《パヨン》〟が差し掛けられた。

太陽がじりじりと照りつけ、地を焦がし、草の芽を枯らしてしまった。

王様は、太陽が顔をじりじりと焦がし、自分以上の権力を持っていることが気に入らず、満足できなくなった。

彼はため息をつき、自分は太陽になりたいと叫んだ。

また天使が天からやって来て、願いをかなえて上げましょうと言った。

彼は太陽になった。そして光を上下左右、四方八方へと送った。

太陽は地上の草の芽を焼き焦がし、地上の王様たちの顔をも焦がした。

ところが、雲が大地と太陽の間に入り、光はその雲に当たって、はね返ってきた。

彼は自分の力が妨害されたと腹を立て、雲が自分よりも強いことを恨み、また満足できなくなった。

あのように強い雲になりたいと、彼は思った。

またまた天使が天から降りて来て、願いをかなえて上げましょうと言った。

彼は今度は雲になり、太陽と大地の間に入り、日差しを受け止めた。その結果、草は青々と育った。雲は大粒の雨を地上に降らせた。川は水嵩が増え、洪水《バンジール》が家畜の群れを押し流した。川は地面を水びたしにし、めちゃめちゃにしてしまった。

水は岩にぶつかったが、岩は動かなかった。水は大きな流れとなって、ごうごうと音を立てた。が、岩はびくともしなかった。

岩が動かないことに、雲は腹を立てた。大きな流れの力でも無理だったからである。こうしてまた満足できなくなった。

雲は叫んだ。『あの岩には自分以上の力がある。あの岩になりたい』

そうすると天から天使が降りて来て、願いをかなえて上げましょうと言った。

雲は今度は岩になった。太陽が照りつけても、雨が降っても動かなかった。

そこへ一人の男がつるはしと先の尖った鑿《のみ》、重い金づちを持ってやって来て、石を岩から切り出した。

岩は言った。なんたることだ。あの男の方が俺よりも力を持っている。俺の膝から石を切り出した。

岩は叫んだ。『俺はあの男より弱い。俺はあの男になりたい』

またまた我慢できなくなった。

そこへ天使が天から降りて来て、願いをかなえて上げましょうと言った。

こうして彼は今度は石工になり、岩から石を切り出すきつい仕事をするようになった。彼はわずか女の子ばかりの手間賃で、一生懸命働いた。そしてそれに満足した」

「すばらしい」とデュクラーリが言った。「でも、そのかわいいウピが〃吹けば飛ぶような〃女の子でなければならない理由は、まだわれわれには話していませんが」

「いや、その**理由**を話すとは約束していなかったはずだ。私はただ、彼女と知り合いになったということを言いたかっただけだ。話が終わった時、彼女に聞いてみた。『ねえ、ウピ、もし天使が天から降りて来て、**君**は何が欲しいと訊かれたら、何にするかなあ?』って」

「そうね、旦那様、一緒に天に連れて行って、とお願いするわ」

「とてもかわいいいんじゃない?」とティーネが客人に言った。だが二人は全くバカバカしいと思っている風であった。

ハーフェラールは立ち上がり、額をそっとぬぐった。

20

(同じくシュテルンがまとめたもの＝訳者)

「ねえ、マックス」とティーネが言った。「私たちのデザートはとても質素で……ご存じない？……ご存じですよね、スカロン夫人*……のこと？」

「焼菓子の代わりに、もっとしゃべれ、というの？　やれやれ、声がかれてしまったよ。フルブルッへ、今度は君の番だ」

「そうですよ、フルブルッへさん。マックスをちょっと休ませてやって下さいな」とハーフェラール夫人は頼んだ。

フルブルッへはちょっと考えていたが、話し始めた。

「昔、七面鳥を盗んだ、ある男がいました」

「なんだ、こいつめ！」とハーフェラールは叫んだ。「それはパダンで聞いた話だな。その先は？」

「これでおしまいです。この結末はご存じですよね？」

* スカロン夫人　フランスのマントノン侯夫人（一六三五—一七一九年）。ルイ一四世の寵愛を受け、王子たちの養育係を務めた。現在の普及版ではジョフラン夫人になっている。ファン・レネップが書き換えた。

「もちろん、食べてしまったんだ。ある人と一緒に……。私がパダンで停職処分を受けた訳は知ってるよね？」

「何でも噂では、ナタルのあなたの金庫に使途不明金があったとか」とフルブルッへは続けた。

「全く嘘でもないんだが、**本当で**もない。私はナタルでは、いろいろなことがあって金銭の管理にひどく杜撰になっていた。それで確かに何だかんだと批判を受けたが。しかし、そういうことは当時はしょっちゅうあることで、スマトラの北部の状況はバルス、タプス、シンクル*の攻略直後で非常に混乱していて、あちこちが不穏だった。そのため、お金を管理したり会計簿をつけることよりも馬を乗り回している方が似合っている若者が、アムステルダムで働いている簿記係のようにきちんと几帳面に会計を管理できなかったとしても、仕方なかったのだ。アムステルダムの人だったら、そんなことは許されないが。バタック地方は騒然としていて、フルブルッへ、知ってるよね、バタック地方で何か起こると、いつもことごとくナタル地方にも波及してきたのを。だから私は夜は服を着たまま眠っていた。すぐに起きて対処できるようにだ。当時はよくそうする必要があった。それにまた危険には――私の着任の少し前にも、前任者を殺害して反乱を起こそうとする陰謀が発覚していた――魅力を感じていた。私もまだ二二歳で若かったから、とりわけそうだった。だからそれがもとで自分はいっそう事務仕事には向かない人間になっていた。金銭を適切に管理するためには、特に細心の注意が必要だったのに、それにもおろそかになっていた。その上バカなことをいろいろ考えていて……」

「いらないわよ！」とその時ハーフェラール夫人が召使に言った。

「何が？」

「もっと何か台所で用意するように言っておいたのですが……オムレツとか……何かを」

「ああ……でも、僕がバカなことを話し始めたから、いらないってこと？……そうだとすると、ティーネ、それはないよ。僕はそれでもいいが、この殿方たちの意見だって聞かなきゃ。フルブルッへ、**君はどっちにする？**　オムレツの方、それとも私の生い立ち？」

「むずかしいところですね。育ちのいい人には」とフルブルッへが言った。

「私もどっちかとは言いたくないですね」とデュクラーリが付け加えた。「これは旦那様と奥様の間の話でして、**夫婦喧嘩は犬も何とかと言いますから**」

「じゃ、殿方、こうしよう、オムレツは……」

「奥様」とデュクラーリがきわめて丁重に言った。「そのオムレツはなかなかのものなんでしょう……？」

「主人のお話と同じくらいにという意味ですか？　確かに、もしそのお話に値打ちがあればの話ですが。でも困ったわ……」

「お宅には砂糖がまだないんでしょう？」とフルブルッへが声を高めた。「いる分だけ、私のところ

＊　バルス、シンクルはいずれもスマトラ西海岸北部の港市。タプスは同じタパヌリ理事州の山間部の町。オランダは一八三九年にバルスを、一八四〇年にシンクルを攻略した。シンクル川が当時のアチェ王国との国境となった。

に取りにやって下さい」

「砂糖ならあります……スローテリング夫人のが。いいえ、そうじゃないんです。オムレツでよければ、それでいいんですが……」

「それじゃ、奥様、オムレツを火の中にでも落としたんですか」

「それならいいんですが。そうじゃないんです。火の中に落ちるようなものじゃないんです。それが……」

「じゃ、ティーネ」とハーフェラールが叫んだ。「それじゃどうしたの？」

「なんだか雲をつかむような話で。マックス、あなたの言うアルルの女もそうでしたけど……。オムレツなどないんです……もうこれ以上何も出ませんわ」

「それじゃ何がなんでもお話の方だ」とデュクラーリがおどけたように、あきらめ顔で言った。

「でもコーヒーならございますよ」とティーネが言った。

「よし、それじゃ、玄関前のヴェランダでコーヒーを飲もう。スローテリング夫人も娘を連れて一緒に飲むように誘おう」とハーフェラールが言い、皆が外の方に向かった。

「スローテリング夫人はきっと断るのじゃないかしら。マックス、彼女は私たちと一緒の食事には気が進まないようだけど。でも、だからといって彼女を悪くとることはないわ」

「僕が話をすることをもうすでに知ってるんだろう」とマックスは言った。「それじゃ、二の足を踏むはずだな」

「いや、そうじゃなくて、マックス、話はいいとしても、彼女はオランダ語が分からないんです。彼女は自分の家の家事をしていたいと言っていました。それはとてもよく分かるわ。ねえ、あなたは私の旧姓をどう言い換えたか、ご存じですよね？　**E・H・v・W・**を*」

「〝わが家が最高〟としたが……」

「そうでしょう？　彼女はそれで全く構わないんですよ。それにあの人は少し人見知りするところがあるようです。屋敷内に入った見知らぬ人は全部、巡査に追い払わせていますから、お分かりでしょう……？」

「お話か、オムレツか、どっちかをお願いします」とデュクラーリが言った。

「私もです」とフルブルッへも言った。「逃げてもだめですよ。われわれは正餐をいただく権利があります。ですから、その七面鳥の話をぜひ伺いたいですね」

「もう、それは話したはずだが」とマックスが言った。「それはファン・ダム将軍から盗んで、他の人と一緒に食べてしまったのだ」

「じゃあ、**その人**が天国に行ってしまう前に……」とティーネがからかった。

「いや、それじゃ、はぐらかしですよ」とデュクラーリが叫んだ。「どうしてあなたが七面鳥を盗んだのか聞きたいのです」

＊　E.H.v.W. Everdine Hubertan van Wijnbergen の頭文字。〝わが家が最高〟(Eigen Haard veel Waard)。ハーフェラール夫人の旧姓は著者の最初の夫人の旧姓と同じ。

「うーん、そうね、腹が空いていたからだ。私を停職にしたファン・ダム将軍のせいだ」

「もしこれ以上話してもらえなかったら、次回には自分でオムレツを作って持ってきますよ」とフルブルッへは不満顔をした。

「いや、信じてくれたまえ、これ以上隠していることは別に何もないんだ。将軍はたくさん七面鳥を持っているのに、私ときたら全然なかったんだ。七面鳥の番をしているらしい男が七面鳥を追って私の玄関の前を通っていたから、一羽頂戴したというわけで、その男に言ってやった。私こと、マックス・ハーフェラールが食べたくなったので一羽頂戴したと将軍に伝えてくれ、と」

「そして、それからがあの諷刺詩ということになるのですね？」

「フルブルッへが君にそう話したのか？」

「ええ、そうです」

「あれは七面鳥とは関係なかったんだ。将軍があまりに次々と役人を停職にしたものだから。パダンにはたしか七、八人もいたよ。在任中に停職になった人が。将軍は何かにつけて停職措置をとっていた。その多くは私よりもずっと軽微な理由からだ。パダンの副理事官も停職になり、その理由も、私の考えでは、辞令にあるのとは全く別のものでだ。私の言っていることがすべて正しいかどうか保証のかぎりではないが、君たちにははっきりと言っておきたい。つまりパダンで噂になっていたことだけを言っておこう。将軍の性格を考えると、噂は本当だということは十分に**ありうる**。

彼が夫人と結婚したのは、賭けに勝って一アンケル*のワインを手に入れるためだった。それで彼は夕方になると、しばしば出かけ、あちこちをほっつき歩いていた。臨時雇いのファルケナールがある時、少女孤児院近くの通りで、その忍び歩きをしている男を見つけて、その場にふさわしい礼を尽くして、しこたまぶん殴った。まるで街に**よくいる**ごろつきを扱うように。そこからほど遠からぬ所に○○嬢が住んでいて、彼女は赤ん坊を生んだという噂が広まっていて、しかもその子はどこかにいなくなってしまった。副理事官が折を見てこれを質そうと思い、ある時、将軍の邸宅でトランプのホイスト[**]をやった時、将軍にこのことを話したらしい。その翌日、彼はある県への出張を命じられた。その県の内務監督官は副理事官の代わりを務めている人で、真偽のほどはよく分からないが、仕事上の不正があって停職になっていた。そのため、そこへ行って調査にあたり、それを〝報告する〟ように求められた。副理事官は自分の県とは全く関係のないことを命じられて驚いたが、厳密に考えればこの任務は自分の出世につながる名誉だと思い、また将軍ともきわめていい関係でウマが合っていたので、これが仕掛けられた罠などとはつゆ知らず、この任務を受け入れ、出かけた……。どこだったかもう覚えていないが、ともかく与えられた仕事をやるためだ。しばらくして彼は戻って来て、報告書を提出した。問題の内務監督官には不利な内容ではなかった。ところが、この間にパダンでは誰彼となく、こんな噂が広まった。つまり、その内務監督官が停職になったのは、ほかでもない、あの行方不明になっている子供の調査を妨害するために副理事官を一時的にパダンから遠ざける措置だった、

＊　アンケル　ワインの容積単位。三八・八リットル。
＊＊　ホイスト　ブリッジの前身と言われるトランプのゲーム。

あるいは少なくとも真相の解明がいっそうむずかしくなるまで、調査を先延ばしにしようとしたのだ、と。もう一度言っておくが、この噂が本当かどうかは私は知らない。が、のちに私自身がファン・ダム将軍から聞いたところでは、それはどうも本当のことであったらしい。パダンでも、あの将軍ならやりかねない、と言う人が多かった。彼のモラルは高くなかったからだ。世間の人は、将軍のいいところは危険に際しても物怖じしない点だけだ、としか見ていなかった。私も彼が危険に遭遇した場面を見たことがあるが、将軍を**何が何でも**勇敢な男だと信じているだけなら、こんな話をわざわざ君たちに話そうという気にはならない。確かに将軍はスマトラで、多くの人を〝**サーベルで切らせた**〟というのは事実だが、しかし近くで見ていれば、彼の勇敢さは少し割り引かざるをえない。変に聞こえるかもしれないが、私の考えでは、将軍の軍人としての名声は大部分、誰もが皆多少は持っている対決心のおかげだ。人はよく、ペーテルもしくはパウルスは、**これこれ**、**こう**であるのは確かだ、と言いたがる。しかし彼にはああいうところもあり、それもまた認めないわけにはいかない、ともよく言う。だが目につくほどの大きな欠点でもなければ、はたしてそれが褒め言葉なのかどうか全く確信が持てないのだ。フルブルッへ、君はいつも酔っ払っている……」

「私がですか？」と何事にも控えめなフルブルッへが訊いた。

「そう、来る日も来る日も**私は**君を酔っ払わせた。君はすっかり忘れていて、デュクラーリが夜、玄関前のヴェランダで君につまずいたことも忘れている。デュクラーリもそれを不愉快に思うが、以前には気付かなかったよい点が君にはあることをすぐに思い出す。そこへ私がやって来て、君がそのように……**横になって伸びているの**を見つけると、彼は私の腕に手をおいて、こう言うであろう。『ああ、彼はこれさえなければ、あのようにとてもいい奴で、きちんとしていて、しっかりしているんですが。本当です』と」

「もしちゃんと**立っていたって、**フルブルッへについてはそう言いますよ」とデュクラーリが言った。「いや、そんなに熱っぽく、また確信を持っては言わないだろう。人はよくこう言うだろう?『**あの人**は自分の言動に気を付ければ、いい人なのだが、しかし……』と。だから、そう気を付けない人は**ただの人**で、という話になる。その理由は分かるような気がする。死んでしまってから、生前は全く気が付かなかった優れた長所に気付くこともよくある。それは、死んでしまえば、死人に口なしで、誰も**はばかることがなくなるからだ**。人は誰でも、多かれ少なかれ競争している。われわれは他の人を**すべて**自分より**完全に**下に置いておきたいと思っている。ただそれを口に出すのは礼儀上まずいし、自分の胸の内を悟られないためにも、口には出さないだけだ。なぜなら、われわれの主張することがたとえ真実であっても、そんなことを言えば、人はすぐにわれわれの言うことを信じなくなるからだ。だから回り道をすることが必要で、つまりこういう風になる。デュクラーリ、君が『スロプカウス中尉はいい軍人である、本当にいい軍人である、言葉では尽くせないくらいいい軍人である……、が、中尉は**理論家**ではない』ともし言ったら、……君はそう言わなかったかい、デュクラーリ?」

「スロプカウスという中尉など知りませんし、会ったこともありません」

「よろしい、それじゃ、そういう人がいることにして、話してくれたまえ」

「はい、そうしましょう」

「君は今何と言ったか分かるね？　**君は**、デュクラーリ、**理論**を決定的に重視している、と言ったことになるのだ。理論ということになると、私などものの数ではない。だからある人をひどい奴だと言って大いに腹を立てるのは間違いなのだ。これは信じてくれたまえ。なぜなら、われわれの中の善人でも、悪にはそこそこなじんでいるからだ。もし完璧な善を零度と呼び、一〇〇度を悪とみなすならば、九八度と九九度の間をさ迷っているわれわれが、一〇一度の人に対して〝**とんでもない奴だ**〟と非難の声をあげれば、どんなに間違いを犯すことになるか。言ってみれば、多くの人は真っ正直でないために、つまり例えば全く自分のありのままの姿でいようとする勇気が足りないばかりに、一〇〇度の悪にまで達しないだけの話だ。私はそう思う」

「私は何度かしら、マックス？」

「細かいところを見るにはルーペがいるね、ティーネ」

「異議あり！」とフルブルッへが叫んだ。「いいえ、奥様、あなたが零度に近いところにいることに対してではありません。そうではなく、役人が停職になったり、子供が行方不明になったり、将軍が悪く言われたりしていることに対してです……〝話の本題〟に戻ることを要求します！」

「ティーネ、これだから、この次には何か家に用意しておかなくてはね。いや、フルブルッへ、ものごとには何かにつけて相反する面があるという、私の得意の議論をまだ展開していないから、〝本題〟には入っていないんだ。さっきも言ったように、人は皆他人との間に一種の競合関係を見出す。だから人は目に映るものをいつも非難するだけではだめなんだ。われわれは自分の長所に大いに磨きをかけたいと思っているが、それはとどの詰まり、自分の短所を人目に付きやすいようにするためだ。ただ短所を人目にさらすといっても、それは本当は人間だからできることであって、人間にのみふさわしい行為なんだ。ただその際、自分がどちらの方に重きを置いているかを言わないだけだ。もし私が、『彼の娘は大変な美人だが、**彼は**泥棒だ』と言ったとして、その人が私を責めたら、『どうしてあなたはそんなに腹を立てるんですか、私はあなたの娘はかわいい子だと言っているのですよ』と答えるだろう。ね、これで私の完勝だ。われわれ二人が食料雑貨商だとする。お客は、泥棒なんかの店でレーズンを買うのはご免だと言う。そうすれば私がそういうお客を取ってしまうことになる。そして同時に、私はいい人だ、なぜなら商売仇の娘をほめたからだ、と人に言われることになる」

「いや、それは極端すぎませんか？」とデュクラーリが言った。「それは少し強引ですよ」

「君からすればそうなるかもしれない。比較の仕方が少し乱暴だと思う。『彼は泥棒だ』というところを少しぼかして考えてくれればいい。

しかし、ある人が尊敬や名誉、畏敬に値するような長所を持っていることを確かに認めざるをえないのに、そうした長所と並んで、その人には別に賞賛に値しないようなところも少しは、あるいはたくさんあることが分かれば、何かホッとする。『**こういう**詩人の前では頭が下がるが、しかし……彼は自分の妻をぶつ』といった具合だ。ね、だからその場合、われわれは頭を下げない口実として、彼の妻の青アザをすぐに持ち出そうとする。そしてしまいには、彼は暴力をふるうということでホッとするわけだ。そういうことは、本来ならば非常に醜いことなのだが。もしある人が**像**を建ててやるほど名誉ある人格の持ち主であると認めざるをえなくなり、もしそれを無視すれば、教養がないとか、感受性が鈍いとか、あるいは嫉妬心が深いとみなされて、もはや無視できなくなると、『よろしい、像を建てよう』と言う。しかし像を建てている最中にもまだ当の本人が、『連中は私の高潔な人格にすっかりいかれてしまっているわい』と悦に入っているならば、しめたもので、われわれは**投げ縄**の中にすでに罠を仕掛けたことになる。そしてチャンスが到来すれば、その罠で彼を下に引きずりおろすことができる。そして像を建てる台座に**お金を出す人**の顔触れが変われば**変わる**ほど、誰にとっても今度は自分にも像の番がめぐってくるチャンスがそれだけ多くなる。狩人が腕を磨くためにカラスを撃ち落として、そのままに放っておくことがあるが、われわれも昔からやってきたように、また今後のことも考えて、**そんな**立像なら喜んで引き倒し、その台座にはその後全く何も載せないままにしておくということも確かにある。もしカッペルマン*がザウアークラウト**と水っぽいビールで質素な生活をしているとすれば、『アレクサンドロス大王は偉大な人物ではなかった……彼には節度というものがなかった』ときっと言うにちがいない。たとえ、アレクサンドロス大王と世界制覇を競うチャンスが彼には全くないとしてもだ。

ともかく、ファン・ダム将軍を非常に勇敢だと思うような人は決して多くないことは請け合う。将軍の勇敢さというのは、いつもそれと一体化した〝まあ……モラルの高さ〟を兼ね備えていないと、人はそう思わないものなんだ。他方ではそれと同時に、たとえ将軍のモラルが高くなくても、それほど多くの人が問題にしないこともあろう。ことモラルに関しては、それほど堂々と胸を張れる人は少ないからだ。ただし、将軍が一部の人がおちおち枕を高くして寝ることができないほどの勇猛さで聞こえていればそれと釣り合ったモラルの高さを別段求める必要はないというのであれば、話はまた別だ。

彼には特筆すべき一つの個性があった。つまり意志の力だ。やろうと思ったことは必ずやらねば気がすまなかったし、実際やった。しかし——ここでもまたすぐに相反する側面が見られるのだが——それを実行する手段を選ぶ段になると、彼はともかく割と……気楽であった。ファン・デル・パルム***はナポレオンについて、〝ナポレオンは軍人としてはモラルが高かったが、それがかえって足枷となって彼の野心が制約されることは全くなかった〟と述べているが、それは間違いだと思う。人は何かに束縛されていると感じている場合よりは、そうでない場合の方が間違いなく簡単に目的を達成することができるのだ。

パダンの副理事官はその時、停職になった内務監督官には有利な内容の報告書を出した。それゆえ、内務監督官に対する停職は不当だということになった。パダンではその後も噂が絶えることなく、子供が行方不明になっているとか、副理事官がもう一度調査をやり直す羽目になったとか、いつも取り

＊　カッペルマン　ありふれた俗人のこと。
＊＊　ザウアークラウト　酢漬けキャベツ。
＊＊＊　ファン・デル・パルム　オランダの神学者、文学者（一七六三—一八四〇年）。

沙汰されていた。しかし何かを解明するところまで行く前に、彼は一通の辞令を受け取り、〝職務怠慢につき〟スマトラ西海岸州長官*から停職の処分を受けた。副理事官は内務監督官に対する友情もしくは同情から、いきさつをよく知っていたにもかかわらず問題をうやむやにしてしまった、という理由であったという。この問題に関する書類は読んでいないが、副理事官が内務監督官の問題とは全く関係がなかったことは知っている。その問題の調査のために、わざわざ**副理事官**をあてたことでもすでに明らかだ。彼は尊敬に値する人物であるし、政庁もそう見ていた。だから、その問題をスマトラ西海岸州以外のどこかで調査した後、彼は停職処分が解かれたわけだ。そしてその内務監督官も後日、名誉を完全に回復されることになった。私が風刺詩を書くことを思い付いたのは、この停職事件があったからだ。私はそれをかつての私の部下でその当時は将軍の部下になっていた人に頼んで、将軍の朝食の食卓に置いてもらったというわけだ。こういう詩だ。

停職、停職と威圧しながら、うろつきまわる停職辞令、
停職野郎の長官は己が良心も停職にし、
嬉々としているこの世の狼、人の仮面を付けてはいるが。
停職どころか、良心をとうの昔に解雇したのではなければ幸いだ。

「そういうのはちょっとまずいと思いますが」とデュクラーリが言った。

「私もだ……、しかし**何か**をせずにはいられなかったのだ。考えてもみたまえ。お金はなかったし、何ももらっていなかった。毎日毎日飢え死にするのではないかと脅えていた。その時は本当にもうだめかと思っていた。パダンには頼れる人はいなかった、というより、まあ多くはなかった。その上、私は将軍にこう言ってあったのだ。将軍、もし私がみじめに死んでしまったら、それは**あなたの**責任です、私は誰からも助けてもらえないのです、と。パダンの奥地では私の様子を聞き付けて、自分のところに来るように言ってくれる人もいたが、将軍はそこへ行くための通行証の発給を禁止してしまった。ジャワに行くことも許されなかった。他へ行けばどこでも何とかなったのだが。おそらくパダンでも、あのように権勢を振るう将軍を怖がらなければ、やってゆけたのだが。私を餓死させようというのが将軍の腹づもりのようであった。何と、そうした状態が九ヵ月も続いたのだ！」

「でも、そんなに長い間、どうして生活していたのですか。将軍は七面鳥をたくさん持っていたということ？」

「いや、捕まえたのはたった一度だけだ……詩を作ったり、喜劇を書いたり、まあそんなところだ……」

「そんなことでパダンでは米が買えたのですか」

「いや、無理だね、買うつもりもなかったが、……どうして生活していたかって？　言いたくないよ」

その時ティーネが彼の手を握り締めた。**彼女は**知っていたからだ。

＊　スマトラ西海岸州長官　ファン・ダム将軍。一一七頁参照。

「あなたがその当時、領収書の裏に書いた詩をいくつか見ましたよ」とフルブルッへが言った。
「君が何を言いたいか分かってるよ。あの詩は私の境遇を綴ったものだ。当時『筆耕』という雑誌があり、私も定期購読していた。それは政庁の助成を受けていたので――編集人は総督官房の役人であった――定期購読料は国庫に払い込まれていた。私のところにも二〇フルデンの領収書が送られてきた*。このお金は州長官の役所で取り扱われており、もし未払いの場合には、領収書は長官の役所を通して、バタヴィアに返送されることになっていたので、私はその機会をとらえて、領収書の裏に次のように自分の窮状を書いて抗議したのだ。

二〇フルデン……何たる大金だ！　さようなら、文学よ、
さようなら、筆耕よ、さようなら！　惨めといえば、あまりにも惨めなわが運命
飢えと寒さで、苦悩と悲しみの中に、死にそうだ……
もし二〇フルデン手にあれば、二ヵ月も糊口をしのぐものを。
もし二〇フルデン手にあれば、……もっとましな靴を、
もっとましな食べ物で、もっとましな家に、豊かに暮らせるものを……
何はともあれ、生きねばならぬ。たとえ生活は貧しくとも。
貧困は恥にはあらず、だが罪を犯すは恥さらし。

しかし、後日『筆耕』の編集部に二〇フルデン届けに行った時、私には未払い分はなかった。将軍が自分で立て替えたらしい。裏に事情を書いた私の領収書をバタヴィアに転送する必要がないようにしたのだ」

「それにしても、……その七面鳥を取った後、将軍はどうしたんですか？　ともかく窃盗ということになるでしょう。それでその諷刺詩の後は？」

「私は厳罰に処された。その件で、もし将軍が私をスマトラ西海岸州長官に対する不敬罪として裁判にかけようとしたなら、──当時は少しばかり情状を酌量したのか〝オランダの権力を損なう行為、反乱の煽動〟それに〝公道上の窃盗〟と説明されていたが──将軍は厚意あふれる人物ということになったであろう。しかし、実際はそうじゃなかったんだ。裁判よりも私を処罰した方が彼には都合よかったんだ。七面鳥の番をしていた男に命じて、今度から別の道を通るようにした。そしてあの諷刺詩には……やり方はさらに汚いんだ。彼は**何も**言わなかったし、**何も**しなかったのだ。それはひどいじゃないか。分かるだろう？　私を殉教者気取りにすることを全く許さなかったのだ……起訴にしてしまえば、人の関心を引くから、それを避けたのだ。下手に裁判をして、私の高尚な機知が将軍に災いを招くような事態は避けたというわけだ。……全くあの諷刺詩と七面鳥は、あれっきりで、願い下げだ。吐き気を催す。あんな風にやる気を殺がれては、天才の炎は吹き消されるばかりで、その最後の火の粉の一つも……一緒に。あんなことは二度とご免だ。

＊　この領収書は請求書も兼ねていた。当時の交通・通信事情から二度手間を省くための措置。

21

（同じくシュテルンがまとめたもの＝訳者）


「それで、あなたが停職になった本当の理由を知りたいのですが」とデュクラーリが尋ねた。

「ああ、そうか、その件について私が言っていることは全て本当のことで、証明だってできる。その行方不明になった子供のことも、パダンでの噂を全て否定するわけにはいかないのだ。だから軽い気持ちで言っているのではない。分かってもらえるだろう。将軍がどんな人物か**私の**一件で明らかになると、その噂はしごくもっともなことだと皆が思ったわけだ。

ナタルでの私の会計帳簿には、厳密さを欠くところと不注意な点があったことは確かだ。厳密さを欠くと不利益につながることがある。これもご承知の通りだ。杜撰に処理して金が残った例しがない。帳簿上は数千フルデンの穴があいているということになった。しかし、考えてもみたまえ、ナタルにいる間は、誰もそのことについては私に注意を喚起してくれなかったのだ。そして全く突然にパダンの奥地に配置換えとなった。フルブルッへ、君も知っての通り、スマトラでは、パダンの奥地に赴任するということは、もっと北の方の理事州に行くよりは有利で楽だと見られている。少し前には自宅に長官を迎えたし――その訳と、それがどういう結果になったかはすぐに分かるが――、また長官がナタルで、しかも私の家に泊まっている間に、私なりにいろいろなことを〝非常にてきぱきと〟さばくことができたと考えていたので、その配置換えを一つの栄誉だと思い、ナタルからパダンに向かった。フランス船の〝バオバブ〟号があったので、それに乗って行った。この船はマルセイユの船で、アチェ*で胡椒を積み込み、さらに当然のことながらナタルで〝飲料水を積み込んだ〟。パダンに着くと、奥地に出発する前に、当然のこととして、すぐに長官を表敬訪問しようと思ったが、会うことはできないと知らせてきた。それと同時に、新しい任地への出発は新たな命令があるまで延期するように、とも言ってきた。これにはとても驚いた。私の気持ちを察してもらえると思う。彼はナタルから上機嫌で帰って行ったから、それで私も長官の印象をよくしたのではないかと思っていたので、いっそう驚いたというわけだ。パダンにはあまり知り合いはいなかったが、その人たちから聞いたところでは、というよりはその人たちの顔色から分かったのだが、将軍は私に激怒しているということであった。言っておくが、私が自分でそう**察した**ということだ。なぜならパダンのような駐屯地では当時、どれだけ多くの人が自分に好意的な態度を見せるかは、自分が長官の受けがよいかどうかを測るバロメーターになっていたからだ。嵐が近づいているなと思った。ただ風向きがどうなるか分からなかった。お金が必要だったので、あちこちにあたってみたが、どこへ行っても断られるばかりで、本当に驚いた。東インドの他でもそうだが、パダンでも普通なら金の融通には鷹揚なところがあり、旅行中

＊　アチェ　スマトラ最北端の独立国アチェ王国。アチンとも言う。

の内務監督官が思いがけずどこかで足止めになり、数百フルデン貸してもらうなどということは、普段なら簡単なことであるはずだ。しかし全て断られた。そこで何人かの人に、どうして信用してもらえないのか、その理由を迫ったところ、ついには〝**少しずつ**〟分かってきた。要するにナタルでの金銭の管理に落ち度と杜撰さがあったということで、〝管理不行き届き〟の疑いをかけられたわけだ。管理に落ち度があったことは確かで、驚くにあたらない。もし落ち度がなかったとしたら、そっちの方が驚きであったろう。しかしびっくりしたのは、私がずっと自分の本来の任務から離れてでも住民の不満と反乱の動きに対処しなければならなかったことを、長官自らが個人的に証人となって証言し、さらに長官言うところの〝意気込み〟があると私をほめてくれたのに、今度は一転してそれを管理不行き届きとか不正と呼んだことであった。彼は誰にもまして、〝**不可抗力**〟で致し方ないとよく分かっていたのにだ。

そうした**不可抗力**を否定したり、私の責任を問おうとしたり――というのも、しばしば自分の事務所の金庫やその類いのものを他の人に任せたまま、身の危険を顧みず出かけなければならなかった時があり、その時に間違いが起きていたから――、はたまた、あれもこれもゆるがせにしてはならないのだと私に要求しているけれども、それならば不注意の責めを負うだけでいいのであって、それを〝職務怠慢〟ということで片付けられてはたまったものではない。さらにまたこの当時は特に、スマトラの多くの役人が困難な立場におかれていることを政庁も認識していたから、そのような時には何か問題が見つかっても、目をつぶるのが〝原則的な〟了解であった。そうした例ならたくさんある。

帳尻が合わず、金が足りないことが分かれば、その係の役人に弁済を求めれば済むことであって、もし〝職務怠慢〟ということを言うのなら、明々白々な証拠がなければならなかったんだ。こういうことははっきりと了解済みのことであった。それで私はナタルで長官に、パダンの役所の方で私の本来の任務を調査してみれば、もしかして私が弁済すべき金額が相当あるかも知れません、と直接伝えてあったのだ。それに対して彼は肩をすくめて、『ああ……あのお金のことかね……』と答えていた。まるで上に立つ者は下の者を守ってやらねばならぬというような口ぶりだった。

確かに金銭の処理は重要であることは認める。しかしそれがいかに重要であっても、この場合は、もっと注意を払ってなすべきことがたくさんあったのだ。私の金銭管理が不注意で杜撰であったばっかりに数千フルデンの不足分が出た時、私はこれ自体は些細なことだとは言わなかった。マンダイリン地方*を炎の中に包みこみそうな反乱があって、それが、われわれが経済的にも軍事的にも多大の犠牲を払ってアチェ人を追い払ったばかりの地方に、またぞろアチェ人を呼び戻そうとする動きにもなっていたが、何とかしてそれを抑えることに成功したのはこの私だ。しかしその結果数千フルデンの不足が生じた。その程度の不足など大して重要なことではないのだ。はかりしれないほどの大きな利害を守った、その恩人にその不足分の弁済を求める方が、すでにある意味では不当でさえあったのだ。

それでも私はやはりその弁済には同意した。なぜなら、もし弁済を免れたりすれば、次にはもっと

＊　マンダイリン地方　バタック地方の高原地帯。

大きな不正にのめりこむ恐れがあるからだ。

　数日待った後――私がどんな気持ちでいたか察してもらえるだろう――長官の事務所から一通の手紙をもらった。それによると、職務怠慢の嫌疑をかけられ、私の仕事に対する数々の批判に弁明するように命じられた。そのうちのいくつかはすぐにも説明できたが、書類を見なければ答えられないものもあった。とりわけナタルでの問題をきちんと跡付けてゆくことは私にとり大事なことであった。文書係の人や雇っていた人たちに訊けば、そうした間違いの原因は分かったはずで、全貌を解明しようとすればできたであろうと確信している。例えばマンダイリン地方に送った資金を帳簿で引き落としておくのを忘れていた。フルブルッへ、奥地にいる軍隊にはナタルの金庫から支払いがなされたことは知っての通りだ。そういったようなことなら、現地で調査すればおそらくすぐにも明らかになったであろう。こうしたことがあのような悲しむべき間違いの原因とされたのだと思う。しかし将軍は私のナタル行きを拒否した。それで私も、自分に向けられた職務怠慢という嫌疑の持ち出し方が通常のやり方と違うことに、いっそう警戒したのだ。どうして私が突然ナタルから配置換えになり、しかも職務怠慢を疑われているのに、私の名誉に対してあたかも好意的に報いているかのようなふりをしたのか。そして弁明しようとすればできた所から遠く離れた時に、初めてあのように不名誉な噂を流すのはなぜなのか。さらに私の一件がそれまでの慣例や手続きを無視して、あれほどすぐに、私にはもっとも不利なやり方で明らかにされてしまったのはなぜか。

　そしてそうした批判に答える前に、文書や口頭での説明とまではいかなかったが、ともかくできるかぎりのことをした。しかし、それでも将軍は私のことを非常に怒っていることを知った。『ナタルで将軍にひどく盾突いたのは、ともかく大変まずかった』とも人に言われた。

その時なるほどと思った。そう、確かに将軍には盾突いた。が、それはそうした方が将軍は私を買ってくれるのではないかと、無邪気に考えていたからだ。盾突くには突いたが、将軍はナタルから帰って行く時も、そのことを激怒しているような素振りは何も見せなかった。パダンへの配置換えという有利な扱いも、将軍が私の〝反抗〟をよしと認めた証拠だと私は受け止めた。が、それは全く浅はかなことであった。当時私が将軍のことをいかに知らなかったか、お分かりだろう。

金銭の管理で厳しい批判を受けた原因がここにあったと分かると、自分ではすぐに納得した。私は一つずつできるかぎり丁寧に答え、次のように手紙を締めくくった——その写しはまだ持っているが——。


〝小生は自分の金銭管理に対してなされた指摘には、書類もしくは現地調査なしに、できるかぎり丁寧にお答えしたつもりであります。小生は閣下がご厚情あふれるご判断をいっさいお下しにならないように希望いたしております。小生は未熟で、自分の主義主張からやむをえず閣下のお考えに異議申し立てをせざるをえなかったのでありますが、閣下のご威光に照らすと、小生如きは取るに足りないものであります。しかし小生はそれでもなお自分が精神的に独り立ちしていることを誇りに思うものでありまして、自分の名誉を誇りにしております〝

その翌日、私は管理不行き届きで停職となった。検察官にはこの一件を調査をするよう〝職務と義務〟の遂行が命じられた。

こうして、パダンの地に放り出されてしまった。やっと二三歳になるかならないかの頃だ。これは自分の将来に汚点を残すことになるのではないかと、ずっと考えていた。若気の至りだと思えばいい、と言ってくれる人もいた。私の過ちだとされた、この一件が起こった時、まだ未成年であったから*。が、そうは思いたくなかった。なぜかといえば、それまでにもう考え過ぎと言っていいぐらい、いろいろ考え、いろいろ経験を積み、あえて言わせてもらえば、働きすぎるぐらい働いてきたからだ。だから自分の若さのせいにして、逃避したくはなかったんだ。今言った手紙の最後の所からも分かるように、子供扱いはされたくなかった。ナタルでは一人の大人として、将軍に対して義務を果したたからだ。それと、私に対する告発がいかに根拠のないものだったかは分かるだろう。なぜならもし自分の方に非があるなら、将軍に対してあんな書き方はしないからだ。

逮捕はされなかった。もしその告発が重大なものであったら、そうはならなかっただろう。おそらく、根拠のない見かけばかりの職務怠慢だったのだろう。というのも、逮捕すればともかく食事と生活は保障しなければならないからだ。私はパダンを去ることができなかったので、実質的には逮捕されたようなものだが、パンも住処も奪われたままだった。たびたび将軍に宛てて、私がパダンを離れるのを止めないでいただきたい、とお願いの手紙を書いたが、無駄だった。たとえ私に責任があるとしても、〝飢餓〟という処分は許されようはずがないんだが。

　この一件を扱った裁判は権限外のことだとして、将軍はうまく逃げたが――それというのも職務上の犯罪に対する起訴はバタヴィアの政庁の権限に属していて、それ以外の機関がやってはならないことになっているから――、さっきも言ったように、その後も将軍は私を九ヵ月もパダンに留めた。東インド総督のメルクス氏**が最後になって、私のバタヴィア行きを将軍に命じたというわけだ。

　それから数年してお金も少しできた時、――ねえ、ティーネ、君がそのお金をくれたんだが――、私はナタルの一八四二年と一八四三年分の会計の穴埋めするために数千フルデンを弁済した。その時、東インド政庁を代表していると思われていたある人が言った。『もし私が君の立場だったら、そんなものは払うものか……未来永劫宛に手形を振り出すだけだ。世の中とはそういうものだ』と」

*　未成年　オランダでは一九〇五年以前は二三歳になると成人とされた。
**　東インド総督メルクス　在職期間は一八四一―四四年。

22

（同じくシュテルンがまとめたもの＝訳者）

客人たちは、ハーフェラールがナタルでファン・ダム将軍にそれほどまでに〝盾突いた〟理由は何であったのか、またどういう状況の下でそうしたのかを、聞けると思い、待っていた。そしてハーフェラールがまさに口を開こうとしたその時、スローテリング夫人が自宅の玄関側のヴェランダに姿を現し、ハーフェラール家の隣で椅子に座っていた見張り役の巡査に目で合図した。その巡査は彼女の方に歩きながら、その時屋敷内をちょっと歩いていた一人の男に呼びかけた。その男はおそらく家の後ろ側にある台所の方に向かっていたのだろう。もしその日の昼下がりハーフェラール夫人が食卓を囲みながら、スローテリング夫人はとても脅えていて、屋敷内を歩く人全員を監視するような構えでいるらしいと話していなければ、ハーフェラール家の客人たちもおそらく誰もこれには気付かなかったのではないか。巡査に呼びかけられた男がスローテリング夫人のところに赴くのが見えた。彼女はその男に何か訊いているようであった。男は何かまずいことがあったのか、ともかく引き返して、外に出て行った。

「ごめんなさいね」とティーネが言った。「きっと鶏か野菜を売りに来た人よ。私の所にはまだ何も揃ってないから」

「それじゃ、誰かを買いにやるのがいい」とハーフェラールは答えた。「知っての通り、東インドのご婦人方は進んで仕切りたがるからね。スローテリング夫人のご主人はこれまで、当地の実質的な最高責任者だったんだ。副理事官が現実にはいかに権限が小さいとはいえ、ともかく県内に来ればちょっとした王様のようなものだ。スローテリング夫人は夫が退位したということがまだぴんときていないんだ。かわいそうだから彼女をこのままそっとしておいて、少しばかり満足させてやろう。だから、何も知らないようなふりをしていなさい」

これはティーネにとっていやなことではなかった。**彼女は**仕切るのが好きではなかった。

ここまで来ると少なからず説明が要る。説明の、そのまた説明と言ってもいい。もの書きにとっては、書き過ぎと書かな過ぎという二つの岩礁の間をうまく通り抜けるように船を操ることは容易なことではない。もし、読者を未知の土地に案内しなければならないような場面を描写しようとすると、いっそうむずかしくなる。場所と事件は密接につながっているから、その場所の描写を全く抜かしてしまうというわけにはいかないだろう。物語の舞台を東インドに決めた人が、この二つの岩礁を避けようとすれば、むずかしさは二倍にもなる。なぜなら、ヨーロッパの場面を描く人は、多くのものを自明のこととして進めてゆくことができるが、東インドを舞台に劇を演出しようとすれば、東インド以外の読者があちこちの場面を正しく把握しているかどうか、絶えず考えながらやってゆかねばならないからだ。もしヨーロッパ人の読者がスローテリング夫人をハーフェラール家に〝滞在している〟

人と考えるなら——それはヨーロッパではありうることだが——、スローテリング夫人が今、玄関側のヴェランダでコーヒーを飲んでいる一行と席を共にしないのはなぜか、理解できないにちがいない。彼女は別の家に住んでいるとすでに述べておいたが、このことをきちんと理解するためにも、また同時にこれから先に起こる出来事を理解するためにも、ハーフェラールの住宅と屋敷について少し触れておくことがどうしても必要だ。

『ウェイヴァリー』*という小説を書いた大作家に対してしばしば、場所の描写にページを割きすぎて、ともすれば読者に不当に忍耐を強いているという批判があるが、それはいわれのない批判ではないか。その類いの批判が正しいかどうか判断するには、その描写が書き手が伝えようとしている印象をきちんと把握するのに必要なものかどうか、考えてみるだけでいい。もし必要だというなら、書き手が苦労して書いたものを読者にも苦労して読んでほしいと期待するのは当然で、そう言ったからといって、その作者を悪くとることもないだろう。もし必要でないというなら、そんな本は放り出すまでのことだ。なぜなら、必要もないのに場所の詳細な描写を自分の思考そのものだと考えるほど頭が空疎になっている作家のものなど、読むに値しないからだ。作品の最後が場所の描写で終わる場合だって同じことだ。しかし物語の本筋から離れることが必要か否かを読者が判断する時、しばしば読者自身も間違うことがある。なぜなら読者はストーリーの大転換に至るまでは、ストーリーのゆっくりとした動きに何が必要で何が必要でないかを知ることができないからだ。読者にしてみれば、ストーリーが大きく動いた後再びその本を手に取り、——わずか一回読むだけでやめてしまうような本はここでは問題外だが——こんな風にストーリーを脱線させるくらいなら、省略しても全体の印象を損ねることはなかったのにと思う場合もあるし、また余計と思われるような脱線をことさらすることで、さりげなく読者を誘ってゆこうとする場合もある。要するに、いつも問題なのは、はたして作者が意図しているような印象を読者は持ってくれるかどうかだ。

もし諸君がケニルワース城**の部屋を一外国人として見て歩いていたとしても、エイミー・ロブサート***の死に非常に感動を受けるということはないのではないか。またエイミーの前に現れるレスター伯****が柄にもなく身をつつんでいる豪華な衣装と彼の腹黒い下心の間に何か関係が——全く不釣り合いな関係だが——あるとは思わないのではないか。だがレスター伯は——この小説でなくても誰でもこれは知っているが——『ケニルワース』の中で描かれているよりは、はるかに腹黒い人物であったのではないか。しかし、かの大作家は色彩を無造作に並べるよりも、芸術的に並べ変えることで読者を魅了してきたから、エリザベス*****の出来の悪い寵臣にまとわりついているありとあらゆる泥や血で自分の絵筆を汚すことは、自分には似つかわしいやり方だと思わなかった。そこでレスター伯のあらん限り

* 『ウェイヴァリー』 スコットランドの有名な歴史小説家ウォルター・スコット（一七七一—一八三二年）の小説。

** ケニルワース城 スコットの小説『ケニルワース』（一八二一年）の舞台となった古城で、レスター伯の居城であった。

*** エイミー・ロブサート レスター伯の最初の夫人。一五六〇年に殺されたと言われている。

**** レスター伯 イギリスのエリザベス女王の寵臣ロバート・ダッドレー（一五三二—八八年）。

***** エリザベス イギリス女王エリザベス一世（一五三三—一六〇三年［在位一五五八—一六〇三年］）。

の汚いやり方の中から一つだけ取り上げようとした。彼は自分の不朽の名作の中でやって見せたように、そうした汚いやり方と対比するように何かを並べることによって、その汚い点をいくつも目立たせる術を心得ていたのだ。このように対比的に並べられたものを全く余計なものだと拒否しようと思っている人もいるが、そういう人には、対比的効果を盛り上げるために一八三〇年以来フランスでずっともてはやされてきた手法が不可欠だということは全く理解できない。もっともフランスの名誉のために言っておかねばならないが、この点でもっとも悪趣味に走ってしまった作家は、フランス国内よりも、がぜん外国でもっとも高い評価を受けているということだ。この手法は――もうその全盛期は過ぎたと思うが――血の池の中にどっぷりと手をつけて、遠くからでも見えるようにと、その手を画面の上にたたきつけ、大きな汚点をいくつも作るのがいいことだと考えてきた。赤や黒の荒っぽい線なら、ユリの花弁の細かい点を絵筆で描いていくよりはずっと楽に描ける。それゆえフランス人がその手法を取ろうとすれば、多くの場合、物語の主人公に好んで王を選び、しかも民衆がまだ一人前の声を挙げることができなかった時代の王を選ぶことになるだろう。だから、そう、王の悲しみは民衆の叫びとして描写される。**王の**怒りは戦場で数千人もの兵士が殺される場面として描かれる。そして**王の**失政は飢饉やペスト……の場面として描かれる。そうした場面を描くなら荒っぽい筆遣いが適っている。もし諸君が戦場に横たわっている男の死体を見ても何も感情が動かされないなら、痙攣しながら悲痛な声を上げている別の人を持ち出してきてもよい。もし必死で子供を探しているのに見つからない母親を見ても悲しくならないというなら、わが子が八つ裂きになっているのを見る別の母親を登場させよう。そしてもしある男の殉教に何も感じないというなら、さらに九九人も殉教させて諸君の感受性を一〇〇倍も鋭くしよう。もし諸君が包囲された要塞の中で空腹のあまり自分の左腕にかぶりつく兵士を見て戦慄を感じないほど非情であるなら、……

おい、美食家よ、それじゃ「右向け右、左向け左、円陣！　各自右側の者の左腕を喰え……進め！」とでも号令してやろうか。

そう、これじゃ表現の手法上いくら恐怖を考え出しても、バカバカしさに変わってゆくだけだ……こういうこともついでながら指摘してみようと思う。

先ほど述べたような、叫び立てているようにけばけばしく目立つ色に頼ることなく、読者をストーリーの大転換に向けて引っ張ってゆこうとしている作者を、あまりにも早い段階でダメだと決めつけてしまえば、こうした愚に陥ってしまう。

しかし、他方では危険性がさらに大きくなる面もある。非常にお粗末な武器でもって、読者の感情に図々しく入り込んでゆかねばならぬと考えている無粋な文学の手法を、読者は軽蔑するが、もし作者がそれとは別の方向で極端に走り、本筋から離れ**過ぎて**、あまりにも表現上の洗練さに向かって**進み過ぎる**ならば、それもまたいっそう諸君の怒りを買うことになる。当然のことだが。なぜなら、そういう作者は読者を退屈させるからで、これもまた許しがたい。

もし一緒に散策している時に、諸君がしばしば道を外れ、散策の時間をいたずらに引き延ばす目的だけで私を藪の中に呼び入れようとするなら、不愉快だと思うし、今度からは一人で歩こうと思う。

しかし私の知らない植物をそこで教えてくれたり、あるいはそれまで思いもよらなかった何かがその植物を見てひらめくことになったら、さらにまた、手折ってボタン穴に挿してみたいと思うような花を時々見せてくれるなら、道を外れても我慢できるし、そう、それには感謝もしよう。

そして、花や植物が別になくったって、私を脇の方に呼んで、これからすぐに一緒に歩く道を樹木の中に指し示してくれて、その道がずっと先の方では谷に続き、ほとんど目につかないような一本の線として野原の中をうねりながら下の方に続いているのを見せてくれれば、道を外れたとしても咎めはしない。なぜなら、最後に行き着いた所で、今通って来た道がいかに山の中をうねって続いていたか、今し方あちらに見えた太陽が今度は左側に見えるのはどうしてなのか、そしてたった今前の方に見ていた丘の頂が今度は背後にあるのはどうしてなのか分かるからだ……。こうすれば、道を外れることによって、その散策がどういう散策であったか、簡単に分からせてくれたことになるのだ。何かにつけ、分かるということは楽しいことだ。

読者諸君、これまでの話の中ではしばしば諸君を大道に放り出したままにしてきた。諸君を藪の中に誘わないでおくのも楽なことではなかった。これまでの散策で、もしかして諸君に嫌われたのではないかと心配もしている。というのも、見てもらおうとした花や植物に諸君がはたして満足してくれたかどうか、見当がつかなかったからだ。しかし、これからすぐに歩むことになる小道を垣間見ておけば、のちのち諸君に満足してもらえると信じているから、ハーフェラールの家について少し述べておかざるをえない。

もし東インドの家をヨーロッパ風に考えて想像しているのであれば、間違うことになる。つまり大量の石を積み上げて大小の部屋を作り、前には道路、左右には隣家があって、しかもその両隣の家はぴったりくっついていて、後ろにはちょっとした庭があって、すぐりの木が三本あるというのはヨーロッパの家だ。東インドの家には、わずかの例外を除いて、二階がない。これはヨーロッパ人の読者には奇妙に思われる。というのも、自然のままになっているものは何であれおかしいと思うのはそもそも文明もしくは文明的な発想で、奇妙なことだ。**東インドの**家屋はわれわれのとは全く違っているが、それでいて奇妙に見えることがない。むしろ**われわれの**家の方が奇妙に見える。自分が飼っている雌牛と一緒に一つ部屋で寝なくてもいいような贅沢に初めてありつけた人は、二番目の部屋を最初の部屋の**上に**ではなく、**横に**並べて作ったはずだ。なぜなら、平屋に作る方が簡単で、住んでいてもその方が便利だからだ。ヨーロッパの、のっぽの家は敷地不足のせいであのように作られたのであり、地面において足りなかったものを空に求めた結果だ。だから、メードが夕方になって自分の寝る屋根裏部屋の窓を閉める行為は、本当は人口過密に対して抗議している生きた証しでもあるわけだ。もっとも、本人はそれとは違ったことを考えているが。ともかく私はそう信じたい。

　そんなわけで、文明と人口過密が人間を下から無理矢理やりぎゅっと上の方に押し上げてしまうことのなかった国では、家屋は平屋であり、ハーフェラールの家とてその珍しい例外ではなかった。中に入ってみると、……いや、白状しておくが、別に絵画のようにあらゆるところに正確さを期しているわけではない。ここに一つの長方形があると〝仮定する〟。それを横に三つ、縦に七つ、あわせて二一のマス目に分ける。そしてそのマス目に左上の隅から始めて、右の方に順番に番号をふってゆく。そうすると1の下に4が来るように並ぶ。

最初の三つの数字（1、2、3）は合わさって玄関側のヴェランダとなり、その三面は開け放されている。ヴェランダの屋根の前の方は柱で支えられている。そしてそこから二重になっている観音扉を通って中のホールに入るが、それは次の三つの数字（4、5、6）で表される。7、9、10、12、13、15、16、18のマス目はそれぞれ部屋で、これらはドアで隣の部屋につながっている。最後の三つの数字（19、20、21）は裏側のヴェランダで、やはり開け放されている。残りの数字は閉ざされた空間で内廊下のようなものだ。これはわれながらいい説明だと自負している。

東インドでは〝屋敷地〟という語にはいろいろな意味が込められていて、これをオランダではどう表現していいのか、よく分からない。東インドではそれは庭でもないし、公園、野原、森でもない。言ってみればそれらの一部、あるいはそれら全部を合わせたもの、あるいはそのどれでもないものということになろう。それはその家屋に付随している土地のことであるが、家が立っている部分はそう呼ばない。だから東インドでは〝**庭と**屋敷地〟という言い方は類語反復になろう。そういった屋敷地のない家というのは珍しい。屋敷地によっては森や庭、牧場、草地を含んでいる所もあり、ちょっとした公園を思わせる。それが花壇であることもある。また全体が大きな草地になっている所も場所によってはある。そしてついには全体が砕石を敷き詰めた広場になっていて、全く素っ気なくなっている所もある。こうなると、おそらく見た目には心地よいものではなくなるようだが、その分だけ家屋内は清潔に保たれる。というのも、多くの虫は草や木によって引き付けられて来るからである。

ハーフェラールの屋敷は非常に広くて、そう、妙に聞こえるかもしれないが、片側は見渡すかぎり、ずっと続いていると言ってよい。なぜなら、その屋敷はチウジュン川の両側に広がっている谷間の一方に接しているからで、ランカスビトゥンの集落はこの川の一つの湾曲の中に包み込まれている。副理事官の住宅の屋敷地がどこまで続いているのか、住民の土地がどこから始まっているのか判然としない。チウジュン川は流れの落差が大きい川で、川幅が大きく広がっている所があるかと思えば、他方ではハーフェラール家のごく近くのように谷間を流れる所もあり、屋敷地と住民の土地の境目がくるくる変わってくるからだ。

そんなわけで、近くの谷はスローテリング夫人にはいつも目障りで、それもまことにもっともなことであった。植物の成長はその谷間では非常に速く、また泥がしょっちゅう溜まることにより、成長には勢いがある。東インドならどこでもそうだ。その結果、増水時の水流や渦巻く逆流でちょっとした木なら根こそぎ持っていかれるが、水量が減ると草や木の藪が再び河辺を覆いつくすのもあっという間のことで、そのため住宅のすぐ近くでも屋敷地をきれいにしておくことは至難の技であった。これは家庭の主婦ならずとも、少なからざる悩みの種であった。というのも、いつも夜になるとありとあらゆる昆虫がランプの周りを大量に飛び交って、読書や書き物を妨げるのはともかくとして――これは東インドなら多くのところでやっかいな問題だが――、藪の中にはたくさんの蛇やその他の害虫がいるからだ。それらは谷間ばかりでなく、しばしば家屋に隣接する庭にもいるし、玄関前の広場の芝生の中にもいる。

この玄関前の広場は、ヴェランダを背にして立てばすぐ目の前にある。その左側には事務所、金庫、会議室をそなえた建物があり、ハーフェラールがその朝首長たちに演説したのはそこであった。そしてその裏側には谷が広がっていて、そこからはチウジュン川が見渡せた。この事務所のちょうど向かい側に、元の副理事官住宅があり、現在スローテリング夫人が一時的に住んでいる。そして大通りから屋敷内へ入るには二本の道があり、その道は芝生の植えてある広場の両側に沿ってある。それゆえ、母屋の後ろ側にある台所や厩舎に行こうとして屋敷内に入る人は、必ず事務所かスローテリング夫人の住んでいる所の前を通らねばならない。母屋の横と後ろにはかなり大きい庭があり、そこにティーネはたくさんの花があるのを見て、うれしくなった。そして何よりも小マックスをそこでしょっちゅう遊ばせることができるのではないかと思った……

ハーフェラールはまだスローテリング夫人に挨拶に出かけていなかったので、夫人にはすまないと思い、明日にでも行こうと思った。しかしティーネはもう挨拶をすませてあった。前にも触れたように、スローテリング夫人はいわゆる〝東インド生まれの混血人〟で、マレー語しか話せなかった。彼女は引き続き自分で家事を切り盛りしていきたいという意向を示していたので、ティーネも一安心であった。ティーネが安心したのは、別に世話をしてやることを嫌がっていたからではなく、まだルバックにやって来たばかりで、スローテリング夫人にどうすれば喜んで付き合ってもらえるかよく分からず、不安であったからだ。スローテリング夫人はこの時気の毒な境遇にあり、どのようにするのがいいのか、よく考えてみる必要があった。夫人はオランダ語が分からないから、マックスの話に同席していても〝傷つけられる〟ことはないだろう。これはティーネが言っていた通りだ。だが、それよりもティーネは、スローテリング家を**傷つけ**ない以上にもっと必要なことがあることに気付いていた。ティーネも節約を心掛け、つましい食事にしていたので、スローテリング夫人の気持ちがとてもよく分かる気がした。だが、事情が別にあったにしても、マレー語しか話せない人との付き合いとなれば、はたしてティーネにとって心豊かな会話ができ、互いに満足のゆく付き合いになるものかどうか心配であった。ティーネはスローテリング夫人とできるだけ仲よくし、〝料理のこと〟や〝お菓子作り〟のことで大いに語り合いたいと思った。しかし、これはスローテリング夫人にとってはいつも迷惑なことであった。だから、スローテリング夫人が自分から進んで付き合いを避けている以上、各人の完全な自由に任せてやっていくのがよいと思われた。とはいっても、スローテリング夫人は一緒に食事をすることばかりか、ハーフェラール家の台所を使って食事を一緒に用意させてはどうかという申し出さえも断る始末だったから、何か異様であった。ティーネは「台所には十分ゆとりがあるんだから、あのように遠慮するのはちょっと行き過ぎじゃないかしら」と言った。

23

（同じくシュテルンがまとめたもの＝訳者）

「スマトラ西海岸のオランダ領が北端の独立国と――この中ではアチェがもっとも手ごわいが――どのように国境を接しているか、ご承知の通りだ」とハーフェラールは話し始めた。「一八二四年の条約*には秘密条項が一つあって、オランダはシンクル川を越えないという約束をイギリスにしたという噂が流れていた。ファン・ダム将軍は〝ナポレオン気取り〟で自分の支配領域をできるだけ遠くにまで広げたいと思い、北に向かって拡大を目指したが、ここへ来て、この何とも厄介な障害にぶつかった。そうした秘密条項の存在は私も本当だと思う。なぜなら、トゥルモンの王とアナラブの王**が――この二人の支配領域は胡椒取引が盛んで、少なからず重要だが――つい最近になってやっとオランダの支配下に組み込まれたからだ。もしそうした秘密条項でもなければ、こんな出来事はそれほど注目されることもなかっただろう。ご存じの通り、こんな小国に戦争を仕掛け、ねじふせる口実を見つけることなど朝飯前のことだ。ある一つの地域を強奪することなどいつも、風車を一つ盗むより簡単なことだろう。ファン・ダム将軍ならその気になれば、風車だって盗んだはずだ。彼が北部の地域には手をつけたくなかったとは考えにくい。権利と正当性をかざすだけではすまない、もっと強い理由があったのだろう。

ともかく、将軍は今度は征服者としての眼差しを北の方ではなく、東に向けた。マンダイリン地方とアンコラ地方からは――これは最近平定されたばかりのバタック人の地域からなる副理事州の名称であるが――いまだアチェ人の影響力が一掃されていなかった。なぜなら一度狂信的な運動が根を張ると、それを根絶することはむずかしいからだ。しかし、ともかくアチェ人はもうそこにはいなかった。それでも長官は満足できなかった。彼は自分の支配領域を東海岸にまで広げ、ビラとプルティビ***にもオランダの役人と守備隊を派遣した。しかしこの二つの地点から、ご存じのように、のちにはまた手を引いてしまった。

スマトラにメルクス氏がオランダ政府高官としてやって来た時、このように支配領域を拡大する目的がはっきりしないとして、これを拒否し、とりわけ本国政府が強く求めていた経費節減の指示にも違反していると判断した。だがこの時ファン・ダム将軍は、支配領域の拡大は予算的には大きな負担にならないと主張した。なぜなら、新しい守備隊は、すでに予算措置が講じられている部隊で構成さ

＊　一八二四年の条約　オランダがイギリスと結んだロンドン条約。イギリスとオランダが東南アジア植民地の境界線を定めた条約。マレー半島やシンガポールを含めた大陸部はイギリス領とされ、島嶼部はオランダ領とされた。またオランダはスマトラ北端のアチェ王国の独立を保障することをイギリスに約束した。

＊＊　トゥルモンの王とアナラブの王　いずれもスマトラ北西部沿岸の王国で、アチェ王国の一部をなす。

＊＊＊　ビラとプルティビ　ビラはトバ湖周辺から東へ流れ、マラッカ海峡に注ぐビラ川の流域地方。プルティビは不明。

れており、したがって新たな財政支出を伴うことなしに、将軍は広大な地域をオランダの支配下に組み入れたからだ。また他の地域から、つまり主としてマンダイリン地方から部分的に部隊を撤収したことに関しても、バタック地方の有力な首長であるヤン・ディ・プルトゥアン*の信義と臣従には信用がおけるので、これには何も問題がない、というのが将軍の考えだった。

メルクス氏はしぶしぶこれに同意し、将軍がヤン・ディ・プルトゥアンの信義については自分の一命にかけても保証すると繰り返したので、これも認めた。

私の前任者としてナタル県を管轄していた内務監督官は、バタックのマンダイリン地方の副理事官の娘婿であった。この副理事官はヤン・ディ・プルトゥアンとはうまくいっていなかった。のちになってこの副理事官に対する批判をたくさん耳にしたが、そうした批判を軽々に信じないよう用心していなければならなかった。というのも批判はヤン・ディ・プルトゥアン側から出ていたからで、しかもそれは彼が全く別の問題で告訴されてからのことであった。彼は告訴されたことでおそらく、その告訴した当人のミスを見つけて、自分を弁護しようとしたのだろう。ともかくナタルの責任者である内務監督官は反ヤン・ディ・プルトゥアン派を自分の義父の側に糾合した。しかも念が入っていることには、内務監督官はスタン・サリムとかいうナタルの首長と大変懇意で、この人もまたバタック人の首長ヤン・ディ・プルトゥアンを非常に嫌っていた。したがってこの二人の首長一族は対立してもめていた。縁結びの話もあったが断られてしまった。ヤン・ディ・プルトゥアン側の家柄が高かったことから、その影響力や誇りに対する妬みもあった。さらに他にもナタルとマンダイリンをたきつけて対立させる原因はあった。

ある時突然、マンダイリン地方で聖戦の旗を掲げヨーロッパ人を皆殺しにしようとした陰謀が発覚したという噂が広まった。それにはヤン・ディ・プルトゥアンが絡んでいると見られていた。最初に発覚したのはナタルで、これは当然のことだった。その当地の人よりも、いつも周辺の人の方がどういう事態が起きているかをよく知っているからだ。その土地の人は、ことが露見しても首長の顔を恐れて地元ではそれを口に出すことを控えるが、その力が及ばない所に来れば、多少ともそうした恐れを気にしなくなるからだ。

フルブルッへ、私が当ルバック県の問題についても少しは知っているのは、そういうことだ。いずれここに転任になるだろうと考えていたが、その前から、ここはどうなっているか、かなりよく知っていた。一八四四年にはクラワン地方におり、プリアンガン地方をずいぶんあちこち回った。そしてその前の一八四二年**にはすでにルバックから逃げ出してきた人々に会っていた。バイテンゾルフの近郊やバタヴィア近郊の私領地の地主ならたくさん知っているし、その地主たちが昔から当ルバック県の窮状をいかに喜んでいるかも知っている。なぜならルバックがそんな状態だから、それら地主たちの農場に人が集まってくることになり……

＊ ヤン・ディ・プルトゥアン　マレー語で「君主とされる者」の意味で王朝記などで王を指して使われる表現である。しかし、ここでは有力な首長の個人名として使われている。
＊＊ 一八四二年　普及版では一八四〇年になっている。

ところで、こういうわけだから、ナタルでも、ヤン・ディ・プルトゥアンを首謀者とみなすような陰謀が発覚したっていっこうに不思議ではなかった。実際にあったか**どうか**知らないが。ナタルの内務監督官が聴取した証人の証言によれば、ヤン・ディ・プルトゥアンは自分の兄弟のスタン・アダムと一緒になって、大勢のバタック人首長を聖なる森に集め、マンダイリン地方のキリスト教徒の走狗が一掃されるまでは安心できないと誓い合ったとのことだ。いうまでもなく、彼はそういう啓示を受けていた。ご承知の通り、こういう場合には、啓示は決して欠かせないものだ。

ヤン・ディ・プルトゥアンが実際そうした意図を持っていたかどうかは、保証のかぎりではない。証言を読んでみたが、はたして無条件にそれを信じていいものかどうか分からない。君たちが読んでみても同じだろう。確かなことは、彼の狂信的イスラム信仰からして、そうした行動に出ることもありうるということだ。それは、彼が全バタックの住民ともども、パドリ派*の人たちによって真の信仰に引き寄せられていったのは、つい最近のことだからだ。新しい改宗者ほど狂信的になるのが普通だ。

こうして陰謀が発覚した結果——はたして本当に陰謀があったのか、単なる噂にすぎなかったのか分からないが——、ヤン・ディ・プルトゥアンは逮捕され、ナタルに連行された。ナタルの内務監督官は彼を要塞の中に監禁し、次の船便で身柄をパダンのスマトラ西海岸州長官のもとに送った。長官がその時受け取った報告書はことごとく重大な証言を含むもので、ヤン・ディ・プルトゥアンに対して厳しい処置が取られたことを裏付けていた。ヤン・ディ・プルトゥアンはこうして囚われの身となってマンダイリンを出て、ナタルへ来ても囚われたままで、さらに軍艦に乗せられ、したがってパダンにも囚われの身のまま到着するものと見られていた。ヤン・ディ・プルトゥアンが本当に責めを負うべきであったのかどうか、そんなことはどうでもよかった。ともかく彼は法的手続きに従って正式に反逆罪に問われた。しかし彼が船を降りる時、彼は**自由の身になって**いたばかりか、なんと将軍がわざわざ波止場へ迎えの馬車まで差し向けた。おまけに将軍は、ヤン・ディ・プルトゥアンを自分の邸宅に迎えてもてなすことができるのは名誉なことだと言い出す始末で、関係者はどんなに驚いたことか。反逆罪に問われた人がこれほどのもてなしを受けるなど、全く前代未聞のことだろう。その直後、彼を逮捕したマンダイリンの副理事官は停職の処分を受けた。ありとあらゆる処分理由が挙げられているが、それについては私はとやかく言う立場にない。ヤン・ディ・プルトゥアンは、ともかくパダンの将軍宅でしばらく過ごし、将軍から最高の栄誉を授けられて、ナタル経由でマンダイリンに帰った。彼は無罪を宣告されたという気負いを持って帰ったというよりは、無罪宣告などそもそも最初から全く必要ない高位高官の誇りを持って帰った。というのも、彼に向けられた批判は根も葉もないものとされ、取り調べは何もなされなかったからだ。こうした結末になると、今度は逆に嘘を言った証人や、嘘を言うように唆した人を処罰するための調査が必要となったはずだ。しかし将軍はこうした調査をさせる理由を見出せなかったようだ。ヤン・ディ・プルトゥアンに対する告訴は〝無効〟とみなされた。この告訴関係の書類は、バタヴィアの政庁の目には全く触れなかったのは確かなようだ。

＊パドリ派　スマトラ中南部ミナンカバウ地方で起こったパドリ戦争（一八二一―三七年）の一方の陣営で、イスラム信仰を本来の姿に戻そうとイスラム改革運動を進めていた。

ヤン・ディ・プルトゥアンが戻ってきた直後に、私はナタルに着き、ナタル県の統治を引き継ぐことになった。私の前任者はもちろん少し前にマンダイリン地方で起こったこのことを話してくれた。また私の赴任したナタル県がこの地方全体とどのような政治的関係にあるかについても、必要な情報を伝えてくれた。彼は、自分の義父になるマンダイリンの副理事官も受ける羽目になった不当な扱いや――彼は不当だと言っているが――、ヤン・ディ・プルトゥアンが将軍から破格の待遇を受けたらしいという世評には、憤懣やるかたないといったところであった。これも分かるような気がする。その時は、彼も私も、もしヤン・ディ・プルトゥアンがバタヴィアに送られることになったら、将軍の面目は丸潰れになろうとは知らなかったし、将軍に何が何でもヤン・ディ・プルトゥアンを反逆罪から救ってやる確たる理由があるのかどうかも知らなかった。このようなやり方でその首長を助けてやることは、将軍にとっても、事情が事情だけに重大なことであった。それというのも、その間にメルクス氏が東インド総督に就任したからで、メルクス氏は、ファン・ダム将軍がヤン・ディ・プルトゥアンをむやみに信用し、頼りにしてスマトラ東海岸からの撤退に頑固に反対したことをけしからぬと思い、将軍をその任地から召還するのは全く確実と見られていたからだ。

『しかし』と私の前任者は続けた。『どういうわけで将軍は私の義父に対する告発の方だけを全面的に受け入れ、それよりもずっと重大なヤン・ディ・プルトゥアンに対する告発の方は一度も調査する価値がないと認めたのか。その点はともかくとして、……事件はまだ終わったわけではない。パダンでは私の推測通り、集められた証拠を却下してしまったが、却下してはならないものもあった。これを見ていただきたい』

そして彼は、自らその裁判長をつとめたナタルのラパト裁判*の一つの判決文を見せてくれた。それによるとパマガとかいう人がナタルの原住民首長《トゥアンク》殺害未遂の罪で**鞭打ち、烙印**（一八四二年のこと）、それにたしか懲役二〇年の有罪判決を受けていた。

『この裁判調書をちょっと読んでみて下さい』とやはり私の前任者は言った。『そして私の義父がもしバタヴィアでヤン・ディ・プルトゥアンを反逆罪で告発していたなら、称賛されたのではないか。そう思いませんか』

その文書を読んでみた。証人の証言と**被告人の自白**によると、このパマガという被告人は、ナタルの原住民首長《トゥアンク》とその義父スタン・サリム、そして内務監督官の三人を殺害するよう買収されていたのだ。彼はこの計画を実行するために、原住民首長《トゥアンク》の家に行った。彼は大広間の階段に腰を下ろして、原住民首長《トゥアンク》が帰るまで召使たちと短剣《セワ》について雑談しながら、そこにねばっていようと思った。ほどなくして、原住民首長《トゥアンク》は何人かの親戚や召使を伴って現れた。パマガは自分の短剣《セワ》で原住民首長《トゥアンク》に切りつけたが、どういうわけか理由ははっきりしないが、殺害は成功しなかった。原住民首長《トゥアンク》はびっくりして窓から外に飛び出し、パマガも逃げた。彼は森の中に隠れていたが、数日後ナタルの警察に捕まった。

＊ ラパト裁判　ナタルで開かれた、裁判を司る原住民首長の会議。ラパトは会議の意味。

〝被告人質問　なぜ、原住民首長《トゥアンク》を襲撃し、さらにスタン・サリムとナタルの内務監督官の殺害を計画したのか〟

〝被告人陳述　スタン・アダムが、彼の兄弟であるマンダイリンのヤン・ディ・プルトゥアンの名を騙り、そうするように言って金をくれたからだ〟

『これではっきりしているでしょう?』と私の前任者は言った。『アイル・バンギの理事官の〝執行命令〟を受けて、判決の鞭打ちと烙印についてはすでに執行され、パマガは今パダンに向かっているところです。そこからさらに、囚人としてジャワに送られることになっています。そして、彼と一緒に事件の調書もバタヴィアに送られます。そうすればバタヴィアで、パマガという囚人はどういう人物か、誰の告発により私の義父は停職になったか分かるでしょう。その判決はファン・ダム将軍だって覆すことはできないはずです。覆そうと願うでしょうが』

私はこうしてナタル県の統治を引き継ぎ、私の前任者は去って行った。少ししてから、私のところに、将軍が蒸気船の軍艦でスマトラの北部を回り、ナタルにも寄るはずであるという連絡を受けた。そして彼は大勢の部下を従えて私の家にやって来て、〝あのようにひどい扱いを受けた、あのかわいそうな男〟の調書の原本を見せるように求めた。

『あんなひどい扱いをした連中こそ鞭打ちと烙印にすべきだ』とも将軍は言った。

何が何だかさっぱり分からなかった。なぜなら、ヤン・ディ・プルトゥアンにかかわる争いの原因がどこにあるのか、当時の私には全く見当がつかなかったからだ。それに、私の前任者が無実の人をわざと重い罰に処したのか、将軍が正当な判決を無視して犯罪人を匿おうとしたのか、私には判断できなかった。しかし私はナタルのスタン・サリムと原住民首長《トゥアンク》の二人を逮捕するよう将軍から命令を受けた。若い原住民首長《トゥアンク》はナタルの住民の間ではとても親しみを持たれている人であるし、また駐屯地の要塞には守備隊もわずかしかいなかったから、原住民首長《トゥアンク》をそのまま自由にしておいたらどうかと頼んでみた。その件は認められたのだが、ヤン・ディ・プルトゥアンの宿敵であったスタン・サリムについてはそれは認められなかった。住民はぴりぴりした状態にあった。ナタルの人たちは、将軍がマンダイリン地方の人々の憎しみを利用して、自ら彼らの手先に成り下がったと思った。まさにこういう状況の下で、私はしばしば孤軍奮闘せざるをえなかったのだ。それを見て、将軍は〝意気込みがある〟と評したわけだ。それというのも、住民たちが集まって不穏な動きを見せていたので、そこへ馬で乗り付けたのだが、将軍はわずかばかりの手勢を別に要塞に残しておく必要もなかったのに、兵士を残したままで出動させなかったし、また船で連れて来た海兵隊の分遣隊も**私の指揮下に**委ねてくれなかった。ファン・ダム将軍が自己保身に汲々としていることはその時よく分かった。だから彼が勇敢な将軍だという評判には同意しかねる。

　将軍は一つの会議を招集した。まあ〝特別の〟と呼んでいいような会議だ。そのメンバーになったのは、二人の副官、何人かの将校、パダンから連れて来た検察官――当時はまだ〝財務官〟という名称であったが――、それに私であった。この会議は、私の前任者がパマガに対して行なった取り調べがどのようになされたか、調査することになっていた。私は必要な証言を得るためにたくさんの証人を集めた。もちろん将軍が議長を務め、尋問し、検察官が調書を作成した。しかしこの検察官はマレー語がよく分からなかったし、スマトラの北部で話されているマレー語となると全くだめだったので、しばしば証人の証言を通訳してやる必要があった。それは大部分将軍が自ら行なったが。この会議の内容をもとにして作られた文書はきわめてはっきりと次のように断定した。即ち、パマガは誰かを殺害しようという意図など全く持っていなかったこと、彼はスタン・アダムやヤン・ディ・プルトゥアンには会ったこともなければ、知りもしなかったこと、彼はナタルの原住民首長《トゥアンク》に切りつけたこともなければ、またその原住民首長《トゥアンク》が窓から飛び出して逃げたこともないこと、などであった。さらに、かわいそうなことに、パマガに対するラパト裁判の判決は、その裁判の長を務めた私の前任者とそれに同席していたスタン・サリムの圧力の下に下されたこと、この二人はパマガの罪をでっち上げて、停職になったマンダイリンの副理事官が弁明できるように便宜を図ってやったこと、そして二人はヤン・ディ・プルトゥアンに対して反感を持っていたこと。こういう内容であった。

ファン・ダム将軍の尋問のやり方は、モロッコの皇帝の——具体的な名前は知らないが——ホイストゲーム*の一種を思い起こさせた。そのゲームをやりながら皇帝は言う。『ハートを出せ、ハートを、出さねばお前の首を切り落とすまでだ』と。また将軍が検察官に書き取らせた翻訳にも問題はたくさんあった。

私の前任者とスタン・サリムがパマガを有罪にするためにラパト裁判所に〝圧力〟をかけたのかどうか、私は知らない。しかし、はっきりしていることは、ファン・ダム将軍がパマガを無罪にするために、逆に証拠に不当な〝圧力〟をかけたということだ。私は当時はまだそんな状況は知らなかったが、それでも将軍のそのやり方には抵抗した。そしていくつかの調書には署名を拒否せざるをえなくなった。そこまで事態は進んでしまったのだ。こういう点で確かに私は将軍に〝盾突いた〟わけだ。私の金銭管理に向けられた批判に対して、私が弁明し、その締めくくりに述べた言葉で何を言おうとしたのか、また好意的な配慮などいっさいご免こうむりたいと願い出たのはどういう点についてか、これで分かってもらえるだろう」

「当時のあなたの年齢を考えると、非常に強硬な態度でしたね」とデュクラーリが言った。

「そうだ。しかしファン・ダム将軍はそういった類いの調査に不慣れであったことも確かなのだ。だから私はこの事件でとばっちりを喰い、非常に不利益をこうむった。いや、そうではなく、フルブルッへ、君が何を言おうとしているか分かるが、私自身それを少しも**後悔して**いない。それどころか、もっとはっきり言えば、全ては私の前任者を陥れるために、予め決められていたことだったのだ。私はそれを後になって初めて知った。もし当時すでにその見当がついていれば、証人に対する将軍の尋問のやり方に抗議したり、いくつかの調書に署名を拒否するだけではすまなかったということだ。将軍はパマガの無実を確信し、それに功名心も手伝って、鞭打ちと烙印がすんだ後でもいいから、できることなら、なんとかパマガを助けてやろうとした。将軍にしてみれば被告人は無実で、だからそのラパ

＊　ホイストゲーム　二五七頁参照。

ト裁判は間違っていたということになるのであろう。こう考えたので私は将軍の不正に抵抗したが、ここで問題なのは無実の人を救うかどうかということではなく、私の前任者の名誉と幸福を踏みにじってまで、将軍に不利な証言を覆そうとしたことだ。もしそういうことだと分かっていたなら、私の怒りはそのくらいではとうてい済まなかったと思う」

「それであなたの前任者はどうなったのですか」とフルブルッへが聞いた。

「幸いなことに彼は、将軍がパダンに戻ってくる前に、すでにジャワに行ってしまった。彼はバタヴィアの政庁で弁明したらしい。そのせいか、ともかくまだ職務には留まっている。判決に〝執行命令〟を出したアイル・バンギの理事官は……」

「停職に?」

「もちろんだ。私が風刺詩の中で長官は〝停職、停職と威圧し〟ていると書いたのも、それほど不当なことではなかったんだ」

「そしてその停職になった役人たちはどうなったのですか」

「まだまだたくさんいたんだ。しかし全員が、時期に違いはあるが、復職を果たした。何人かはのちになってかなり出世している」

「それでスタン・サリムの方はどうなったの?」

「将軍は彼を捕まえてパダンまで連行し、パダンから今度は追放人としてジャワに送った。今はまだプリアンガン地方のチアンジュールにいる。一八四六年には私もそこにいたから、彼のところを訪ねたこともある、……私がチアンジュールに何をしに行ったか覚えている？　ティーネ」

「いいえ、マックス、すっかり忘れてしまったわ」

「何もかも覚えているなんて、ありえないからなあ……あそこで結婚したのだ、殿方よ！」

「それはそうと」とデュクラーリが言った。「あなたは今そこまで話をしているわけですから、伺いますが、パダンであなたはしょっちゅう決闘をしたというのは本当なんですか」

「そう、しょっちゅうだった。きっかけはたくさんあったんだ。前にも話した通り、あのような僻地に行けば、長官からどれほど好かれているかで、人々の接し方がまるで違うのだ。私のような者に対しては、ほとんどの人が全く好意的では**なかったし**、しばしば無礼なこともした。他方、私はといえば、とてもぴりぴりしていた。挨拶をしても無視されたり、〝将軍に盾突こうとしているバカの見本〟として揶揄されたり、貧乏な奴だとか、飢えてがつがつした奴だ、はては〝精神が自立すれば食い物はまずくてもいいらしい〟とか、さんざん陰口をたたかれ……苦々しい思いでいた。分かるだろう？

　将軍は決闘を見るのがいやではないということは、多くの人に知れ渡っており、とりわけ士官の中ではそうであった。そして私のように将軍に嫌われている人が決闘をするのを喜んでいた。おそらく、わざと私の気持ちを逆なでするようなことをしたのだろう。……私はまたある人に同情して、彼に代わって決闘をしたこともある。……ともかく、決闘は日常茶飯事で、ひと朝に二回も別の相手と顔を合わせるということも一再ならずあった。……決闘には何か非常に心引かれるものがあった。特にサーベルを使ってやる決闘や、いわゆるサーベルに〝賭け〟た決闘は、なぜかそうであった。しかしご存じの通り、今はもうあんなことはやるつもりはない。たとえその当時と同じくらい決闘の理由がたくさんあってもだ。……マックス、こっちへおいで。……だめ、そんなものを捕まえちゃ、ここにおいで。ねえ、蝶を捕まえちゃだめよ。蝶というのは、ね、長い間毛虫で木の上をはいまわっているが、それは楽しい時間ではないんだ。ところが今や、やっと羽が生えてきて、空を少し飛び回り、楽しもうとしているんだ。花から蜜を吸って、誰にも迷惑をかけないんだ……ほら、ごらん、蝶がひらひら飛んでいると、これ以上かわいいものはないだろう?」

こうして決闘の話から蝶に移り、さらに家畜の飼い主が家畜にかける愛情、動物への虐待、〝グラモン法〟*、この法律を採択したパリの国民議会、共和国、その他もろもろへと話は移っていった。

そしてやっとハーフェラールは立ち上がった。仕事があるからと言って、お客にはお詫びを述べた。内務監督官のフルブルッヘが翌朝事務所に彼を訪ねた時、新任の副理事官はこうして玄関前のヴェランダでおしゃべりを楽しんだ後、夜になってパラン・クジャン地方に馬で出掛け、今朝早くそこから戻ったばかりだということを初めて知った。

* グラモン法　フランスの動物虐待禁止法(一八五〇年制定)。ド・グラモン将軍が制定に尽力した。

24

（同じくシュテルンがまとめたもの＝訳者）

ハーフェラールという人はとても礼儀正しい人で、しかも自宅でお客をもてなす立場にあったから、ここ二、三章で述べてきたようなことを、自分の口からあれこれしゃべったわけではない。もてなす側はお客を〝引き立て〟、そうした機会を作ってやるのが務めだが、ハーフェラールがそうした礼儀を無視してその場の会話を独り占めしてしまったかのような印象を、もし与えてしまったとしたら、それは私の本意ではなく、この点はご理解いただきたい。私は目の前にあるたくさんの材料の中からいくつかを取り出したが、そうすれば食卓の会話を長く持たせられるのではないかと思ったからだ。そうする方が会話が途切れてしまうよりも、もてなす側にとっては気が楽だ。これまでのいろいろな話で、私がハーフェラールの人柄や才能について述べてきたことは、ある程度は裏付けられたのではないかと思っているし、諸君はランカスビトゥンで彼とその家族を待ち受けている運命にも、全く無関心ではいられなくなると思う。

こぢんまりとした一家の生活は何事もなく過ぎていった。ハーフェラールはしばしば昼間外出し、夜半まで事務所で過ごした。彼と守備隊の隊長との関係もこれ以上はないくらい良好なもので、内務監督官との家族ぐるみの付き合いにも、地位の上下関係を窺わせるようなものは何もなかった。東インドでも他でなら、上下関係がしばしば付き合いを堅苦しい退屈なものにしていたが。その上、ハーフェラールはできるならばレヘントに援助の手を差し伸べようとしていたので、それはレヘントにとっても好都合であることが多く、レヘントは自分の〝兄貴分〟には大いに気をよくしていた。それにまたハーフェラール夫人のかわいらしいところが、数少ないヨーロッパ人や原住民首長との付き合いをいろいろ楽しいものにしていた。セランにいる理事官との事務連絡からも、お互いに尊敬の念を持っていることが明らかであった。理事官の命令はきちんと伝えられ、しっかりと守られていた。

ティーネは家事をてきぱきとこなしていた。しばらくして、待っていた家具がバタヴィアから到着し、**胡瓜**《クティモン》の塩漬けも作った。マックスが食卓で何かを話す時も、卵が足りなくてオムレツを用意できず、その埋め合わせに仕方なく話をするということもなかった。もっとも、このこぢんまりとした一家の生活ぶりは、節約を心掛け、しっかりとそれを守っていることをはっきりと窺わせるものであったが。

スローテリング夫人はめったに家を出ず、ハーフェラール家の玄関前のヴェランダにやって来て、お茶を共にしたのはわずか数回しかなかった。彼女は口数が少なく、いつも自分の家やハーフェラールの住宅に近づく人に警戒の目を向けていた。**偏執狂**だという噂にもいつか慣れっこになり、まもなく誰もそれを気に留めなくなった。

何事も平穏そのもののようであった。というのもマックスやティーネにとっては、幹線道路からはずれている僻地であってみれば、いろいろ不便なことは避けられないので、それを我慢することなど比較的苦にならぬことであったからだ。そこにはパン屋はなかったので、パンは食べられなかった。もちろんセランから取り寄せることはできたが、送り賃がバカにならなかった。別にお金を出さなくてもランカスビトゥンにパンを持って来させる方法がいろいろあることはマックスも知っていたが、しかし東インドの癌とも言うべき**〝ただ働き〟**を当てにするなど、彼には忌まわしいことであった。とはいっても、ルバックにいても権力を使えば手に入るものは結構たくさんあったが、しかるべき代金を支払って買うとなると、何もなかった。そうした場合、ハーフェラールも夫人も不便さを快く受け入れていた。もっとも別の不便も二人はすでに経験済みであった。かわいそうなことに、彼女は東インドにやって来る時、上甲板以外に寝る所もないアラビア式の帆船に乗ったまま数ヵ月を送ったではないか。そこには小さなテーブルの脚の間にもぐりこむ以外に、灼熱の日差しを避けたり、大雨を降らせる西の季節風を避ける手立ては何もなかったではないか。その船では、わずかな割り当ての乾した米と濁った水で我慢しなければならなかったではないか。そういった様々な境遇にあっても、彼女は彼女のマックスと一緒なら、いつも満足していたではないか。

しかしながら、ルバックには一つだけ彼女を悩ませた問題があった。庭にたくさんの蛇が出てきて、小マックスを庭で遊ばせることができなかったことである。彼女はこれに気付き、ハーフェラールに心配を打ち明けた。すると彼は召使に、蛇を一匹捕まえるごとに賞金を出すことを約束した。しかし、しょっぱなの第一日目からすでに多額の賞金を出さねばならず、次の日からは賞金を出すのを止めてしまった。というのも、たとえ普通の状態で、つまり節約を余儀なくされていない場合であっても、そんなに賞金を支払っていてはすぐに生活費が底をついてしまいそうだったからだ。これからは小マックスは家から出さず、新鮮な空気の要る時には、玄関前のヴェランダで遊ばせるしかないという結論に達した。このように予め注意を払ったにもかかわらず、ティーネはいつも不安で、特に夜はそうであった。というのも蛇はしょっちゅう家の中に入り込んできて、暖まろうとして寝室にも潜り込むからであった。

蛇やこの種の動物は確かに東インドではいたるところに見られるが、人口が密集している大きな町では、ランカスビトゥンのような辺鄙な地方に比べるともちろん少ない。しかし、もしハーフェラールが屋敷地内の雑草をずっと谷間の端にいたるまできれいに取らせる決心をしたにしても、蛇は時々庭に現れたことであろう。もっとも、そうすれば数はぐっと減るであろうが。蛇の類いの動物は開けた明るい所よりも暗い所に潜り込む性質があるから、もしハーフェラールが屋敷地をきれいにしておいたとしても、蛇はしぶしぶあちこちをさ迷いながら谷間の藪を出てしまうということもないであろう。だがハーフェラールの屋敷地は実際にはきれいになっていなかった。その理由を以下にいろいろ明らかにしてみたいと思う。そうすれば、オランダ領東インドのほぼ全域に行き渡っている様々な悪しき慣習に一瞥を与えることになる。

内陸部の統治者の住宅は共同体に所属している土地に建てられている。もっとも政庁がいっさいを所有している地方では、共同体の所有地があればの話であるが。だから屋敷地は居住者である役人のものではないことははっきりしている。しかし役人は、もし屋敷地が自分のものになるにしても、その維持管理が自分の手に余るほどの土地を購入したり借地することはあえてしないであろう。もし自分にあてがわれた住宅の屋敷地が広すぎて、十分に管理できなければ、植物が旺盛に繁茂するので、屋敷地が荒れ地に変わり果てるのに大した時間はかからないであろう。だが、そうしたひどく荒れ果てた屋敷地にはめったにお目にかからない。いや全くと言ってもいい。そう、旅行者は、理事官の住宅の周囲が美しい庭園になっていることにしばしば驚きの声を挙げる。奥地の役人ともなれば、きちんと手間賃を払ってこうした仕事をさせるだけの収入がないことははっきりしている。しかしそうした奥地だって、統治者の住宅にはそれなりの立派な外観が必要で、外観を大いに重視する住民は、そうなっていればその持ち主を蔑む理由がなくなる。そこで、どうしたらそのようにすることができるか、ということになる。たいていの所では、統治者は若干の囚人を自由に使うことができる。これは他の場所で有罪とされた犯罪者である。だがバンテンでは様々な政治的理由から、こうした犯罪者はいなかった。こうした犯罪者がいる所でも、広大な屋敷地をきれいに維持していくのに必要な分だけの人数はめったにない。他の仕事もあるからだ。したがって他の手段を見つけなければならない。その結果は、当然、賦役労働者を呼び集めるということになる。こうした呼びかけに応じて、急いで必要な人数を集めるのは、レヘントもしくは郡長《ドゥマン》ということになる。というのも彼らもまた事の次第をちゃんと弁《わきま》えているからだ。つまり、このように協力すれば、権力を笠に着て振る舞う役人が同じような罪で改めて原住民首長を処罰することがむずかしくなるからだ。こうして一つの不正が次の不正を許す許可状になってしまうのだ。

　しかし、こうした統治者の不正も、場合によっては厳罰に処してはならない、とりわけヨーロッパ人のものの考え方にしたがって処罰してはならない、ということになっているらしい。もし統治者が、屋敷地の管理に動員される賦役労働者の人数を定めた規程をいついかなる場合も厳格に守っているとしたら、住民はそれこそ変に思うだろう。たぶん日頃そういうことにはお目にかかっていないからだ。というのも、そうした規程では予想もつかないような事態が起こることだってあるからだ。

　しかし、法的規程を厳格に守ることがひとたび疎かにされてしまえば、はたしてどの点から先が恣意的な犯罪になってしまうか、それを確定することがむずかしくなってしまう。そして原住民の首長たちは統治者が見せる悪しき見本を拡大解釈して、模倣してやろうと、構える。だからこういう事態にならないように、特に統治者には大いに慎重さが求められる。こんな話がある。ある王が軍隊の先頭に立って国を巡り、自らの食事も質素なものにしていた。食事の時に使う一粒の塩でも、もし王が粗末にすれば人々は塩を納めることを疎かにするであろうと考え、そうならないようにと願っていた。なぜなら、こうしたささいなほころびがしまいには国を滅ぼしてしまうような不正の始まりになる、というのが王の考えであったからだ。この王はティムールレン、*ヌーレディーン**あるいはチンギスカンといったような名前であったようだが、名前はともかくとして、それはアジアに起源を持つ話であることは間違いない。お話でないとしたら実話だろう。海岸の堤防を見ていると高潮がありうることがよく分かるように、**こうした**教訓が生まれたからには、その国では**こうした**権力の乱用が傾向としてあると思っていなければならない。

ハーフェラールが正規に使うことを認められている人数では、彼の屋敷地のほんの一部、つまり住宅のすぐ周辺しか、雑草や藪を取り除くことができなかった。他は数週間もたたないうちに荒れ果ててしまった。ハーフェラールは、どうしたらよいか理事官に相談の手紙を書いた。つまり金銭的に援助してもらえないか、あるいはバンテン理事州でも他でもやっているように囚人を働かせられないものか、政庁に掛け合ってくれるよう、お願いしてみた。しかし理事官からの回答はこれを拒否するもので、そこには次のような見解が添付されていた。それは、副理事官が警察権力でもって〝公道での労働〟という処分を下した人に関しては、自分の屋敷地で働かせることはいっこうに構わない、というものであった。このことはハーフェラールも確かに承知していたが、ランカスビトゥンでも、アンボンでも、またメナドやナタルでも彼はこの権限を行使しようとは思わなかった。ちょっとした過失を犯しただけで、そういう人を自分の庭の手入れに使うなど、彼には何か引っ掛かるものがあって、できなかった。彼は度々自問してみた。政庁は役人に対しては、ちっちゃな、見逃してもよいような不正も進んで処罰するように求める。そういう規程もある。けれどもその規程は不正の度合いに合わ

＊　ティムールレン　中央アジアにティムール王朝を打ち立てた遊牧民の英雄（一三七〇―一四〇五年）。ティムールとも言う。

＊＊　ヌーレディーン　シリアの英明な君主（一一一八―七四年）。十字軍に対して聖戦を挑んだ。一般にはヌール・アッディーンと言う。

せて適用されることはない。役人の屋敷地がどんな状態になっているか、その面積がどれほどかに合わせて加減される。どうしてこのようなことになるのか。処分を受けた人は、たとえ正当な処分であっても、その決定には何か恣意的なものが紛れ込んでいるのではないかと疑うこともありうるので、ハーフェラールはそう考えただけでも、処罰しなければならない場合にはいつも禁固刑の方を優先させていた。ただ禁固刑は他の処罰に比べてきわめて評判が悪かったが。

こんなことから、小マックスは庭では遊べず、ティーネもまたランカスビトゥンに着いたその日に思ったほど、花々を楽しむことができなかった。

いうまでもないが、こうした期待はずれがあっても、それが一家の楽しい気分に影を落とすことはなかった。幸せな家庭生活を築いていこうとすれば、物質的には十分に恵まれていたからである。それゆえまた、ハーフェラールが外出から帰ってきて、時には額に皺を寄せていることがあっても、あるいは、彼に耳に入れておきたいことがあると言ってやって来た人たちの話を聞いた後、同じように渋い顔をしていたとしても、それは今述べたような些細な問題のせいではなかった。彼は原住民首長らに対する演説で、自分の義務は果たしたい、不正は見逃したくない、と言っていた。これはその通りだ。これまで話してきたことから、読者はハーフェラールという人を次のように理解してくればいいと願っている。つまり、何かを嗅ぎ付け、他の人には見えなかったり、理解できなかったことを、明るみに出すことのできた人である、と。だから、ルバックで起きたことで彼の目に留まらなかったものは多くはなかった、と考えてもらってよい。われわれもすでに見た通り、彼はもう多年にわたってこのルバック県に注目していた。だから、フルブルッヘがプンドポの中で――そこからこの物語は始まったのだが――初めて彼に会ったその日にすでに、彼は新しい任地にもかかわらず、そこでは新米という風には見えなかった。彼はあちこちを回って調べてみて、それまで自分が考えていたことが確かめられたと思っていた。とりわけ書類を見て、この地方は実際きわめて深刻な状態にあることが分かった。彼の前任者が残した書簡やメモから、この前任者も同じような判断を持っていたことが分かった。原住民の首長たちに対する書簡には、次から次へと叱責、警告が続き、もしこうした事態がこのまま続くようなら直接バタヴィアの政庁に掛け合うしかないとまで彼は最後には言ったようだが、それも非常によく分かる気がした。

フルブルッヘがこのことをハーフェラールに最初に伝えた時、ハーフェラールは前任者の方が間違っているのだろうと答えていた。というのも、ルバックの副理事官はいついかなる場合もバンテンの理事官を差し置いて行動してはならなかったからである。ハーフェラールはさらに、そういうことはどう見ても法的に許されないとも言っていた。なぜなら、理事官というような高い地位にある者が原住民首長のゆすりや強奪に味方するなどとは、とても考えられないことだったからである。

そうした不正に目をつぶれば、理事官にも何かおこぼれ、もしくは余得が転がり込むのではないか、とハーフェラールは考えたが、まさかそのようなことで理事官が原住民首長に味方するとも考えられなかった。ただ理事官の腰が非常に重くて、なかなかハーフェラールの前任者の訴えをまともに取り上げようとしなかったからには、何か理由があったのだ。すでに見てきたように、前任者は不正が目に余るとして、しばしば理事官に掛け合ってきたが、あまり埒があかなかった。だから、ともかく調査してみても無駄ではなかったのだ。つまり、理事官は理事州全体の最高責任者として副理事官と同様に、そう、それ以上に、正義が貫かれているかどうか注意を払わなければならなかったのに、むしろ一貫してその正義を貫くのを抑える側に回ったのはなぜなのかと。

ハーフェラールが着任前にセランの理事官宅に一時滞在していた時にすでに、理事官はルバックでの権力乱用の実態について話していた。そしてこれについては、「こういうことは全て、多かれ少なかれどこでもなされていることだ」と言っていた。今となって、ハーフェラールもこのことを否定できなくなった。不正が全く見られない地方があるなどと、一体誰が主張できようか。しかしハーフェラールは、それがこうした権力の乱用をそのまま見逃しておく理由にはならないと思った。とりわけそうした乱用を防ぐよう使命を与えられている場合には、なおのことだ。そしてまた、ルバックの現実をつぶさに見ると、乱用が〝**多いか少ないか**〟どころではなく、**きわめて大掛かりに**権力が乱用されていることが分かった。これについても、理事官は彼に「チリンギン県*（同じバンテン理事州の中にある）ではもっとひどい」とことさら答えるばかりであった。

理事官は住民をゆすったり住民を勝手に使ったりしても、直接的には何も得るものがないのは当然のことと考えられており、世間もそう見ているが、そうすると、多くの理事官が宣誓や義務に反してそうした権力の乱用に目をつぶり政庁に報告しないのは一体どうしてなのか、何がそうさせるのかという問題が出てくる。このようによく考えてみると、政庁の手の届かぬ所もしくは政庁の権限外の所でも存在するかのように、権力の乱用がきわめて平然と容認されているのは、非常に不思議なことだと言わなければならない。その原因をここで明らかにしてみたい。

一般的に言えば、悪い知らせが伝えられるのは楽しいことではない。悪い知らせは好ましくない印象を与えるから、そうした悪い知らせを次の人に伝えなければならない人もそのとばっちりを食って、好ましくない印象を多少は与えてしまう。だから人によっては、これが何か都合の悪いことはなかったことにしてしまう理由になるのであろう。その事情をよく知っているにもかかわらず、そうしてしまう。悪い知らせを伝える人は貧乏くじを引く役を引き受けるばかりか、同時に自分までもがその原因になっていると見なされるおそれがあるから、ますます都合の悪いことは否定することになる。

蘭領東インド政庁は本国の植民地相宛に、万事滞りなし、と進んで報告する。理事官も進んで東インド政庁に対して同じ趣旨の報告をする。副理事官もまた各郡の内務監督官から有利な報告以外のものはほとんど受けないから、理事官に対しては自分の方から問題のある報告はしない。こうして、役所が公的に、しかも文書で問題を処理する時には、いいことずくめの楽天主義が生まれる。そして同じ問題を口頭で処理する場合も、真実ばかりか、報告者自身の考えさえあっさり否定してみたり、さらにもっと不可解なことには、自ら書いた報告書さえも裏切ることを平気でする。一方ではある理事州の状況が問題なしとされ、最大限に称賛されるのに、他方では数字がそれとははっきり矛盾したよ

＊　チリンギン県　この名前の県（afdeeling）および地名は特定できない。

うなことを示している報告書なら、たくさん挙げることができる。そうした事例は、事態がことさら深刻でなければ――つまりそれが最終的に行き着く結果が深刻でなければ――せいぜい物笑いの種にされるだけですんでしまう。すぐに見破られるような虚偽を平気で載せる、その報告書のバカ正直さには全く苦笑させられる。もっともそれを書いている本人も、もう少し先を読んでいくと、そうした虚偽に立ち向かう手立てがまだないわけではないことを示している。ここではたった一つだけ例を挙げておくが、こうした例なら挙げようと思えばたくさんある。今ここにある文書の中に、ある理事州の年次報告書がある。そこの理事官は、州内では取引が盛んに行なわれていると自慢しており、いたる所に最大限の繁盛と活気が認められると言っている。そしてその少し先で、不正な行為を防止するために彼が使える手段は多くはないとも言っている。これは、この州では多額の輸入関税が脱税されていることを意味しているが、そのようにストレートに書けば政庁の心証を害すると考え、それを避けようとして、すぐ次のように続ける。曰く、〝ただし、これは心配するような問題ではない。当理事州には密輸入はほとんどないし、全くないと言ってもよい。何とならば、……当州では輸入がきわめて少ないので、取引に資金を投じようという人が現れそうにないからである〟

〝昨年度は平穏そのものであって、……〟という言葉で始まる報告書を読んだことがある。このような文言は、政庁に不利な報告を送ってこない人には政庁が信頼を寄せ、それを報告者もよく心得て、安心しきっていることを示している。あるいは文書の中によく出てくる言葉をそのまま使い、悲しい報告で政庁を〝煩わせない〟人が、信頼できる人ということになる。

原住民の人口が増えない所では、それは先年の調査が正確でなかったことにされてしまう。納税額が増えない所では、課税評価額を引き下げて農業の振興を図っているからだとされる。すなわちここの農業はいま発展の緒についたばかりで、じきに――というよりは、むしろその報告者が辞めてからの方が――驚くような成果を挙げるであろう、と述べる。もし隠し通せないような不都合が起きれば、それはごく少数のけしからぬ人の仕業で、これから先は別に心配はいらない。なぜなら**全般的には**満足すべき状態にあるからと言う。食料不足もしくは飢餓で人口が減少した所があれば、それは不作、旱魃、大雨などのせいにされ、決して悪政の結果とはされない。

ハーフェラールの前任者は、〝パラン・クジャン郡から住民が流出していく原因は**行き過ぎた**権力の乱用のせいだ〟と見ていたが、そのことをあきらかにしている彼のメモが今ここにある。このメモはもちろん公式のものでは**なく**、彼がバンテンの理事官と**話し合わ**ねばと思っていた問題点もいろいろそこには出てくる。しかし前任者が**公式の業務報告書**の中で、包み隠さず、実名を挙げて、その同じ問題を取り上げているものがあるかどうか、ハーフェラールは探してみたが、見つからなかった。

要するに、これは、役人から政庁宛の公式報告書も、さらにはそれにもとづいて本国政府に提出される報告書も、そのもっとも重要な部分はほとんどが**虚偽**である、ということである。

こうしたことを言うのは重大なことである。それは分かっている。けれどもこれは言っておかねばならないし、証明することだってできると思っている。このようにあからさまに言えば、当惑する人がいるかもしれないが、そういう人は、もしイギリスにおいて英領インドで起きた事件*の真相に一時的にもせよ国民の目を開かせていたならば、いかに膨大な財産と多くの人命が救われることになったか考えてもらいたい。もし時宜を失することなく、しかも血なまぐさいやり方を使わずに不正を正そうとして、ヨブの召使[**]になろうという勇気のある人がいれば、どんなにか感謝されることであろう……。

自分の発言には裏付けがあると言っておいた。もし必要というなら、繁栄のお手本とされている地方がしばしば飢饉に見舞われていることを示すこともできる。もし原住民が平和で満足して暮らしていると言うのなら、逆に、彼らはたびたび怒りで爆発寸前の状態だと言うこともできる。そうした証拠を**この**本の中でいちいち挙げるのは私の本意ではない。けれども、読者がそういう証拠はないだろうと決めてかかってこの本を放り出してしまうことはよもやあるまいと信じている。

さしあたり、これまで述べてきた滑稽な楽天主義の例をもう一つ挙げるに留めたい。この例なら、東インドの事情に通じていようがいまいが、ともかく誰でも理解可能なものだと思う。

理事官は毎月、州内に入ってくる米、さらにそこから州外へ送り出される米について、報告書を送ることになっている。そしてこの報告書では、その米の移動がジャワ内部だけの場合とジャワ以外への場合とに、二つに分かれている。そこで、その報告書で、ジャワ内部の理事州**から**別の理事州**へ**送り出される米の量を合算して注意深く見てみると、送り出された数量を合算した数字の方が、全ての州に**入ってきた**米の数量だけを合算した数字よりも、何千ピクル[***]も**上回っている**ことに気付くであろう。

こうした報告書を受け取り、かつ公表する政庁の識見とは一体何なのか、ここでは触れないでおく。ただ読者は、とかくこうした誤りがあることに注意してもらいたいと思う。

ヨーロッパへ持って行って売る農産物については、ヨーロッパ人の役人にも原住民の役人にも歩合制で奨励金が支払われる。そのため米作はかなり後退を余儀なくされ、地方によっては飢饉に見舞われ、誰が見てもごまかすことができない事態になっている。すでに述べたように、事態を再びそのように悪化させないように、当時、規程も作られた。先ほど挙げた米の移動の報告書もこうした規程に従って出ているが、それは政庁が食糧の増減に絶えず目を光らせるためであった。ある理事州から米が**出ていけば**その州は繁栄していることになり、逆に米が**入ってくれば**その州は米不足になっているということである。

これらの報告書を比較検討してみると、米はどこでも余るほどあり、**すべての理事州を合わせると、州外へ運び出した数量の方が州内への搬入よりも多い**ことがわかる。もう一度言っておくが、これにはジャワ以外への輸出は含まれていない。それに関しては別個に報告書が出ている。したがって結論としては、説明の辻褄が合わないということである。つまり報告書によるかぎり、ジャワでは実際よりも多い米があるということになっており、……だから繁栄ということになる。

* 英領インドで起きた事件　いわゆるインド大反乱、セポイの乱（一八五七―五九年）をさす。
** ヨブの召使　旧約聖書『ヨブ記』の冒頭に出てくる、凶報を次々と伝えてきた召使。
*** ピクル　東インドの重量単位。六一・七六キログラム。

すでに言ったように、政庁に対しては都合のいい報告だけを伝えようとする気持ちが強いから、それがこのように滑稽な結果をもたらす。もっともその結果がすべて悲劇的なものになるというわけではないが。それでは、政庁宛の報告書において、あらゆるものをねじ曲げ歪めようという意図が最初からはっきりとあるのであれば、こうした多くの不正を正すにはどうしたらよいであろうか。原住民はその気質上、圧政に対してこれまで長年にわたって、静かに、穏やかに不満を述べるだけであったから、こうした原住民から例えば何が期待できるだろうか。原住民はこれまで理事官が次々と交替するのを見てきた。ある人は一時休職であったり、あるいは年金生活に入るためであったり、住民の苦しみを取り除く手段を何も講じないまま他のポストに任命されたりと、様々であった。バネだって力を加えてゆけば最後には撥ね返ってしまうのではないか。不満も長い間押さえ付けられれば——不満などないとして、これから先も否定し続けてゆこうとするから、押さえつけるのだが——、ついには怒り、絶望、そして狂乱に変わってしまうのではないか。そしてとどの詰まりはジャックリーのような反乱*になるのではないか。

役人たちは、〝政庁の厚意〟に勝るもっと高尚なもの、〝総督の満足〟に勝るもっと高貴なものがあるなどとは思いもよらず、もう長い間次々と交替を繰り返してきたが、一体彼らはどこに行こうとしているのか。虚偽の報告により当局の目を欺き、意味のない報告書を書いてきた役人たちは、どこに行こうとしているのか。文書に堂々とした言葉を記す勇気をすでに失ってしまった人たちは、いざという時、武器を取って駆けつけ、オランダのためにオランダ人の領土を守れるのだろうか。彼らは、反乱を抑え革命を防ぐために計上されている経費を、いずれはオランダのために還元してくれるのだろうか。彼らは、これまで彼らの不始末のせいで犠牲になった何千という人たちの命にいずれ報いてやることができるのだろうか。

もっとも重い責任を負う立場にある人は、こういった役人ではないし、内務監督官や理事官でもない。責任があるのは東インド政庁それ自身だ。政庁は、訳の分からぬまただやみくもにせかされているかのように、都合のいい報告を提出するように奨励し、誘い、そしてそれに報いているのだ。とりわけ原住民首長が住民に対して行なっている締め付けに関しては、これははっきりしている。

このように政庁が首長たちをかばうのは、政庁の側にもさもしい計算があるからで、これは多くの人が認めている。原住民首長が住民に対して影響力を確保していくためには、派手さや華やかさを誇示せねばならない。政庁にとっても、そうした首長の影響力はなくてはならぬものである。そのため原住民首長は今よりもかなり高い給金を保証されなければならないであろう。しかも、彼らには、住民の財産や労働力を不法に処分して給金の足りない分を補う自由はもはや認められていないのだから、その分だけずっと余計多く支払ってやらなければならない。ところが規程はどうあれ、政庁は必要に迫られないかぎり、ジャワ人の住民をゆすりや強奪から守らなければならないという規程を適用することはしない。多くの場合、何だか訳の分からぬ雲をつかむような政治的理由を挙げて、**あの**レヘン

＊　ジャックリーの反乱　一三五八年北フランスで発生した農民一揆。

トの場合は、この首長の場合はと言って、免責にする口実を何か探す。それゆえ、東インド政庁にとってはレヘントを一人首にするくらいならオランダ人理事官を一〇人首にした方がましだ、というのがもっぱらの噂だ。そうした見せかけだけの政治的理由も――もし何か根拠を探すとしたら――普通は虚偽の報告書の中に求められる。というのも理事官にしてみれば、自分のところのレヘントたちが住民に対して影響力を強めることが大事で、しかももしのちになってこれら首長たちをあまりにも甘やかし過ぎていると問題になった時には、逆にレヘントの影響力の大きさを盾にとって自分は責任を免れようとするからだ。

このように人類愛を謳っているかに見える規程にしても、また首長の恣意的な要求からジャワ人を守るという文字の上だけの宣誓にしても、いずれも偽善そのもので不愉快であるが、ここではこれ以上触れない。ただ読者にお願いしたいが、ハーフェラールがその宣誓に際してなぜか軽蔑ともとれるようなニュアンスをにじませていたのをぜひ思い出していただきたい。彼は、自分の口から述べた口上とは全く別のところに自分の義務があることをはっきりと意識していたが、それが自分の置かれている立場をむずかしいものにしたということだけは、ここで言っておきたい。

しかも、ハーフェラールが置かれた立場は、他の多くの人の場合よりももっとむずかしいものだった。なぜなら、読者もおそらく見当がついているように見通しはかなり厳しいものであったのに、それとは全く裏腹に彼は精神的にはゆったりと構えていたからだ。彼は人間に対する不信感や、あるいは仕事や出世に対する心配、あるいはまた夫や戸主として果たすべき義務に果敢に向き合っていかねばならなかったが、そればかりか、自分の心の中に住みついている敵にも打ち勝たねばならなかった。人の苦しみを見れば、必ず自分も苦しんだ。彼は自分が侮辱され、傷つけられた時にも、いつも自分よりも相手の立場に立つ。そうした例を挙げようというなら挙げられるが、ここでは止めておく。彼はデュクラーリとフルブルッヘに、若い時にはサーベルを使った決闘にいかに魅力を感じていたかを話したが、これは確かにその通りだった。しかし彼はそれに加えて、相手が傷を負った時にはいつもどんなにか泣き叫び、今の今まで敵であった者をまるで修道女のようにいかに手厚く看護して治そうとしたか、その点については話さなかった。次のようなこともあったので、ここに付け加えておく。彼はナタルにいた時、彼を狙撃した囚人を抱き締め、その男に優しく話しかけ、食事を与え、他の誰にもまして自由を与えた。なぜなら、その罪人が怒ったのは他所で受けた判決があまりにも厳しすぎたからだということが分かったからであった。彼が精神的にゆったり構えているなどということは、普通は、ありえないとして否定されるか、滑稽なことと一笑に付されてしまうか、どちらかである。否定する人は彼の感情と精神を混同している人で、一笑に付す人は、クモの巣に引っ掛かってしまったハエさえも救う労をいとわない思いやりのある人がいることを理解できない人である。そしてその後ハーフェラールがそうした〝愚かな動物〟とそれを創造した〝愚かな自然〟を軽蔑するのを聞けば、誰もが——ティーネは別だが——やはり否定する側に回ってしまう。

ある人を愛しているかいないかにかかわりなく、その周囲の人々が彼を祭り上げざるをえなくなることがあるが、その場合でも彼を銅像の台座の上から引きずり降ろす方法はまだある。「確かに、彼は才気が**ある**……が、その才気には上滑りなところがある。彼は聡明**だ**……が、その聡明さをうまく使いこなせていない。そう、彼は心の優しい人**だ**が、……その心の優しさを弄ぶところがある」と言ってやることだ。

ハーフェラールの才気あふれるところや聡明さについてはとやかく言うことは何もないが、……しかし彼の心の優しさはどうか。彼は一人孤独であった時、ハエを救ってやったことがあるが、こうした心の優しさを取り上げて、それは心の優しさを弄ぶものだと批判する人がいたら、**諸君は**その心を擁護してやろうという気にならないだろうか。

しかし諸君はそんなことはおかまいなしに、急いで素通りしてしまい、ハーフェラールのことは気に留めなかった、——いつか彼が諸君の証言を必要とする場合だってあるだろうに。だが諸君は気が付かなかったのだ。

ハーフェラールがナタルにいた時、河口に落ちた犬——サッポという名前だった——を助けに飛び込んだことがある。まだ小さい犬だから泳ぎきれず、河口にうじゃうじゃいる鮫にやられるのではないかと心配したからだ。しかしこういうのをとらえて、彼は心の優しさを弄んでいると言うのだろうか。心の優しさというのはどういうことを言うのか、そのこと自体はむずかしいが、私には、こうした行為をとらえて弄ぶという言い方をする方がもっと信じがたいことだ。

私は諸君に呼びかけたい。もし諸君が冬の寒さにかじかんでいるのでなければ、あるいはせっかく救ってやったハエのように死んでしまったのでなければ、はたまた赤道直下のあの暑さによって干からびたのでなければ、諸君はハーフェラールを知っているのだから、呼びかけたい。諸君は全員ハーフェラールを知っているのだから、彼の心について証言してくれるように、呼びかけたい。今こそ、心おきなく諸君に呼びかけたい。今となっては、銅像の高さはどうであれ、綱をかけて彼を台座の上から引きずり降ろす箇所を探しまわる必要などもはやないからだ。

それはそうと、ちぐはぐに見えるかもしれないが、ここに、彼が書いた詩句をいくつか引用しておきたい。これを挙げておけば、おそらく諸君の証言などいらなくなるであろう。マックスは妻と子供から遠く、遠く離れていたことがあった。妻子を東インドに残してドイツにいた時のことだ。彼はさすがという速さで――そんなことはないと言う人がいるなら別に逆らうつもりはないが――、わずか数ヵ月滞在しただけでドイツ語をマスターした。読んでもらえば分かるように、遠く離れてはいるものの、家族の絆を強く感じていることを描いたものだ。

「ほら、聞いてごらん、もう九時を打ってるよ
夜風が出てきて、涼しくなったね
涼しすぎるかな？　顔がほてっているから
昼間はいっぱい遊んだからね
疲れが出たのね、さあ、お布団《ティカル》が待っている……」

「でも、お母さん、もう少し待って
こうしていれば、とても心地よくて……あっちは
あっちのお布団に入れば、すぐに眠ってしまうし
夢の話をしてあげられないし……ここにいれば
何の夢かすぐに教えてあげる
夢で何を見たかって訊いてね……きっと、訊いてね
何の夢だったの、って」

「ヤシ《クラパ》の実があそこに一つ落ちたわ」

「ヤシ《クラパ》の実は痛くないの？」

「痛くないと思うわ
木の実や石ころは何も感じないっていうから」

「でもお花はどう？」

「お花も感じないって」

「でも、お母さん、どうして？

きのう、夕顔《ブクル・ンパット》のお花をつまんだ時、お花は痛いんじゃない、とお母さんは言ったよ」

「そうよ、あの夕顔《ブクル・ンパット》はあんなにきれいなんですもの

かわいい花びらをちぎってしまえば
お花がかわいそうで、悲しいわ
お花は痛いと思わなくても
お花に代わってあげたいくらい、とてもきれいだから」

「でも、**お母さん**、お母さんもきれいなの？」

「いや、そうじゃないのよ」

「でも、お母さんだけは痛いと感じるの？」

「いいえ、みんなそうなのよ、……感じ方はちがうけど」

「**お母さん**は何が痛いの？　お母さんの膝をこんな風に枕にしたら、痛いの？」

「いや、痛くないわよ」

「それじゃ、お母さん、**ボク**も感じられるかな？」

「そうよ、いつか石につまずいたことがあったでしょう。

両手を怪我して、泣いたでしょう。

スディン*がお話ししてくれた時も泣いたわね

＊　スディン　ドイツ語表記はSaoedienであるが、Sudinと読むように著者自ら注記している。マレー語の男子名Udin に Si（「ちゃん、君」の意）が付いた形がなまったものと見られる。

向こうの丘の上から小羊が
深い谷間に滑り落ち、死んでしまった、っていう話。
あの時はずっと泣いていたでしょう――あれは悲しみを感じたのよ」

「でも、お母さん、苦しい時だけ感じるの？」
「そう、たいていはね、でもいつもとは限らないわ――
感じない時もあるわ、分かるでしょう？
かわいい妹が髪をつかんで
きゃっきゃっとして顔を寄せてきたら
喜んで笑うでしょう？　それもまた感じていることよ」

「それじゃ妹が――よく泣いているけど
それも苦しくて――やはり感じているんだね？」
「おそらくね、でもはっきり分からないのよ
あんなにちっちゃいから、まだ言葉が言えないわ」

「でも、お母さん……聞いてみて、**あれ**は何？」

「藪の中に取り残された鹿が、たった今
あわててお家の方に跳んで帰り
やさしいみんなと一緒になって、安心したところなの」
「お母さん、あんな鹿にもボクのように妹がいるのかな？
そしてお母さんも？」
「分からないわね」

「いなかったら、悲しいだろうな
でも、お母さん、見て——あの茂みの中でかすかに光っているのは何？
ぴょんぴょんと跳んだり、踊ったりしている——
あれは火花かな？」
「あれはホタルよ」
「捕まえてもいい？」
「いいわよ、でもあのちっちゃな虫はとてもか弱いから
きっと傷つけてしまうわ
指でそっと捕まえなければ
怪我をして、死んでしまい、かわいい虫はもう光らなくなるわ」

「そうしたらかわいそうだ、捕まえるのはやめよう
見て、消えちゃったよ……いや、こっちに来る、……
でも捕まえるのはやめよう、……ああ、またあっちに飛んでゆく
ボクが捕まえないのを喜んでいるんだ、……
あっちにブーンといいながら飛んでゆく、高く、あっちの上の方、**あれ**は何？
あれもホタル？」

「あれはお星さまよ」

「一つ、それから二つ、それから一〇、それから一〇〇〇も
空にはいくつ星があるの？」

「さあ、いくつかしら。誰も星を数えたことがないのよ」

「ねえ、お母さん、**お父さん**も数えたことがないの？」

「そうよ、**お父さん**もないわ」

「星のある空の方は大きいの？」

「とても大きいの」

「でもあの星たちも感じるかな？

星ももし手で触ったら、同じように怪我をして、ホタルのように光らなくなるのかな？

――見て、まだ、ホタルがふわふわ浮かんでいる
――ねえ、星も取ろうとすれば、痛いかな？」
「いいえ、星は痛くはないわ、――でも、とても遠いから
小さな手ではそんなに遠くにまで届かないわ」
「**お父さん**なら星を捕まえられるかな？」
「無理だわ、誰にも無理よ」
「困ったな、一つ取ってお母さんにあげたいな――大きくなったら
お母さんをもっともっと好きになりたいから」

やがて子供は眠りに落ち、母の話を夢に見た。
手で星を捕まえた夢を見た――
母はずっと眠らなかった。そしてやはり夢を見た。
遠くにいる夫の夢を見た。

カッセル*にて、一八五九年一月

場違いと思われるかもしれないが、この詩をあえてここに載せてみた。この物語の中で主役を演ず

＊　カッセル　ドイツ中部の都市。

る男であるから、あらゆる機会をとらえて、この男を描き出してみたい。そうすれば、のちにこの男の上に暗雲がかかった時、諸君の関心を少しでもつなぎとめておくことができるだろうから。

25

（同じくシュテルンがまとめたもの＝訳者）

ハーフェラールの前任者は子供が多く、生活も楽ではなかったが、間違ったことはするつもりがなかった。ただ政庁の高官の機嫌を損ねることは、ある程度は避けようと考えていたらしく、権力の乱用が**目にあまる**と映った問題については、公式の報告書の中ではっきりと取り上げるよりは理事官と直接**話した**方がよいのではないかと思っていた。自分の手元にある報告書を持って行っても、理事官がいい顔をしないことはちゃんと分かっていた。ただし報告書の形であれば、彼があれこれの不正にきちんと対応していたことを後になって証明することもできる。他方、口頭での報告であれば、原住民から何か苦情が持ち込まれても、それに対応しようがしまいが自由で、自分が危ない橋を渡ることはなかった。口頭で報告する場合にはレヘントを伴って行くのが普通で、その際当然のことながらレヘントは住民が申し立てた苦情を全て否定し、その証拠を出すよう副理事官に求める。こうなると今度は、勇気を出して苦情を申し立てた住民が呼び出されることになる。そしてその場で彼らはきまってアディパティの足元にいざり寄り、どうかご容赦を、と哀願する。「へえ、ちげえます、あの水牛はただで取り上げられたのではごぜえません、倍の値段でお引き取りなさると約束なせえましたで」、

「へえ、それもちげえます、レヘント様の田圃《サワ》でただ働きするために、わしどもの田圃から呼び出されたのではごぜえません。レヘント様が後でたっぷりお恵みになることは、よく承知してましたで」、「苦情は、気がむしゃくしゃして何となく言い出しただけでして、……頭がおかしくなっておりましたで。こんなとんでもねえ不始末を仕出かし、何なりとお咎めを……」といった具合だ。

　こうして苦情が引っ込められたからにはどうすればよいか、理事官もちゃんと心得ている。何もなかったことになれば、理事官はレヘントの職務と名誉を引き続き守っていくいい機会を得たと思い、また面白くない報告書を送って政庁を〝煩わす〟面倒な手間も省けると、ほっとする。蛮勇を振るって苦情を持ち込んだ住民は鞭打ちの処罰を受け、レヘントは勝利の味を噛みしめる。理事官は、問題がまたもうまく〝片付いた〟と安心して州都に帰って行く。

　しかしその翌日もまた別の住民が副理事官のところに苦情を持ってやって来たら、副理事官としてはどうすればいいのか。現にそういうことはしばしばあった。苦情を申し立てた人はやはり帰され、苦情は撤回されることになるのか。副理事官は**またも**その問題を自分のメモに留め、後日そのことで**また**理事官と相談して、**また**同じような喜劇を見ることになるのか。そんなことになれば、苦情はいつも根拠なしとして退けられるにきまっているのに、ちょくちょく持ち出してきて、しまいには何とバカな、意地の悪い男だと自分の方が思われることにもなる。それにまた、県内ではヨーロッパ人役人の筆頭に立つ副理事官と最高位の原住民首長は当然友好的な関係になければならないのに、もし副理事官が原住民首長に対するいわれのない訴えにいつも耳を傾ける姿勢を見せていたなら、両者の関係はどうなってしまうか。また苦情を申し出た住民がむなしく村に帰って、郡長や村長の手にかかったら、このあわれな住民たちはどういうことになるのか。住民は、結果的には自分たちの郡長や村長は勝手気ままなレヘントの手先でしかないとして、オランダ人の副理事官に苦情を申し立てるという格好になってしまうからである。

こうして苦情を申し立てた人は結局どうなるのか。逃げられる人は逃げてしまう。それゆえ隣の理事州にはたくさんのバンテン人がいる。ランプン地方の反乱者の中にはたくさんのルバック出身者が混じっていたのはそのためであった。ハーフェラールが首長たちに演説をした時に次のように言ったのも、同じ理由からであった。「村々でこのように空き家が多いのはなぜでしょうか。南バンテン《バンテンキドゥル》の森の涼しさよりも、他の土地の樹陰の方を好むのはなぜでしょうか」

しかし皆が逃げ出せる**はず**もない。前の晩こっそりと、及び腰で、また不安な気持ちを抱いて副理事官に面会を求めてきた男が、翌朝死体となって川に浮いていれば、**この男**はもう逃げる必要はない。もしかしたら人は、この男が苦しみながらもう少し生きてゆくよりは、いっそ一思いに殺された方が人道的だと思うかもしれない。そうすれば、村に帰った時に待ち受けている虐待は免れられるし、たとえ一瞬にもせよ、野獣に成り下がったり単なる棒切れや石ころのように心のないものになるのはご免だと考えた人たちを待ち受けているむごい鞭打ちをも免れることになる。また一瞬にもせよ、この世には正義がある、副理事官は正義を守る意志と力を持っているとバカなことを信じたばっかりに受ける羽目になった罰をも免れることになる。

その男には、翌日副理事官のところへはもう来ないようにと、その夜はそう伝えておくのだが、もっとよく言い含めておいた方がよかったのではないか。さらにそうした苦情はチウジュン川の黄色い水に流してしまうように言っておく方がよかったのではないか。そうすればチウジュン川が彼の死体をゆっくりと河口に流して行くこともないのではないか。もっともこの川が、川に住む鮫が海の鮫に兄弟愛にあふれた挨拶として贈る贈り物を運ぶ役割を果たすのは当然のことであったが。

ハーフェラールにはこういうことはすべて先刻承知であった。諸君、彼が正義を貫くことをわが天職と思った時、心の中はどうであったか、想像がつくだろうか。政庁は種々の法の中で正義を謳ってはいるが、いつもそれが貫かれることを喜んでいるわけではない。そんな政庁の権力を超越したもっと崇高な力を前にして、今やハーフェラールの責任が問われたのである。彼の心は、どうすべきか迷い、揺れていた。諸君はこれも想像できるだろうか。何をすべきかという迷いではなく、どういう**方法**がよいかという迷いであった。

彼はすでに人目につかぬように行動を開始していた。彼はアディパティに〝兄さん〟と呼びかけていた。この物語の主人公をひいきするあまり、ハーフェラールの呼びかけ方まで過度に持ち上げている、ともし勘ぐる人がいるなら、ぜひ次のようなことは心に留めておいてほしい。つまり、レヘントはハーフェラールと会談した後、補佐役《パティ》を彼のもとに遣わし、そのように呼びかけてもらったことに感謝の意を伝えたということ、またそれからしばらくしてハーフェラールがルバックの副理事官を辞めた後も、したがって住民はもはやハーフェラールに望みを託したりあるいはハーフェラールに気兼ねする必要がなくなったのに、補佐役《パティ》が内務監督官のフルブルッへと話した時にそのハーフェラールの呼びかけ方を思い出して感動し、「あの方のような紳士とはいまだ話をしたことがございません」と話していたこと、を。

そう、ハーフェラールはともかく助けになろうと思っていた。あるべき姿に戻そうとした。これ以上事態を悪化させるのはご免だと思っていた。ただレヘントには同情していた。レヘントの台所事情がいかに苦しいかを知っていたので、それがもとでレヘントが軽蔑や中傷を受けそうな時には特に便宜を図ってやる理由をいろいろ考えてみた。レヘントは老齢であった。しかもその一族は、コーヒー栽培が盛んで栽培奨励金の実入りがいい近隣諸州で派手に生活している。彼はその一族の長である。その彼の生活ぶりがもっと若い一族の者よりもずっと見劣りがするということになれば、彼の面目が立たないのではないか。それに加えて彼には狂信的なところがあり、年を取るにつれてますます、自分の魂の平安は、メッカ巡礼に出かける人たちを金銭的に援助したり、物乞いをする浮浪者に施しをすることで、つまり金で購《あがな》うことができるのではないかと思うようになっていた。ハーフェラールの前任者たちもルバックではレヘントにいつもいい模範を示してきたわけではなかった。結局、このルバック全体に散らばっている一族の生活は全面的にレヘントの肩にのしかかっていたから、レヘントをあるべき姿に戻すことはむずかしいことであった。

それゆえ、ハーフェラールは全てを厳密に執り行なうことは先に延ばそうとして、その口実を探した。どうすれば穏便にすますことができるか、再三にわたって、知恵を絞った。

そして穏便にすますだけには留まらなかった。彼はいつも自分の責任でレヘントに金銭を用立ててやった。それは彼自身が、いろいろ失敗を犯してひどい貧乏な状態にあったことを思い出して、人には寛大な気持ちになれたからである。こうすればやむなく不正に走る必要も大幅に減ると思われたからである。そして彼は、いつもそうなのだが、自分の立場は忘れて、自分も家族も支出はどうしても必要なものだけに切り詰めようと言い出す始末であった。そうまでしてもレヘントを助けようとした。もっとも彼が自分の収入から回せる金額など高が知れていたが。

ハーフェラールはともかく穏便に自分の困難な義務を果たしたが、もし彼のやり方を具体的に知りたいというなら、数日間セランに出かけることになっていた内務監督官に口頭で託した次のような伝言を見れば分かるはずだ。こうだ。〝理事官にぜひこう伝えてくれたまえ。当地で見られる権力の乱用について、理事官は報告を受けた以上、副理事官の私がこの問題について手を拱《こまね》いていたと思い込まないようお願いしたい。私はこの件についてはすぐに正式に報告をいたしませんが、それは私が同情してやまないレヘントをあまりに杓子定規に扱いたくないからであります。私は最初はレヘントが穏便に義務を果たせるよう試してみるつもりであります〟

ハーフェラールはしばしば数日間家を空けていることがあった。彼は家にいる時は、たいていは——あの住宅の間取りを数字で説明したところを思い出していただきたいが——数字の7にあたる部屋にいた。その部屋で普通は書き物をしたり、面会にやって来る人に会ったりしていた。この部屋を選んだのは、ここだと妻のティーネのすぐ近くにいられるからであった。ティーネは普通この隣の部屋にいた。二人はとても仲睦まじく、細心の注意を払って緊張しながら仕事をしている時でも、彼はいつもティーネの姿を見たい、声を聞きたいと思うほどであった。よくこんなこともあり、ほほえみを誘った。彼は今かかわっている仕事に関して思い付いた一つの言葉を、全く不意にティーネに向ける。するとティーネは、仕事のことは何も分からないのに、間髪を入れずに彼の言わんとしている意味を理解するのである。普段ティーネには仕事のことは何も話していなかったが、彼女は夫が何を言わんとしているか察しがつくのは当然だと言いたげであった。またよくこういうこともあった。自分の仕事に満足できなかったり、悲しい知らせを受け取って心が晴れない時、彼は急に立ち上がり、ティーネに何かぶつくさ言う。もちろんティーネはそれには何も関係がないのだが。しかしそういう時でもティーネは進んで聞いてやった。夫のマックスがいかに彼女を一心同体とみなしているかのよい証拠だったからである。こうして見かけの上では穏やかならざることになっても、決して後で後悔するようなことはなく、どちらかが謝るということもなかった。そんなことをすれば、互いに自分自身に対して謝っているようなものだ。それはいらいらして自分で自分の頭をぶつようなものだったからである。

そういうわけで、彼女は夫にちょっとばかり寛ぎを与えるために、いつそこにいなければならないか、そう、いつ夫は彼女の助言を必要としているかもよく心得ているほど、夫のことは知り尽くしていた。また、いつ夫を一人のままにしておくべきかも、当然のことながら、ちゃんと分かっていた。

ある朝、内務監督官は今着いたばかりの手紙を持ってハーフェラールのところにやって来たが、その時も彼はその部屋にいた。

「厄介なことになりました」と内務監督官は部屋に入るなり漏らした。「とても厄介なことに」

その手紙は、どうして建築資材の価格と労賃が変わったのかハーフェラールに説明を求めるだけのものであったから、諸君は内務監督官のフルブルッヘが早とちりしてこぼしているにすぎないと思うかもしれない。だから急いで言い添えておくが、多くの場合、こんな簡単な質問でもいざ答えるとなったら他の人だって同じようにむずかしいと思ったにちがいない。

数年前、ランカスビトゥンに刑務所が作られた。ジャワの内陸にいる役人なら、数千フルデンもかかる建物をわずか数百フルデンも出さないで建てる術があることを知っている。今ならよく知られていることだが。こうして国家のために知恵をしぼり、努力を傾けたという評判を得る。支出された金額と出来上がった建物の値打ちには開きが出てくるわけだが、これは資材の無償供出やただ働きの賜物である。ここ数年来、こういうことを禁止する規程があることにはあった。しかしそれがちゃんと守られているかどうかは、ここでは問題ではない。政庁自身もそれが厳密に守られることを期待しているわけではない。なぜなら、それを厳密に守っていけば建設関係の部局の予算が窮屈になるからだ。他の全ての規程の場合も、文言だけを見ていれば非常に人道的に見えるが、大同小異だ。

ランカスビトゥンではたくさんの建物を作る必要があった。したがってその設計にあたる技術者たちも当然のことながら、現地の労賃と建築資材の価格について情報を求めてくる。ハーフェラールはそこで内務監督官にその辺の事情を正確に調べるように指示し、過去のいきさつにこだわらずに、価格は実勢に従って書き出すように頼んだ。そしてフルブルッへもよくこれに応えた。しかし、こうして出てきた価格は数年前のそれとは同じではなかった。その理由を訊いてみたところ、フルブルッへはそれを説明するのは非常にむずかしいと言った。ハーフェラールは、この見かけ上は単純な問題の裏に何があるかよく知っていたので、この問題については自分の考えを文書で伝えておこうと返事をしておいた。今ここにある文書の中にこの手紙の写しがあるが、これがハーフェラールがその時約束して書いたもののようだ。

読者はおそらく、そんな一見したところ関係のない建築資材の価格にかかわるやりとりで話を中断されたのではかなわないと文句をつけるかもしれない。しかし、どうかここのところをしっかりと押さえておいていただきたい。つまりここで問題なのは、本当はこれとは全く別のこと、つまり東インド政庁の財政の実態がどうなっているかということなのである。ここで取り上げる手紙は、当局がわざと主張する楽観主義に――これについては前にも述べた――しっかりと光を当てるばかりか、同時にハーフェラールのようにわき目もふらずに真っすぐに進もうとすれば必ず対決しなければならない厄介な問題がどこにあるか、その所在をも明らかにするものである。

ランカスビトゥン、一八五六年三月一五日

第一一四号
ルバック県内務監督官殿

マックス・ハーフェラール

先般、公共事業局長の書簡（本年二月一六日付、第二七一／三五四号）を君に回送した時、そこで取り上げられている問題についてレヘントと相談の上、また私の今月五日付の書簡も参考にして回答するよう依頼したことはご承知のことと思う。

私は、住民が当局の命令に従って供出する資材について、その価格を決定する際には、公正かつ正当とみなしうる手続きが必要であると考え、若干の一般的な注意事項を挙げておいた。

今月八日付の君の書簡（第六号）にある通り、これは適切に処理されたと信じている。君も承知の通りである。したがって、私は君がこの地の事情に精通していること、レヘントにしてもまた同じであることを考慮して、君が作成した明細書をそのまま理事官に送付した。

その後公共事業局長から今月一一日付で書簡（第三二六号）があり、私が報告した価格と、一八五三年および一八五四年に刑務所の建設に際して支払われた価格との間に開きがあるので、その理由を報告するよう指示があった。

その書簡も当然君に渡し、その際口頭で改めて説明を求めた通りである。このことは別段むずかしくはなかったはずである。なぜなら、私が五日付の書簡で君に送った指示があり、また二人で何度となくこの点については具体的に話し合ったからである。

ここまでは万事順調であった。

しかし昨日君は理事官から回送されてきた書簡を手に、私の事務所にやって来て、そこで述べられている事柄の処理はむずかしいとの話であった。君はいくつかの問題については、やはり実名を挙げることに逡巡しているように見えた。これは私がすでに何度も注意を喚起していた点で、とりわけ最近も理事官同席の際に言った通りである。言うなれば、それでは**中途半端**ということになり、君にはすでに度々それには反対である旨を友人として伝えておいた。

中途半端は、やらないと同じことである。**半分**善であることは善では**ない**し、**半分**真であることは**真ではない**。

俸給をきちんと貰い、ふさわしい地位に座り、正式にはっきりと宣誓したからには、自分の義務は**完全に**果たさねばならない。

もし義務を遂行するには勇気が必要であるというなら、それを持ってほしい。

私自身としては、そうした勇気を出さずにのうのうとしている勇気はないと言っておく。なぜなら、義務を疎かにしたり、熱意を持って取り組まなければ、その結果として、自分自身にも満足できなくなることがあるからだ。それはともかくとして、より安易な回り道を探してみたり、いつでもどこでも衝突だけは回避しようと願ったり、〝妥協すること〟を求めたりすれば、正道を歩んでいても心配事や危険に出喰わすことがあるのだから、それ以上のものを引き起こすことになりかねない。

現在、政庁において検討中の非常に重要な問題があり、君も職務上それにかかわらざるをえないが、現在進行中のことでもあり、それについては私は静観し、君に対しても、いわば中立の立場をとってきた。ただ時々その問題のことを匂わせるだけで、笑ってすませてきた。

例えば最近、住民の貧困と飢餓の原因について君が書いた報告書が私に届けられ、それに対して私が〝これらは全て真実であるかもしれないが、**必要にして十分なる**真実ではないし、**肝心要の**真実でもない。根はもっと深い所にある〟と書いた時、君もこれには完全に同意した。だから、それならばその大きな真実を君がはっきりと名指しして言うように、と君に求める**権利**を、私としても行使しないできた。

私が遠慮するのには、いろいろ理由がある。とりわけこういう理由からだ。もし君のような立場にいれば、他の人だって多くの場合やりそうにもないことを突然君にやるように求めたり、日頃の口の重さや人見知りを――それは君のせいではなく、教育のせいだが――急に改めるように言い渡すことは理不尽だと思ったからだ。結局、自分の義務を**半分**果たすよりも**完全に**果たした方がどんなにか簡単で楽であるかということを、まず君に模範として見せようと私は思った。

今のところ、君がこれからもずっと部下として働いてくれればいいと思っているし、最後には君の勝利に結び付くような主義主張や生き方を――もし私が間違っていなければの話だが――君が身に付けてくれるよう、私としてもくりかえし努めてきたから、君がこれを受け入れてくれるものと思っていた。言うべきことをいつも良心に従い、勇気を持って、率直にありのままに言うには、力が必要なようだ。君もその力は確かに持っているが、使われないままになっているようなので、それをぜひ自分の力として使ってほしかった。また問題をはっきりさせるために、男らしくない優柔不断な態度とはぜひ訣別してほしかった。

それゆえ、現在の価格と一八五三年および一八五四年の価格の間に開きがある原因はどこにあるのか、君の考えているところを、分かりやすい、しかも完全な明細書にしてくれることを望んでいる。

この手紙はいかなる意味でも、君を傷つける意図など持っていない。これはぜひ理解してほしい。私は自分の考えを述べているだけで、それ以上でも以下でもない。これは君がもっともよく知っていることと思う。さらに君には十分すぎるくらい責任を持って言うが、私がここで述べていることは、実は君にかかわるというよりは、君が東インドの官吏として教育を受けてきた学校にかかわっているということだ。

しかし君が、もっと長く私と付き合い、私の下で政庁に仕えながら、私が嫌悪してやまない惰性でもってだらだら動いてゆくならば、こうした〝情状酌量〟の余地はもうなくなるであろう。

君も気付いているように、私は副理事官として使うことになっている〝仰々しい〟称号を使うことは止める。それにはうんざりしている。私に対しても同じようにしてくれたまえ。そしてわれわれの間で使うことになっている敬称にふさわしい〝敬意の気持ち〟や、もし必要な場合には〝畏敬の気持ち〟は、うんざりするような馬鹿げた敬称から離れた、もっと別のところで、とりわけ別の意味で互いに示すことにしよう。

ルバック県副理事官
マックス・ハーフェラール

この手紙に対して内務監督官は返事を寄せ、ハーフェラールの先任者の中にも問題のある人がいたことを指摘した。またあわせて、ハーフェラールがレヘントを免責にするための口実にしてはならないという理由から、過去の悪しき先例を取り上げたのも、それほど間違ったことでもない、とも述べた。

この手紙をここで持ち出すのは、順序としては早すぎるのだが、それはぜひ次のような点に注目してもらいたいからだ。この内務監督官は正直な人間であることは間違いなく、ここでのように木材や石、漆喰の価格と労賃がどれほどになっているか、この点を正直に報告するようにと言われた時などは、それはそれとしていいのだが、これとは全く別のもっと重要な問題が正義の名において取り上げざるをえなくなると、ハーフェラールも彼をあまり当てにできなくなるということだ。それにまた内務監督官というのは、不正をやって利益を上げている人々の権力と戦うだけでなく、同時に、自分と同じくらいにそうした不正をけしからぬと思っていながら勇気を持ってそれに立ち向かうことができない人や、そういうことを使命と心得ていない人の臆病や気の弱さとも戦わなければならない立場にあるのだ。このことにも注意を喚起したかったからだ。

この手紙を読んで、ジャワ人の卑屈な奴隷根性に対して抱いていた軽蔑の念を——彼らは原住民首長の前に出ると、自分たちが持っている不平不満を、いかに根拠があろうとも、そっと撤回してしまうが——少しは改める人がいるかもしれない。なぜなら、仕返しを受ける心配が非常に大きいことを考えると——ヨーロッパ人の役人だって、仕返しの恐れが少しは小さいと見られるだけで同じだが

――ここランカスビトゥンから遠く離れた村へ行けば全く原住民首長のなすがままなのだから、どんな仕打ちが哀れな村人を待っているか、およそ見当がつくからだ。哀れな住民が勇気を出してやっても、その結果が怖くなり、ただひたすら服従の意を示して、とばっちりを受けるのを避けたり軽くしようとするのも、あながち不思議なことではないのではないか。

職務怠慢とも言っていいような及び腰で義務を果たしていたのは、別に内務監督官のフルブルッへだけではなかった。原住民裁判所では検察官の任務を帯びている原住民首長の検事《ジャクサ》もまた、ハーフェラールの住宅に入る時には、人目につかないように、夜になってから供の者を連れずにやって来るようにしていた。盗難を防止し、こっそり潜り込む泥棒を捕まえる役である彼が、まるで捕まるのを恐れている泥棒さながらに、忍び足で裏口の方から建物に近づき、仲間が誰もそこにはいないことを確かめてから中に入る。そうしないと、後になって、検事《ジャクサ》が自分の任務に励んでいるとして密告する者が出ないとも限らないからである。

こうなると、ハーフェラールの気持ちが滅入ってしまうのも驚くに当たらないのではないか。ハーフェラールが部屋で頭を抱え込んでいるのを見て、ティーネがこれまでになくひんぱんに部屋に入って彼を慰める必要があったのも、別に驚くことではなかったであろう。

しかし彼にとっていちばん厄介なことは、彼を補佐する役の人たちが及び腰になっていたり、助けを求めて来た人々がすっかりおじけついて共犯者のようになっていることでもなかった。そうではなく、他の人の協力があろうがなかろうが、必要に迫られた時には全く孤立無援でも全ての人に対して正義を尽くさねばならなかったことである。たとえ正義を必要としている人々自身の意に反している場合でも、そうであった。なぜなら、彼は原住民に対していかに大きな影響力を持っているかを自覚していたし、それに――哀れな被害者たちが夜になると、あるいは夜ふけてから一人でやって来て彼に耳打ちしたことを、今一度はっきりと繰り返して言うように説得する時もそうであるが――彼がいかに住民の心に訴える力を持っているかも分かっていたし、また彼の言葉の方が郡長やレヘントの仕返しを恐れる住民の恐怖感よりもはるかに強いことも知っていたからである。彼が保護しなければと思っていた人たちは、場合によってはその訴えをなかったことにしてしまうのではないかとも懸念されたが、しかしそんなことでひるんでしまう彼ではなかった。とはいっても、あの老アディパティを告訴するのは、彼にとってもどんなにつらいことであったか。迷いに迷ったのはこのためであった。しかし、他方では、全住民が彼らの権利を奪われたままで、同情しないわけにはいかなかったから、彼としてもためらってはいられなかった。

自分自身が苦しむ羽目になるのではないかという心配は、彼の迷いとは関係なかった。なぜなら、政庁は一般論としてはレヘントが告訴されることを歓迎しなかったし、原住民首長を処罰するよりは、ヨーロッパ人役人を失職させる方がずっと簡単なことだと考えていたからで、彼もこのことは覚悟していた。しかし彼としても今度こそは、政庁はいつもとは違う原則を優先させてこの問題を判断しようとしているのではないかと考えていい特別の理由があった。もちろん彼はこう考えるまでもなく、自分の義務はきちんと果たしたであろう。これは間違いない。たとえ自分と家族の前途にこれまでにない大きな危険が迫っていると考えたとしても、自分の決意に変わりはなく、いやそれ以上であったかもしれない。すでに述べたように、厄介な事態は彼の望むところであり、自ら進んで犠牲になることを求めた。しかし今度ばかりは自己犠牲の誘惑を感じなかった。それどころか、もし最後にはこれまでになく徹底して不正義と戦わなければならなくなるなら、騎士のような誇りはあきらめて、この戦いを最も弱い立場の人間として始めなければならないのではないか、と不安に襲われた。

そう、確かに彼は**不安に襲われた**。政庁のトップに立つ総督は、きっと自分の味方であるはずだとも考えた。そう考えると、強硬な手段に訴えるのを遠慮してきたことは、自分の性格を考えても、ますますおかしなことであった。もしこれが他の問題であったら、こんなに長く我慢することもなかったであろう。なぜなら、自分の側にはこれまでになくはっきりと正義があると思ったまさにその瞬間に、不正義と戦うことにたじろいだからである。

彼の性格の描写ならすでに諸君にしてあるが、その時、彼は鋭いところがあるがまた純真でもあると言っておいた。

そこで、ハーフェラールがどうしてこのように考えるに至ったのか、それを考えてみよう。

26

（同じくシュテルンがまとめたもの＝訳者）

東インド総督というのは高い地位にあるから、それを汚すようなことはしてはならず、また一人の人間としても一定の高みに立っていなければならない。それが実際にどの程度の高さなのか、ヨーロッパ人の読者には非常に分かりにくいと思う。そのような重責に耐える人は非常に少なく、いや、おそらくいないのではないか、とずっと考え続けているが、そう言っても別段厳しすぎる見方ではないだろう。そうした高い地位に立つ人には、どういう資質、つまりどういう頭脳と感性が求められるのか、ここでは言わないが、昨日まで一介の市民であった人が、今日から突然何百万もの臣民に対して権力を振るう地位につくのである。それは目もくらむばかりの高さに立つということで、この点にだけ注目してもらえればよい。その少し前までは、地位という点でも権力という点でも周囲の人々の中に埋没していて上の方に立つということがなかった人が、急に、ほとんどの場合突然に、大勢の人々の上に押し上げられる。それは、これまで自分がすっかり閉じこもっていた小さな世界に比べれば、無限に大きい世界である。その高さは目もくらみそうだと言ったが、これは間違っていないと思う。それが実際どのくらい高いかは、目の前に突然深い穴を見た人がめまいを覚えたり、あるいは真っ暗やみの中から急にまばゆい光の中に出た時にまぶしくて何も見えなくなるのに似ている。視覚神経や脳はこうした急な変化にはついてゆけなくなる。それ以外のものには相当な強靭さを発揮するのだが。

このように東インド総督に任命されるということそれ自体が、多くの場合、理性と感性の両面において秀でた人をも堕落させる原因となるのだから、総督に任命される前からすでに多くの難点を抱えている人が任命された場合、そういう人から一体何が期待できるだろうか。国王は、国王の名代である総督の任命に際して、その人物の〝信義、熱意および手腕〟を確信していると述べて、辞令にその貴き名を署名するのだから、いつも十分な情報にもとづき総督を任命しているものとわれわれは考えるし、したがってまた新任の副王*は熱意があり、信義に篤く、有能で**ある**と、われわれは受け止めるけれども、それでもなお問題は残る。つまり総督の熱意、とりわけ手腕が、単なる**凡庸さの域**を越えて、与えられた使命が求めている要求にきちんと応える**ほど**十分なレヴェルにあるかどうか、という問題である。

というのも、初めて総督職を拝命してハーグの王宮を辞する人が、その瞬間からもう、自分の新しい地位に必要な手腕を備えているなどということは**ありえぬ**ことであるからだ。そんなことはそもそも最初から問題外である。国王がその人の手腕を信頼していると言明すれば、それは、彼がハーグにおいては知りえなかったことを新しい任地において随時まるで霊感でも受けたかのように知ることが

＊　副王　東インド総督は国王の名代として副王と呼ばれることがある。

できる、と表明するようなものだ。言い換えれば、彼は天才ということになる。未だ知らなかったし、知ることもできなかったことを、突然知る必要に迫られて、しかもそれをきちんと知ることができるという意味で、天才である。こうした天才は稀である。国王の寵臣の中においてすら稀である。

話が天才の方にそれたので、諸君は、歴代の総督について話すべきことを私が飛ばそうとしているのではないかと思うかもしれない。私としても、この本の本当の目的がスキャンダル漁りにあるのではないかと勘ぐられる恐れがあるから、そんな頁をわざわざ挿入することは気が引ける。したがって特定の個人に関する個別具体的なことには触れないでおく。ただし総督というポストがこれまで見せてきた病理現象が、**一般的には**どのような経過を辿るかという点については、次のように言ってもいいと信じている。まず第一段階は、自己権力陶酔性めまい、賞賛過多性酩酊、放恣専横症、自信過剰症、他人軽蔑症（特に〝古参〟軽蔑症）であり、第二段階は疲労性衰弱、恐怖症、意気消沈症、睡眠休息過多症、東インド評議会過信症、本国別荘地懐郷病である。

この二つの段階の間に、経過的症状として赤痢性腸内炎症がある。おそらくこれが原因となって、次の症状に移ってゆくのであろう。

私がこうした診断を下すことで、東インドにいる多くの人は感謝するのではないか。この診断をうまく使えば有益である。なぜならこの総督病に罹った人は、第一期において過度の緊張により一匹のブヨがいても息が詰まってしまうのに、後に腸の病気を患ってからはラクダが側にいても平気な顔でいられる、とはっきり請け合うことができるからだ。あるいはまた、もっとはっきり言えば、〝私腹を肥やすつもりはないが、贈り物はもらう〟役人は、例えばわずか数ダイト*の値段のバナナの房であっても、それをもらえば、この病気の**第**一期にはさんざんに言われて追放されてしまう。しかし病気が**第**二期に入るのをじっと待っていた人は、全く安心して、いささかも懲罰を恐れることなく、バナナが実っている庭園を――しかもそれに隣接した庭も一緒に――自分のものにすることができるだろうし、それればかりか、さらにその周辺にある住宅、そしてその住宅の中にある物、などなどまだまだたくさん……際限もなく多くのものを、自分のものにできるだろう。

どなたも、こうした病理学的、哲学的所見を持って、自分の利益に励んでいただきたいし、同時に、このことがあまりにも競争を激化させないようにするために、ぜひ私の忠告を秘密にしておいてほしい……

何かに憤慨し悲痛な気持ちになっているのに、そんなものは諷刺を装っているだけでボロみたいなものだと言われてしまうことがあまりにも多いが、悲しいではないか。分かってもらおうと涙を見せれば、にやっと笑われるのが関の山で、悲しいではないか。それとも、われわれの国政の癌とも言うべき病巣がどこまで及んでいるのか、うまく表現できないのは、私の未熟のせいであろうか。フィガロ**のような文体やポリシネル***のような語り口を持たなければ、だめだというのだろうか。

* ダイト　一八～一九世紀に使われていた二・五セント銅貨。

文体……そうだ。私の目の前にある文書には、ちゃんと文体があるではないか。側に人間がいることを示している文体ではないか。手を差し伸べてやる値打ちのある人間ではないか。それでその文体は哀れなハーフェラールに一体どう役立ったのか。**彼は**自分の涙を苦笑に変えることはしなかったし、嘲笑することもしなかった。彼は豊かな色彩を使ったり、あるいは大市のテント掛けの小屋の前で呼び込み人がしゃべる面白おかしい言葉で人を感動させようともしなかった。……そうしたところでどうなったというのだろうか……

もし私がハーフェラールの立場で書くとしたら、彼とは違った書き方をするであろう。

文体……？　ハーフェラールが首長たちに向かって、どのように演説したか、すでに諸君も聞いたではないか……。あれでどうなったというのか。

もし私がハーフェラールの立場で話すとしたら、彼とは違った話し方をするであろう。

優しい言葉はもうご免だ。ことを荒立てず、しかも率直、単純明快に、心を込めて、などというのはご免だ。ホラティウスの〝公正にして志操堅固な人〟を思い起こさせるようなものなど願い下げだ。——さあここでラッパを高らかに吹き鳴らそう。シンバルを激しく打ち、火矢をヒュッヒュッと放ち、怪しげに弦の音をかき鳴らそう。そして太鼓の連打と激しく飛び交う笛の音にまぎれて、真実の言葉を禁制品のようにあちこちに紛れ込まそう。

文体……？　**彼は**すでに文体を持っていたではないか。彼には気魄がみなぎっていたから、自分の考えを、〝私の名誉とするところであります〟とか〝貴台におかれましては……〟〝謹んで御高配を賜りたく存じます〃といったような言い回しの中に埋没させてしまうことはなかった。そんな言葉は、これまで彼が身を置いてきた、ちっぽけな世界を居心地よくするだけのものにすぎなかった。彼が書けば、それを読んだ人は、嵐の中を雲がどのように行き交っているか彷彿とし、芝居の効果音の雷とは違う本物の雷の轟きを思わせるものが体内を突き抜けるのを感じる。彼が自分の考えから何かに火をつけると、骨の髄まで役人根性のしみついた役人や総督でなければ、あるいは〃平穏そのもの〃と吐き気を催すような報告を平然と書ける人でなければ、その火の熱を肌で感じる。しかし、それだからといって、彼はどうなったというのか……

だから私の言うことに耳を傾けてほしい、特に理解して欲しいと思う時には、私は彼とは違う書き方をしなければならない。しかし、それじゃあ、**どのように**書けばいいというのか。

読者諸君、この〃どのように書けばいいか〃の答えを、私は探しているのだ。だから本書は非常に雑多な、ごったまぜの観を呈している。様々な見本を集めた見本帳にも見える。どうかあなたの好みの中から選んでいただきたい。そうすれば私はこれから、あなたの好みに従って、黄色、青、もしくは赤というように、お好みのものを提供しよう。

ハーフェラールはこれまでに、総督病を患った人をずいぶんとたくさん見てきた。そしてしばしば、

＊＊　フィガロ　一八五四年創刊のフランスの有名な新聞。
＊＊＊　ポリシネル　フランスの道化人形、あるいはイタリアの笑劇の道化役。
＊＊＊＊「公正にして志操堅固な人」は急に市民の激怒を買うことはないとホラティウスは言う。ホラティウス『歌章』第三巻に出てくる言葉。

それよりも〝軽症の〟病も見てきた。なぜならそれに類似の理事官病、内務監督官病、定員外非常勤役人病などもあるから、これらの病気と総督病との関係は、はしかと天然痘の関係のようなもので、そうした病気に罹ってしまった人でもついにはこれに罹ってしまう。これまでずいぶんと、これらの病気を見てきたので、それがどんな症状を見せるのか、かなりよく知っている。初期症状が現れている現在の総督はこれまでの多くの総督よりもめまいの症状が軽いのではないかと思われるが、病気がさらに進行すれば、もしかして別の病気にも罹るのではないかというのが彼の診断の所見だった。

それゆえ、ハーフェラールは最終的にルバックの住民の正義を守るために行動を起こさなければならなくなったら、自分こそが総督にとってもっとも手ごわい存在になるのではないかと思った。

27

（同じくシュテルンがまとめたもの＝訳者）

ハーフェラールはチアンジュールのレヘントから一通の書簡を受け取った。それによると、レヘントは伯父にあたるルバックのレヘント、つまりアディパティを訪問したいということであった。この知らせはハーフェラールにはきわめて不愉快なものであった。プリアンガン地方の原住民首長は何かときらびやかな派手さが売り物で、チアンジュールのトゥムンゴン*ともなれば、数百人にも及ぶ伴の者を従えた旅行になるのは必至だった。そうした者たち全員に宿泊と食事の世話をしなければならず、さらにこれに付いてくる馬の面倒もみなければならない。ハーフェラールはそうなることはよく分かっていた。それでこの訪問を止めさせようと思ったが、考えてみればランカスビトゥンのレヘントの体面を傷つけずにその訪問を止めさせることはむずかしく、いい方法は見当たらない。というのも、ランカスビトゥンのレヘントは非常にプライドが高く、もし来訪者の受け入れを経済的理由で断ったとなれば、名誉を著しく傷つけられるからだ。しかし他のレヘントに比べて、家計にゆとりがないこと

＊　トゥムンゴン　一〇一頁参照。

もはっきりしている。もしこの訪問が避けられ**ない**ことになったら、その負担が住民に重くのしかかってくるのは目に見えており、住民はそれで苦しむことになる。

ハーフェラールが着任時に行なった演説が、今も原住民首長の心に残っているかどうかは疑わしい。多くの人がもう忘れてしまったことは確かで、彼自身も自分の演説はもうどうでもよいと思っていた。しかし、ランカスビトゥンを治めている〝偉いお方《トゥアン》〟は正義を貫こうとしているようだ、という噂が村々に広がっていたことも確かであった。したがってハーフェラールの言った言葉は、権力の乱用を抑える力は失っていたものの、その犠牲になる人々には、密かに、しかもびくびくしながらではあるが、苦情をあえて訴え出ようとする勇気を与えていた。

苦情を何とか伝えようとした人々は、夜になると谷間を這うようにやって来た。ティーネが部屋で座っていると、急にがさがさという物音がして、びっくりした。窓辺に近寄ってみると、黒っぽい影が忍び足で周りをうろついているのが見えた。やがて彼女ももう驚かなくなった。なぜなら、そうした黒い影がお化けのように家の周りをうろついているのはどういう意味か、分かったからである。つまりマックスに助けを求めて来ているのだ。ティーネはその人たちに目で合図を送る。それからマックスが立ち上がり、その人たちを呼び入れる。たいていはパラン・クジャン郡からやって来た人たちで、そこの首長はこのランカスビトゥンのアディパティの娘婿であった。彼は住民からゆすり取ったものを懐に入れるのも熱心だが、自分の義父になるアディパティの名を騙って、またアディパティ自身のために盗みを働くことが多いということも公然の秘密であった。この苦情を伝えて来た哀れな人々が、いかにハーフェラールの義侠心にすがっていたか、見ていて感動的なものがあった。ハーフェラールは、翌日彼らを改めて呼び出して、また同じことを人前ではっきりと繰り返して言わせるようなことをしなかった。なぜなら、そうしたことをすれば全員が仕打ちを受けることになりかねず、殺されてしまう人も多いからだ。ハーフェラールは彼らが言ったことを書き留め、それからめいめいの村に帰るように言い付ける。そして騒ぎを起こしたり、逃亡したりしなければ――多くの人がそれを考えているが――、必ず正義が実現されると約束した。こういう事態になると、彼はすぐにそうした不正があった所に出向いて行くことが多かった。すでにもう足を踏み入れていた所もあったが、夜になるのを待って、調査に取りかかるのが普通だった。苦情を訴えて来た人がまだ村に帰っていないこともあった。こうして彼は広い県内の村々を訪ねた。村によってはランカスビトゥンから二〇時間かかる所もあった。レヘントも内務監督官のフルブルッへも、ハーフェラールがランカスビトゥンを留守にしているとは気付かなかった。彼がこういうやり方をしたのは、苦情を訴えて来た人が復讐される危険をなくするためと、同時にレヘントが公然と取り調べを受けて恥をかくことがないようにするためだった。もし公然たる調査ということになったら、ハーフェラールの下では、たとえ苦情がなかったことにされても、それで一件落着にはなりそうもなかった。そこで彼はいつも、原住民首長たちがすでに長い間歩き慣れてきた悪習の道を引き返してくれればと願っていた。そうしてくれれば、彼としても哀れな被害者に弁償してやるよう加害者に要求することで我慢しようという気にもなったであろう。

しかし、レヘントと話をするたびに、だんだんに明らかになっていったが、事態の改善に努めたいという約束はほごにされたままであった。自分の努力が空しかったことに、彼はひどく暗澹たる気持ちになった。

だが今しばらく、ハーフェラールの落胆の様子と厄介な仕事については、このままにし、それよりもバドゥル村《デサ》のジャワ人サイジャの話をしておきたい。このバドゥル村と、サイジャというジャワ人はハーフェラールのメモから取り出したものだ。これでゆすりや強奪がどのようになされるか、明らかになるはずだ。もし私のこの話を作り話だと言うなら、パラン・クジャン郡だけでも三二人の実名を挙げることができるということだけは請け合う。つまりこの三二人の村人が、レヘントのためだといって、わずか一ヵ月の間に**三六頭の水牛**を取られてしまったということだ。もっと正確に言えば、**パラン・クジャン**郡では一ヵ月の間に三二人の住民が危険を顧みず**苦情を伝えてきた**ということになり、その人たちの実名は挙げようと思えば挙げることができる。ハーフェラールがこれらの苦情を**調査したところ、確かにこれは裏付けられた**。

ルバック県にはパラン・クジャンのような郡が五つある。アディパティの娘婿が行政にかかわっていない地方ではゆすり取られた水牛の数は多くはない、と言う人がいるなら、それはそれで認めよう。しかしそこでも、その首長たちのやり方はやはり厚顔無恥そのもので、アディパティとの親戚関係と同じような、有無を言わせぬ権威を笠に着ているのではないか。例えば南岸地方のチランカハンの郡長は、アディパティのような怖い義父の権威にすがることはできないが、その代わりに地の利に恵まれている。つまりそこの住民は、夜になってハーフェラールの家の近くの谷間に隠れるには**四〇**パール*から**六〇**パールの道のりを歩かねばならず、そもそも苦情を申し立てること自体が困難だからだ。その際よく注意して見てみると、苦情を持って出かけてはみたものの、ハーフェラールのところに全く姿を見せなかった者も多くいることが分かるし、また自分で体験してみて怖くなり、あるいは苦情を持って出かけた人にどんな運命が降りかかったか知っておじけづき、全く村を一歩も出ない人も大勢いることが分かる。だから、そもそもルバックのレヘントの家計を維持していくために**五つ**の郡で毎月ゆすり取られる水牛の数がどのくらいになるかつかもうとして、統計の数字を見た人が、一つの郡でゆすり取られた数を単純に五倍したのでは数が多すぎ、判断の基準としてはまずいのではないかと考えるのであれば、それははっきり間違っているということだ。

なぜなら問題は水牛だけではないからだ。水牛をゆすり取るなど、まだましな方だ。特に東インドでは政庁が今なお〝賦役〟を合法として認めているから、住民をただ働きに駆り出しても、しゃあしゃあとしている。人の財産を奪い取る場合に比べたら、まだましだと言わんばかりだ。住民をごまかして政庁のためにただ働きさせることは、ただで水牛を取り上げることよりも簡単なことである。内心びくびくしているジャワ人も、そのようにして要求される賦役がはたしてそれにかかわる規程に合致したものかどうか、あえて調べようとするが、すぐにそれさえ不可能なことが分かるだろう。と

* パール　九三頁参照。

いうのも、事情は人によりまちまちであり、したがって、決められた人数を一〇倍越えたところで、いや、五〇倍越えたにしても、その辺の事情を知りえないからである。だから、より危険で、すぐにばれそうな不正でさえ図々しくなされている所では、やり方がそれよりも簡単で、ばれても危険の度合いが小さい不正など、問題にしたところでどうなるものでもないのだ。そうではないか。

先ほどジャワ人のサイジャの話に移りたいと言っておいたが、それに先立ち、どうしてももう一つ脇道にそれて、別のことに触れておかねばならない。読者には全く馴染みのない情景を描こうとすれば、こういうことはどうしても避けて通れない。東インド人ではない人々が東インドのことを考えようとすれば、ことのほかむずかしい問題がいろいろ出てくるが、それがどういうことなのか、その理由をここでついでに述べておこう。

これまでずっとジャワ人という言い方をしてきた。ヨーロッパの読者には、こう言っても別に不思議でも何でもないだろう。だがジャワの事情に通じている人には、こうした言い方は不正確に聞こえるだろう。ジャワ島西部のバンテン、バタヴィア、プリアンガン、クラワンの各理事州やチルボンの一部は、全部合わせてスンダ地方と呼ばれ、本来のジャワとは別のものと考えられている。海を越えてこの地方にやって来た外国人は別として、この地方の原住民は中部ジャワや、いわゆるジャワ東端部の原住民とは全く異なっている。言葉、民族性、道徳観、衣服などはさらに東へ行った地方とは全く異なっていて、スンダ人と本来のジャワ人との違いはイギリス人とオランダ人の違いよりももっと大きい。こうした違いがあるから、東インドの問題をあれこれ考える時、しばしば判断が分かれてしまう。ジャワにおいてさえも二つの異質な部分に非常にはっきりと分かれていると心に留めていれば——その細部についてはさしあたりおくとして——、互いに遠く離れて住んでいたり、海に隔てられている部族間にはいかに大きな違いがありうるかは、十分に予想がつく。オランダ領東インドと言っても、ジャワしか知らない人は、マレー人、アンボン人*、バタック人、アルフル人、ティモール人**、ダヤック人***、マカッサル人****がどういう民族であるか、見当がつかない。これは、ヨーロッパを全く離れたことがない人には思いもよらぬことであろう。それゆえ、種々の民族の違いを観察する機会のあった人からすれば、バタヴィアもしくはバイテンゾルフにいて東インドに関する知識を身につけた人が話をしているのを聞いていると、しばしば滑稽に思われることがあり、そういう人たちの演説文ともなれば、もう読んでいて悲しくなる。例えば、東インド総督の経験者は議会でありもしない現地の知識や経験をひけらかして、自分の発言に説得力を持たせようとするが、こうした図々しさをこれまで何度不思議に思ったことか。図書館でしっかり勉強して得た知識なら一目置くが、しばしば驚くのは、東インドにまだ足を踏み入れたこともないのに、該博な知識を披露する人がいることである。東インド総督の経験者が**そんな風にして**得たあんな知識を披露すると、世間の人はそういう人に敬意を覚える。そしてそれは多年にわたって、細心かつ一生懸命に仕事に専念したことの当然の成果だと思う。

* アンボン人　マルク（モルッカ）諸島のアンボン島に住む民族集団。一五三頁参照。
** ティモール人　ティモール島に住む民族集団。
*** ダヤック人　カリマンタン（ボルネオ）島のイスラム化していない部族。
**** マカッサル人　スラウェシ（セレベス）島南部の半島部に住む民族集団。

たいした苦労をすることのなかった学者よりは、**こういう人**の方がずっと尊敬に値すると考える。学者という者は、現地から遠く離れたままで、観察することが**ない**から、**間違った**観察をしてその結果ミスを犯すという危険も少ないが、総督を務めたことのある人の場合には、自分の観察に問題があったばっかりに過ちを犯すということになってしまう。

すでに述べたように、東インドの問題を扱う際に、自分はいかに勇気があるか見せびらかす人がおり、それにはぎょっとすることがある。そういう人の言葉の方が耳を傾けてもらいやすいと、本人も決めてかかっている。東インドのことを知るにはバイテンゾルフで数年過ごせば十分だと考えている人よりは、勇気を持って発言する人の方がまだましで、傾聴に値するというわけだ。またそういう勇気のある人たちが書いた言葉の方が、現に東インドにいる人々にはよく読まれていると彼らも心得ている。というのも、東インドにいる人たちは自らの力量不足を認めるにしても、そうした勇気を見せる大胆さにはあっけにとられるからだ。ごく最近も、国王から拝命した高い地位をいいことに、自分の力量不足を隠してしまおうとして失敗した人がいたが、ところがまさにそういう人が今度は急に、自分が今取り組んでいる問題にいかにも精通しているかのような口ぶりに変わってしまうのだから、こういう大胆さに、私ならずとも、恐れ入ってしまうという次第だ。

そういうわけで、事情を知らない素人が不当に干渉していると不満の言葉が聞かれることがよくあるし、議会に提出される様々な方針が、そうした方針を打ち出す人にはそれだけの適格性がないとして論争の対象になることもよくある。それゆえ、資格があるとみなされた人が本当に資格があるかどうか判断するには、その人の資質にまで立ち入ってよくよく調べてみることがおそらく重要になるであろう。大事なことが質問として出されるには出されるが、たいていの場合、それは議会が扱う個別の問題に関してではない。それよりも個々の問題を取り上げる際に、その元になる考えにどういう価値が認められるか、その判断が問題にされる。こういう質問をする人はたいてい〝専門家〟として通っている人で、わけても〝東インドにおいて非常に重要な地位を占めたことのある〟人であるから、当然の帰結として、議会で採決して出てくる結論はたいていは、その〝重要なポスト〟にとかく付きまといがちな弊害の色彩をそのまま帯びることになる。もし一人の国会議員だけがそうした専門家としての影響力を行使するということが罷り通っているのであれば、また総督の経験者を植民地省のトップに据える国王の信任にも、そうした専門家の影響力がついてまわっているのであれば、初めから誤った判断に至る危険性は何と大きくなることか。

一つの奇妙な現象は——これはおそらく自分自身で判断する手間を惜しむ一種の怠慢から出ていると思うが——、より多くの知識をひけらかす人を、いとも簡単に信じてしまうことである。もしそれが普段お目にかかれないところから出た知識ならば、それだけでもう、あっさりと受け入れてしまう。その原因はおそらく、そのように多くの知識を持って優位に立っている人を認めても、自尊心がそれほど傷つけられないからであろう。しかし、もし互いの知識を張り合う事態になるようなら、同じ方法で知識を得たにしても、そう簡単には相手を認めないであろう。自分よりも正しい判断を下しているると見なされる人が問題を突き付けてくると、国会議員は簡単に自分の考えを引っ込めてしまう。その場合、賛成する人の頭数が多いからより正しい判断だといって、自分の考えを引っ込めるわけではない——そもそも多数の賛成者を獲得すること自体むずかしいことだ——。そうではなくて、反対の議論を展開する者が身をもって体験してきた個別具体的な状況にいちいち反論することがむずかしいからだ。

〝東インドで**高い地位**に就いていた〟人のことはともかくとして、〝多年にわたってある地方に滞在した思い出〟以外に、自分の判断を正当化できるものが全く何もない人もいる。しかしそういう人の考えに信頼を寄せることがいかに多いことか。これは全く奇妙なことである。そうした頼りない論拠を真に受ける人が、他方では、例えば四〇年、五〇年とオランダに住んでいる人がオランダの国家財政について論じても、すぐにはそれを認めようとしないのだから、ますます奇妙なことになる。オランダ領東インドに三〇年以上も住んでいながら、原住民や原住民の首長と一度も接触したことのない人もいる。東インド評議会にいたっては、悲しいことに、全員もしくは大部分がそういう連中によって占められるのが普通で、そう、しかも**この**類いの〝専門家〟の中から総督を任命するようにと、国王を動かし署名させる始末で、こんなやり方さえ罷り通っているのは、悲しむべきことである。

新しく任命される総督にはそれ相応の手腕が前提にされており、しかも天才だと言って持ち上げる発想さえそこには込められていなければならぬ、と言ったが、しかし天才が総督に任命されるよう勧めているわけでは全くない。天才が見つかるまでそのように重要なポストを長い間空席にしておけば批判が出てくるだろうから、そう言っているだけの話だ。天才に反対の理由はまだある。天才ならば植民地省の中には収まりきらないだろうし、したがって総督としても不適任だろう。天才とはそういうものだ。

総督が陥りやすい誤りを病歴という形で前に挙げてみたが、願わくばそれが新しい総督を選ぶ任に当たる人の注意をうまく引いてくれればいいのだが。総督の候補に挙がるような人はすべて、誠実で、当然知っているべきことをある程度は勉強できるような知的能力に恵まれていることは当然の前提だ。だがそれ以上に肝心なことは、就任して統治を始めたばかりの頃には知ったかぶりをして傲慢な態度をとるくせに、特に任期の終わり頃になると、無気力に陥って、惰眠を貪るようになるのはぜひ止めてほしいということだ。すでに述べたように、ハーフェラールは自分の義務を果たそうとして四苦八苦した時に、総督の力添えがあるものとどんなに期待したことか。ただ、〝そういう考えは甘い〟のではないかとも言っておいた。総督は後任がやって来るのをひたすら待つだけで、……あとはゆっくりオランダで休養という楽しみが目の前にちらついているばかりだ。

このように総督が惰眠を貪ることが、ルバック県やハーフェラールに、さらにはサイジャにどんな結果をもたらしているか、これから見てゆくことにしよう。このジャワ人のサイジャの話は、数ある話の中の一つにすぎず、単調なものであるが、これを取り上げようと思う。

そう、確かに単調なはずだ。冬に備えてせっせと食べ物を運ばねばならない蟻の仕事ぶりを話すように、単調なものだろう。巣穴に至る途中には土塊《つちくれ》があり、——蟻にとっては山みたいなものだが——これを越えて行かねばならない。しばしば獲物を持ったままひっくりかえり、何度も挑戦して、やっと上の方にある石に——山の頂に冠する岩だ——しっかりと足を据える。しかしこの頂と巣穴の間は深い谷となっており、蟻が一〇〇〇匹集まっても埋められそうにもない谷だ。その深い谷も迂回しなければならない。さらに力を使い果たして、獲物を平地にまで引っ張って行くことがほとんどできなくなった蟻にしても、——自分の体より何倍も重い獲物であるから——それを上の方まで引き上げ、足場の悪い所でも、しっかりと立っていなくてはならない。前足で獲物をはさんで立ち上がる時には、バランスを保たねばならず、それを岩壁の突き出ている地点に降ろすためには、上に向かって斜めに放り上げねばならない。足場がぐらついて、よろめき、こわくなってしりごみし、それでも半分ばかり根が剝きだしになってしまった木の幹に——その梢も稲の葉のように垂れ下がって、谷底の方を向いている——つかまろうとする。蟻はつかまるところを探すが、見つからない。木はぐらぐらと揺れる。足をかけると、枝はたわむ、……そして蟻は獲物ともども谷底に落ちる。それから一瞬動かなくなる。ほんの一秒だ。これだって、蟻の一生から見れば、長い時間だ。落ちた時の痛みで気絶したのだろうか、それともそれほど緊張を強いられたのに無駄骨に終わってしまい、悲しみに打ちひしがれていたのだろうか。しかし、蟻は勇気を失ったわけではない。再び獲物をしっかりつかみ、上の方に引っ張って行く。またすぐに谷底に滑り落ち、さらにまたやりなおすが、落ちてしまう。

このように私の話は非常に単純だ。しかし蟻の話をするのではない。われわれの感覚器官が鋭敏でないばっかりに観察しえなかった蟻の喜びや悲しみを話そうとするのではない。人間の話をするのだ。われわれと同じように生きている人間の話をするのだ。感動を見出すことに気が進まなかったり、同情することを避けようとする人が、どうせ奴らは肌の色が黄色か褐色の連中だ――黒と言う人の方が多いが――と言うなら、確かにそれは本当だ。そういう人にとっては、肌の色の違いは悲惨な状況からに目をそらす十分な理由になる。あるいは少なくとも、肌の色の違う人を見下そうとするならば、何ら心を動かされることなく、そうしてしまう十分な理由となる。

だから私は信じてもらえる人だけに話をしたい。あの黒い皮膚の下で心臓が鼓動しているなんて信じがたい、と言う人がいるが、この当たり前のことを信じてくれる人に話をしたい。白い皮膚に恵まれ、それと同時に教養、寛大さ、商業や神学の知識、人徳にも恵まれてきた人が一方にいる。他方では皮膚の色と知的能力にそれほど恵まれなかった人々もいる。白い皮膚の人は、黒い人々とは違うやり方で、これまでずっと自分たちの能力を使ってきただけだ。それだけの話なのに、これを信じられない人もいる。

私はジャワ人には同情しているし、それには理由があると信じているが、しかしそれ以上のものではない。ジャワ人は、最後に残った水牛を白昼堂々と囲い《カンダン》の中から盗まれ、それもオランダの権勢を笠に着た人に盗まれてしまうのだが、それはどうしてなのか。その連れ去られた牛を、持ち主が追いかけ、子供たちは泣きながらあとを追う。持ち主は盗っ人の屋敷の玄関先の階段に座り込み、言葉もなく、うつろな顔で、悲しみに沈んでいる。やがて彼はさんざんに悪態をつかれ、口汚くののしられ、そこから追い払われる。立ち去らなければ、鞭打ちだぞ、さらし台にしばりつけるぞ、と脅かされる……。こうしたことを述べて、牛を持って行かれた農民の運命を描いてみたところで、読者が私と同じように深く心を動かされるだろうとは期待していないし、それを要求するつもりもない。農民の黒い顔にあふれる涙のほかに、さらにお涙頂戴はしたくない。牛を盗まれてしまった農民の絶望を描こうと思うが、義憤は要求しない。ましてや読者が立ち上がって、私のこの本を手にして国王のもとに向かい、「さあ、国王、**あなたの**国の中で、インスュリンデ*という、あなたの美しい国の中で、これは起こっていることですぞ……」と言ってくれることも期待していない。

そう、そういったことは何も期待などしていない。諸君にしても身の回りにも悲しいことが多過ぎて、それに気をとられているからだ。これほど遠い所の問題にあれこれ気を遣う余地がなくなっているのだ。取引所は昨日は低調であったのではないか、少し供給過剰でコーヒーの市況は値下がりの恐れがあるのではないか……

* インスュリンデ　東インドを指す。著者ムルタトゥーリの造語。六五頁参照。

28

「こんなつまらぬことを、父上に報告することはないぞ、シュテルン」と、私は言ってやった。少し気が立っていたかもしれない。なぜなら真実でないものには我慢がならないからだ。これはいつも私の確たる信念だ。その晩すぐに老シュテルンに一筆書き、注文があるなら急ぐように、また間違った情報には気を付けるようにと言っておいた。

諸君は、ここまでの何章かをシュテルンが例の小パーティーで読み上げた時、またまた私がどれほど我慢して聞いていたかお分かりだろう。子供部屋で〝ソリテール〟*を見つけたので、今度からこれを持って行くことにしよう。あのシャールマンめ、例の包みでもって皆の頭をおかしくしてしまった、と言えば言い過ぎであろうか。シュテルンが書き進めてきた文章を見て、――フリッツも加勢していることは確かだが――ちゃんとした家で育った若者だと思えるだろうか。あのように書いたところで、別荘地に隠居したがっている総督の病気には何とつまらぬ対処療法にすぎないことか。それと

＊ ソリテール　一人遊び用のゲーム盤。盤に三七個の穴があり三六本のピンを使う。

も、あれは私に対するあてこすりか。息子のフリッツが一人前の仲買人になっても、私はドゥリーベルヘンに隠居してはならぬということか。ご婦人や年頃の娘がいる席で、腸内炎症などの話をしていいものだろうか。いつも沈着冷静を心がけるのが、私の信念である。なぜならそうした方が商売には有利だからだ。はっきり言って、シュテルンが読み上げた、ああしたバカバカしい話を聞いていて、一再ならず辟易した。一体どういうつもりなのか。どういう風に結末を持って行くのか。いつになったら少しはましな話が出てくるのか。ハーフェラールが庭をきれいにしておこうが、しまいが、あるいは原住民が建物の前の方から入ろうが、後ろからこっそり入ろうが、私には関係のないことではないか。ブッセリンク・ワーテルマン商会は狭い廊下を通って行くではないか。廊下の隣には油の倉庫があって、いつもひどく汚らしい。それにまた水牛をめぐって、ああでもない、こうでもない、と。一体どうして水牛なんか必要なのか、あの黒いやつを……。水牛など飼ったことがないが、だからといって別に不満などない。たえずぶつぶつ不平を言っている人はいるものだ。シュテルンは強制労働を呪っているが、奴はワーウェラール牧師の説教を聞いたことがないからだ。これは一目瞭然だ。そうでなければ、労働こそ神の国を大きくしていく上でいかに必要なことか分かりそうなものだ。そういえば、彼はルター派で……。

ああ、それにしても、もしシュテルンが**どういう**本にしようとしているか分かっていたなら、むしろ私が自分で書けばよかったのだ。なぜなら、その本はすべてのコーヒー仲買商にとって、またそれ以外の人にとっても非常に重要なものになることは間違いないからだ。しかし彼は砂糖を商っているローセメイエル家を頼みにして書いているのだ。それで彼の態度は大きくなっているのだ。私は何事につけ正直だから、そのサイジャの物語は飛ばしてくれたって構わない、とはっきり言ってやった。ところがルイーズ・ローセメイエルが急に私に喰ってかかってきた。シュテルンが予め悲恋物語であることを彼女に教えていたようだ。だから女の子たちが色めき立ったというわけだ。ローセメイエル家はシュテルンの父と接触してみたいと、私に漏らしていた。もしそうでなかったら、私としてもこれくらいでは後に引かなかったはずだ。これはもちろん、シュテルンの父を通じて、砂糖商の伯父に近づくためだ。もしここで若いシュテルンのやり方に反対して、健全な理性というものを口を酸っぱくして説けば、まるで私が彼をローセメイエル家から引き離そうとしているととられかねない。だが決してそんなことではない。彼らは砂糖商であって、私とは違うのだから。

シュテルンはいったいどういうつもりで書いているのか、私にはかいもく見当がつかない。不満を持っている人がいるのは世の常だ。しかし彼は今オランダで快適にやっている。今週も妻は彼のためにカミツレ茶*をいれてやっていた。それなのに政府を批判して楽しいのだろうか。彼はあんなことを書いて、人々の不満を煽り立てようというのだろうか。自分で総督に**なりたい**のだろうか。奴はすっかり妄想に取り付かれている。きっと総督になりたいのだ、と思う。おととい彼にこの点を聞いてみた。ついでに彼のオランダ語にはまだいろいろ誤りがあるとも言っておいた。「ああ、それなら全く

＊ カミツレ茶　カミルレ茶とも言う。キク科の多年草アンセミス（和名コウヤカミルレ）の花を乾燥させたもので、健胃剤や強壮剤として使われる。

問題ありません」と奴は答えた。「あの国の言葉を理解できる総督が派遣されることなど、まずありませんから」。こんな減らず口をたたかれては、どうすればいいのか。奴は私の経験など、端《はな》から問題にしていない。もう一七年仲買人をやっており、取引所には二〇年間も通っている、と今週も言ってやったのだが、彼はブッセリンク・ワーテルマン商会を引き合いに出して、仲買商歴は向こうは一八年だと切り返し、「一年あちらの方が長いんですよ」ときた。こんな風に突っ掛かってくる始末だ。だからはっきりと言っておくが、――私は真実を愛しているから――ブッセリンク・ワーテルマン商会は商売をよく知らないのだ。やり方が汚いのだ。

娘のマリーもおかしなことになっている。今週彼女は――朝食の時に聖書の一節を読み上げる番になっており、ちょうどロトの物語*のところまで進んでいたが――急に黙り込み、それから先は読みたくないと言い出す始末だ。これはどうしたことだろうか。妻も私と同じくらい敬虔なので、優しく娘に語りかけて何とか説得してみた。あれほど頑なな態度をとるということは、しとやかな娘には似つかわしくないからだ。しかし全ては無駄であった。それで私は父親として厳しく彼女をたしなめざるをえなかった。というのも彼女は頑として言うことを聞かず、朝食の神聖な雰囲気を台無しにしてしまったからだ。毎度のことながら、朝食がこうだと、一日中気まずいことになってしまう。しかし、どうしようもなかった。娘は、その一節を読み上げるくらいなら、打たれて死んでしまいたいとまで言った。そこで自室で三日間コーヒーとパンだけの謹慎を言い渡した。効き目があればよいのだが。それと同時に、この機に、もっと躾をよくするために、読み上げたくないと言っていた章を一〇回書き写すように命じておいた。こんな厳しい仕置きに踏み切ったのも、彼女は最近――シュテルンが来てからかどうかは分からないが――何やら怪しげな考えに染まっていることに気付いたからだ。妻や私は品行方正ということに大いに気を遣っている。娘がフランスの歌曲を歌っているのを聞いて特にそう思った。それはたしかベランジェ**の歌だと思うが、若い時舞台で歌っていたのに、今は年老いて、あわれな乞食になっている女を哀れんだものだ。娘はまた昨日の朝食の時にコルセットをつけていなかった。マリーよ、それも品がないことだと思うが。

息子のフリッツは水曜礼拝式には出てはいるが、あまりぱっとしない。これも認めざるをえない。教会では静かに座っていたから、まずまずだと思っていたのだが。確かにじっと座って説教壇を見つめてはいた。しかし、後で聞いたのだが、ベッツィー・ローセメイエルが洗礼堂の柵の中に座っていたのだ。そのことについてはとやかく言わなかった。若者にあまり厳しく言ってはならないし、それにローセメイエル家は礼儀正しい家だからだ。一家の長女は、薬種商のブラッヘマンと結婚しているが、この時はかなりの持参金を持たせてやった。だから、フリッツもベッツィー次第では西教会の広場をうろつくこともなくなると思う。そうなれば願ったりだ。品行方正こそ大事なことだ。

しかし、それはそうとしても、フリッツがエジプトのファラオのように心を頑なにしているのを見ると悲しくなる。ファラオは、父がいなくて、正義というものを絶えず指し示してもらうことがなかっ

＊　ロトの物語　旧約聖書『創世記』第一九章。
＊＊　ベランジェ　六七頁参照

たから、あまり罪がないと言っていい。聖書も老ファラオについては何も触れていない。ワーウェラール牧師は、教理問答における彼の——つまりフリッツのことだが——高慢な態度を嘆いている。奴はまたまたシャールマンのあの包みの中から、何か小生意気なものを見つけ出し、心の優しいワーウェラールをてこずらせたようだ。聖書に書いてあることを受け入れずに——われわれは受け入れなければならない。なぜなら神を信ずるようにと、聖書それ自体の中に出てくるからだ——、様々な質問をする。「太陽以前に光はあったか」、「かのメルキゼデク王*は真の信仰の持ち主であったか」、「もしエヴァがあのリンゴを食べていなかったら、どうなっていたか」、「私の弟は受洗前に死んだが、これは運命であったのか」、「ペトロがアナニアとサフィラ**を襲わせた時、警備の者はどこにいたのか」、「イエスは靴下をはいていたのか、またターバンを巻いていたのか」、「イエスは天からこの世に降りて来るまでに、どのくらい高く飛んだのか、さらにどこへ行ったのか」、「イエスは自分の母が訪ねて来た時、なぜ冷たい態度を見せたのか」、「水死した豚の値打ちについての裁判はあったのか」、「豚を食べることが禁止されている国では、豚は何の役に立っていたのか」、「墓の中から息を吹き返した人たちが残した遺産はどう扱われたのか」、「エゼキエル***はどうして不浄のものを食べなければならなかったのか」、「完全なる自然法の中で、至上の存在は何をなすのか」、「天地創造から四〇〇〇年にして、なぜ人類は初めて救われたのか」、「多くの人が救済を断るのを、なぜ神は許すのか」、「悪魔はキリストに敗れたのに、力を持っているのはなぜか」、「コンスタンティヌス大帝****はただの殺人者だったのではないか」、「キリストの時代から何世紀もたっているのに、アウグストゥス帝*****の時代と同じように文明が進んでいないのは、どうしてなのか」、「キリスト教の国に住んでいるのに、どうしてわれわれは戸締まりをするのか、泥棒のいない所はどこにあるのか」、「ダヴィデはどうして神の心に適った男なのか」、「イスラエル人は、エジプト人のものである金銀をなぜ持ち帰ってもいいのか。ダヴィデの末裔であるヨセフがイエスの父でないのに、どうしてイエスもダヴィデの子になるのか」、「われわれは神を理解することができないのに、どうして神は偉大であると分かるのか」、「ユディト******は慎み深い女であったのか」、「ノアはどうしてひとつがいの白熊を方舟に連れて来たのか」、「カインを打ち殺してはならない人たちはどこから来たのか」、「二人の信心深い人が互いに相手を呪ったらどうなるのか」

ざっとこんな具合で、まだある。ワーウェラール牧師にとっては、神は真理そのものにほかならない。彼はその神への愛に貫かれているから、こうした禁句になっている詮索に、どんなにか悲しい思いをしていることだろう。諸君も分かるだろう。ワーウェラール牧師は立派な人である。その彼が、私の所でよくコーヒーを飲みながら、いかにフリッツの心に働きかけようとしているかを見ていると、

---

* メルキゼデク　旧約聖書『創世記』『詩編』などに登場するサレムの理想的王。
** アナニアとサフィラ　アナニアとその妻サフィラ（サッピラとも言う）。新約聖書『使徒言行録』第五章。
*** エゼキエル　「ユダヤ教」の父とよばれているユダヤの預言者。
**** コンスタンティヌス大帝　ローマ皇帝（在位三一〇―三三七年）。キリスト教を初めて公認した。
***** アウグストゥス帝　ローマ帝国初代皇帝（在位前二七―後一四年）。
****** ユディト　旧約聖書続編の『ユディト記』に出てくるユダヤの英雄的女性。

心を動かされるものがある。それにしても、あの青二才が反抗心剝きだしにして、くりかえし新しい質問を浴びせようとするのは、どういうことなのか。これも全てあのシャールマンのいまいましい包みのせいだ。福音の熱心な僕《しもべ》である牧師は頻に涙を見せながら、人間の知恵を捨てて、神智の秘密の中に導かれるよう、フリッツの説得に努めている。穏やかに、そして優しくフリッツに、永遠の生命たるパンを捨ててしまって、その結果サタンの爪に――サタンは天使とともに終末の日まで、サタンのために用意されている火の中に住んでいる――引っ掛かることのないように哀願する。「ああ」と彼は――ワーウェラールのことだが――昨日言った。

「ああ、若い友よ、目を開き、耳をすまし、主が私の口を通してあなたに見せたり、聞かせたりすることをよく聞き、かつ見なさい。真の信仰のために命を落とした聖人たちの証言に注目して下さい。そしてステファヌス*を見て下さい。彼は自分に投げ付けられた石の下敷きになってしまったのです。しかしそれでも彼の眼差しは依然として天に向けられ、彼の舌はなおも賛美歌を歌っていたではありませんか……」

「自分ならその石を投げ返してやるんだが」とフリッツが言った。読者よ、こんな子はどうしたらいいんだろうか。

少し間をおいてから、ワーウェラールが続けた。彼は一生懸命神に仕える僕《しもべ》であるから、仕事を放り出すことはしなかった。「ああ、若い友人よ」と彼は言った。「目を開き……（出だしの部分はさっきと同じだ）。もしあなたがひとたび左側に置かれた山羊**と一緒にされてしまったとしたら、あなたはどうなるかと考えてみれば、無関心を装っていられるでしょうか……」

そこまで来た時、あの悪ガキは――フリッツのことだが――吹き出してしまい、マリーも笑った。妻の顔にも笑いのようなものが見えたような気さえした。しかしその時私はワーウェラールに助け船を出し、罰としてフリッツに貯金箱の中から伝道協会に寄付させることにした。

だが、こういったことはことごとく私の胸にはひどくこたえた。こんなひどいことになっても、水牛やジャワ人の話を聞いて、はたして楽しめるものだろうか。フリッツが祝福に与れるかどうかという問題に比べたら、水牛などがどうしたというのだ。フリッツはもしかして不信心のために私の商売を駄目にしてしまい立派な仲買商になれないのではないかと懸念している時に、はるかかなたの人々のことなど、どう関係があるというのか。なぜなら、ワーウェラール自ら、神は正統な信仰が富をもたらすように全てをお導きになっている、と話していたからだ。「まあ見て下さい」と彼は言った。「オランダは豊かではありませんか。それは信仰のおかげなのです。フランスではしょっちゅう殺人や殺戮があるのではありませんか。それはフランスがカトリックだからです。ジャワ人は貧しいのではありませんか。彼らは異教徒だからです。オランダ人がジャワ人とかかわりを持てば持つほど、ますます多くの富がオランダに流れ込み、ジャワはますます貧しくなるのです」

ワーウェラールが商売に関して見せる洞察力には舌を巻くばかりだ。というのも、宗教には厳格な

* ステファヌス　一世紀のキリスト教の殉教者、聖人。ステファノとも言う。
** 左側に置かれた山羊　神に呪われた人たち。新約聖書『マタイによる福音書』第二五章。

私が年々商売を広げてゆくのに対して、ブッセリンク・ワーテルマン商会は一生ペテン師のままだからだ。彼らは神を恐れていないし、神に祈ることもしない。これは紛れもない真実だ。砂糖商のローセメイエル家もカトリックのメードを雇っているせいか、最近また、破産したユダヤ人の負債を二七パーセントも引き受けねばならぬ羽目になった。考えれば考えるほど、われながら神の見えざる道をしっかりと見極めながら、だんだんとやって来たものだと思う。最近明らかになったことだが、異教徒のジャワ人が供給した作物の販売で三〇〇〇万フルデンの純益がまた上がったという。それには私がそれで儲けた分は全く入っていないし、それを商売にしている人々の分も入っていない。まるで主が「さあ、さあ、汝らの信仰に報いるために与えた三〇〇〇万フルデンだ」とおっしゃっているかのようだ。それは義とされる者を守るために、邪悪なる者を働かせる神の御手ではないのか。それは正しい道を突き進むようにという御配慮ではないのか。そのため向こうではたくさんの物を作らせ、こちらでは真の信仰をしっかりと守らせるのではないか。だから聖書の中にもあるではないか、「祈りかつ働け、**われらは**祈るが、主なるわが父を知らぬ人は働かねばならぬ」と。

ワーウェラールが神の軛は柔らかいものだと言うのは、確かにもっともなことである。神を信ずれば、荷はいかにも軽くなるではないか。私はちょうど四〇歳になった。もしその気になれば引退して、ドゥリーベルヘンに隠居することもできるだろう。神を信じなかった連中がどういう運命を辿るか、見てきた通りだ。昨日シャールマンが妻と息子を連れているのを見た。まるでお化けのような格好をしていた。顔色は死人のように青く、目だけが異様に目立ち、頬はげっそりこけていた。年齢は私よりまだ若いのに背骨は曲がっている。妻の方も非常にみすぼらしい身なりをしていて、やはり泣いた後のように見えた。彼女は生来満足のできない性質であることは、すぐに分かった。どんな人かは、その人に一度会ってみれば十分だ。これは経験上はっきりしている。彼女は黒い絹の薄っぺらな外套を羽織っていた。かなり寒い日だったが。クリノリーヌ*をつけている風はなかった。いかにも薄そうなロングドレスは膝の回りにだらりと垂れ下がり、裾にはほつれが見えていた。男の方はもうショールさえまとっておらず、まるで夏の格好のように見えた。それでも彼にはまだ何か誇りのようなものが見えた。というのも彼は、水門の所に座っていた哀れな女に何か恵んでやっていたからである（水門のことをフリッツは橋だと言う。しかし石でできていて跳ね上げ装置の付いていないものは水門と私は呼ぶことにしている）。自分自身が貧しいのに、それでも他の貧しい人に何か恵んでやるのは、罪悪である。私は道で物を施すことは全くない。これは私の確たる方針だ。そのように貧しい人を見た時には、決まって次のように言うことにしている。貧乏は身から出た錆だ、それを助長することはない、と。ただし日曜日には二回施しをする。つまり一つは貧乏人に、一つは教会に。これは義務だ。

シャールマンが私に気付いたかどうか知らないが、私は急いで通り過ぎ、天を仰いで、神の公正さを思った。シャールマンがもっとよく注意を払っていたなら、また怠惰や知ったかぶりとは無縁な生活をし、病気勝ちでなかったら、神は奴をあのように、冬物の外套も着ずに歩かせるようなことはし

＊　クリノリーヌ　一二一頁参照。

なかったであろう。

私の本に関しては、実は読者にお詫びをしなければならない。シュテルンがあのような何とも弁解のしようのないやり方でわれわれの間の約束を悪用してしまったからだ。今度の小パーティーがどうなるか、そのサイジャの愛の物語とかいうものがどうなるのか、心配だ。これは白状しておかねばならない。私が愛についてどんな健全な考えを持っているかは、読者はすでにご承知の通りだ。あのガンジス川へのそぞろ歩きに対して私がどのように言ったか、思い出していただければ、それでよい。若い娘がそういうことに気を引かれるのは分かるが、いい年をした男どもがあんなバカげたことに平気で耳を傾けているのは、私の理解を越えている。次の小パーティーではひとりでソリテールでもしながら、八行詩をひねり出すことになりそうだ。これは確かだ。

そのサイジャのことなど何も聞かずにいよう。少なくともサイジャがその愛の物語の主人公だというなら、すぐに結婚したらよかろう。その物語は単調なものだとシュテルンが予め断っているのは、彼にしては上出来だ。もし彼がのちになって、もっと別のものを始めたなら、私も耳を傾けてやろう。しかし、あのようにオランダの植民地統治を悪し様《あざま》に非難するのは、愛の物語の類いとほとんど同じように、私には退屈なことだ。シュテルンはどう見てもまだ若く、経験も浅い。物事を正しく判断するためには、間近から細大もらさずよく見ることだ。結婚した時、私もハーグに旅行し、妻と一緒にマウリッツハイス美術館を見た。また世間にはいろいろな身分の人がいることも分かった。なぜなら財務大臣とかいう偉いお方が馬車に乗って通り過ぎるのを見たからだ。それからフェーネ通りで一緒に——つまり妻と一緒ということだが——フランネルを買った。政府に対する不満など見たくても、どこにも見られなかった。その店の娘も繁盛して満足のようだった。あの年つまり一八四八年、ハーグのオランダ政府は全く体をなしていないと言って、われわれの目を惑わせようとする人がいたが、その時例の小パーティーで私も発言し、そうした政府に対する不満を話題にしてみたこともある。その時は納得してもらえた。なぜなら私の発言は経験にもとづいていることを皆が承知していたからだ。馬車でハーグから帰る時も、馬車の車掌は〝楽しくやろうよ〟という歌を口笛で吹いていた。彼だって、もしあまりにも不正が罷り通っているなら、あんな素振りは見せなかったであろう。こんな具合で、私はよくよく観察していたが、一八四八年のあの騒ぎ*はいったい何だったのか、すぐに分かった。

　われわれの向かいに一人の婦人が住んでいて、彼女のいとこは東インドで店《トコ》を構えている。東インドでは店のことをそう呼んでいる。もしシュテルンの言うように、万事が万事あのようにうまくいっていないのなら、彼女だって少しはそのことに気付いているだろう。しかし彼女はいとこの商売には大満足のようである。何か不平を漏らすのを全く聞いたことがないからだ。それどころか、彼女によると、そのいとこは郊外に居を構えていて、聖堂参事会のメンバーになっているとのことである。そして自分が竹で作り、孔雀の羽根をあしらった葉巻入れを彼女に贈ってくれたという。こういったことを全て見ていると、植民地統治がうまくいっていないという不平はいかに根拠のないものかが分か

＊　一八四八年のあの騒ぎ　同年のパリ二月革命を機に、ヨーロッパに広がった革命的動き。オランダでも一八四八年憲法が成立し、国王の権限が大幅に縮小され、議会中心の政治が始まった。

る。そればかりか、あちらの国ではよく目配りをしている人には、今なお儲け口があることが分かる。シャールマンは怠惰の上、知ったかぶりをし、おまけに病気がちだったから、あちらでもあのようなざまになったのだ。もしそうでなかったら、あのように哀れな姿で帰国し、冬の外套もなしにほっつき歩くということもなかったであろう。向かいに住んでいる婦人のいとこは、東インドで富を築いた唯一の人ということではないのだ。カフェ〝ポーランド〟では、東インドに出かけた人をたくさん見たが、皆がぱりっとした身なりをしている。かの地に行ったって、ここアムステルダムにいるのと同じように、商売に励まねばならないということだ。これはシャールマンを見ていれば自明のことだ。ジャワでは、棚からボタ餅ということはないのだろう……。ともかく仕事に精を出さねばならぬ。仕事をしたくない人は当然貧乏だし、貧乏のままだ。いうまでもないことだ。

29

（シャールマンの様々な文章の中からシュテルンがまとめたもの＝訳者）

サイジャの父は水牛を一頭持ち、それを使って野良仕事をしていた。この水牛がパラン・クジャンの郡長によって取り上げられた時、父はひどく悲しみ、何日間も黙り込んだままであった。なぜなら犂を入れる時期が迫っていたからである。もし田圃《サワ》を季節に合わせて犂耕しなかったら、播種の時期を逸してしまい、やがては米《パディ》が収穫できなくなる恐れがあった。そうなれば家の中の米蔵《ロンボン》に米を蓄えておくことができなくなる。

ここで、ジャワのことは知っているがバンテンについては知らない読者のために、一言付け加えておくが、バンテン理事州では他所とちがって、土地の私有が認められている。

サイジャの父はその時困り果ててしまった。米がなくては妻は困るであろうと心配した。サイジャはまだ子供であったし、それに幼い弟や妹もいた。

それに、郡長がもしかしてサイジャの父を副理事官に訴えるのではないかとも思った。というのも父はまだ地租の支払いを済ませていなかったからである。支払いが遅れれば、法令により罰則が適用される。

その時サイジャの父は、自分の父親の形見《プサカ》である短剣《クリス》を取り出した。この短剣《クリス》はぴかぴかというわけではなかったが、鞘には銀製の帯が巻いてあり、鞘の先端には小さな銀板もはめられていた。彼はこの短剣《クリス》を県都に住んでいる中国人に売った。そして二四フルデンを手にして帰って来て、これで別の水牛を買った。

当時七歳になるかならないかであったサイジャは、その新しい水牛とすぐに仲良しになった。仲良しになるという言い方は、ただ漠然とした意味で使っているわけではない。というのも、ジャワの水牛が世話をして目をかけてくれる少年にどんなになつくかは、見ていて本当に感動的なものがあるからだ。どんな風になつくか、すぐにその一例をお目にかけよう。もちろんこれは創作ではない。体が大きく、力の強い、この動物は少年が指を押しつける通りに、重い頭を右に、左に、あるいは下に動かす。水牛は一緒に育った少年のことを知っており、少年の言うことが分かるのだ。

この時サイジャは小さかったので、すぐにこの新しい仲間になった水牛に同じような友情の気持ちを吹き込むことができた。サイジャの声はまだ子供の声であったが、重い粘土の田圃を掘り起こす時に、威勢よく声をかけてやると、力強い水牛の肩にはなおいっそうの力が出てくるように見えた。こうして水牛は進むたびに深く、くっきりした畝を切っていった。田圃の端に来ると水牛は自分で反転し、新しい畝を切るために戻って行くが、この時も動きには全く無駄がなく、すき残しはできない。新しい畝はいつもぴったりと隣の畝と並んでいて、田圃《サワ》はまるで巨人が熊手で掻いた庭園のようになった。

サイジャの家の田圃と並んで、アディンダの父の田圃《サワ》もあった。アディンダは大きくなったら、サイジャと結婚することになっていた。アディンダの兄たちが両家の田圃の境にやって来た時、サイジャも犂を持ってそこに来ていると、うれしそうに声をかけ合い、互いの水牛の自慢をし合った。こちらの方が力が強いとか、いや、こっちの方がちゃんと言うことを聞くとかいう具合だ。しかしサイジャの方に分があったと思う。おそらくそうであろう。なぜならサイジャは他の誰にもまして彼の水牛に話しかけてやることができたからだ。水牛という動物は優しく声をかけてくれる人かどうか、非常に敏感に察知する。

　この水牛が再びサイジャの父から奪われ、パラン・クジャンの郡長によって持って行かれてしまった時、サイジャは九歳で、アディンダはもう六歳になっていた。

　サイジャの父は非常に貧しかったので、今度は銀でできた蚊帳《クランプ》の釣り鉤を二つ――これは妻の両親の形見《プサカ》であった――中国人に売った。一八フルデンであった。そしてこのお金でまた新たに水牛を買った。

　しかし、サイジャはとても悲しかった。前の水牛は県都に連れて行かれてしまったと、アディンダの兄たちから聞いたからである。彼は父に聞いてみた。蚊帳《クランプ》の釣り鉤を売りに行った時、あの水牛を見なかったかどうか、と。が、サイジャの父はこれには答えようとしなかった。だから、サイジャはあの水牛は殺されてしまったのではないかと思うと、いても立ってもいられなくなった。郡長が住民から取り上げる水牛は皆そうした運命にあるからだった。

そのかわいそうな水牛のことを思って、サイジャは声を上げてひどく泣いた。二年間もあれほど親しく一緒に暮らしてきたというのに。サイジャはしばらく食べ物も喉を通らなかった。喉が詰まってしまい、飲み込めなくなったからだ。

サイジャはまだ子供だったのだ。

新しい水牛もサイジャになつくようになった。そしてサイジャが注ぐ愛情の対象としても、すぐに前の水牛の代役を務めてくれるようになった。本当のことを言えば、早すぎると言っていいくらいだった。なぜなら、残念ながら人の心が受ける印象というものは蠟《ろう》の上に傷をつけて書いたようなもので、簡単に溶けてしまい、その上にまた次のものを書いていくようなものだからだ……。それはともかくとして、今度の水牛は前の水牛のように力はなかった。前の牛に使った軛《くびき》はこの牛の肩甲部には大きすぎた。それでも、体は貧弱ながら、殺された前の牛と同じようによく働いた。サイジャはアディンダの兄たちに畦道で会っても、今度の水牛の力を自慢することはできなかったが、やる気にかけては他の水牛にはひけをとらないと強気であった。前の水牛のように畝がそれほど真っすぐに切れない時も、あるいは粘土の塊を砕かずによけて進むことがあっても、サイジャは鋤《パチョル》を使ってやりなおし、できるかぎりこの水牛を助けてやった。さらにこの水牛は、前の水牛とは違って、幸運の印と言われているつむじ《ウセル・ウセラン》を持っていた。イスラム導師《ブンフル》も、牛の肩の後ろにある渦巻きは幸運《ウントン》の印だと話していた。

ある時サイジャは田圃の中にいて、水牛に急ぐように叫んだが、無駄であった。水牛はじっと立ちすくんだままで動かなかった。サイジャはこんな、日頃は特に見せないようなひどい頑固さに腹を立て、口汚くののしらずにはいられなかった。彼は叫んだ。〝アーエス！〟。東インドにいたことのある人なら、これはどういう意味か分かるだろう。分からない人にはあえてこの口汚い言葉の説明はしないが、その方がいいだろう。

だがサイジャがこんな言葉を使ったとしても、それは悪意があってのことではなかった。水牛の動きに業を煮やした時、人がよくこういう言葉を使っていたから、使ったまでの話だ。しかしそんな言葉を使うこともなかったのだ。使っても無駄だったからだ。水牛は一歩だに先に動こうとしなかった。まるで軛を振り払うかのように頭を震わせた。鼻の穴から出る息遣いが見えるほどだ。フーッとうなり、わなないた。青い目には恐怖心が見えた。上唇をひきつらせ、歯茎がまる見えになり……。

「逃げろ、逃げろ！」とアディンダの兄たちが叫んだ。「サイジャ、逃げろ、虎だ！」

皆が軛をはずして、水牛の大きい背中に乗り、うろうろしていた。それから田圃《サワ》を横切り、畦道《ガランガン》を越え、泥の中を抜け、灌木の茂みや森、さらには茅《アラン・アラン》の湿地を突き切り、畑や道に沿って一目散に駆けた。そしてハアハアしながら、汗びっしょりになってバドゥル村にたどり着いた時サイジャの姿はそこにはなかった。

サイジャも水牛の軛をはずし、他の人と同じように逃げようと思って、水牛の背に飛び乗ったが、急に水牛が跳びはねたため、バランスを失い、地面に叩きつけられてしまったからだ。虎はもうすぐ側まで迫っていた……。

サイジャの水牛は、勢い余って前のめりになり、跳ねるように数歩前に出てしまい、小さな主人があわやられそうになった地点を通り越してしまった。それは自分の意思ではなかった。勢い余ったために、サイジャよりもなおも先に進んでしまったのである。しかし水牛は惰性を振り切るやいなや、くるりと向きを変え、少年の上に、まるで屋根のようにその大きな図体をかぶせ、不器用な脚でしっかりふんばり、角のはえた頭を虎の方に向けた。と同時に虎が飛びかかってきた。……が、ここまでであった。水牛は角で虎をしっかりと受け止め、虎が跳びついた首のところの肉を少しそぎ取られただけですんだ。虎は腹を引き裂かれてその場に倒れ、サイジャは助かった。やはりこの水牛が持っているつむじ《ウセル・ウセラン》の渦巻きには幸運《ウントン》が宿っていたのだ。

しかしこの水牛もまたサイジャの父の手から奪われ、屠殺に回されてしまった。

読者諸君、私の話は単調になる、と断っておいた通りだ。

この水牛が殺された時、サイジャはもう一二歳になっていた。アディンダももうサロンの布を織り、カパラ*を操って、それをろうけつ染めにするようになっていた。そして染料の入った道具を動かして、そこに自分の思いを表現できるようになっていた。アディンダは布の上に悲しみを表現した。サイジャがとても悲しんでいるのを見たからである。

そしてサイジャの父も悲しみにくれていた。が、一番悲しんでいたのは母の方だった。彼女はアディンダの兄たちの話を聞いて、息子のサイジャはてっきり虎がくわえていったとばかり思っていた時、その水牛はわが子を無傷で家まで連れて来てくれたので、その忠義な水牛の首の傷を治してやったからである。彼女はその傷を見るたび、水牛のあの固い筋肉にあれほどまでに喰い込んだ虎の爪であるから、もし息子の柔らかい体であればどれほど深く突き刺さったものか、と思わずにはいられなかった。彼女は新しい薬草を傷に付けてやるたびに、水牛を撫でてやり、忠義で、心の優しいこの水牛に母がどんなに感謝しているかを分かってもらいたいと思い、優しい言葉をいくつもかけてやった。水牛はやがて彼女の言葉を分かるようになるかもしれない、と期待していた。そうなれば、屠殺のために連れ去られる時に母が泣き叫ぶのを聞いて、サイジャの母が殺させるのではないということだけは分かってくれるだろう。

それからしばらくして、サイジャの父は姿をくらましてしまった。地租が支払えなかった時の罰を非常に恐れていたからだった。新しい水牛を買うにしても、もう形見《プサカ》は何も残っていなかった。父の両親はずっとパラン・クジャンに住んでいたから、あまり残してくれるものがなかった。また母の両親も同じくずっとパラン・クジャンに住んでいた。サイジャの父は最後の水牛を取り上げられた後も数年間は、犂耕用に水牛を借りてなんとかしのいでいたが、それはきわめて報われることの少ない労働で、自分の水牛を持ったことのある人にとってはことのほか悲しいことであった。サイジャの母は悲しみのあまり死んでしまった。父がバイテンゾルフ地方で仕事を探すと言って、バンテンからうつろな目をして姿を消したのはその時であった。しかし彼は通行証を持たずにルバックを出て行ったた

＊カパラ　ろうけつ染めに使う先の尖った舟形の道具。

めに、鞭打ちの刑を受け、警察によってバドゥル村に連れ戻されてしまった。そして牢に入れられた。頭がおかしくなっていると見られたからだ。これは無理もなかった。というのも精神錯乱《マタ・グラップ》に陥って、荒れ狂《アモック》ったり、似たような凶行に及ぶのではないかと懸念されたからである。しかし彼は長く牢には入ってはいなかった。まもなく死んでしまったからである。

　サイジャの弟や妹がその後どうなったか、私は知らない。彼らが住んでいたバドゥル村の小屋はしばらく空き家のままになっていたが、やがて壊れた。竹にニッパヤシで屋根《アタップ》を葺いただけの小屋であったから。少しばかりの屑とがらくたがあとに残り、ここに住んでいた人がどんなにひどい目に遭っていたかを偲ばせていた。こうした光景ならルバックではたくさん見られる。

　父がバイテンゾルフに出かけて行った時、サイジャはもう一五歳になっていた。サイジャは父に付いてバイテンゾルフには行かなかった。彼はもっと大きな夢を持っていた。人から聞いたところでは、バタヴィアでは二輪馬車《ベンディ》を乗り回している貴紳が大勢おり、その馬車の助手としてなら働き口は容易に見つかるであろうということであった。というのも、普通はその助手に少年もしくは未成年の者が選ばれるからである。少年であれば、体重の重みによって二輪馬車の後ろの方のバランスを崩すことがないからである。そういう所で、もしまじめに勤めれば、結構な金を稼げるだろう、とも言われた。そうすれば、おそらく三年もしないうちに水牛を二頭買うぐらいのお金はたまるだろう。それならばと、サイジャもその気になった。父が行ってしまうと、サイジャは得意げな足取りでアディンダの家に向かった。何か大きなことをしてやろうと心に決めた人は皆そのように得意げに歩くものだ。サイジャはアディンダに自分の夢を伝えた。

「ねえ、考えてごらん」とサイジャは言った。「僕が戻ってくる時には、二人とも結婚する年頃になっているから、水牛を二頭持とう」

「とてもすばらしいわ、サイジャ。あなたが戻って来たら、きっと結婚する。糸を紡いだり、サロンやスレンダン*を織って、ろうけつ染めにしたりして、いつでも一生懸命頑張るわ」

「信じてるよ、アディンダ。でも……もし君が結婚してしまっていたら？」

「サイジャ、私は誰とも結婚しないわ。分かってるでしょう？　父は、あなたのお父さんにそう約束してあるのよ」

「それで、君はどうなの？」

「きっとあなたと結婚する。だから安心して」

「戻って来たら、遠くから君を呼ぶことにしよう……」

「もし村の中で籾を搗いていたら、聞こえるかしら」

「それはそうだ、……でも、アディンダ、……あ、そうだ、この方がいい。……僕が君にムラティ《ジャスミン》をあげた、あのジャティ《チーク》の森の、クタパン**の木の下で待っていてくれ」

「でも、サイジャ、いつクタパンの木のところに行って、あなたを待っていなければならないの？

＊　スレンダン　左肩を軸にして前後に垂らす女性の正装用の飾り布。
＊＊　クタパン　葉が大きく、食べられる実をつける大木で、街路樹として植えられる。

どうしたらそれが分かるの?」

サイジャは考えていた。そして言った。

「お月様を数えよう。お月様が一二回顔を出して、その三倍の期間、僕はここを離れている。今の月は数えないことにしよう。……ねえ、アディンダ、新しい月が出始める度ごとに、君の臼に印を一つ刻んでゆくんだ。それで三六個刻んだ、その翌日に僕はクタパンの木の下に来よう、……君もそこに来てくれるね?」

「うん、分かったわ、サイジャ。あなたが戻ってくる時、ジャティの森にあるクタパンの木の下にいるわ」

それからサイジャは、かなり擦り切れているが、頭に巻いていた青い麻布を引き裂いて、その切れ端をアディンダに約束の印として取っておくようにと渡した。それから彼はアディンダを残してバドゥル村を後にした。

彼は何日間も歩いた。ランカスビトゥンを通り過ぎた。その時はまだルバック県の県都にはなっていなかった。さらにワロン・グヌン郡も過ぎた。当時副理事官はここに住んでいた。その翌日、パンデグラン県に着いた。まるで庭園の中にあるような所だ。さらにその翌日にはセランに着いた。町の美しさには驚いてしまった。石作りで赤い瓦屋根の家がたくさんある大きな町だった。サイジャはそれまでそんな家は見たことがなかった。疲れていたので、一日そこに滞在した。が、夜になって涼しくなるとまた歩きだし、翌日まだ日が高くなる前にタングラン*に着いた。父が残してくれた大きな編笠《トゥドゥン》を被っていたが、その影はまだ口のあたりにまで下がってきてはいなかった。

タングランまで来ると、渡し場近くの川で水浴びをし、父の知人の家で休ませてもらった。この人はサイジャに、マニラ産の帽子と同じような麦わら帽子の編み方を教えてくれたので、一日滞在して、それを習うことにした。もしバタヴィアに出てうまくいかなかったとしても、これを身につけておけば後で役に立つのではないかと考えたからである。その翌日の夕方、涼しくなってから、ここの主人に厚くお礼を述べて、また旅を続けた。そしてすっかり暗くなり、誰にも見られなくなると、サイジャはムラティを包んでいる紙を取り出した。これはアディンダがクタパンの木の下で彼に渡してくれたものだった。これから先長い間ずっと彼女に会うことができなくなると思うと、悲しくなったからである。出発した第一日目や二日目には、それほど孤独感を強く感じなかった。お金を稼いで水牛を二頭買うのだという大きな夢に、彼の心はすっかり奪われていた。なにしろ彼の父だって一頭以上は持ったことがないからだ。それに、アディンダとはまた会うことができると、そのことばかりを思っていたので、別れをひどく悲しく思うことはなかった。あふれんばかりの希望を持って別れてきたのであり、頭の中ではいずれまたクタパンの木の下で会えるという確信をその別れにしっかりと結び付けていた。心の中ではアディンダと再会できるという思いがとても大きな位置を占めていたので、バドゥル村を離れ、そのクタパンの木のところを通り過ぎる時も、その瞬間から二人の間を分けることにな

* タングラン　バタヴィア理事州に属する県およびその中心地。

る三六回の新月がもうすでに過ぎ去ってしまったかのように、何かうれしささえ感じていた。彼はもう旅から帰ったかのように、その木の下で待っているアディンダに会うために、そちらの方に足を向けさえすればよい、というような感じがした。

しかしバドゥル村から遠く離れれば離れるほど、一日の長さを気にすればするほど、これから先の三六回の新月がいかに長いかをますます感じるようになった。心の中には、足を遅らせるものもあった。……膝に悲しみを感じた。彼を襲ったのは無気力感ではなかったが、それに近いような郷愁であった。帰ろうかとも思ったが、そんな気の小さいことではアディンダは何と言うだろうか。

サイジャはだから歩き続けた。第一日目よりは歩みは遅かったが。手にはかのムラティを握りしめ、それを時々胸に押し当ててみた。ここ三日間でずいぶん大人になっていた。これまでどうしてあんなに平然と暮らしていけたのか、自分でも分からなくなった。アディンダがあれほど近くにいて、会おうと思えばいつでも会えたのに。しかし今となってはもう、もしアディンダがすぐにも自分の前に姿を見せると分かったなら、平然としてはいられないだろう。そして彼女と別れた後、もう一度会おうとして引き返すことを一度もしなかったのはどうしてなのか、自分でも分からなかった。ついこの間も編み紐のことでアディンダと口喧嘩になってしまったが、あれはなぜだったのか、それもサイジャの頭をよぎった。その紐は兄弟たちが凧《ララヤン》を上げるために、アディンダが編んでやったものだったが、切れてしまった。それは彼女の編み方に間違いがあったからで、そのためにチプルト村から来た子供たちとの試合に負けてしまった。〝どうしてあんなことでアディンダに怒ってしまったんだろう?〟

とも思った。たとえアディンダの紐の編み方が間違ってそのためにバドゥル村とチプルト村の対抗試合に負けたとしても、また垣根《パガル》の後ろに隠れていたちっちゃなジャミンがたとえガラスの破片を凧の紐に投げ付けたとしても、どうして僕はあんなに辛く彼女に当たり、下品な言葉を投げつけてしまったのだろうか。あんなひどいことを言って、謝りもしないで、もし僕がバタヴィアで死ぬようなことがあったら、一体どうすればいいのか。女の子を口汚くいじめる悪い奴だということにならないだろうか。もし自分が見知らぬ土地で死んだなら、バドゥル村の人は口をそろえて、〝サイジャが死んでよかった。奴はアディンダに大口をたたいたからだ〃と言うのではないか。

サイジャはこんな風に思いをめぐらした。それは、今までの張り詰めた気持ちとは大きくかけはなれたものであった。そして彼の思いは、初めは何かうめきのように、すぐに今度は独り言に、そしてしまいには郷愁の歌となって、口をついて出てきた。それを訳してここに紹介しておこう。この訳では最初は韻律を踏んだようなものを考えたが、ハーフェラールがやったのと同じように、そうしたコルセットを付けない方がもっとよくなるので、そのままにした。

僕はどこで死ぬんだろう。
南の海岸に行った時、大きな海を見た。
塩を手に入れるために、父に連れられて行った時だ。
もし海で死んだなら、僕の亡骸は深い海に捨てられ、やがて鮫がやって来るだろう。
僕のまわりをぐるぐる泳ぎながら、言うだろう。
〝さて、あの海に落ちた亡骸を誰が喰おうか〟と。
　でも、僕にはそれが聞こえない。

　僕はどこで死ぬんだろう。
アンスおじさんの家が燃えているのを見た。
自分で火をつけてしまったのだ。**気がふれていた**《マタ・グラップ》から。
もし燃えさかる家の中で死んだら、
真っ赤に燃えた木が僕の亡骸の上に落ちるだろう。
そして家の外では人がわいわい叫けびながら、水をかけ、火を消そうとする。
でも、僕にはそれが聞こえない。

　僕はどこで死ぬんだろう。
ちっちゃなウナちゃんがヤシ《クラパ》の木から落ちるのを見た。
母にヤシ《クラパ》を取ってやろうとした時だ。
もし僕がヤシ《クラパ》の木から落ちて、根元の草むらに、

ウナちゃんと同じように、死んで横たわっていたら、
僕の母は泣かないだろう。母はもう死んでいないから。
でも他の人は大声で叫ぶだろう。「あれはサイジャだ」と。
　でも、僕にはそれが聞こえない。

　僕はどこで死ぬんだろう。
リスおじさんが年老いて死んだのを見た。髪は真っ白だった。
もし僕が真っ白い髪になって年老いて死んだら、
泣き女が僕の回りに集まって来るだろう。
そして泣き叫ぶだろう。リスおじさんの遺体の前で泣いたように。
孫たちも泣くだろう。大きな声で。
　でも、僕にはそれが聞こえない。

　僕はどこで死ぬんだろう。
バドゥル村でたくさんの死者が出たのを見た。
白い布に包まれて、埋葬された。
もし僕がバドゥル村で死んだら、僕は村の外《デザ》に埋葬されるだろう。

東の方の丘のふもと、草が高く生えているところに。
その時、アディンダがそこを通り過ぎ、
サロンの端がそっと草をかすめたら……
　それは、僕には聞こえるだろう。

30

（同じくシュテルンがまとめたもの＝訳者）

サイジャはバタヴィアに着いた。そしてあるお偉方に雇ってくれるように頼んでみた。その人は、サイジャのしゃべっている言葉が分からなかったので、すぐに雇ってくれた。つまりバタヴィアではマレー語は話せなくても、ヨーロッパ人と長く接触してすれていないかぎり、仕事に就くことは簡単だったからである。サイジャはすぐにマレー語を身につけたが、正直に振る舞おうと心がけていた。いつも水牛を二頭買うことを考え、アディンダのことを思っていたからであった。彼は大きく、たくましくなった。バドゥル村にいてはいつも口にできないようなものを、毎日食べたからである。厩《うまや》の中でも皆に好かれていた。もし御者の娘と結婚したいと言えば、おそらく許してもらえたのではないか。主人もサイジャにとても目をかけてくれたので、まもなく召使に取り立てられた。給金も上げてもらい、その上贈り物もいろいろ貰った。それほどサイジャの奉公ぶりに主人も満足していたからである。奥方はつい先頃話題になったシューの小説*を読んでいた、……そしてサイジャを見るたびに、いつもその小説に出てくるジャルマ王子のことを思った。若い娘たちも、ジャワ人の絵かきラデン・

＊　シューの小説　シューはフランスの大衆小説家（一八〇四―五七年）。代表作『パリの秘密』（一八四二―四三年）

サレー*がパリであれほど人気を博しているわけを、サイジャを見て、これまで以上によく理解した。

しかしそれからほぼ三年が経って、サイジャが暇乞いをし、それまでまじめに奉公してきたことを示す証明書をお願いした時、サイジャを恩知らずだと言う人もいるにはいた。とはいっても、これを拒否できるわけもなく、サイジャは上機嫌で旅に出た。

彼はだいぶ前にピシンという所を通り過ぎた。ここはかつてハーフェラールが住んでいたところだ。が、サイジャはそんなことは知らなかった。……もし知っていたとしても、頭は別のことで一杯だった。……家に持って帰る宝物の数を数えていた。竹筒の中には通行証と奉公証明書を入れて持っていた。革紐で留めてある筒の中には、何か重いものが入っていて、たえず肩にぶつかって揺れているようであった。が、それも心地よい感じで、……きっとそうだろう……その中にはスペインのマット銀貨**三〇枚が入っていた。これだと水牛三頭買うのに十分だ。アディンダは何と言うだろうか。しかも、まだあった。背中には短剣《クリス》の鞘が見え、これは銀張りの鞘で、ベルトに挿してあった。短剣《クリス》の柄は見事に彫刻したカムニン***の木でできているようであった。大事に絹の布で包んでいたからである。まだ他にもたくさん宝物を持っていた。腰を覆う腰布《カイン》の結び目の内側には、銀の鎖でできたベルトを付けていて、それには金のバックル《イカット・ペンディン》が付いていた。ベルトとしては確かに短いものだが、あの娘はあんなにほっそりしているから、きっと……アディンダには。

彼は絹の小袋が付いた紐を首にかけ、それを上着《バジュ》の胸の中に入れていた。これには乾燥したムラティが少し入っていた。

タングランでは、すばらしい麦わら帽子の編み方を教えてくれた父の知人を訪ねただけで、それ以上に長くそこに留まることはしなかったとしても、何の不思議があろうか。この辺りでは道で会った娘が「どちらへ？　どちらから？」と言うのが挨拶のようになっているが、そういう娘に対しても自分からはあまりしゃべらなかった。これも無理はなかったのではないか。バタヴィアを見たサイジャには、セランはもうどうということのない町に映ったが、これも無理からぬことではないか。三年前には理事官が馬で通れば垣根《パガル》の中に潜り込んでしまったのに、バイテンゾルフに住んでいるお偉方、つまりソロのススフナンの祖父****にあたる偉いお方を見てしまった今となっては、サイジャはもう垣根に隠れることはなかった。これだって当たり前のことではないか。また道中しばらく一緒であった人が南バンテン《バンテンキドゥル》のことをいろいろ話してくれたが、それも気がそぞろで耳に入らなかった。これも無理のないことではないか。やれ、「コーヒー栽培はいろいろ手を尽くしてみたが、うまくゆかず、すっかり放棄されてしまった」とか、やれ「パラン・クジャンの郡長が公道で強奪に及んだ廉《かど》で、義父の

---

* ラデン・サレー　オランダで絵画を学んだジャワの貴族出身の画家（一八一三―一八八〇年）。肖像画、風景画を得意とした。

** スペインのマット銀貨　主にメキシコで作られたスペインの古い銀貨。八レアールに相当。東インドでは「リンギット」とも呼ばれた。

*** カムニン　あまり大きくならない木で白い香りの良い花をつける。その幹は木工芸品に使われる。

**** ソロのススフナンの祖父　ソロ（スラカルタ）はジョグジャカルタと並ぶ中部ジャワの古都。ススフナン王家の王宮があった。オランダの植民地支配機構の中では、総督はススフナン王の祖父に当たるということで、その支配権力を正当化していた。

ところで一四日間謹慎させられた」とか、はたまた「県都がランカスビトゥンに移された」とか言っていたような気がした。さらにまた、「前任の副理事官が数ヵ月前に死亡したため、新しい副理事官がやって来て、その新しい副理事官が最初の首長懇談会《セバ》の集まりで、こういう話をした」とか、さらに、「ここしばらく、苦情を訴え出た人が処罰されることがなく、強奪されたものは全て返還されるか、弁償してもらえるのではないかと、望みをつないでいる人もいる」というようなことも言っていたようであった。

それどころではなかった。サイジャの心の目には、もっと美しいものが見えていた。彼は雲の中にクタパンの木を探した。探すにしても、まだバドゥル村からかなり離れていたからだ。彼は周りの空気をつかんでみた。まるでクタパンの木の下で彼を待っている人を抱き締めたいと思っているかのようであった。アディンダの顔、頭、肩を思い描いてみた。緑の黒髪をリボンで留めた重そうな髷《コンデ》がうなじに下がっていた。大きな目が黒く反射して輝いていた。彼が意地悪をした時、――どうしてあんなことができたのだろうか――ふんと言って、彼女はよく子供のように小鼻をふくらませたが、その小鼻が見え、唇の端には微笑みをたたえていた。クバヤの下の胸はもうふくらんでいるだろう。自分で織ったサロンで、ぴったりと腰を包み、太ももは柔らかな線を描いて膝から小さな足元まで続き、歩くたびに美しく小刻みに震えて……。

そう、人が声をかけてくれても、サイジャの耳にはほとんど届かなかった。全く別のものが聞こえていた。アディンダがきっとかけてくれるはずの言葉だけが聞こえていた。「お帰り、サイジャ。紡いている時も、機を織っている時も、また籾を搗いている時も、あなたのことばかり考えていたわ。臼には私の手で一二個の印を三回刻んだわ。そして今このクタパンの木の下にいるの。新月の最初の日だから。お帰り、サイジャ。私をあなたのお嫁さんにして」

アディンダのこの言葉が音楽となって彼の耳には響いていた。道中人が伝えてくれた話など全く耳に入ってこなかった。

ついにクタパンの木が見えた。いや、それよりも満天の星を目の前から遮っている大きな暗い場所を見たような気がした。あれがジャティの森に違いなかった。そしてその側の、あの木のところで、明日、日が昇ったらアディンダと再会することになっているんだ。サイジャは暗闇の中を捜した。たくさんの木に触ってみた。そしてすぐに、南側がざらざらしている一本の木を見つけた。それはよく知っていた木だ。彼はその木を削ってつけた細長い穴に指を入れてみた。その穴はパンテさんが山刀《パラン》であけたもので、弟が生まれる直前になってパンテさんの母が歯痛を患ったのは、木に住む悪霊《ポンティアナック》の仕業だったから、それを追い払うためであった。それがサイジャの探しているクタパンの木であった。

そう、ここが間違いなく、サイジャが初めてアディンダを、他の友達とは違った眼差しで見たところであった。アディンダはつい最近まで誰とでも——男の子とも女の子とも——一緒に遊んでいたのに、急に遊ぶのを止めてしまったのも、ここだった。そしてサイジャにムラティをくれたのもここだった。

彼はその木の根元に座り、星を見上げた。流れ星が一つすうーっと流れた。それは、バドゥル村へお帰りなさいという挨拶のように思われた。アディンダはまだ眠っているのだろうか。彼女は間違わずに月の数を臼に刻んだろうか。ひと月飛ばしてしまわなかったろうか。まだ足りないと思っているのではないだろうか……三六個なんだから。こう思うと彼はいたたまれない気持ちになった。彼女は美しいサロンやスレンダンをろうけつ染めに仕上げただろうか。父の家には今誰が住んでいるのだろうか。小さかった時のことが思い出された。続いて母のことも。どうしてあの水牛は自分を虎から守ってくれたのだろうか。もしあの水牛があれほどまでに忠義でなかったなら、アディンダはどうなっただろうか、とも考えた。

サイジャは星が西の方に沈んでいくのを、しっかりと見ていた。星が一つ地平線に消えていくたびに、東の方に太陽が再び顔を出す時がどれだけ近くなってきたかを数え、アディンダに再会できる時がもうどれくらい近づいたかも計算した。

なぜなら、太陽の光が最初に一筋現れたなら、彼女はやって来るだろうから。そう、薄明かりの中、彼女はもうそこに来ているかも……、ああ、どうして彼女は前日からもう来ていなかったのだろうか。

この感動的な瞬間のためにこそ、サイジャの心は三年にわたって、言葉に尽くせぬ輝きにとらえられていた。だがアディンダの方が先に姿を見せなかったことで、彼の心は曇った。いくらアディンダを愛しているからといっても、そのように期待することは勝手なことであったが、それでもアディンダはそこに来て、彼を待っていなければならないはずだ。そう思った。まだ約束の時間にはなっていないのに、サイジャの方が彼女を待つ羽目になったことに、不満を感じた。

もちろん彼がそう思ったことは、間違いであった。なぜならまだ日が昇っていなかったからで、……日の光はまだ大地に一瞥を与えていなかった。確かに星はだんだんと光を失い、自分たちが夜の空を支配するのもそろそろ終わりに近づいていると、高い空できまり悪そうにしていた。山の峰がだんだんと明るくなる地面にくっきりと輪郭を見せ始めるにつれて、その色も黒くなってゆき、その上の方にはそれまでとは違う色が漂っていた。東の方の雲の中を何か光るものがあちこちに飛び交う――それは地平線と平行に行き交う黄金の矢、炎の矢のようだ――。が、それもまた消え、サイジャの目に光が届くのを遮っていた何か不透明なカーテンのようなものの後ろに落ちて行くようであった。

サイジャの周りはだんだんと明るくなり、……もう景色が見えるようになった。そしてもうヤシの林のとさかのような上の方が見分けられるようになった。あの下にバドゥル村があるんだ、……あそこにアディンダは寝ているんだ。

いや、もう寝てなんかいない。どうして寝てなどいられようか。……サイジャが待っているのを知らないなんて……きっと一晩中寝なかったはずだ。どうしてランプ《プリタ》がついたままなのかと、村の夜回り番がきっと戸をたたいたはずだ。そしたらアディンダは、約束のスレンダンを新月の初めの日までに仕上げなければならないから、夜なべをして織っているところなの、と笑って言ったにちがいない。

……

あるいは一晩中暗い中で臼の傍らに腰を下ろして、確かに三六個の溝をきちんと並べて深く刻み付けたかを、祈るように指で数えながら、過ごしていたのかもしれない。ひょっとして数え間違ったのではないか、もしかして一つ足りないのではないかと、わざと自分を驚かして楽しんでいたのかもしれない。そして、もう一度、なおもう一度と数えて、そしてそのたびにサイジャと最後に会ってから確かに一二ヵ月の三倍の時が流れたことは間違いないと安心して、その喜びに浸っていたのではないか……。

　もうすっかり明るくなったので、今は無駄な数え直しをして疲れてしまった目を見開いて、地平線の方を見やっているのかもしれない。そして今か今かと、ぐずぐずしている太陽を待っているのかもしれない。まだ出てこない……、まだ出てこない……、と。

　そこへ、青みがかった赤が一筋ぱっと現れ、雲にしっかりとまとわりついた。雲の端は明るく輝いた。そしてキラキラし始めた。再び炎の矢が大空に飛び出したが、今度は下の方に落ちて行くことはなかった。炎の矢は暗い地面にしっかりとつかまり、その輝きをますます広い空間に伝えた。そしてそれらは互いにぶつかり、交差し、さらに揺れたり、曲がったり、迷ったりして、ついにはまとまって炎の束となり、青い大地の上に黄金の輝きとなって輝いた。……赤があり、青があり、銀色、紫、黄、金色があり、何もかも色で包まれた。……おお、神よ、夜明けだ、アディンダとの待ちに待った再会だ……。

　サイジャは祈りの言葉など知らなかったのだろう。彼にはそれを教えたところで、意味はなかっただろう。なぜなら今の彼の気持ちは言葉に表せぬほど昂揚していて、それよりもさらに敬虔な祈りや、さらに熱い感謝の言葉などは人間の言葉では表現できぬものだったからである。

サイジャはバドゥル村には行くまいと思った。アディンダとの再会それ自体が、もうすぐ確実に彼女に再会できるという安心以上にすばらしいものとは思われなかった。彼はクタパンの根元に腰を下ろし、ぼんやりと周りに目をやった。自然が彼にほほえみ、帰って来たわが子をいたわる母のように、彼を迎えているように見えた。別れている間、母が子供を偲ぶよすがに持っていたものを手に取って、過ぎ去った辛い日々を自分なりに思い出して、自分の喜びを表そうとするように、サイジャもまた、自分がこれまで短いながらも生きてきたことの証しとなるいくつもの場所を目にして、うれしい気分になった。しかし、いかに辺りを見回しても、あるいはいかに思いをめぐらしても、彼の眼差しと待ち焦がれる心は、ともすればバドゥル村からクタパンの木に続く一本の道に向かいがちであった。ついには五感に触れるものは何もかもアディンダになった……。彼は左側の谷を見た。そこは今ではかなり黄色い土に変わっているが、かつて若い水牛が深みにはまり、溺れた所であった。村人たちが水牛を助けようとして、そこに集まった。――若い水牛を一頭失うことは決して小さなことではないからだ――村人は丈夫な籐《ロタン》で編んだ綱を使って、その谷に降りて行った。アディンダの父は、その時もっとも勇敢であった、……ああ、その時どんなに拍手をしたことか……アディンダは！

もう一方の端では遠くに、ヤシの林が村の家々の上でそよいでいた。そのどこかが、かつてウナちゃんが木から落ちて死んだ所だ。彼の母はどんなにか泣き崩れたことか。「だって、ウナちゃんはまだあんなに小さいのに」と母は悲しんだ……。まるでウナちゃんがもっと大きかったら、それほど悲しくないと言わんばかりであった。ウナちゃんが小さかったことは確かだ。まだアディンダよりも小さく、弱々しかったからだ。

バドゥル村からクタパンの木に続く道を歩いていく人は、誰もいなかった。まもなく彼女はやって来るだろう。……まだまだ朝は早いから。

サイジャの目にりす《バジン》が見えた。ヤシの幹の上をうきうきしたような速さでぴょんぴょんと跳びはねて、行ったり来たりしていた。かわいい動物だ。――そのヤシの木の持ち主には困ったやつだが、姿や動きはかわいらしく、せっせと上がったり、下がったり、跳ねていた。サイジャはこれを見ていた。無理をしてそのままずっと見ていた。なぜなら、日が昇ってから、彼の思いはあっちへ行ったりこっちへ来たりと休みなく動いたから、一息入れさせるためであった。――待ちくたびれて一息入れる感じだ。そうしていると、見る見る彼の心象は言葉となって口をついて出て来た。心の中を去来する思いが歌となった。できるなら、東洋のイタリア語と言われるマレー語で、その歌を諸君に**読み聞かせ**たいところだが。

ほら、ご覧、りすがああして餌を探し
ヤシの木の上。登り、降り、右に左に跳び回り
（幹の回りを）ぐるりと回り、飛び上がり、飛び降り、登りまた落ちる

羽はなくても、鳥のように速く
　うまくゆけばいいな、りす君、祈っているよ
探している餌はきっと見つかるよ……
でも、僕はジャティの森で一人座り
待つばかり。僕の心が満たされるのを
　りすはとっくにおなかがいっぱいで
とっくに巣の中に帰って行ったが
でも僕の心はいつまでも
僕の心はとても悲しい……アディンダ！

だが、バドゥル村からクタパンの木に続く道には、まだ誰もいない……
サイジャの目は、暖かくなってうれしそうにしている蝶に止まった。

ほら、ご覧、蝶があぁしてひらひらと
羽は輝き、色とりどりの花のよう
心はクナリ*の花に奪われ

＊　クナリ　カナリアノキ。四〇メートル以上の高さになり、街路樹にされる。

甘い恋人の香りを探している
　うまくゆけばいいな、蝶蝶よ、祈っているよ
探しているものはきっと見つかるよ
でも、僕はジャティの森で一人座り
待つばかり。僕の心が愛するものを
　蝶はひたすら口づけを
大好きなクナリの花に続けているが
でも僕の心はいつまでも
僕の心はとても悲しい……アディンダ！

だが、バドゥル村からクタパンの木に続くこの道には、まだ誰もいない。
日はすでに高く昇り始めた。――周りの空気ももう暑くなってきた。

ほら、ご覧、日はあんなに高く昇って、ぎらぎらと
ワリンギ*の木の丘、空高く
自分でも暑すぎて、日は早く沈んで
海の中で眠ろうとしている。恋人の腕に抱かれるように

うまくゆけばいいな、お日様よ、祈っているよ
君の願いはきっと適えられるよ
でも、僕はジャティの森で一人座り
待つばかり。心のやすらぎを
　日はとっくに沈んで
海の中で眠っているだろうに、辺りは真っ暗で
でも僕の心はいつまでも
僕の心はとても悲しい……アディンダ！

だが、バドゥル村からクタパンの木に続くこの道には、まだ誰もいない。

蝶がもはや飛び回らず
星がもはや輝かず
ムラティがもはや甘く香らず
心がもはや悲しまず

マックス・ハーフェラール

＊　ワリンギ　ガジュマル（榕樹）。通常はワリンギンと呼ばれる。

動物がもはや森から姿を消し
太陽が西と東を間違え
月が東と西を忘れるとしても
それでもなおアディンダがやって来ないなら
その時、輝く翼を持った一人の天使が
地上に舞い降り、取り残されたものを探すだろう
その時、僕の亡骸はこのクタパンの木の下に見つかるだろう
僕の心はとても悲しい、……アディンダ！

バドゥル村からクタパンの木に続くこの道には、まだ誰もいない。

　その時、僕の亡骸を天使が見つけ
仲間たちに指で示すだろう
「ご覧、あそこに死んだ人が置き去りになって
動かぬ口をムラティに押し当てている
さあ、持ち上げて、天国に運んでやろう
アディンダを待ちこがれて死んだ彼を

どうして、あそこに一人ぽっちに残すなんて
あれほど強く人を愛する心の持ち主を」
　その時、僕の動かぬ口はもう一度開いて
愛するアディンダの名を呼ぶだろう
そしてもう一度ムラティに口づけするだろう
彼女が僕にくれたムラティに……アディンダ……アディンダ！

だが、バドゥル村からクタパンの木に続くこの道には、まだ誰もいない。

ああ、彼女はきっと明け方近くになって眠り込んでしまったのだ。夜通し起きていて、いく晩もいく晩も続けて起きていて、疲れ果てて……もう、何週間も眠らず、……きっとそうなんだ。
サイジャは立ち上がって、バドゥル村に向かうだろうか。……いや、彼女がやって来ないなどということがあろうか。
あそこで田圃に水牛を引いて行く男に訊いてみたら？……いや、それには遠すぎる。それに、サイジャはアディンダ**のこと**を話したくなかった。アディンダ**のこと**を訊いてみたくなかった。……アディンダに**再会し**たい、彼女だけに会いたい、何よりも先に彼女に会いたい。ああ、きっと、もうすぐ彼女はやって来るだろう。

待とう、待っていよう……

しかし、もし彼女が病気であったら、あるいは……死んで……？

サイジャは手負いの鹿のように、クタパンの木からアディンダの住む村に続く道に飛び出した。何も見えなかった。聞こえなかった。それでも何かが聞こえたような気がした。村の入り口の路上に村人が立って、「サイジャ、サイジャ」と呼んでいたからだ。

しかし、……どうしてもアディンダの家が見つけられない。急いでいたからだろうか、無我夢中になっていたからだろうか。そしていつのまにか、村のはずれの道にまで突っ走ってしまっていた。そして気が狂ったように引き返し、自分の目を疑った。ひょっとして、彼女の家が目に留まらずに通り越してしまったのかもしれないからだ。しかしまた村の入り口のところに戻ってしまった、……ああ、何としたことだ、夢だったのか。……またも見つからなかった。また飛ぶように戻り、急に立ち止まった。そして両手で頭をかかえ、自分に取り付いている妄想を頭の中から絞り出すように、追い払おうとした。そして大声で叫んだ。「オレは酔っている、酔っぱらっている、酔っぱらっている！」

村の女たちが家々から出てきて、哀れなサイジャがそこに立ち尽くしているのを見て、かわいそうに思った。女たちはそれがサイジャだと分かり、アディンダの家を探していると分かったからである。そしてバドゥル村にはもうアディンダの家がないことも分かっていたからである。

なぜなら、パラン・クジャンの郡長がアディンダの父の水牛を取り上げてしまった時……

読者諸君、私の話は単調になると断っておいた通りだ。

……その時、アディンダの母は悲しみのあまり死んでしまい、一番下の妹も死んでしまった。お乳をくれる母がいなくなったからだ。アディンダの父は、地租が払えなくなれば処罰を受けるしかないと、それを恐れ……

私の話が単調であることは、よく分かっている。十分分かっている。

……ここから逃げ出してしまった。アディンダと弟たちも一緒に連れて行ってしまった。サイジャの父がバイテンゾルフでどんな鞭打ちの刑を受けたか聞いていたのだ。通行証を持たずに村を出てしまったからだ。だから、アディンダの父はバイテンゾルフには向かわなかった。クラワンでもなかった。プリアンガンでもなかったし、バタヴィアでもなかった……

彼は海に面しているチランカハン郡（ルバック県の郡の一つ）に行った。そこで森の中に身を隠し、エントおじさん、ロンタおじさん、ウニアさん、アンシウおじさん、アブドゥル・イスマ、さらに何人かの人たちの到着を待った。皆パラン・クジャンの郡長に水牛を取られてしまった人たちだ。皆、地租が支払えなくなった時の処罰を恐れていた。

彼らは夜、そこで一隻の釣り船を手に入れて、沖に向かった。北西に進路をとり、右手に陸地を見ながら、ジャワ岬[*]まで進んだ。そこから北に向かい、ヨーロッパ人の船乗りがプリンセン島と呼んでいるパナ・イタン島[**]が見えるところまで来た。そしてこの島の東側をぐるっと回って、ランプン地方

＊　ジャワ岬　ジャワ島最西端のウジュン・クロン岬。
＊＊　パナ・イタン島　スンダ海峡の南端に位置する島。

の高い峰の方を目印にしてケイゼル湾*を目指した。

一行がルバックにいて、水牛を取り上げられ、地租を支払えないと話していた時、ひそかに計画していたルートは、ともかくこのようなものだった。

しかし村人の言っていることがサイジャには聞き取れなかった。自分の父が死んだという言葉さえよく理解できなかった。まるで頭の中で銅鑼を打ち鳴らしたように、彼の耳にはガンガンと音が響いていた。ショックのために血がどくどくとこめかみの血管を走り、今にもその激しい流れで血管が破れるのではないかとも思った。一言も口はきかず、うつろな目で辺りを見回したが、自分の周りに、自分の側に何があるのかさえ見えなかった。そしてしまいには不気味な声を出して、急に笑い出した。

一人の老婦がサイジャを家に連れて行き、このかわいそうな青年を慰めた。まもなく彼はそれほど不気味には笑わなくなったが、口は相変わらず開かなかった。ただ夜になると、彼の声が聞こえてきて、この家の者はぎくっとした。一本調子の歌を歌っていた。〝僕はどこで死ぬんだろう〟と。何人かの村人がお金を出し合って、チウジュン川のワニ《ブワヤ》にやる生け贄を買った。サイジャが気が狂ったと思い、こうすればサイジャが治るのではないかと思ったからだ。しかし気が狂ったわけではなかった。

なぜなら、ある夜、月が出て明るくなると、サイジャは竹作りのベッド《バレバレ》から起き上がり、そっと家を抜け出して、アディンダが住んでいた所を探した。簡単には見つからなかった。何軒もの家が崩れ落ちていたから。しかし木の間を射してくる幾筋かの月明かりが、彼の目の中で交わり、一つになった。その月明かりの交わる中に——ちょうど船乗りが灯台もしくは高い山の頂を見て、その角度から位置を測るようなものだと思えばいい――、アディンダの家の跡を見つけたように思った。

そうだ、あそこにちがいない……あそこにアディンダは住んでいたのだ!

崩れ落ちた屋根の破片と半ば腐った竹につまずきながら、自分が探している聖なる場所へ向かってかきわけるように進んだ。アディンダのベッド《バレバレ》の置いてあった所の壁はまだ残っており、サイジャはそこで何かを見つけた。確かに見つけた。その壁には竹で作った釘が刺さったままであった。アディンダが寝る時、衣服を掛けておく釘だ……

しかし、ベッド《バレバレ》も家と同じように崩れており、ほとんど塵のようになっていた。彼はそれを手一杯にすくい、開いた自分の唇に押し当てた。そしてフーッと大きくため息をついた……

その翌日、サイジャは面倒をみてもらった老婦に、アディンダの家の土間にあった臼はどこに行ったか、訊いてみた。老婦はサイジャが口を開いたのを喜んだ。そしてその臼を探して村中を歩き回ってくれた。そして誰がその臼を持っているか、サイジャに教えてくれたので、サイジャは黙ってついて行った。そしてその臼のところに連れて来てもらうと、数えてみた。確かにそれには三二まで刻みが付けられていた……

それから彼は、水牛を一頭買えるだけのスペインのマット銀貨をその老婦にやって、バドゥル村を立ち去った。チランカハンまでやって来ると、釣り船を一隻買い、数日かかってその船でランプン地

＊ ケイゼル湾　スマトラ島最南端のスマンカ湾。

方にやって来た。そこはオランダの支配に抵抗して反乱が起きているところであった。彼はバンテン人の一団に加わった。戦うためというよりは、アディンダを探すためであった。彼は気持ちが優しく、辛いことよりも悲しいことの方に心がいっそう動かされたからであった。

ある日、反乱者が新たに鎮圧された。その時サイジャは、オランダ軍に制圧されたばかりでまだ火の手が上がっている村に入り、あちこちをさ迷って歩いた。ここで敗れた一団は大部分バンテンの出身者であることを知っていた。彼は、まだすっかり焼け落ちていない家の中を、亡霊のようにさ迷っていた。そしてアディンダの父の亡骸を見つけた。胸には銃剣の刺し傷があった。その隣に、さらにアディンダの三人の兄弟も殺されているのが見つかった。まだ少年、子供であった。そしてもうちょっと離れた所に、アディンダの遺体もあった。裸で、ひどく乱暴された姿で……

胸の傷は口をあけていた。これがおそらく長い格闘に止めを刺したのだろう。その傷口には細長い、青い麻布の一片が押し込んであった……

それからサイジャは、数人の兵士が生き残りの反徒に銃剣を突き付けて、燃え盛る家々の火の中に追い込んでいるのに出喰わした。彼は居並ぶ銃剣を両手を広げて包みこむようにして、力一杯体を前に押し出した。そしてありったけの力で、兵士らを少し押し戻した。が、それも一瞬、ぐさりと銃剣が彼の胸に刺さった。

それからしばらくして、バタヴィアでは新たな勝利を祝して盛大な祝典があった。オランダ領東インドの軍隊の月桂冠に、またいくつもの栄誉が付け加えられたからである。総督はランプン地方は平定されたと報告し、それを受けてオランダ国王は、たくさんの騎士勲章でもって幾多の英雄的勇気に報いた。

〝万軍の主が再びオランダの旗の下に共に戦って下さった……〟という知らせに、日曜礼拝もしくは水曜礼拝に出た敬虔な人々の心からも、おそらく感謝の祈りが天に向かってなされたのであろう。

〝されど、かくも多くの災いに御心を動かされ、……

神はその日生け贄を受け取りもせず〟*

* オランダの詩人H・トレンス（一七八〇―一八五六年）の詩『ディルク・ウィレムソーン・ファン・アスペレン』の末尾の一句を引用したもの。

31

（同じくシュテルンがまとめたもの＝訳者）

サイジャの話の結末ははしょってしまった。本当はもっとおぞましいものを描きたいと思っていたので、その気になれば書けたはずだ。読者も気付いたと思うが、クタパンの下で待つ場面の描写にずいぶんこだわってしまった。まるで悲しい結末に向かうのを怖がっているかのように見えたかもしれない。だから、嫌気がさして、さっと飛ばしてしまったのではないか、と思ったかもしれない。しかし、サイジャの話を始めた時は、そんなつもりではなかった。ああした異様な状況を描いて人に訴えようとすれば、もっとどぎつい色彩を使わなければならないのではないかと覚悟していたからだ。しかし、もっとたくさんの血を描いて見せなければならないと決めてかかれば、結局は読者の感情を害してしまうのではないか、ということも徐々に分かってきた。――

そう、描こうと思えば、描けたのだ。その材料なら手元にあるし、……いや、そうではない。大事なのはむしろ一つの告白だ。

そう、告白なのだ。サイジャがアディンダを愛していたかどうか、自分には分からないし、彼がバタヴィアに行ったのかどうかも知らない。彼がランプンでオランダ人の銃剣に刺されて死んだのかどうか、それも分からない。サイジャの父が通行証を持たずにバドゥル村を出たから鞭打ちの刑を受け、それがもとで死んだのかどうか、それも定かではない。アディンダが臼に刻みを付けて月を数えていたのかどうか……これもだ。

こういったことは確かに分からない。

しかし、私はこれ**以上のこと**を知っている。たくさんのアディンダが、たくさんのサイジャがいたことを**証明できる**。**たとえ細部には虚構があるとしても、全体的に見れば真実であること、**これも私はちゃんと知っている。これも前に言ったことだが、サイジャやアディンダの両親のように、圧政のために生まれ故郷から追い出されてしまった人たちの名前は、挙げようと思えば挙げることができる。しかし法廷に出すのがふさわしいような陳述をすることが、この本での私の目的ではない。オランダ人が東インドでどのように権力を行使しているか、法廷はこれに判断を下すことはできる。また法廷の陳述ということであれば、それを最後まで我慢して読み通す人にのみ説得力を持つであろう。しかし読み物に娯楽を求めている一般大衆からは、そうしたことは期待できない。だから、無味乾燥な人名や地名を日付とともに挙げるかわりに、つまり**今手元にある強奪やゆすりの一覧表**の写しを挙げるかわりに、自分たちの生活にぜひとも必要なものを奪われてしまった哀れな人たちの心の中に何が去来しているかを描いてみたいと思った。いや、これだって、推し量ってみるだけだ。私が決して経験したことのないような感情が一体どんなものであるのか描いてみるのであるから、自分でも手心を加えていまいかとひどく恐れている。

しかし、中心となるテーマに関しては、……そう、それなら、私を批判してくれてもいいのだ。私の書いたものを本当かどうか確かめるために、呼び出してくれてもいいのだ。「お前のサイジャは作り話だ。彼はあんな歌など歌っていない。バドゥル村にアディンダなどという娘は住んでいなかった」と言ってくれればいいのだ。しかし、もし私の方に落ち度がないことが判明したら、すぐにそれを訂正する勇気と意志は持ってほしいものだ。

追いはぎに遭った旅人が、サマリア人の家で親切を受けることが決してなかったからといって、善きサマリア人の寓話に嘘はあろうか。農夫は岩の上に種など蒔かぬことは知っているが、だからといって、種蒔く人の寓話に嘘はあろうか。またエヴァンジェリン*という女など全くいなかったとして、あるいは『アンクル・トムの小屋』のモチーフとなっている真実をありえないとして否定してもよいものであろうか。そうすれば、かの小説を私の本と同じレヴェルに引きずり下ろせるとでも思うのだろうか。あのように黒人を擁護した女流作家の仕事は不滅であるが、――不滅というのは、作家としての技巧もしくは才能について言っているのではなく、彼女の姿勢と人に与える印象がそうだと言っているのだが――その彼女に向かって、「あなたは嘘つきだ、奴隷は虐待されていない、あなたの本には真実でないことが書いてある、あれはフィクションだ！」と言っていいものか。無味乾燥な事実を挙げるかわりに、その事実にまつわる話をしたっていいではないか。その方がそうした事実を心の中に刻み付けることになるのではないか。もしあの小説が裁判記録の形をとっていたら、はたしてあれだけ読まれたであろうか。真実が明るみに出るためには、虚構の着衣を借用しなければならないことはよくあるが、そうしたからといって、それはかの女流作家の責任、あるいは私の責任ということになろうか。

サイジャとその恋人をあまりに理想化してしまった、と批判する人に対しては、どうしてそう言えるのか訊いてみたい。〝原住民〟と呼ばれている人々は、コーヒーや砂糖の生産のための道具とされているが、そういう人たちがどういう思いでいるか、彼らと同じ目線に立って理解しようとするヨーロッパ人がどれだけいるというのか。ほんの一握りではないか。もしそうした批判が当たっていても、それを持ち出して、私の本の主題に反論する人がいれば、私にとってはしめたもので、大きな勝利だ。そういった批判は次のように言い換えてもいいからだ。「君の戦っている悪は存在しない、あってもそれほどひどいものではない。**なぜなら**、原住民は君が描いているサイジャとは違っているから。ジャワ人を虐待しているにしても、君がサイジャを巧みに描いた時に現れたような、そんな大きな悪は存在しないから。スンダ人はあんな歌は歌わないし、あんな愛し方をしない。あんな感じ方もしない。だから……」

そう、だから、植民地大臣や総督経験者にはっきりと言っておく。あなた方は、やれ愛し方がどうの、歌はどうのと言うが、こんなことは証明するに及ばないのだ。そうではなく、あなた方がぜひ証明すべきことは、あんな多感なサイジャがいようがいまいが関係なく、原住民は虐待は受けていない

＊　エヴァンジェリン　アメリカの詩人ロングフェローの『アカディア物語』（一八四七年）に出てくる女性。この世では恋人とは結ばれず、死んでから恋人と並んで埋葬されるという悲恋物語。

というはっきりした事実なのだ。まさか、あんな風な愛し方をし**ない**のだから、あんな悲しい歌を歌わ**ない**のだから、あんな感じ方をしないのだから、だからああいう人たちから水牛を強奪したって構わないのだ、と主張するつもりでもあるまい。

もし文学的観点から攻撃が加えられるなら、私のサイジャの描写はあれで間違いはないと胸を張ってもいいが、しかし、もし政治的に見て、このサイジャの描写に問題があると批判が加えられるなら、それはすべてすぐに甘受しよう。なぜならこの重大な問題がすり替えられてしまわないようにするためだ。もし原住民に対する虐待が〝きわめて深刻だ〟ということを認めさえするなら、私のサイジャの描き方が下手くそだと言われたって、そんなことは全くどうでもいいことだ。ハーフェラールの前任者のメモにはともかくこの〝きわめて深刻だ〟という言葉が記されており、内務監督官のフルブルッヘもこれを見せられたことがある。このメモは今私の手元にある。

しかし、証拠はまだほかにもある。幸いなことに、私のところにはまだある。ハーフェラールの前任者も見落としていた可能性があるからだ。

ああ、何ということか。もし**彼が**本当に見落としていたのなら、何とひどい割を食ったことか。

32

（同じくシュテルンがまとめたもの＝訳者）

マックス・ハーフェラール

午後であった。ハーフェラールは部屋を出た。玄関側のヴェランダでティーネがお茶をいれて待っているのが見えた。スローテリング夫人が家の中から出てきて、ハーフェラール一家の方に向かうように見えた。が、突然生け垣の方に向かい、かなり大きな身振りで、そこにいた一人の男に出て行くように合図した。この男は少し前にここに入ってきた男で、スローテリング夫人はその男が外に出て行くのを確かめるまでは、そこに立ったままであった。それから芝生の庭に沿ってハーフェラールの家の方に戻ってきた。

「どうなっているのか、やはりちょっと訊いておくとしようか」とハーフェラールは言った。そして挨拶がすむと、彼は冗談めいた口調で尋ねた。それというのも、屋敷内を取りしきり指図するのは、それまでとは違って今やハーフェラールであると、スローテリング夫人に思われたくなかったからである。

「奥様、どうして屋敷内に入る人をすぐに追い返してしまうのか、訳をちょっとお聞かせ願えませんでしょうか。先ほどの男はニワトリを売りに来たか、あるいは台所で入り用な何かを持ってきたのではありませんか」

　スローテリング夫人の顔に悲痛な表情が表れるのを、ハーフェラールは見逃さなかった。

「ええ」と彼女は言った。「悪い人がとても多くて」

「そうです、どこでもそうですよ。でも、あまりいやな顔をしますと、いい人たちも近寄らなくなってしまいますよ。……でも、奥様、どうして屋敷内をあのように厳しく警戒しているのか、お話し下さいませんか」

　ハーフェラールは彼女を見つめ、そのうるんでいる目の中から答えを読み取ろうとしたが、無理であった。そこで彼はもうひと押ししてみた。……未亡人の目にはどっと涙があふれ、夫はパラン・クジャンの郡長の家で毒殺された、と述べた。

「夫は正義を貫こうとしていたのです、ハーフェラールさん」と、この気の毒な夫人は続けた。「夫は住民が苦しんでいるのを見て、住民いじめを止めさせようとしておりました。そこで首長たちを強く諭したり、脅かしたりしました。集まりの席や文書で。……夫の手紙は公文書の中に入っていると思いますが……」

　確かにその通りであった。ハーフェラールはその手紙にはもう目を通しており、その写しは今ここにある。

「夫は辛抱強く理事官と相談していました」と未亡人は続けた。「しかし、いつも無駄でした。というのも、ゆすりたかりがレヘントのために、またレヘントの権力を使って行なわれていて、しかも理事官はそうしたレヘントを政庁に訴え出ることには気が進まないというのは公然たる事実ですから、そんな相談を理事官としたところで何にもならないのです。ただ苦情を申し出た人がひどい目にあうだけなのです。そこで、気の毒な夫は言いました。もし年末までに事態に改善が見られなければ、直接総督に訴え出たい、と。それは一一月のことでした。彼はその後すぐに視察に出かけ、パラン・クジャンの郡長の家で昼食をとりました。その後、ひどく具合が悪くなり、わが家にかつぎこまれて来ました。夫は胃のあたりを指して、『火がついたようだ、熱い、熱い』と叫び、その数時間後に亡くなりました。夫はいつも健康そのものでした」

「奥様はセランから医者を呼びましたか」とハーフェラールが聞いた。

「はい、しかし医者が手当をしたのはほんの短い時間でした。医者が来てまもなく亡くなってしまいましたから。私は医者にはあえて私の考えを言いませんでした。ここをすぐに離れるのは無理だと思っておりましたし、復讐が怖かったからです。ハーフェラールさんも、私の夫と同じように、ここではびこっている不正に抵抗していると伺っております。ですから気が気ではないのです。あなたや奥様に不安な思いをさせたくないと思い、この件はすべて隠しておきたいと思っておりました。ですから屋敷内の見張りを心掛けました。見知らぬ人が台所に近づかないようにしました」

スローテリング夫人がどうして家事を自分で切り盛りし、あれほど広い台所を全く利用しようとしないのか、ティーネはこれで初めて分かった。

ハーフェラールは内務監督官を呼びにやった。その間に彼はセランの医者に、スローテリング氏の死亡所見を送ってくれるように頼んだ。翌日着いた回答は未亡人の考えていたものとは違っていた。医者によると、スローテリング氏の死因は〝肝膿瘍〟であった。こんな病状が突発的に現れ、はたして数時間で死に至らしめるものかどうか、私には分からない。だから、夫は以前からいつも健康そのものであったという夫人の言葉に注目すべきであることは疑いを容れない。が、健康だという思い込みは、特に医者ではない素人の目には主観的なものであるから、そんな言葉は重視できないという人がいるかもしれないが、それでも依然として次のような重大な疑問が残っている。つまり、今日〝肝膿瘍〟で死ぬ人がはたして昨日**馬に乗って**山岳地方の視察に出かけられるものだろうか。場所によっては二〇時間もかかる所もあるのだから。

スローテリング氏を診た医者は有能な医者であったと思う。しかし、だからといって病状の判断を間違わないという保証もない。犯罪の可能性を最初から考えていなければ、そういうことも言える。いずれにしても、ハーフェラールの前任者が毒殺されたのかどうか、私には分からない。というのも、この問題を解明する時間がハーフェラールには与えられなかったからである。しかし、彼の周辺にいた人たちは毒殺だと考えており、それは不正に立ち向かおうとする前任者の姿勢と関連があったことは、はっきりしている。

内務監督官のフルブルッヘがハーフェラールの部屋に入ってきた。ハーフェラールの口から出た質問はぶっきらぼうなものであった。

「スローテリング氏の死因は何だったのか」

「分かりません」

「毒殺か？」

「分かりません、……でも……」

「はっきり言いたまえ、フルブルッヘ」

「でも氏は不正に立ち向かっていこうと努力していました、……あなたと同じように、……もし氏がもっと長くここにいたら、きっと毒殺されたでしょう……」

「それを書き留めてくれたまえ」

フルブルッヘはこの言葉を書き留めた。**今それがここにある。**

「まだある。ルバックで強奪がなされているというのは本当か、そうでは**ない**のか」

フルブルッヘは答えなかった。

「答えたまえ、フルブルッヘ」

「それは何とも言えません」

「それも書き留めたまえ」

フルブルッヘはそれを書き留めた。……**それも今ここにある。**

「そう、まだある。君は最後の質問には答えようとしなかった。最近**毒殺**の話があった時、君は私に言った。バタヴィアにいる姉妹は自分だけが頼りなのです、と。……君が心配しているのは、そのためなのか。私がいつも君はどっちつかずだと言っているのは、それが心配だからだ」

「はい」

「それも書き留めてくれたまえ」

フルブルッヘはそれを書き留めた。……**その件についても文書はここにある。**

「よろしい、これで十分だ」とハーフェラールは言った。そしてフルブルッヘは出て行った。

ハーフェラールは外に出て行った。そして息子のマックスにさもいとおしそうにキスをし、一緒に遊んだ。スローテリング夫人が帰って行くと、彼はマックスを向こうにやり、ティーネを部屋に呼んだ。

「ねえ、ティーネ。お願いがあるんだ、……君はマックスを連れてバタヴィアに行ってもらいたいと思っているんだ、……僕は今日レヘントを告訴することにする」

すると彼女は夫の首に顔を押し当てて、いやだという素振りをした。初めてのことであった。そして泣きじゃくりながら言った。

「いやよ、マックス、いやよ、マックス、行かないわ、……行かな**い**わ、……**私たちは一緒に暮らすのよ！**」

ハーフェラールは前に、ティーネはアルルの女と同じように、ハナをかむ権利はないのだと言っていたが、あれは間違いだったのか。

彼は手紙を書いて出した。その写しは今ここにある。この手紙を書いた事情を少し説明しておけば、この手紙の中に一貫して輝いている勇気ある使命感をわざわざ指摘する必要はないと思うし、レヘントが余りにも重い罰を受けないよう守ってやろうとしたハーフェラールの心の優しさも、あえて言う必要がないと思う。ただ、こうした一連の動きの中でも、彼は今になって分かった新しい発見については一言も触れず、それなりの慎重さを見せていたという点を付け加えておいてもよいだろう。レヘントに対する告訴は確かに重要なものであるので、まだ立証されていない、したがってあいまいさを残したままの事件を取り上げて、自分の告訴の正当性を弱めたくなかったからである。ともかく彼は、レヘントを遠ざけて、その取り巻きの連中が何もできないようにしてから、すぐに前任者の遺体を掘り起こさせ、科学的な調査をしようとした。しかし、すでに述べたようにそうした機会は与えられなかった。

公文書の写しでは——写しであるという点以外は、原本とは一字一句違っていないものであるが——、バカバカしい敬称は簡単な代名詞に置き換えても構わないであろう。本書の読者の良識を期待しているので、そのような変更も問題はないと思う。

ランカスビトゥン、一八五六年二月二四日

第八八号　㊙

至急

バンテン州理事官殿

私は一ヵ月前当地に赴任以来、原住民首長たちが〝賦役〟、〝食料品などの無償供出《ブンドゥタン》〟等に関して、住民に対して果たすことになっている義務がどうなっているか、この点を主に調査して参りました。その結果、レヘントは自分の権威を笠に着て私用のために住民を駆り出していることが、すぐに判明しました。しかもそれは、レヘントに合法的に認められている〝無給の使用人《パンチェン》〟もしくは〝無給《ク》の夜警番《ミット》〟の人数をはるかに越えております。

私は直ちに公式に報告すべきか、それとも穏便に、場合によっては威嚇してでも、原住民高官のそれを止めさせるようにすべきか、逡巡しているところであります。それは、権力の乱用を止めさせると同時に、政庁の古参の役人を性急に厳正な処分にしないようにという二つの配慮からであります。とりわけ原住民高官には、しばしば悪しき手本（と私には思われますが）が示されていることを考慮してのことであります。またレヘントは二人の親戚（それはバイテンゾルフ*とチアンジュールのレヘントでありますが、少なくとも後者はすでに大勢の家来を連れて出発したもようであります）を客人として迎えることになっているという、現下の特別の事情ともかかわっております。レヘントは今回はいつもにまして、不法な手段を使ってでもこの客人のために必要な準備を整えなければならないという誘惑に駆られております。というのもレヘントは家計に窮しており、いうなれば**やむにやまれぬ事情**ということで、そうしようとしております。

以上のことから、**既成の**事実については穏便に対処するにしても、今後に予想される事態につきましては看過しえないところであります。

不当なことはすべて直ちに止めさせるよう強く求めて参りました。

レヘントに対しては義務をきちんと果たすよう、さしあたり穏便な形で求めて参りましたが、この点についてはすでに非公式に報告致したところであります。

しかし、レヘントがいっさいを、いささかの恥も外聞もなく無視してしまったことは明白であります。それゆえ私は就任宣誓に鑑み、以下の通り報告の止むなきにいたりました。

私はルバックのレヘント、ラデン・アディパティ……を、臣下の労働力の不法な搾取により、権力乱用の廉で**告発する**とともに、生産物を現物で収納せしめて、支払いをなさず、払ったにしても恣意的に金額を決め、十分な支払いをしていないがゆえに、強奪の容疑でも**告発する**。

さらに、パラン・クジャンの郡長（レヘントの娘婿）を以上の事実の共犯として告発する。

以上の二件を然るべく調査するために、以下のように下命されんことをお願い致します。

一　前記のルバックのレヘントを大至急セランに移送し、同レヘントが出発前、さらに道中において買収その他の方法で、私が収集すべき証拠に何らかの影響を及ぼさないように配慮すること。
二　パラン・クジャンの郡長を当分の間拘束すること。
三　同レヘントの一族に属する下級役人も以後の調査の客観性に影響を及ぼすおそれがあるので、

＊　現行普及版では、バイテンゾルフではなく、バンドゥンになっている。

これらの役人にも同じ措置を取ること。

四　この調査は直ちに開始し、詳細に内容を報告すること。

さらに、チアンジュールのレヘントの到着を取りやめるよう、お取り計らい下さい。

最後に、私は以下のことは約束申しあげます（ルバック県に関しては、私以上によくご存じのあなたに対しては必要のないこととは存じますが）。**政治的に**見ますと、この件を厳密に正義にもとづいて取り扱うことにはいささかの問題もありません。もしこの問題が解明され**なかった**場合の方が、危険が大きいことを私は危惧しております。と申しますのも、私に証言してくれた住民はくりかえし弱い者いじめに「泣かされており《ブシン》」、もう長い間救済を待っていると言って来ているからであります。

私は、いずれ老レヘントの身の潔白を明かすために、何らかの証拠を集めることができるものと希望しており、それゆえにこそ、以上の通り具申することにより、及ばずながら自分に課せられた困難な義務を果たすべく勇気を奮い起こした次第であります。いかにそれが身から出た錆とはいえ、老レヘントの窮状には深い同情を禁じえません。

ルバック県副理事官
マックス・ハーフェラール

翌日バンテン理事州理事官は回答をよこしたであろうか。……そうではなかった。理事官としてではなく、スレイメリング氏の私信として言ってきた。

氏の返信は、東インドの統治がいかになされているかを知るには、貴重な一助となるものである。スレイメリング氏は「書簡第八八号にかかわる問題に関して、ハーフェラールは最初に口頭で報告しなかった」と不満を漏らしていた。――なるほどもっともなことである。そうすれば「**妥協をはかる**」チャンスがもっとあるはずだからである、――さらに、「ハーフェラールは**多忙な氏を煩わした**」と。

氏は確かに、当地は平穏そのものであるという内容の年次報告書を作成中であった。……ここに氏のその手紙がある。しかし私はわれとわが目を疑っている。私はルバックの副理事官の手紙を読み直してみた。……ハーフェラールとスレイメリングを並べてみる。

33

あのシャールマンは、質《たち》の悪い怠け者だ。読者諸君、ご存じだと思うが、わが社のバスティアーンスはまたちょくちょく会社を休むようになった。痛風を患っているからだ。わが社（ラスト商会）の資金をドブに捨てるようなことになっては心が痛む――私は原理原則にはこだわるからだ――。一昨日になってシャールマンは良い手筋を持っていることを思い出した。奴は見るからに貧しそうで、わずかの給料でも働きそうだ。バスティアーンスの後釜をもっとも安上がりに見つけるのも、会社に対する私の義務だということも分かっている。そこでランゲ・レイツェ横丁に行ってみた。そこの古道具屋のおかみが店に出ていたが、私のことは分からなかったようだ。少し前に会った時、自分はドゥローフストッペル、ラウリール運河のコーヒー仲買人と確かに言っておいたのだが。あのように忘れられてしまうと、いつも何か侮辱されているような気がする。今回はあまり寒くなかった。前回は毛皮付きのコートを着込んでいたせいもあろう。だから、そのことは気にしないようにした。……が、それでもやはり侮辱だと思った。そこで改めて、自分はラウリール運河に住むドゥローフストッペル、コーヒーの仲買人と名乗って、シャールマンが家にいるかどうか見て来てほしいと頼んだ。というのも、この前のように、いつも不満顔しているばかりの、奴のかみさんとはかかわりたくなかったからだ。しかし、古道具屋のおかみは上には行きたくないと言って断った。「わたしゃ、日がなあんな乞食のために階段を上り下りするのはご免で、ご自分で行って見て来て下さいまし」と言った。そして続けて、また前と同じように、階段がどうの、踊り場がどうのと言った。全くいらぬことだ。一度来たことのある場所はいつもちゃんと覚えているからだ。私はいつも万事怠りないようにしている。商売においても同じことで、そのようにしている。階段を上り、見覚えのあるドアをノックしたら、開いたので、中に入った。部屋の中には誰も見えなかった。ちょっと辺りに目をやったが、がらんとしていた。——椅子の上に刺繡の線のついた半ズボンが掛けてあった。一体こんな人たちが刺繡のついた半ズボンをはく必要があるのだろうか。隅っこの方に、あまり重そうにも見えない旅行カバンがあった。何気なく取っ手を持ってみた。暖炉の上には見覚えのある本が何冊かあった。似つかわしくないような蔵書だ。バイロン、ホラティウス、バスティア、*ベランジェが数冊で、それに……想像がつくだろうか……聖書だ。しかも外典までも付いた完全版だ。まさかシャールマンがここまでやるとは思ってもみなかった。しかも読んだ跡がある。聖書に関係のある、ばらになっている紙が何枚か挟んであって、それにはたくさんのメモが書きつけてあった。すべて、あの呪われた包みと同じ筆跡だ。とりわけヨブ記を奴は一生懸命勉強していたようだ。そこのところのページがすぐに開いたからだ。奴は主

＊　バスティア　フランスの経済学者（一八〇一―五〇年）。

の御手を感じ始め、それゆえ聖書を読むことによって神の足元に近づこうとしているのだと思った。これは結構なことだ。しかしこうして待っている間に、テーブルの上にある裁縫箱が目に留まった。悪気もなく、それを覗いてみた。中には、作りかけの子供用の靴下が何足かあった。訳の分からぬ詩もたくさんあった。シャールマンのかみさんへの手紙もあった。上書きからそう分かった。その手紙は開いたままで、むしゃくしゃして丸めてしまったようだった。自分宛ではないものは決して読まないのが、私の確たる方針だ。そういうものを読むのは品がよくない。関心もないから決して読むことはしない。――が、今はその手紙をちょっと読んでみるのが自分の義務ではないかという考えが頭をよぎった。というのも、それを読んでみれば、私がどうしてシャールマンに近づいてみようなどという殊勝な気持ちになったのか、もしかして自分でも納得できるものがあるのではないか、と思えたからである。主はいつも汝らの近くにいるとはどういうことなのか、それにも思いを馳せてみた。というのも主は、ここへ来て突然に、あの男についてもう少し知るように私を仕向けてくれ、その結果として道徳を弁えぬ人にあやうく善行を施すことがないように、私を守ってくれたからだ。私は主の、こうした御手が指し示して下さるところには細心の注意を払っている。そうすることが、商売の上でもしばしば大いに役に立ってきたからである。非常に驚いたことに、シャールマンのあのかみさんは、結構な家柄の人で、その手紙の署名は、オランダでは名だたる名門の一族のものであった。その手紙の内容はすばらしいもので、これには本当に感激した。この人は主のために一生懸命に働いた人のようであった。それは次のような内容から分かる。〝シャールマン夫人は自分を貧乏に陥れた、あんなろくでなしとは別れるべきである。奴は自分のパン代も稼ぐことができず、おまけに借金まで背負っている、ひどい奴である。筆者としては彼女の運命に同情している。もっとも彼女がそうした運命を辿ることになったのは、彼女の責任でもある。というのも、彼女は主のもとを去り、シャールマンのもとに走ったからである。彼女は主のもとに帰るべきである。そうすれば彼女の一族は手を携えて、彼女に針仕事を与えて助けてやるであろう。しかし、その前にともかく彼女はあのシャールマンと別れるべきである。奴は一族の恥だ〃

要するに、この手紙に書いてあること以上の教訓は、教会に行ったたって得られるものではない。こういうことだったのか、とよく分かった。そして、かくも不可思議なめぐりあわせで注意を促されたことに感謝した。こうした警告がなければ、私は間違いなく良心の赴くままに振る舞い、その犠牲になっていたことであろう。そこで適当な後釜が見つかるまで、バスティアーンスをもう少し雇ってやろうとまた決心した。人を路頭に迷わせることはしたくないからだ。

読者は、この前の小パーティーで私がどうしたか、はたして〝八行詩〟がうまくできたのかどうか知りたいと思うであろう。だが、私はその小パーティーには行かなかった。……珍しいことがあったからだ。私は妻とマリーを連れて、ドゥリーベルヘンに行った。私の義父、つまり老ラストはラスト商会の創設者の息子に当たるのだが（当時はまだメイエル家も一緒に参加していたが、もうとっくに手を引いている）、その老ラストが、もうだいぶ前から一度妻やマリーに会いたいと言っていた。そこで天気もいいことであったし、シュテルンが断固やると言っていた愛の物語など真っ平と思っていたから、急にこの誘いを思い出したという次第だ。私は簿記係と相談してみた。この男はいろいろ経験を積んだ男で、しばらく考えた後、その計画を一晩寝て考えてみたらどうかと言ってくれたので、これにはすぐに従った。決心したことはすぐに実行に移すのが私だ。その翌日、これがいかに賢明であったか、すぐに分かった。というのも、その晩になって、私の決心を金曜日まで延ばすのが一番いいと思うに至ったからである。要するに、あれこれよく考えてみて、――都合のいいところ、悪いところいろいろあったのだが――、土曜日の午後出かけ、月曜日の朝に帰ってきた。私の本と密接な関係がないなら、どんな旅行であったかあれこれと話すこともないだろう。ただ、シュテルンはこの前の日曜日、あのバカな話をきっと披露したにちがいないと思うから、どうして私がそれに反対しなかったのか、諸君は知りたいのではないかと思う。だから、ここでこの旅行の話にこだわっているわけである（死んでしまってから、何かが聞こえるであろう、とか何とか言っているような青年の話とは何なのか。マリーはそれについて話していた。砂糖を商っているローセメイエル家から聞いてきたのだが）。それに今また新たに、ある確信を持ったからだ。東洋における悲劇や騒乱の話など、すべて嘘八百に決まっている。人は旅行すれば、いかに物事を正しく見抜く力を養いうるか、ご承知の通りだ。

こういうことだ。土曜日の晩、私の義父は、かつて東洋で理事官を務めたことがあり、現在は郊外の大邸宅に住んでいる人の招待を受けた。われわれも全員その招待に与ったのだが、その温かいもてなしは、全くいくら褒めても褒めきれないものであった。彼は出迎えの馬車を出してくれた。御者は赤いベストを着ていた。もう時期的に見て屋敷内を見て回るには少し寒かった。夏ならきっとすばらしいであろう。家の中も至れり尽くせりであった。何から何まで心楽しませるものばかりで、ビリヤード・ホール、図書室、温室風の鉄枠にガラス張りのギャラリーがあり、銀でできた止まり木の上には鸚《カカトゥア》が止まっていた。こんなものは今まで全く見たことがなかった。人間いつも正しく振る舞えばいかに報われるものであるか、分かった。あの人は自分の仕事にぬかりはなかったのだ。騎士勲章を三つも持っていることからも明らかだ。すばらしい屋敷を郊外に持っている上に、アムステルダムにも一軒構えている。夕食には全てにトリュフが添えられ、給仕の者も御者と同じように赤いベストを着ていた。

私は東インドのことやコーヒーについて関心があったので、真っ先にこれを話題にしてみた。そして何をまず守るべきか、全くすぐに分かった。その理事官が語ったところでは、東洋ではいつもとても楽しくやっており、原住民の間に不満があるなどという話は全く正しくないということであった。それでシャールマンのことも話に出してみた。確かにシャールマンのことは知っているとのことであった。しかも奴のきわめて不愉快なところまで知っているという。その人によると、何とかうまいことやって、シャールマンを追い払ってしまったという。なぜなら、あのシャールマンという男はひどい不平家であって、何かにつけてぶつぶつ文句を言い、その上多くの場合、やることが感心できなかったという。しばしば娘をかどわかして、妻のいる自分の家に連れて行ったし、借金は払わなかった。きわめて質《たち》がよくないとのことである。私が読んだあの手紙に書いてあったことを見ても、こうした非難がいかに当たっているか、今やはっきりした。私の判断が間違っていないことが分かって、気分はよかったし、自分自身にも大いに満足することができた。だから、取引所のコーヒーを取引する柱のところでも私はいつも的確に判断することで知られているのだ。そういうことだと思う。

この理事官と奥方は気のおけない、いい人たちだった。東洋での生活がどのようなものであったか、いろいろと話してくれた。確かにあちらは快適な生活のようだ。このドゥリーベルヘンの屋敷にしても、ジャワの内地で言うところの〝庭園〟の半分もないとのことだ。向こうでは、庭園を維持するのに一〇〇人もの人間が必要だという。そして、これがまた理事官夫妻がいかに好感を持たれていたかの証明にもなるのだが、こうしたジャワ人は全くタダ働きであって、ただ好意だけで働いてくれるのだという。それにまたこの夫妻の話では、一家が帰国時に売り払った家具は、買った時の一〇倍以上の値で売れたという。というのも、理事官の思い出の品として、原住民首長たちはこぞって、そうした家具をとても欲しがるからだという。私がこのことをのちにシュテルンに話してやったところ、奴は、それは引き取るように無理に押し付けるからだと言い張っていた。それはシャールマンの包みの中から証明できるとも言っていた。しかし私はシュテルンに言ってやった。あのシャールマンは人をけなしているばかりで、ブッセリンク・ワーテルマン商会にいる若いドイツ人と同様に、娘たちをかどわかした男だ、と。また私はシュテルンの見方には全然与《くみ》しないとも言ってやった。なぜなら、私は確かに理事官であった人からどういう事情なのかはっきり聞いたからで、だからシャールマンから教えてもらうことは何もないのだ。

その招待の席には、東洋から帰って来たという人がまだたくさん来ていた。その中でもとりわけ一人の紳士は非常に金持ちであった。彼は、ジャワ人にわずかばかりの労賃で作らせた茶を政庁に高い値で引き取ってもらい、大儲けをした。これはジャワ人の勤労を刺激するという名目で行なわれているという。この御仁もまた、いつも政庁に対して批判めいたことを言ったり手紙で書いてきたりする不平家の連中には我慢がならない、と声を荒らげていた。彼も植民地行政はいくら褒めても褒め足りないくらいだと言う。なぜなら、茶の取引は多くは赤字であったのに、彼は茶を買い上げてもらったし、本来あまり価値のない農産物を政庁は継続的にあれほど高く買い上げてくれるからであった。それは持ちつ持たれつの関係そのものであった。それは紛れもないことだ、と言っていた。かく言う彼自身はジャワの茶は好きではなく、いつも中国茶を愛飲しているとのことであった。また、こういうことも言っていた。国家が大きな赤字を出していることが計算上分かっているのに、いわゆる茶栽培契約を延長することがあるが、そのような措置を取る総督は、以前アムステルダムで彼を知っていた人から見れば、誠に有能で、誠実で、とりわけ信頼のおける友人であった、と。というのも、その総督は茶の取引が赤字だという話など全く歯牙にもかけなかったからである。そしてこの茶栽培契約がいざ廃止ということになった時——一八四五年のことだったと思うが——、総督は、この人には大きな便宜を図ってやった。「そう、こんな立派な方々を悪し様に言われては、暗澹たる気持ちになりますよ」とその紳士は続けた。「もし**ああいう方**がいなかったら、今頃私は妻子を連れて、てくてく歩いていたでしょう」。それから彼は自家用の馬車を呼んだ——それもすばらしいものに見えたが——。その馬も非常に肉付きがよかったので、私はこの人たちの総督に対する感謝の念はいかばかりかと納得できた。こうした愛情にあふれた感動に目を向けることは精神衛生にもよい。とりわけ、そうした感動を、あのシャールマンのような連中の呪われた不平不満と比べてみれば、はっきりと分かる。

その翌日は、その理事官の方がわれわれを答礼として訪れてくれた。またジャワ人に茶を作らせた紳士も一緒だった。このご両人はそろって、われわれに何時の汽車でアムステルダムに戻るつもりであるかと尋ねた。その時はどういうことなのかよく分からなかったが、後ではっきりした。月曜日の朝アムステルダムに着いた時、駅には二人の召使が出ており、一人は赤いベスト、もう一人は黄色のベストを着ていた。二人とも口をそろえて、馬車でわれわれを迎えに出ているように電報があったと話してくれた。私の妻はすっかり恐縮していた。私も、もしブッセリンク・ワーテルマン商会の人がこれを見たら何と言うかと思った。二台も馬車が待っていたわけだから。しかし、どちらの馬車を選んだらいいのか、決めかねた。なぜなら、どちらか一方にすれば、もう一台の方の優しい心遣いを無にしてしまうことになり、決心がつかなかった。はたと困った。が、窮余の一策ということで決心した。妻とマリーは赤い馬車に乗せ――つまり赤いベストの御者の方だ――、自分は黄色の方に座った。つまり黄色いベストを着た御者の馬車ということだ。

馬はなんと軽快に走ったことか。ウェースペル通りはいつも汚いところだが、泥が家々の高さにまで跳ね上がるほどだった。そしてまるでそれが運命でもあるかのように、そこをあの乞食同然のシャールマンが歩いていた。背中を丸め、うつむきながら歩いていた。――奴はよれよれのコートの袖で、青白い顔にかかった泥を何とか拭おうとしているのが見えた。

34

（シャールマンの様々な文章の中からシュテルンがまとめたもの＝訳者）

スレイメリング氏は、ハーフェラールに送った私信で、〝多忙〟ではあるが、その翌日ランカスビトゥンまで出向き、どうすればよいのか相談したいと言ってきた。そんな相談をしたってどうなるものでもないことは、ハーフェラールに分かっていたので――彼の前任者はすでに何度となくバンテン州理事官と〝接触していた〟のだ――、次のような書簡をしたためて、理事官宛に送った。理事官がルバックにやって来る前に読んでもらいたかったからである。この手紙を読んでくれれば、あれこれ説明など不要である。

ランカスビトゥン、一八五六年二月二五日
午後一一時

第九一号 ㊙
至急

昨日正午次のような内容の至急報第八八号をお送りいたしました。

長期にわたる調査の結果、また関係者を穏便な形で立ち直らせようといたしましたが、無駄であることが判明いたしましたので、私は自分の就任宣誓にもとづき、ルバックのレヘントを職権乱用の罪で**告発**せざるをえなくなりました。私はレヘントには強奪行為の**嫌疑**があると判断しております。私は、その書簡で、原住民首長をセランに召喚するよう提案いたしました。それは、レヘントを出発させて彼の数多い一族の悪影響を殺いでから、私の告発と嫌疑の正しさを調査するためであります。ここまで決心するには、長い間、いや、もっと正確に申し上げますと、大いに思慮に思慮を重ねて参りました。

私の書簡からすでにご承知の通り、老レヘントが不幸な目に遭ったり、恥ずかしい思いをしないように、また私自身も、そのことが原因となって悲しむような事態にならないように、レヘントを諭したり、脅かしたりして、努めて参りました。したがいまして、今申し述べた点だけに留めたわけであります。

しかし他方では、**多年にわたって搾取され**、**ひどく抑圧されている**住民を見てきましたので、その一例を挙げてみる必要もあると考えておりました。と申しますのも、**それ以外にも多くの住民虐待**がありますが、それらにつきましては、少なくとも今この問題が、昔からの習わしであったという理由で解決が図られない場合にのみ、あなたに報告しようと思っているからであります。そして、繰り返しますが、**熟慮の結果**、私は自分の義務と判断したことは決行することにいたしました。

目下のところ、かたじけなくも、あなたからご親切な私信をいただいております。それによりますと、あなたは明日当地にお越しになるとのことです。これは、私がこの問題を前以てあなたとの間で個人的に解決を図っておくべき筋合いのものであった、ということを暗示しておられるように思われます。

したがいまして、明日お目にかかることになりますが、まさにそれゆえにこそ、その前に次の点を確認するために、この手紙をお届けいたす次第であります。

レヘントの行動について、私が調べましたことはすべて極秘でありました。知っているのは、**レヘント自身**と代理人《パティ》だけであります。なぜなら、**私が自分で**レヘントに包み隠さず話したからであります。内務監督官にしてもまだ調査の結果の一部を知っているだけであります。このように秘密にしておりますのは、二つの目的があるからであります。一つは、私がまだレヘントの立ち直りを期待していた時には、もしこのままうまくいけば、レヘントを傷つけないですむからでありました。代理人《パティ》はレヘントに代わって、はっきりと私にそのように内密にしてくれたことを感謝しておりました（それは今月の二二日のことでした）。しかしのちになって、私がいくら努力しても、よい結果は生まれそうにないと絶望しかかった時、もっと正確に言えば、最近になってある出来事を聞いて堪忍袋の緒が切れた時、もはやこのまま黙っていては彼らと**共犯**になりかねない、そうなればそのように秘密にしておくことはかえって**私の**責任問題になりかねない、と思うに至りました。なぜなら、私自身にも、また私の家族にも、私は義務を負っているからであります。

とはいえ、昨日書簡をしたためた以上、もしその中に書いたことが意味も根拠もない臆測にもとづくものであったなら、私がこのまま政庁に身を置く資格はないでありましょう。もしそうならば、私が〝**よき副理事官としてなすべきこと**〟をきちんと行ない、さらに私に与えられた任務をきちんと果たしてきたことを証明することは、私にはできましょうか。これまで一七年に及んだ役人生活は楽なものではありませんでしたので、私は今になってそれを訳もなくあっさりと無にしたり、ましてや妻子の生活を犠牲にするつもりはありませんが、もし私が嘘偽りを書いているとしたら、こうした私の考えは信じてもらえましょうか。もし私の調査を極秘にせず、嫌疑をかけられている人が誰か**分からない**ようにするといったようなことをしなかったなら、すべてを**明らかにする**ことははたして可能だったでしょうか。

少しでも疑いをかければ、レヘントは今こちらに向かって来ている甥に急ぎの使者を送るでしょう。その甥にしても、レヘントの地位の安泰には無関心ではいられません。レヘントは何が何でもその甥に金の工面を頼み、最近自分が甘い汁を吸ってきた住民に、惜しげもなくその金をばらまくでしょう。そうなれば、その結果は――言いたくはありませんが――、軽率に判断を下したのは**私**だということになり、したがって私は、どうひいき目に見ても、無能な役人だということに落ち着く**でしょう**。**こうした**事態を避けるために、今これを書いているところであります。私はあなたを大いに尊敬いたしておりますが、世間では〝東インドの役人根性〟とでも言いそうな精神があることも承知しております。ただ私はそうした精神は持ち合わせておりま**せん**。

この問題は事前に個人的に解決を図っておけばよかったのではないか、とあなたは匂わされておりますが、そういうことであるならば、あなたにお目にかかることに危惧の念を抱かざるをえません。私が昨日書簡で申し上げたことには**嘘偽りはありません**が、もしこの問題が、レヘントを遠ざける前に、私の告発と嫌疑を公にしてしまうようなやり方で取り上げられることになれば、場合によっては私の書いたことが真実でなくなる**可能性**があります。

包み隠さず申し上げたいと存じます。昨日私がセランに送りました至急報のことであなたが突然来訪なされるとのことですが、これでさえ私は危惧しております。つまりそれまでは私の説得には応じようとしない容疑者が、**今**となって急に目を覚まし、できることなら少しばかり釈明してやろうという気になる恐れがあるからであります。

恐れながら、私は昨日の書簡で申し上げました通りに忠実に行動していきたいと思っております。ただこの際に申し上げたいことは、昨日の書簡もまた、調査に先立ち、レヘントを遠ざけ、その部下がさしあたり動き回れぬようにするという提案を含むものであります。加えて申し上げますが、私が自分の提案に責任を持つと約束することは、調査の**方法**に関する私の提案に——つまり不偏不党と公開を旨として、とりわけ**自由に**事を進めていくということ——、あなたが進んで同意して下さる限りの話であり、それ以外のものではありません。

レヘントが遠ざけられることなしに、この自由は存在いたしません。私見を申し上げますと、このようにしても何ら危険なことはありません。と申しますのも、レヘントにははっきりと次のように申し伝えてあるからであります。つまり彼を告発して、彼に嫌疑をかけているのは**私**の方であって、したがって危険を冒しているのは**私**であり、もし彼にやましいところがないなら、危険を冒しているのは**彼**の方ではない、と。——というのも、もし私が軽率に、あるいは単に性急に行動を起こしたことがはっきりいたしましたならば、私は職を辞さなければならないと、自分では判断いたしております。

性急に！　……不正は**何年も何年も**続いているわけですから、まさか性急にとは！

性急に！　……本当は自分の最高の**隣人**であるはずの原住民が搾取され、抑圧されているのに、原住民の幸せを守るために遣わされた一人の正直な男が、惰眠を貪り、享楽的な生活を送って来たかのように、よもや性急にとはおっしゃりますまい**！**

確かに私は当地に赴任以来、まだ長くはありません。が、一度次のようなことを問題にして欲しいと思っております。お前は一体これまでに**何を**してきたのか、何か**いいこと**をしてきたのか、と。その何かをやった**時間があまりにも短すぎた**かどうか、ということは問題ではありません。私にすれば、ゆすりや抑圧がなされる時間は、どれをとっても長すぎるように感じられるからであります。**私が**怠慢で義務を果たさなかったがゆえに、また**私が**〝妥協的な精神〟で接したがゆえに、住民が悲惨な状態で過ごす羽目になった時間があったとすれば、たった一秒でも私には重くのしかかって参ります。

私は公式に報告するまでに無駄に費やしてしまった日々があったことを後悔しており、義務を果たせなかったことについてはお許しを得たいと存じます。

謹んでお願い申し上げますが、どうか昨日の私の書簡の正しさを証明する機会を私に与えて下さり、ルバック県の繁栄を悠久の昔から蝕んできた害虫を駆除するために、私が傾けてきた努力を無にしないように、チャンスを与えて下さいますように。

それゆえ、私は重ねてお願い申し上げますが、この点に関する私の措置を（実際は、**調査**、**報告**そして**提案**だけに留まるでしょう）お認めいただき、事前に**直接的にもせよ**、**間接的にもせよ**、何らかの警告をすることなく、ルバックのレヘントをここから遠ざけていただき、さらに私が昨日の書簡第八八号で申し上げましたことを調査させていただきたく存じます。

ルバック県副理事官
マックス・ハーフェラール

容疑者をかばうことはしないようにということこの要請を、理事官はルバックに赴く途中で受け取った。彼はランカスビトゥンに着いて一時間するとレヘントを訪ね、次の二つを問い質した。つまり「**副理事官に対して何か言い分があるか**」、そして「**貴殿は、アディパティ、手元不如意でおられるか**」と。最初の質問に対して、レヘントは「何もございません、誓って申し上げます」と答え、二つ目の質問に対しては、その通りでございますと答えた。そこで理事官はレヘントに札を数枚にぎらせた。

お分かりであろうが、ハーフェラールはこのことは何も知らなかった。この言語道断なやり方が、どのようにしてハーフェラールの知るところとなったかは、まもなく明らかにしよう。

理事官のスレイメリングがハーフェラールの所で馬車から降りた時に、彼はいつになく青ざめた顔をしていた。また話す言葉も、これまで以上に間延びしたものであった。つまり、〝妥協〟にことのほか長けていて、平穏無事を知らせる年次報告書の作成もお手のものの人物にとって、急にこんな手紙を受け取るということは、決してささいなことではなかったのだ。この手紙にはいかなる〝楽天主義〟の痕跡もないし、問題をわざとずらしてしまうようなところも、政庁の不興を買うことを恐れる風もなかった。バンテン州理事官は脅えていた。もし品のない譬えを出しても、現実がそうである以上お許し願えるのであれば、この時の理事官は、口で言うよりも先に手を出したのは昔からの仁義に反するとぶつくさ文句を言う街のチンピラみたいなものだった。

理事官は手始めに、内務監督官に、どうしてハーフェラールが告訴に踏み切るのを止めようとしなかったのか、と尋ねた。告訴については何ひとつ知らされていなかったフルブルッヘは、かわいそうに、何も知りませんでしたと述べたが、信じられないといった表情だった。したがって、スレイメリング氏にしても、ある人物が全く一人で、自分だけの責任で、長い時間熟慮することもなく、さらに〝上司と相談すること〟もなく、職務の遂行と称して、こんな前代未聞の行動に出たことは、理解の範囲を越えたものであった。けれどもフルブルッヘは、ハーフェラールが書いた手紙のことは何も知らないと言い張ったので、理事官もこれを認めざるをえず、その手紙を読んで聞かせることになった。

これを聞いてフルブルッヘがどんな苦い思いをしたか、ここでは触れないでおく。彼は正直な男であったし、たとえハーフェラールがその手紙の内容が正しいかどうか確認を求めたとしても、嘘をつくような男ではなかった。しかし、フルブルッへにしても、たとえそうした正直さを持ち合わせていなくても、たくさんの報告書を書いたのだから、いつも真実を隠し通せるはずもなかった。時にはそれに危険がつきまとう場合でもだ。もしハーフェラールがそこを追及するとしたら、どうなるのであろうか。

手紙を読み上げた後、理事官は、もしハーフェラールがこの手紙を撤回し、そもそも最初からなかったことにするつもりがあるなら、自分としてはうれしいのだが、と述べた。もちろんハーフェラールはこれをきっぱりと、しかし丁重に断った。

説得が不調に終わったと分かると、理事官は、それでは告訴の根拠を調査する以外にないとして、ハーフェラールに対して、告発を確証できる証人を呼び集めるよう求めざるをえない、と述べた。それでは、あの谷間の藪に潜り込んで来た人たちは一体どうなるのか。理事官のこの言葉を聞けば、あなた方の心臓だって不安になって、どんなにどきどきすることか。

かわいそうに、フルブルッへ、お前が最初の証人だ。第一の証人はお前だ。**官職上**も証人だし、就任宣誓からしても証人だ。すでに文書でもって宣誓した証人だ。その文書は今机の上のハーフェラールの手の中にある。……

ハーフェラールは答えた。

「理事官、**私は**ルバック県の副理事官であります。——**私は**ゆすりや力ずくの不正行為から住民を守ると約束いたしました。——**私は**レヘントを告訴いたします。パラン・クジャンの彼の娘婿も告訴いたします。——私が書簡の中で提案いたしました機会が与えられますならば、すぐにこの告訴を立証したいと存じます。……**私は、**もしその告訴が誤りでしたら、いかなる非難にも甘んじる覚悟であります」

この時フルブルッヘは、ふーっと、どんなに大きなため息をついたことか。

そして理事官もまた、ハーフェラールの言葉はいかにも信じがたいといった風であった。

話し合いは長く続いた。あくまでも慇懃《いんぎん》に——というのもスレイメリング氏は慇懃で、教養のある人だったから——理事官はハーフェラールに、そうした間違った処世術はやめるように強く求めたが、しかし同じような慇懃さでもって、ハーフェラールはこれに抵抗し続けた。その結果は、理事官の負けで、そういうことならこれらの書簡を政庁に持って行かざるをえないと思う、と脅かすような言葉を並べた。これはハーフェラールにとっては勝利だった。

話し合いは終わった。理事官はアディパティのもとを訪ね、ハーフェラールが述べたことについて、質問をした。それからハーフェラール家で、質素な昼食をとった。そして彼は大急ぎでセランに帰って行った。「僕は・とても・とくに・忙しい・から」と言いながら。

35

（同じくシュテルンがまとめたもの＝訳者）

その翌日、ハーフェラールはバンテン州理事官から一通の書簡を受け取った。その内容は、これに対するハーフェラールの返事を見れば明らかである。以下にこれを紹介しよう。

ランカスビトゥン、一八五六年二月二八日

第九三号 ㊙

今月二六日付の貴信、至急 La. O ㊙、を拝受いたしました。趣旨は以下の如くでありました。

今月二四日と二五日付の副理事官の書簡第八八号および第九一号にてなされた提案を受諾する理由は見当たらない。

それに先立ち、私信による報告があってしかるべきであった。

前記の二通の書簡で副理事官が求めてきた手順は認めがたい。

若干の業務命令。

私は、一昨日の話し合いにおいてすでに口頭で申し上げましたように、今一度重ねてここで申し上げたく存じます。

私の**提案**をお認めいただくか否かの決定は理事官の職権でありまして、私はあなたの職権の正当性を何ら疑うものではありません。

もとより私の全ての言動をあなたがご承知の上、あるいはもっと正確に申し上げますと、私には関係の**ない**全ての言動をも含めて、それらをあなたがご承知の上、私に下されました**業務命令**は厳格に、必要とあらば自らを犠牲にしてでも遂行いたす所存であります。

この点に関しては、私は職務に忠実を尽くす所存であり、ご安心いただけるものと存じます。

しかし、恐れながら、私は、この問題に関して私がとってきた行動、私が話してきた言葉、私が書いてきた文章のいずれに対しても、いささかでもこれを拒否するような行動には断固として抗議いたします。

私は自分に課せられた**義務**は果たしてきた、と確信いたしております。——その目的においても、そのやり方においても、私に課せられた**義務**を完全に果たして参りました。——**自分の義務以外のこと**は何ら致しておりませんし、いささかもその義務を疎かにしてはおりません。

私は行動に移るに先立ち（つまり、調査し、報告し、そして提案する前に）、長い間熟考して参りました。もし何かにおいて、いささか失敗があったとしても、性急すぎて失敗したということはありませんでした。

もし事情が同じであれば、私は再び――しかし、もう少し速く――全く同じように、文字通り全く同じように、なすべきことはなすでしょうし、なすべきでないことはなさないでしょう。

もしあなたの上に立つ上司が、私の行動の一部を是認しないとしても（――私のやり方が独特であるにしても、それは私の個性の一部とも言えるもので、どもりの人は自分に責任がないように、これも私にはあまり責任のない欠点であります。ですから、おそらくこの点は除いていただけるのでしょうが）、あるいはまた……、いや、そういうことはあってはならないのですが、しかし、もしそうだったとしても、……私は自分の**義務**は果たしたのです。

あなたがこの点について、私と判断を異にされていることは、――別に驚くことではありませんが――遺憾に存じます。そして私自身に関しては、誤解されていると思われるような点がありましても、これは甘受しようと思います。――ただし、**無原則**にではありません。私の良心は、どちらの考え方が正しいのか、**あなた**の考え方の方なのか、**私の方**なのか、はっきりさせてくれるよう求めております。

私はこれまでルバックで奉仕して参りましたが、そのやり方を変えることはできません。もし政庁が私のやり方を変えるようにお望みでしたら、私は一人の正直な人間として、私を解雇して下さるように、謹んでお願いしなければなりません。――そうすれば、私は齢三六にして、新たな道を歩み始めなければなりません。――そうなれば私は今、――過去一七年間、**辛くて厳しい**一七年の勤務生活でしたが、私の義務と思われたことに全力を尽くして参りました――私のような考え方を受け入れて、妻や子供のために私にパンを与えてくれるかどうか、再び社会にお願いしてみなければなりません。そのパンは、もし私の体力が私の精神力よりも値打ちがあると認められるなら、おそらく一輪手押し車やスコップを使う労働と引き換えのパンかもしれません。

しかし、私には、総督閣下があなたと同じ考えを共有しているとは信じられませんし、信じたくもありません。したがいまして、私は先ほどの段落で記しましたような、辛い最後の手段に訴える前に、謹んで政庁に以下のようにお伝え下さるようお願い申し上げます。

ルバック県副理事官が今月二四日と二五日の書簡第八八号と第九一号に関してとった措置を承認する旨、バンテン州理事官に対して、書面で通知すること

もしくは

前記副理事官を召喚して、バンテン州理事官が認めがたいとしている点を説明させること。

末筆ながら、感謝の念をこめて申し上げますが、本件に関して、私が長い間熟慮を重ね、慎重かつ情熱的に追求してきた生き方が、**何か**によってぐらつき、私をたじろがせるところがあったとするならば、……それは間違いなく、あなたが一昨日の話し合いの席で、そうした私の生き方に反駁された、その真摯で、魅力的な語り口にあったものと思われます。

副理事官
マックス・ハーフェラール

36

（同じくシュテルンがまとめたもの＝訳者）

未亡人となったスローテリングは、自分の子供たちを片親だけの子にしてしまった原因が何であったのか、思いをめぐらしていた。彼女の推測が当たっているかどうかの判断はともかくとして、ルバックでは職務を全うしようとすれば毒殺される恐れがあり、両者は密接に関連があったことは今でははっきりしている。こう考えるだけでも――それまでは関連性が疑われているだけであったが――マックスとティーネが理事官の来訪後は苦悩に満ちた日々を過ごしたのももっともなことである。自分の子供に食べ物を与える時に、もしかしてそのかわいい子供を殺してしまう羽目にならないかとたえず心配しなければならない母親の不安を、わざわざ描く必要などないと思う。

確かに小マックスは、結婚後七年たってやっと生まれた〝神の申し子〟であった。もっともこのいたずらっ子にしても、こんな二親の子としてこの世に生まれてきても何もいいことがないと分かっていただろうが。

総督から連絡を受けるまでに、ハーフェラールは二九日間も待たねばならなかった。……まあ、この話はもう少し先にしよう。

内務監督官のフルブルッヘはハーフェラールに何とかその書簡を撤回させようと説得してみた。また、あのあわれな住民たちはハーフェラールの公平無私の態度に信頼を寄せているが、それを裏切ることも時にはやむを得ないのではと進言したが、どれもうまくいかなかった。それからまもなくして、フルブルッヘがひょっこりハーフェラールのところにやって来た。この包み隠しのない男は青ざめた顔をしていて、話すのもやっとという感じであった。

「私はレヘントのところに行ってきました」と彼は話した。「恥ずかしい話ですが、……どうか漏らさないでいただきたいのです」

「何だと？　漏らすなだと？」

「ここだけの話ということで約束していただけますか」

「また、例のどっちつかずだ」とハーフェラールは言った。「まあ、いい。約束しよう」

それからフルブルッヘは話し始めたが、これは読者がすでにご承知のことだ。つまりルバックにやって来た理事官はアディパティに対して、副理事官のやり方に何か言うことがあるか、と尋ねた上、全く思いもよらぬことだったが、金をアディパティに差し出した、と。フルブルッヘはこれをレヘント自身の口から聞いたとのことで、レヘントはどういう訳で理事官がこのようなことをしたのか、いぶかって、フルブルッヘに訊いて来たという。

ハーフェラールは憤慨した。が、彼はこの約束を守った。

その翌日、フルブルッヘがまたやって来て、言った。デュクラーリ隊長も、**あんな**奴らと戦わなければならないハーフェラールを全く孤立無援にしておくことはどんなに恥ずかしいことかと、わざわざフルブルッヘに言って来たので、自分としても先の約束にはもうこだわっていない、と伝えに来たとのことであった。

「よし。それも書き留めてくれたまえ」とハーフェラールは言った。

フルブルッヘはそれを書き留めた。その文書は今ここにある。

サイジャの物語の信憑性が問題にされた時、どうして私があれほどあっさり引き下がってしまったのか、その訳は読者にはすでにご承知だ。

気の小さいフルブルッヘが、――デュクラーリに咎められる前に――進んでハーフェラールの言葉を信じてくれたことは、何と感動的であったことか。すぐにもハーフェラールがフルブルッヘとの約束を破ってしまう恐れが非常に大きかったにもかかわらずである。

そして、さらにまだある。私がここに記している出来事があって以来、三年以上がたった。ハーフェラールはこの間大いに苦しんできた。……自分の家族も苦しむのを見てきた。……今、ここにある文書がその証しである。彼は待っていたように見える。……彼の書いた次のようなメモをここに示しておく。

〝私は、スレイメリング氏がオランダ獅子勲章を授けられた、と新聞で見た。今や彼はジョグジャカルタ*の理事官になったようである。だから、今私がルバックの問題に立ち戻っても、フルブルッヘに危険が及ぶことはないであろう〟……

（同じくシュテルンがまとめたもの＝訳者）

37

夕方であった。ティーネはホールで読書をしていた。そしてハーフェラールは刺繍の下絵を描いていた。小マックスはジグソーパズルをやっていたが、〝奥様の赤いおなか〟の部分が見つからず、不機嫌になっていた。

「こうだとあまりよくないかなあ、ティーネ」とハーフェラールは尋ねた。「ねえ、このヤシは少し大きくしたが、……ホガース**の〝美の線〟そのものだ」

「そう、マックス、でもそのレースの穴はくっつきすぎているわ」

「そう？　他のはこれでいいかな？　マックス、ちょっとズボンを見せてごらん。……そのフリルのついているの、はいているの？　……ああ、どこでこれに刺繍をしたか、まだ覚えているよ。ティーネ」

＊　ジョグジャカルタ　スルタン王家の王宮がある中部ジャワの古都。王侯領は理事州より格が上であったが、理事官が派遣されていた。

＊＊　ホガースはイギリスの画家（一六九七―一七六四年）。S字状に波打つ線を美の基本と考えた。

「忘れたわ。それじゃ、どこなの？」

「ハーグでだ。マックスが病気で、医者がこの子の頭の形は普通ではないし、脳の鬱血を防ぐために、よくよく注意していなければ、と言ったものだから、二人ともひどくびっくりした時だった。……あの時、君はその縁取りをしていたのだ」

ティーネは立ち上がり、小マックスにキスをした。

「おなかができた、おなかができた」と小マックスはうれしそうに叫んだ。〝赤い奥様〟はそれで出来上がった。

「向こうでトントン*を叩いているのが聞こえるのは誰でしょう？」と母は尋ねた。

「ボクです」と小マックスは答えた。

「あれはどういうことでしょう？」

「おねんねのじかんです。でもごはんはまだたべてないよ」

「もちろん、食べてからよ」

そして彼女は立ち上がって、簡単な食事を持って来た。それは彼女の部屋のしっかりと鍵のかかった戸棚から持って来たようであった。というのも、たくさんの錠をかちゃかちゃとはずす音が聞こえたからである。

「マックスに何をやったの？」とハーフェラールが尋ねた。

「ご安心召され。バタヴィアから買った缶詰のビスケットですよ。砂糖にもいつも鍵がかかっています」

ハーフェラールの考えは、またさっき中断される前に戻っていった。

「知ってるよね」と彼は続けた。「あの医者にはまだ勘定を払っていなかったんだ、……ああ、困ったなあ！」

「ねえ、マックス、ここではとても慎ましく暮らしているわ。まもなく全部払えるでしょう。その上、あなたはすぐに理事官になるでしょう。そうすれば短期間ですべてうまくいくわ」

「そこが、まさしく今頭の痛いところなんだ」とハーフェラールは言った。「僕はルバックを離れるのがとても辛いんだ、……訳はこういうことなんだ。僕たちはかわいいマックスが病気になってからは、ますますいとおしく思うようになったよね。この貧しいルバックを長い間蝕んでいた癌を治したら、ここをもっと愛せるようになるんじゃないかと思えるんだ。出世のことを考えるのは怖いんだ。でも、これまでの借金のことを考えると……」

「すべて、うまくいくわよ、マックス。もしここを離れなければならないにしても、やがて総督になったら、ルバックを助けることもできるでしょう……」

ここまで来ると、ハーフェラールが刺繍の下絵に描いた線に乱れが出た。その花の中に怒りが表れていた。……そのレースの穴は角張って丸みがなくなり、穴と穴が喧嘩をし、……

＊ トントン　叩いて時間を知らせる紐で吊った大きな木片。擬音語。

ティーネは、自分が何か間違ったことを言ったと思った。

「ねえ、マックス……」彼女は優しく続けた。

「くそっ！……住民をこんなに長く飢えさせやがって……砂でも喰えというのか……」

「ねえ、マックス……」

そして、彼はぱっと立ち上がった。その晩はもう下絵は描かれなかった。彼はホールの中を行ったり来たりして、ついには、他人が聞いたら乱暴で口汚く思われるような口調で話した。しかしティーネには全くそう聞こえなかった。

「くそっ、何と冷淡な、恥ずべき冷淡さだ。もうこうして一ヵ月も正義を待っているのだから。その間にもあの貧しい住民たちはひどく苦しめられて。レヘントめ、誰も刃向かえないことを見越して……見ていろ！……」

彼は事務所に行き、手に一通の手紙を持って戻ってきた。その手紙も、読者諸君、ここにある。

「見てごらん。この手紙でレヘントは不当に呼び集めた人たちにどんな労働をさせようかと、私に提案しようとしているのだ。……厚顔無恥も甚だしいではないか。それがどういう人たちだか分かるかい？　子連れの女たち、乳飲み子をかかえた女たち、さらには妊婦たちなのだ。この女たちがパラン・クジャンからここに駆り出され、レヘントのために働かされるのだ。……男たちはあそこにはもう残っていないのだ。女たちは食べるものもないし、道端で寝て、砂を喰っている……砂が食べられると思う？　……私が総督になるまで、彼女たちが砂を喰わなければならないとしたら……くそっ！」

愛しているティーネにこんな風に話したのだから、ティーネはマックスが本当は誰に怒りをぶつけているのか、よく分かった。

「それはすべて**僕の**責任なのだ」とハーフェラールは続けた。「もし今この瞬間に貧しい住民が、あちらの方で外をあてどなくさ迷い、わが家のランプの明かりを見たら、きっとこう言うだろう。『あそこに、わしらを助けてくれると言ったはずの破廉恥な奴が住んでいる。奴は妻子と一緒に何事もなく暮らし、刺繍の下絵などを描いている。こちらではわしらは子供を連れて、野良犬のように道端で飢えかかっている』と。そう、確かに聞こえる。聞こえる。頭上に、あの復讐の叫びが！……マックス、こっちにおいで、こっちに！……」

彼は息子のマックスに、びっくりするような激しいキスをした。

「ねえ、マックス、もしお前の父さんは正義を貫く勇気を持たぬ破廉恥な奴だ、と言う者がいたら、……また何人もの母親がお前の父さんのせいで死んだ、と言う者がいたら、……さらにお前の父さんの怠慢がお前の頭から幸運の印を剝ぎ取ってしまったのだ、と言う者がいたら、……ああ、マックス、マックスよ、どうかその時は父さんの苦しみを証言しておくれ、……」

彼の目には涙があふれ、ティーネがそれをぬぐうように口づけした。彼女はそれから小マックスを藁のマットを敷いた小さなベッドに連れて行った。彼女が戻って来ると、ハーフェラールは、たった今入って来たばかりのフルブルッヘとデュクラーリ相手に話をしていた。それは待ちに待った政庁の決定についてであった。

「理事官がむずかしい立場にいることはよく分かります」とデュクラーリが言った。「理事官は政庁に対して、あなたの提案を受け入れるように勧めることはできないのです。なぜなら、そうすればいろんなことが明るみに出てしまうからです。私はこのバンテン地方にはもう長いですが、いろんなことを知っております。ハーフェラールさん、あなた以上に知っております。……私は前にもこの地方に下士官として来ておりました。下士官なら原住民が役人にあえて言わないような問題でもいろいろ知ることができます。しかし今や公の調査で全てが明らかになった以上、総督は理事官に釈明を求め、理事官が二年たっても見つけられないことをあなたがすぐに見つけたのはどうしてなのか、理事官に問い質すでしょう。そうすれば、理事官は調査を妨害させようとするに違いありません……」

「それは分かっている」とハーフェラールは答えた。「だから私に何か落ち度がないか、理事官はアディパティをつついて言わせようとしたわけだ。そういうことだったのだ。ということは、例えばアディパティが**私**の落ち度を何か取り上げ、それによって、理事官はこの問題をすり替えようと企んだのだ。きっとそうだ。……どんな落ち度か知らないが。だから、私としても政庁にこれまでの書簡の写しを直接送って、手は打ってある。その中では、もし何か**私**に落ち度があると言われているなら、私を釈明のために召喚するようにと申し出もしてある。今やバンテンの理事官がこの**私**の名誉を傷つけているのであるから、それに対して私の意見を聴取せずに何らかの決定が下されることは、普通の手続きの下ではありえない。……そうすれば犯罪行為を犯すに等しい。……私には何ら間違ったところがないのだから、……」

「郵便馬車が着きました」とフルブルッヘが叫んだ。

そう、確かに郵便馬車であった。その郵便馬車は、オランダ領東インド総督がルバック県の〝前〟副理事官ハーフェラールに宛てた次の書簡を運んできた。

総督府官房
第五四号

バイテンゾルフ、一八五六年三月二三日

貴殿はルバック県の原住民首長たちが不正を働いている事実を発見し、またその疑いがあると主張して、一連の行動に及んだが、その方法は、貴殿がその際に上司たるバンテン理事官に対してとった態度も併せて、政庁のきわめて不満とするところである。

これに関する貴殿の措置は、内地行政実施の任にある職員に大いに求められている十分《(ママ)》なる協議、思慮分別、それに慎重さを欠いているばかりか、貴殿の直接の上司に対する服務の観念をも欠いている。

貴殿は職務に就いて以来、それほど日数を経ずにすぐに、理事官にあらかじめ相談することなく、《(ママ)》ルバックの原住民行政の長に嫌疑を向け、調査の対象として狙いをつけることが望ましいとしてやってきた。

その調査において、貴殿は原住民首長に対する貴殿の告発を事実《(ママ)》によって証明することすらせず、ましてや証拠を挙げることもせず、以下のような提案を行なうに至った。即ち、ルバックのレヘントという称号を持つ原住民首長に対して——彼は齢六〇にして、なお仕事に対する熱意は失わず、かつ近隣の名だたるレヘント一族の親戚筋にもあたり、日頃よりすこぶる評判のよい能吏であるが——人の道を全く踏み外した処遇を求める趣旨の提案であった。

その上、貴殿は、理事官が貴殿の提案に快く耳を傾けることに乗り気薄であると知るや、貴殿がルバックにおける原住民行政上の措置に関して承知していることを全て公にするようにと、貴殿の上司が正当にも求めた要請を拒否してしまった。

こうした行為は決して認められず、内地行政の職務に就く者にしては不適切であることは言うをまたない。

したがって、貴殿にルバックの副理事官の職務を今後も遂行させることは不可能と考えざるをえない。

しかしながら、貴殿の勤務態度を評価する旨の報告をこれまで受けてきたことを勘案し、今回の事例をもって貴殿を内地行政職へ再任する可能性を奪う理由にはならないと考える。それゆえ、当面ガウィ*の副理事官代理を命ずる。

貴殿が内地行政の職務に留まるか否かは、ひとえにこの新任務における貴殿の言動如何にかかわることになるであろう。

この下に総督の名前が記されていた。この人物こそ、国王が東インド総督に任命した際に、〃**熱意、有能さ、忠義**〃を確信していると述べた人物である。

「われわれはここを出るのだ、ティーネ」とハーフェラールは言った。そしてこの総督府官房の書簡をフルブルッヘに渡した。彼はデュクラーリと一緒にそれを読んだ。

フルブルッヘは目に涙を浮かべていたが、何も言わなかった。デュクラーリはなかなか洗練された男であるが、突然はばかることなく、ののしった。

「くそっ……これじゃ政庁は悪党や盗っ人だ。……奴らは名誉を受けて帰って行くのに、こんな辞令を**あなた**によこして」

「まあ、いい」とハーフェラールは言った。「総督は正直な人だ、……きっと丸めこまれたんだろう。最初に私の話を聞いてくれたら、こんないんちきに引っ掛からずにすんだのだが。まあ、総督のところに行って、ここの事情を説明してみよう。……彼は正義を貫くであろう。私はそう信じている」

「でも、あなたがガウィに行ったら、……」

「その通り。分かっている。ガウィのレヘントはジョグジャカルタ宮廷筋の人物だ。……ガウィは知っている。私はバグレン[**]に二年いたことがある。……きっとガウィに行っても、ここでやったのと同じことをするに違いない。……だから行ったり来たりしても意味がないんだ。……その上、まるで私が

* ガウィ　東部ジャワのマディウン理事州の県。
** バグレン　中部ジャワの理事州。

間違ったことでもしたかのように、試験的に勤務させられるなんてご免だ。……つまりは、こうしたいんちきのいっさいに決着をつけるためには、官吏をやめなければならないということだ。もし官吏のままだと、政庁と私の間にはあまりにもたくさんの人間が介在することになり、しかもそういう人たちは住民が悲惨な状態にあることを認めようとしない。それが自分たちのためになるからだ。ガウィに行きたくない理由はまだある。このポストは空席になっているのではないのだ。私のために空けたのだ。これを見たまえ」

彼は郵便と一緒に届いた『ジャワ新聞』*の中を示した。確かにハーフェラールにガウィの行政職を命じた政庁の同じ決定で、ガウィの副理事官は空席になっている他の県への移動を命じられていた。

「どうして私がガウィであって、空席になっている他の県ではないか、分かるかね。このことも君たちに言っておくが、ガウィはマディウン**の理事官の管轄下にあり、この理事官は**前バンテン理事官の義兄弟**になるのだ。よく言ってきた通り、ここルバックではいつも財政管理が恥ずかしくなるほど杜撰だ。レヘントは昔からそうした悪いお手本を見せられてきたわけだ……」

「ああ」とフルブルッへとデュクラーリが同時に叫んだ。なぜハーフェラールがほかでもないガウィに転任させられることになったのか、彼らも理解できたのである。つまり、もしかしてハーフェラールがもっとましになるのではないかと、試しにそこに転任させたことが分かったのである。

「そこへ行きたくない理由はもう一つある」と彼は言った。「今の総督はまもなく交替することになっている。……その後任も分かっている。この人からは何も期待できないことも分かっている。だからあの貧しい住民のために、時宜を逸することなく何か手を打つには、今の総督が本国へ帰国する前に話をしておかねばならないのだ。もしガウィに行けば、それもできなくなるし、……ティーネ」

「ねえ、あなた、マックス？」

「君も大丈夫だよね？」

「マックス、あなたが側にいれば大丈夫よ」

「さて、と……」

彼は立ち上がり、次のような請願をしたためた。私の思うところ、雄弁とはこういうことを言うのだ。

ランカスビトゥン、一八五六年三月二九日

オランダ領東インド総督殿

今月二三日付の閣下の総督府官房書簡第五四号を謹んで拝受いたしました。

それに対する返事として、私は閣下に名誉の辞職をお認め下さいますよう、お願い申し上げざるを

＊　『ジャワ新聞』　東インド政庁が一八二九年から発行した、官報を兼ねた新聞。
＊＊　マディウン　東部ジャワの理事州、およびその州都。

えません。

マックス・ハーフェラール

バイテンゾルフではこの依願退職を認めるまでにはそれほど長い時間はかからなかった。ハーフェラールの訴えを却下する時にかかった時間からすれば長くはなかった。というのも却下の時には一ヵ月もかかったからで、辞令は数日もたたぬうちにルバックに届けられた。

「ああ、よかったわ」とティーネは叫んだ。「あなたはやっと本当のあなたになれるわ」

ハーフェラールには、県の行政を当面フルブルッへに委ねるようにという業務命令は伝えられなかった。したがって彼は後任の到着を待った。しかしながら、なかなかやって来なかった。東部ジャワから来ることになっていたからである。ほぼ三週間待ってから、ルバックの前副理事官は——ここまでは相変わらず副理事官ということになっていたが——内務監督官のフルブルッへに次のような書面を書いた。

第一五三号　ランカスビトゥン、一八五六年四月一五日
ルバック県内務監督官殿

私は今月四日付の政庁決定第四号において、依願退職を認められたことは、君も承知の通りである。この辞令を受けた以上、私は直ちに副理事官職を離れるのが、おそらく正しい身の処し方であろう。というのも、官吏でもないのにその職務に就いていることは変則的事態であるからである。けれども、私は自分の職務を引き渡すようにという文書を受け取っていなかった。然るべく引き継ぎをすることなく、私の職務を離れてはならないという義務感から、またもっとささいな理由から、私は後任の到着を待っていた。私の後任はまもなく、少なくとも今月中に到着するものと思う。

現在君より聞き及んでいるところによると、私の後任はまだ暫くは到着しないとのことである。――おそらく君はこれをセランで耳にしたと思うが――また私が現在きわめて変則的な地位にありながら、それでもなお職務を君に委ねたいとの申し出をしないことに、理事官は驚いているとのことであった。

こんな愉快なことは聞いたことがない。なぜなら、以下のような立場にあった私が、その職務を進んで君に委ねるなどとはとても言う気がしないからである。私は自分が当地で行なってきたやり方とは違うやり方で職務を遂行することはできないと宣言した身であり、またそうしたやり方ゆえに、叱責や、きわめて不利にして不名誉な配置換えという処分を受け、私の真心を信頼していた貧しい人々を裏切るようにという業務命令を受け、さらには不名誉を取るか路頭に迷う方を取るかの選択を迫られた身である。……またこうしたことがあってから、これまでのすべての事例を自分の義務に照らして、一生懸命、注意深く検証してきた。私は自分の良心と、自分が仕える政庁の基本方針の間の板挟みになっていたのであり、職を辞さないかぎり、どんなささいな問題も**私に**は重く感じられてきた。私のこうした困難な立場は、**苦情を伝えてきた人たち**に私が何か答えなければならない時に、特にはっきりと現れた。

私は、誰であれ原住民首長の復讐にさらすことはしない、とこれまではっきり約束してきた。——そして全くうかつなことであったが、政庁の正義を自分の言葉でもってはっきりと保証してきた。

こうした約束や保証がほごにされてしまったことを、貧しい原住民は知らないし、私が正義と人間性に対する熱い思いを持ってはいるものの、貧しく、無力で、孤立無援であるということも彼らは知らない。

それなのに住民は相変わらず苦情を持ってやって来ている。

三月二三日付の総督府の書簡を受け取って以来、私が幻の友人、無力な保護者として当地に留まっていることは悲しいことであった。

虐待、搾取、そして貧困、飢餓に関する苦情に耳を傾けてみれば、胸が引き裂かれる思いがするし、……私自身も妻子のある身で飢餓や貧困に立ち向かっているからである。

それでいて私も政庁を裏切るようなことはできない。その哀れな人々に向かって「がまんしなさい、政庁はお前たちが強奪されることを**望んでいる**のだ」と言うこともできない。それでもって自分が無力だとは告白するわけにもいかない。もっとも、自分が無力であることは、総督の顧問官たちの恥ずべき態度や良心の欠如と同じことで、両者はつながっているようなものだが。

私は哀れな住民にこう答えてきた。つまり、
「私はすぐには君たちの意に添うことはできないが、バタヴィアには行きます。君たちの悲しみについて、総督と相談いたします。彼は正義の人です。君たちを助けてくれるでしょう。さしあたりは安心して帰って下さい。抵抗してはいけません。当地を捨てるのもいけません。辛抱強く待っていて下さい、……私は……正義が実現されると思いますし、……そう願っています」

そのようなわけで、私は助けてあげたいという私の約束を破ってしまったことは恥じ入っているが、**今月もまだ私には俸給が支払われている**ことでもあり、自分の職務上の義務と私の考えを両立させようとしてきた。そして、もし何か特別のことがあって、今日このあいまいな身分に終止符を打つ必要性がなければ、私の後任の到着までこのまま続けてゆければと思っていた。

七人の住民が苦情を伝えてきた。彼らには今書いたようなことを答えておいた。それで彼らも帰って行った。途中で彼らは村長に会い、再び村《カンポン》を出ないようにと厳しく言われたらしい。そして家から出ないようにするために、彼らは衣服を剝ぎ取られた（と彼らから聞いた）。住民の一人が逃げ出して、**また**私のところにやって来て、「**あの村にはもう帰るつもりはない**」と言っていた。

この男に私は今どう答えればいいのか、分からない。

この男を保護することは今の私には**でき**ない。——もう何ら権限を持っていないのだ、と告白するわけにも**いかない**。苦情の対象となった村長を追放**しよう**とは思わない。なぜなら、そうすれば、あたかもその問題が私の所轄の問題として蒸し返されたかのような印象を与えるからだ。……どうして

いいのか、もう見当もつかない……
バンテン州理事官の事後承諾があるものとして、明朝から君にルバック県の行政を委ねる。

ルバック県副理事官
マックス・ハーフェラール

38

（同じくシュテルンがまとめたもの、ただし末尾は著者自身のもの＝訳者）

それからハーフェラールは妻子を伴い、ランカスビトゥンを離れた。彼は供の者はいっさい断った。デュクラーリとフルブルッへにとって、別れはひとしお名残惜しいものであった。マックスも心を動かされた。特に最初の馬車の乗り継ぎ地には大勢の人が出ていた。彼らはそこで最後の挨拶をするために、ランカスビトゥンから抜け出てきた人たちであった。

セランでは一家はスレイメリング氏のところで下車した。彼も東インド風の普通のもてなしで迎えてくれた。夕方になると理事官の邸宅にたくさんの来訪者があった。彼らはハーフェラールに挨拶するためにやって来たと言っていた。マックスも多くの人から握手を求められた。これはどういうことを意味しているか、一目瞭然だ……

しかし、彼は総督に面会を求めて、バタヴィアに行かなければならなかった。

バタヴィアに着くと、彼はお目通りを願い出た。しかし断られた。総督閣下は足に瘭疽《ひょうそ》ができたという理由であった。

ハーフェラールは瘭疽が治るまで待った。それからもう一度お目通りを願い出た。

総督閣下は〝非常に多忙で、財務部長にさえも面会を断るほどで、もちろんハーフェラールに会うこともできなかった〟。

ハーフェラールは総督閣下がその多忙な仕事をこなすのを待っていた。こうしている間にハーフェラールは総督という人物を仕事の上で補佐している人々を何か羨ましく思った。というのも、ハーフェラールは進んでたくさんの仕事をてきぱきと片付けてきたからで、〝そうした多忙さ〟など自分の手にかかればたちどころに解消されるのが普通であった。しかし当然のことながら、今やそれもできなかった。ハーフェラールの仕事は働く以上に辛いもので、……彼はひたすら待った。

彼は待っていた。そしてとうとうもう一度願い出てみた。しかしそれに対する返事は、閣下への拝謁は罷り成らぬ、というものであった。というのも閣下は帰国が近づいているので、その〝忙しさ〟でどうにもならないということであった。

そこでマックスは、もしその〝多忙〟のちょっとした合間があれば、三〇分間だけお目通りいただきたい、と閣下の厚意にすがった。

とうとう閣下は明日出発するということを知った。これはハーフェラールには青天の霹靂であった。彼は次期総督がどういう人物かよく知っていたので、その人から何かを期待できるとはとても思われなかった。彼は相変わらず、帰国する総督は正直な人であるから、側近にだまされているのだという思いを断ち切れず、時々思い出したように、そこに望みをつないだ。自分の正当さを証明するには、一五分もあれば十分だろう。だが、その一五分さえもらえそうになかった。

ハーフェラールの書類の中に、彼が帰国する総督宛に出発直前の晩に書いたとおぼしき手紙の草稿がある。その余白には鉛筆で〝**不同**〟と記されている。これから分かることは、いくつかの文章は浄書の際に書き換えられたということである。このことには注意を促しておく。**この**下書きと**一字一句**違わない文書が見つからないからといって、私が示してきた他の文書の信憑性に疑いを持ってほしくないからである。他の、こうした**公**文書の場合はすべてが別の筆跡で〝原文とは相違せず〟と記されている。もしかしてこの手紙を宛てられた人物は、その下書きの本物の原文を公表してほしいという希望を持っているかもしれない。それで両者を比較してみれば、ハーフェラールがどの程度下書きから離れて書いているか分かるであろう。

バタヴィア、一八五六年五月二三日

閣下

私は二月二八日付の書簡で、職務上ルバック問題に関してお耳を煩わしたく、拝謁をお願い申し上げましたが、いまだ実現を見ておりません。

また私が繰り返しお願い申し上げた拝謁にも、閣下はお許しくださるご意思はありませんでした。したがいまして閣下は、政庁にとり有為な人材との報告を受けている一人の官吏に（これは閣下自身のお言葉であります）——一七年間にわたりこちらに奉職して、何ら失敗を犯さなかったばかりか、

マックス・ハーフェラール

たぐい稀な自己犠牲を払って、善政を目指し、名誉と義務のために全てを抛《なげう》つ用意のあった一人の人物を閣下は部下として持っておりました——犯罪者以下の扱いをしたことになります。なぜなら、犯罪者であっても、少なくとも事情聴取はするからであります。

私のことに関しましては、閣下が間違った報告を受けていることは、私としても承知しております。——しかし、どうして閣下がそうした間違った報告を避けるよう機会をとらえられなかったのか理解に苦しみます。

閣下は明日出立されます。私は自分の義務は果たしてきたことを今一度申し上げることなく、閣下の出立を見送るわけには参りません。——私は、私に課せられたすべての義務を慎重に、冷静に、人間性を持って、柔軟に、しかし勇気を持って果たして参りました。

三月二三日付の閣下の官房書簡において、私の考えを拒否された理由は**全く捏造であり**、**虚偽であります**。

私はこれは**証明する**ことができます。もし閣下が私に三〇分の拝謁の機会を与えて下さっていれば、もうすでに証明できていたことであります。もし閣下が**正義を貫くために**三〇分の時間を割いてくれていたら、であります。

でもそれはかないませんでした。愚直な一家はかくして乞食をやむなくされ……

しかしこのことについては何も不平を申し上げません。

けれども、閣下は、組織的な権力の乱用と窃盗、殺人が哀れなジャワ人を苦しめていること、これを是認されたのであります。これについては異議を申し立てます。

これは言語道断で、天に唾するごときものであります。

かくして閣下が東インド政庁から受け取った俸給でもって貯えたお金には、血が付いております。

閣下！

今一度、私は暫時のお目通りをお願い申し上げます。今夜でも、明日早朝でもかまいません。これは、私のためにお再三にわたってお願いするのではなく、私がこだわっていきたいと思っている問題のためであります。それは正義と人間性の問題であり、同時に皆が納得のいく政治の問題であります。

もし閣下が、閣下の良心に従いお目通りを拒否したまま当地を出発されるにしても、私は流血の惨事を防ぐために全力を尽くしたと確信しておりますので、私の良心は安らかでありましょう。もし遠からず流血の惨事ということになれば、それは原住民の間に見られる事態に対して、政庁が故意に目をつぶってきたことの結果でありましょう……

マックス・ハーフェラール

ハーフェラールはその晩待っていた。一晩中待っていた。もしかして自分の手紙の口調のいらだたしさが功を奏して、これまで穏便に忍耐強く働きかけて実現を見なかったことが可能になるのではないか、と望みをかけていた。

しかし希望は空しかった。総督はハーフェラールに会うことなく出発してしまった。……かくしてまた一人の閣下が退任して、母国に帰ってしまった。……
ハーフェラールは見捨てられ、金もなく、さ迷い歩いた。あてどもなく……

もう十分だ。わがシュテルンよ。私、ムルタトゥーリが今度はペンを執る。お前はハーフェラールの伝記を書くために呼ばれたのではないのだ。私がお前を創作したのだ、……お前をハンブルクから呼び寄せたのだ……お前にごく短期間で結構なオランダ語を書けるように教えてきたのだ、……お前を砂糖商のルイーズ・ローセメイエルに口づけさせたのは私だ。……これで十分だ、シュテルン、もう帰ってよろしい。

あのシャールマンとその妻は、……

もうやめ。ドゥローフストッペル、お前はもういい。お前は汚らしい貪欲のかたまりだ。神を冒瀆する偽善者め。お前は私の創作だ……お前は私のペンのもとで怪物に成長したのだ……自分の創作ながらうんざりだ、……コーヒーの中で窒息し、消えてしまえ！

39

そう、今度は私ことムルタトゥーリがペンを執る。私はこれまで大いに苦しんできた。私の本の形式について別に弁解がましいことは言うつもりはない、……この形式こそ私の目的を達成するのに好都合と思われるからだ。

その目的とは二つある。

まず第一に、〝小マックス〟とその妹に、たとえ二親がのたれ死にしようとも、聖なる形見《プサカ》として大事に取っておけるものを用意しておきたいと思うからだ。

私は子供たちに両親の高貴な生き様を書いて伝え、お前たちは貴族の子に等しいと言っておきたい。

それから第二に、**私は読んでほしいのだ**。

そう、読んでほしいのだ。時代の兆候に注意を向ける義務を負う政治家に読んでほしい。――文学者にも。文学者も一度くらいは、悪評さくさくの本だって覗いてみなければならないのだ。――さらにコーヒーの競売に関心を持っている商人にも。――ほんのわずかの金を出して私の本を借りる侍女たちにも（わずかのお金で私を雇うようなものだが）。――引退した総督や現役の大臣にもだ。――また閣下たちの召使にもだ。――さらにまだある。私が全知全能の神を侮辱しているとして、〝旧態依然〟として同じ説教を繰り返している説教牧師にも読んでほしい。**彼らが**自分のイメージに従って作った神に私が背いていただけの話なのだが。――また国会議員にもだ。オランダという国の一部となっている海の向こうの広大な国で一体何が起きているのか、国会議員は当然知らなければならないからだ……

そう、読んでもらえる**であろう**。

こうした目的が達せられたなら、私は満足する。なぜなら、**うまく**書けたかどうかは問題ではないからだ。……ただ、書きたかったのだ。喋っているように書きたかったのだ。「その泥棒を捕まえろ」と周りの人々にとっさに叫ぶ人がその叫び方のスタイルなどあまり気にしないように、私が「その泥棒を捕まえろ」と叫ぶ、その叫び方を人がどう思おうと、私にはどうでもいいことだ。

「この本は雑然としている。一貫性がない。大向こうをうならせようとしているが、文体はよくない。著者は筆の立つ人ではない、……才能もないし、技巧もない……」

結構、結構、……すべて結構だ、……だが、ジャワ人は間違いなく虐待されているのだ。

なぜなら、**私のこの本の主題を否定することなど**、不可能だからだ。

この本に対する非難の声が大きくなればなるほど、私はそれだけうれしくなるのだ。なぜなら、そうなれば私の言葉に**耳を傾けてもらえる**チャンスがそれだけ大きくなるからだ。――それが私の狙いだ。

けれども、大臣や総督諸氏よ、私は〝多忙な〟もしくは〝静養中〟のあなた方を煩わしてきたが、どうか私のペンの拙さをあまり見くびらないでいただきたい。ペンなら練習すれば上達もできるのだ。少し努力すれば、おそらく、国民に真実を伝え、分かってもらえるぐらいの腕前にはなるのだ。そうしてから、私は議会に一議席を与えてくれるよう、国民にお願いしよう。もちろんそれは、総督こそ誠実な人間だという国王のお墨付きに抗議するためだ。現に東インド問題の専門家はそれとはまるで**正反対**のことを伝えて来ているのだから、私が抗議の声を上げれば、総督は有能な人材でなければならぬという世間の常識にきっと冷水を浴びせることになろう。

そして、私の狙いは貧しい、不幸な原住民に対して、際限なく討伐や遠征、英雄気取りの蛮行を繰り返していることに抗議するためである。彼らを反乱に駆り立てているものは、彼らが受けている虐待である。虐待が先にあるのだ。

さらにまた、**慢性的な海賊行為により犠牲になっている沿岸部の住民に対し、政庁は社会が力を合わせて援助の手を差し伸べるように呼びかける**回状を出して、かえって人々の名誉を傷つける結果になっているが、こうした恥ずべき臆病に対しても抗議するためである。

実際反乱を起こす人たちときたら、飢えさらばえた骸骨同然の人で、戦うまでもないことなのに、逆に無法な海賊らに対しては怖じけづいてしまって……

もし私に議席が与えられず、……私の言うことが相変わらず信じられ**ない**ならば、……

その時は、私の本を自分が知っているいくつかの外国語に翻訳し、さらに私が習得可能なたくさんの外国語に訳して、私がオランダで空しく求めてきたものを、ヨーロッパに求めてみよう。

そうなれば、ヨーロッパ中の都という都で、こんなリフレインのついた歌が歌われよう。「オスト・フリースラント*とスヘルデ川**にはさまれて、海に面した盗っ人国家がある」と。

もしこれでもだめなら、……

その時は、この本をマレー語、ジャワ語、スンダ語、アルフル語、ブギス語***、バタック語に翻訳しよう……

そして、私は、剣《クレワン》を研ぐ戦いの歌をこの受難者たちの心の中に響かせよう。私ことムルタトゥーリが必ず助けると約束した人たちの心の中にだ。

できるところでは、**合法的に**救助と援助の手を差し伸べよう。——やむえぬ場合には、実力でもってしてもいいはずだ。

そうなれば**オランダ商事会社のコーヒー競売**にはきわめて不利な事態になろう。

なぜなら、足蹴にされながらも、獅子の勇気を持ってその義務を果たし、冬のマーモット****のような忍耐力をもって飢えをしのいだ、かのハーフェラール、そのハーフェラールと私は違うし、また彼のようにハエをも救ってやるような詩人ではないし、心優しい夢想家でもないからだ。

この本はまだ序の口だ……

必要があれば、武器の威力をもっと大きくし、切れ味をもっと鋭くするであろう。

神よ、どうかそういうことにはなりませんように……

いや、そういう事態にはならない**であろう**。なぜなら、この本をウィレム三世*****、あなたに捧げるからだ。あなたはオランダ国王にして大公、公爵、……いや、公爵、大公、国王以上の存在だ。あなたは、エメラルドをちりばめた帯のように、赤道の周りにからみついているインスュリンデというすばらしい国の皇帝だ……！

自信を持ってあなたにお尋ねする。はたしてこれは、皇帝としてのあなたのご意思なのかどうか。

ハーフェラール一家がスレイメリングやドゥローフストッペルの如き連中に泥をひっかけられているのは……

さらに、海のかなたでは三〇〇〇万を越すあなたの臣民が、あなたの

---

* オスト・フリースラント　ドイツ北西部の北海に面した地方および沿岸の諸島。

** スヘルデ川　フランスに発し、ベルギーを南から北に流れ、アントウェルペン（アントワープ）を経て北海に注ぐ。

*** ブギス語　スラウェシ（セレベス）島の南東部に住むブギス族の言語。

**** マーモット　ヨーロッパの山岳地帯に住む大型のリスの一種。モルモットとは別種。

***** ウィレム三世　オランダ国王（一八一七—九〇年。在位一八四九—九〇年）。公爵。ルクセンブルク大公も兼ねていた。

名においで虐待され、搾取されているのは……

訳者あとがき

植民地支配はダブル・スタンダードの典型である。近代の植民地支配の実態を見ると、これは例外なくどの国にもあてはまる。議会制民主主義の母国イギリスが世界の各地に繰り広げた植民地支配、とりわけインドに対する植民地支配はおよそ議会制民主主義などとは無縁のものであり、輝かしい近代革命と人権宣言の国フランスが一九世紀に入ってからインドシナで行なった植民地支配も、それと何ら変わるところがない。それぞれの植民地に一歩足を踏み入れれば、民主主義も人権も全く絵空事で、その匂いを嗅ごうにも嗅ぐことすらできなかった。そこには本国、宗主国とはおよそ異質の、武力による威圧と搾取という暗黒の世界が広がっていた。まさにダブル・スタンダードの典型と言っていい。

これは、東南アジアに広大な植民地支配を繰り広げたオランダについても同じように言えることであり、本国はエラスムス以来の伝統的「寛容」と「成熟した民主主義」を誇っていたが、植民地では、それとはおよそ似ても似つかぬ、苛酷な異民族支配が罷り通っていた。原住民には政治活動はおろか集会、結社、報道、出版などの自由は認められず、一握りのオランダ人支配者が数千万人原住民の生殺与奪の権利を握っていた。人権や政治的民主主義など夢のまた夢で、まるではるか異次元の世界の話であった。本国ではいち早く廃止されていた死刑や流刑は、誰はばかることなく堂々と適用され、原住民には無言の圧力を与えていた。一八四八年までは烙印を押すことすらなされていた。これもまた紛れもなくダブル・スタンダードである。

これにさらに経済的搾取が加わるから、原住民は全く救われない。いや、このためにこそ彼らの自由は各方面にわたって抑圧されたと言った方がいい。一九世紀のオランダの植民地政策を代表するものは、世界史的にもよく知られた、いわゆる強制栽培制度である。もちろんオランダでは〝強制〟という語は使われず、単に栽培制度と言うだけである。この栽培制度は一八三〇年からジャワに導入されたが、その骨子は、ジャワの農民や小作人に対して耕作地の二〇パーセント、もしくは労働時間の二〇パーセントを東インド政庁が指定した農作物の栽培に割くように強制するものであった。政庁が指定した作物とは、当時西ヨーロッパで庶民の日常生活の中に普及し始め、人気のあったコーヒーと砂糖が中心で、他に茶、藍、タバコなどがあった。政庁はこれらの作物を独占的に集荷し、農民は政庁以外の第三者に売ることは禁じられていた。ただしサトウキビはジャワの各地にあった民間の製糖会社に売られ、製糖会社はこれを加工して政庁に売り渡すことになっていた。これらの農作物をこれまた一括して独占的にオランダに運んで、競売にかけたのがオランダ商事会社という国策会社であった。本書のサブ・タイトルにこの会社のコーヒー競売が選ばれているのはその意味で示唆的である。

ジャワの農民にとって不幸であったのは、この二〇パーセントという数字が守られなかったことである。二〇パーセントをわずか数パーセント越えるというのであればまだしも、時には五〇パーセントを越えたり、特定の作物の栽培に特に向いている地方では一〇〇パーセントにも達することもあったという。この場合、農民は自らの食糧生産をすべて犠牲にして指定作物の栽培を強制された。しかし農民に対する強制は、これだけに止まらなかった。サトウキビや藍の栽培にはその地域の最良の水田が割り当てられたことも、農民には重くのしかかった。その上、収穫物を各地域に指定された集荷場まで運搬するのも農民に課せられた義務となった。またサトウキビの場合、農民は収穫後近くの製糖会社で一定の日数工場労働に駆り出され、強制は栽培だけに限られなかった。しかもこの制度への協力を拒否したり、それに抵抗したりすれば、鞭打ちの処罰が待っていた。こうなると、単なる栽培制度と言うよりは、強制栽培制度と呼ぶ方がぴったりしている。わが国では鶴見祐輔が一九一七年(大正六年)に『南洋遊記』で、「強制耕作法を以て奴隷の如き圧政を蒙って居た爪哇人……」と述べており、この制度の強権的、強制的側面を的確に捉えている。農民には栽培手数料が支払われたので、全くのタダ働きではなかったが、その手数料自体非常にわずかで、労働の対価としては実勢を反映したものではなかった。しかも村落単位で一括して支払われたために、村の有力者の懐に入る部分が多く、その分だけ農民の手取りは少なくなった。その結果、農民は日々の食糧にも事欠き、慢性的に飢餓に苛まれた。一八四〇年代には餓死する住民が続出するという悲惨な状況があちこちに見られた。植民地支配の後には草も生えぬと言われた所以である。

しかし、こうした苛酷な植民地はオランダ本国には膨大な利益をもたらしたことは言うをまたない。一八四〇~五〇年代にはオランダの国庫歳入の三〇から五〇パーセント近くにも及ぶ収益が転がり込み、財政難に喘いでいたオランダの国家財政を大いに助けた。そのためジャワは、沈没しかかっていたオランダがしがみついたコルクつまり救命具であると、時の植民地相バウトは一八四二年率直に告白した。これは、苦しい胸の内を明らかにしたというよりは、こうした収益の多い有利な植民地を支配下に置き、そこからの収奪が順調に軌道に乗っていることに、いささか矜持の念をひけらかそうとした発言であろう。オランダが一九世紀に財政難に喘ぎながらも、ともかく経済基盤を整備し、近代化を推し進めて行くことができたのは、こうしたジャワ人の汗と血に負うところが大きかったと言っても、それほど間違っているとも思われない。

オランダが東南アジアで支配した植民地（いわゆるオランダ領東インド、蘭領インド、蘭印）は最終的にはオランダ本国の約六〇倍の面積に及び、支配下に置いた人口も約六倍に達した。そのためオランダは小国ながらも、国民はいつも中流国意識を持つことができたと言われている。世界の八大国の一つに数える人さえいた。まさに植民地さまさまである。一八四八年までは植民地は国王の専管事項で、議会の権限の外にあったが、一八四八年憲法の成立によりようやく議会が植民地経営に責任を持つようになった。しかし当時の通信事情や輸送力の限界からして、植民地の実情が本国に生々しく伝えられることはほとんどなかった。議会においては一握りの東インド通が政策を牛耳り、植民地経営の旨みに与ろうとするロビイストがその周辺に群がっていた。

しかし全く偶発的な、ある事件が東インド植民地の実情を国民に暴露することになった。しかもそれは植民地支配に苦しんでいたジャワ人によってではなく、実際に東インドで植民地統治に携わっていたオランダ人官吏の手で、内部告発という形でなされた。それがこの『マックス・ハーフェラール』という小説であった。この作品は小説のスタイルをとっているが、実体験にもとづく内部告発の書である。そのストーリーの展開は著者が東インドで歩んだ足跡と大筋では一致している。作品の中では触れられていない点も含めて、著者の足跡を簡単に辿ってみたい。

著者ムルタトゥーリは本名エドゥアルト・ダウエス・デッケル(Eduard Douwes Dekker)(ダウエス・デッケルが姓)と言い、一八二〇年三月アムステルダムに生まれた。父エンゲルはアメリカやアジアに向かう外航船の船長で、幕末に日本にも来たことがあるらしい。ただし日本側からは確認されていない。船長という仕事上、父は留守がちであったが、家庭は中流で、比較的恵まれていた。ただ母スィーツケは神経質な人で、感情の起伏が激しかったという。エドゥアルトは姉一人、兄三人の四男として生まれたが、三男は生後まもなく夭折しているので、事実上兄は二人であった。一人いた弟は、一七歳で事故死している。幼児期の母子の接触が十分ではなく、これがエドゥアルトの性格を攻撃的なものにしたと見る人もいる。

エドゥアルトは小学校卒業後、ラテン語学校に入学した。父は大学に進学させて、牧師にするつもりであったらしい。しかし成績不良で第四学級の時に（つまり三年生で）退学させられた。この時一五歳であった。それからアムステルダムにあった輸入織物問屋に見習い奉公に出され、三年余り勤めた。この三年余りは無給で、かなり惨めな生活を送ったが、それでもある社会運動団体の会員となり、いくつか詩を発表して注目されたという。

一八三八年九月彼は一八歳で勤めを辞め、父が船長として乗り込んでいたドロテア号で、次男のヤンとともに、アムステルダムを発って、東インドに向かった。何が彼を東インドに向かわせたのか、必ずしも明らかではないが、父の船には乗客としてではなく、月給一八フルデンの水夫見習いとして乗り込んだ。約三ヵ月余りの航海でドロテア号は一八三九年一月四日バタヴィアに入港し、彼は東インドに第一歩を印した。こうして以後約一七年に及ぶ――途中約二年半ブランクはあるが――東インドでの波乱に富んだ生活がスタートした。まもなく彼はバタヴィアの全国会計検査院の見習いとして採用され、月給八〇フルデンをもらう身になった。仕事がよくでき、上司の受けもよかったが、ただ金遣いは荒かったという。それから二年ほどたって、カロリーネ・フルステーフという女性と恋におちた。カロリーネの父は中部ジャワのレンバン近郊で製糖工場を経営する実業家で、しかもカトリックであった。カロリーネと結婚するにはカトリックに改宗することを求められたらしく、一八四一年八月彼は進んでカトリックの洗礼を受けた。しかしその努力も空しく、この恋は成就しなかった。

失恋の痛手から逃れるために、彼はジャワを去る決心をし、折よくスマトラ西海岸州で内務監督官のポストを得ることができた。一八四二年一〇月パダンに着き、一一月初めにさらに北のナタルに赴任した。翌四三年一月に初恋の人カロリーネが結婚したことを、二月にジャワ新聞の公示で知り、愕然とした。その時の心境を綴ったものが四六頁以下の長い詩であるという。彼がまもなく二三歳の成人を迎えようとしていた時である。

当時スマトラ西海岸州を統治していた最高責任者はミヒールス大佐で、後に少将に昇格したため、この作品の中ではファン・ダム将軍もしくは長官として仮名で登場する。二八八頁以下にやや詳しく述べられているように、将軍は依怙贔屓の激しい、ワンマン・タイプの人で、自分の好みに合わない人を次々と停職扱いにした。

当時のナタルは僻地で、オランダ人はわずか四人しかいなかったという。そのためわずか二二～二三歳の内務監督官とはいっても警察、裁判、財政、内務行政など幅広い権限を持ち、責任はかなり重かった。ダウエス・デッケルはナタルでアチェ人の首長《ダトゥ》と良好な関係を結び、まだ一三歳の、首長の娘を〝現地妻《ニャイ》〟として贈られ、一緒に過ごした。これが二三六頁以下に出てくるウピ・ケテである。しかしファン・ダム将軍はアチェ人を警戒していたため、ダウエス・デッケルのやり方に反対し、四三年八月に約四〇〇〇～五〇〇〇フルデンの使途不明金があるという理由でナタルの内務監督官を解任し、パダンに召還した。パダンでは調査待ちということで無給扱いになり、翌四四年一月には公金流用と職務怠慢で正式に停職の処分を受けた（後年の調査で流用はなかったことが判明している）。しかもパダンから出ることは禁じられたので、約一年間パダンで、収入の道を閉ざされたまま過ごす羽目になった。日々の食事にも事欠き、腹いせに将軍に対して挑発的態度をとったり、決闘を買ってでたりというように、かなり荒れた生活が続いた。このあたりの様子は本文にもやや詳しく述べられている。上司に対する不信感は、このスマトラ時代にすでに芽生え、のちにルバックで見せた一連の行動の序曲になったのではないか、と見る人もいる。

一八四四年一〇月バタヴィアに戻ることは許されたが、停職処分はその後も約一年間続いた。月給は三分の一に減らされたが、ともかく文無しの状態からは解放された。

翌四五年八月、後に妻となるティーネと出会い一目惚れする。彼女の正式の名前はエーフェルディーネ・ファン・ウェインベルヘンで、日頃はエーフィェと呼ばれていたが、ダウエス・デッケルはティーネという愛称で呼んだ。この作品の中でも主人公マックス・ハーフェラールの妻だけは、このティーネという名前でそのまま登場する。ティーネの家は系図の上では下級貴族の男爵につながっているらしいが、没落してしまい、当時は正式に貴族として登録されていなかった。ティーネは三人姉妹の長女で、この三姉妹は一八四五年八月、ボゴール（バイテンゾルフ）近郊のパラカン・サラクで茶の農園を経営していた親戚を頼って、東インドにやって来た。この時ダウエス・デッケルは道案内を兼ねて、港まで迎えに出て、彼女に会った。

この直後の九月に、彼は三ヵ月という期限付きでクラワン理事州の副理事官補佐に〝臨時に〟採用され、九月二七日にプルワカルタに出発した。ここでの勤務は結局さらに六ヵ月延長されることになるが、この出発の前日彼はティーネと婚約した。婚約者を残したまま赴任する心境を、一七四頁にある詩に表現したと言われている。そして翌四六年四月一〇日、二人はチアンジュールというプリアンガン地方の中心地で結婚した。彼は二六歳、ティーネは二七歳であった。ティーネの妹や親戚などは誰も立ち会わず、ただ登録を済ませただけだったという。本文の中にもあるように、ティーネは後にチアンジュールという地名を聞いてもぴんとこなかったようで、何も思い出に残るような結婚式は行なわれなかった。

新婚まもない彼は同年五月、中部ジャワのバグレン理事州のプルウォルジョに事務官として正式に復職した。二八ヵ月ぶりの復職であった。ただしナタルでの内務監督官より低い降格人事であった。ここでは上司との関係も良好で、理事官は総督に対してダウエス・デッケルの待遇の改善と昇進を進言したという。二年半ほどここで勤めた後、一八四八年一〇月スラウェシ（セレベス）島メナドの理事官付き秘書に任命され、破格の昇進となった。メナドはキリスト教徒の原住民も多いところで、またコーヒー栽培も盛んであったから、彼には給料以外の余得もいろいろあったらしく、経済的にはかなりゆとりが生まれていた。ただ子宝にはまだ恵まれなかった。ここでもメナドの理事官は彼の有能さを認め、総督に彼を副理事官に任命するように推薦するほどであった。この時期の彼の勤務ぶりを見ると、上司との折り合いもよく、信頼を得ていることが分かる。後のルバックでの行動を予想させるようなものは何も見られなかった。

こうしてメナドで三年間余り勤務して、一八五二年二月、彼は推薦通りいよいよモルッカ州アンボンの副理事官に任命され、さらに昇進した。アンボンには理事官は任命されておらず、副理事官が事実上の最高責任者であった。アンボンは東インド会社の時代から、オランダ人が香料貿易の拠点として重視していたところで、一九世紀にはかつてのような取引上の重要性は失ってはいたとはいえ、それでもジャワ以外の東インド植民地の中では重要な拠点であることには変わりはなかった。ここでは副理事官は一六〇〇人ほどの部隊の司令官も兼ね、責任はかなり重いものであった。しかし半年足らずで、彼は病気になり――神経症であったらしい――、療養のため一時オランダに帰国することになった。ティーネもマラリアに罹っていたという。二人は同年七月アンボンを発ち、バタヴィアに立ち寄った後、九月にバタヴィアを発ち、途中セント・ヘレナ島だけに寄港して、一二月二五日ロッテルダムの近くのヘレフットスライス港に入港した。約一四年ぶりに踏む故国の土であった。

久しぶりの帰国ということで彼は大いに羽目を外したらしい。病気療養のための一時帰国であったはずなのに、療養した形跡はほとんど見られない。それどころか所狭しとばかりに各地を飛び回り、高級ホテルに泊まり、また大盤振る舞いをして、遊興三昧に耽った。そのため約半年で財布は底を尽き、一転してあちこちから借金する羽目になった。カジノで一山当てようとして、ベルギーのスパまで出かけたが、逆に有り金を全てすってしまう始末であった。挙句のはてに植民地相へ手紙を書いて、給料の前借りまでした。本文にもあるように、妻ティーネには遺産相続の権利があるはずだとして、あちこち調べ歩いたのも、こうした窮状から逃れるためであった。しかしうれしいこともあった。そうこうしているうちに、一八五四年一月一日ティーネが待望の男児をアムステルダムで出産した。ヤン・ピーテル・コンスタント・エドゥアルトと命名されたが、父と同じエドゥアルトにちなんで、エドゥという愛称で呼ばれた。これが本文の中に登場する小マックスのモデルである。

一家はこの一八五四年の八月までにはバタヴィアに戻らなければならなかったが、病気療養を理由に一〇月まで休暇を延長してもらった。しかし一〇月になると再度延長を願い出て、結局オランダを離れたのは翌一八五五年五月のことであった。約二年半に及んだ一時帰国は膨大な借金を残して終わった。最後は船賃にも事欠き、後払いという形で、ほとんど破産状態でオランダを後にした。ただかわいい一粒種を連れていたのが唯一の救いであった。一行を乗せたインディア号は九月バタヴィア港に入港した。

問題はここから始まる。エドゥアルト・ダウエス・デッケルは三五歳になっていた。東インドではもはや若いとは言えない年齢である。今や、彼は一つの岐路に立たされていたように思われる。はたしてここで心機一転、仕事に邁進して出世栄達を求め、本国に残してきた多額の借金を返そうとしたのか、それとも借金にがんじがらめになって逃げるようにして東インドに戻らざるをえなかった哀れな己の姿に絶望し、いちかばちか世間の耳目を驚かすような挙に出ようとしたのか。ただ少なくともこの作品で見るかぎり、これからは慎ましく暮らして、できるだけ借金を返してゆこうという、けなげな気持ちが素直に示されている。肩の力を抜いて、平々凡々と、家族との生活をエンジョイしていこうとしていたように見える。しかし、その後の彼の破天荒な行動を見ると、そうではなく、もっと何か大それた野心に燃えていたのではないかとも思われる。虚空を見つめる眼差しには、ナポレオンのような英雄の影が映ったり、消えたりしていたのではないか。それまでの三度の航海で、セント・

ヘレナ島に二度寄港していた彼は、自分の姿をナポレオンに重ね合わせる瞬間があったのではないか。

バタヴィアに戻ったダウエス・デッケルは待命となった。当時の東インド総督は、進歩派と言われたダイマール・ファン・トゥイストで、総督府官房の幹部にはティーネの遠縁にあたるドゥ・ワールが勤めていた。そうした関係からか、この待命中に一家はしばしばバイテンゾルフの総督邸でのパーティーやディナーに呼ばれ、彼は総督とあるべき植民地経営をめぐって意見を交わすことがあったという。しかも二人は多くの点で意気投合した節があるという。確かにこの総督は市場税《パサール》を廃止したり、農民の非常に大きな負担となっていた藍の強制栽培を制限したり、あるいは賦役の軽減を図るなど、原住民寄りの政策を実行に移したことで知られている。ただ本文にはこの辺の話が全く出てこないので、はたして両者は本当に会っていたのか疑問視する人もいる。総督といえば雲の上の存在であり、待命中の一介の役人が総督府で面会することなど簡単なことではなかったという。

この年の一一月、ジャワ島西部のバンテン理事州ルバック県の副理事官が急死し、空きができると、総督は通常の手続きにとらわれずに、自分の一存でダウエス・デッケルをこれに任命した。普通は東インド評議会の推薦にもとづき任命することになっていた。この点を見るかぎり、総督は彼をかなり買っていたとも考えられる。ただしルバック県はコーヒーや砂糖などの栽培には向いておらず、強制栽培制度にからんだ経済的余得はほとんど期待できないところであった。したがって借金の返済に追われていた彼には、全く期待はずれのポストであったと言っていい。そのことが彼の行動に何らかの影響を及ぼし、早々にルバックに見切りをつけようという気にさせた可能性もある。

一八五六年一月二二日、一家はルバック県の県都ランカスビトゥンに赴任した。当時彼の直接の上司にあたるのは、バンテン理事州理事官のブレスト・ファン・ケンペンで、本文ではスレイメリングという仮名で登場する。スレイメリングは〝ねばっこい人〟というような意味になるが、これは彼の性格というよりは、訥弁《とつべん》をとらえて、こう表現したらしい。決断の速い人だったとも言われているが、ことレヘントら原住民首長の問題になると、途端に優柔不断になり、歯切れが悪くなったという。独身のところへレヘントから〝女〟を贈られ、レヘントには頭が上がらなかったのではないかという説もあるが、真偽のほどはよく分からない。

当時のルバックは貧しい地方であった。強制栽培制度の対象となるような作物はうまく育たなかったので、原住民首長の家計も苦しかった。強制栽培制度の行なわれている地方では、収穫の実績に応じて、オランダ人役人はもとより原住民首長に対しても栽培奨励金が支払われ、それをテコにして強制栽培制度のいっそうの拡大が図られた。しかしルバックのような地方では、そうした余得は期待できず、原住民首長はいきおい農民から様々な形で絞り取らざるをえなかった。レヘントらの原住民首長は、本文にも出てくるように、かつては貴族であったが、この時点では官吏として植民地支配機構の一環に組み込まれ、政庁から俸給をもらって生活していた。彼らは他方では、相変わらず伝統的な貴族の生活スタイルを守りながら、約一〇〇人にも及ぶ大所帯を養っていたので、政庁からの俸給だけでは間に合わず、しばしば政庁から借金をする始末であった。こうした状況では、いきおい農民にしわよせが行くのは避けられなかった。原住民首長らは農民を様々な形でタダ働きに動員したり、農民に無理に食糧を供出させたり、何か行事があると農作業には欠かせない水牛を取り上げたりした。農民の側も尊敬するレヘント（ブパティ）ら首長に対して無償労働（賦役）を提供したり、贈り物をする習慣があったから、レヘントらの要求をむやみに断るわけにもいかない。原住民首長らにとっても、農民にとっても、どこまでが慣習の範囲内で、どこからが恣意的な要求、つまり不当な権力の乱用にあたるのか、一線を画すことがむずかしかった。そこがまたレヘントにとっては付け目になっていたとも言える。レヘントの度を過ごした要求が繰り返され、やがてそれに耐えられなくなって、ルバックからこっそり逃亡する人が多かったという。これは本文の中にも描かれている。一つの村がまるごと無人になることもあったという。彼の赴任したルバック県は強制栽培制度による苦しみは免れていたものの――ただし植民地当局が道路の保守や要塞の建設に住民を無償で駆り出すことは行なわれていた――、別のこうしたむずかしい問題を抱えていた。

だが、彼はこうした現実を前にひるむことはなかった。ここが自分の腕の見せ場として、心中ひそかに期するところがあったようにも見える。彼はルバックに着任してわずか一ヵ月で自分の進退をかけた行動に出ているから、事前にルバックの情報をつかんでいたか、総督と何らかの形で合意に達していた可能性もなくはない。ただ本文で見るかぎり、彼は着任したその晩、事務所にこもったまま朝まで過ごし、前任者の残した文書や書類に目を通し、権力乱用の実態を調べたことになっている。そして限度を越えた賦役の徴収が日常的に行なわれていることを、鋭く嗅ぎ付けた。

彼が動き出すきっかけになったのは、レヘントの親戚がチアンジュールから大掛かりな行列を組んでルバックを訪れることになったという知らせであった。レヘントが権威と格式に則って客人を迎え入れることになれば、かなりの散財は免れず、とどの詰まりそのしわよせは貧しい農民にかぶさってくる。権力の乱用にいっそう拍車がかかるのは目に見えている。彼はこれを不快に思い、何とか阻止しなければと危機感を募らせる。それからもうひとつ彼をあわただしく行動に駆り立てたものは、ちょうど同じころ、彼の前任者がレヘントの娘婿（パラン・クジャンの郡長）によって一服盛られたのではないかという話をその未亡人から聞かされたことであった。ただし、その急死した前任者を診たセランの医者はこれを否定した。だが、このまま手を拱《こまね》いていては自分の命も危ないと彼は危機感を抱いた。この作品では少なくともそのように描かれている。

ここから後は本文にある通りである。一八五六年二月二四日――着任が一月二二日であるから、わずか一ヵ月後ということになる――彼は直接の上司にあたるバンテン理事州の理事官宛に、ルバックのレヘントとその娘婿の郡長を権力乱用の廉で告発の手続きをとり、両者を一時的にルバックから遠ざけて、証拠集めの調査をしやすくするように求めた。レヘントや郡長がそのままルバックにいては、住民は決して口を開かないからである。もちろんこの段階では、まだ具体的な証拠を挙げていないし、前任者の毒殺の疑いについても何も触れていない。むしろ調査すればレヘントの身の潔白を証明できるのではないかとさえ述べている。この段階ではまだ切羽詰まったような感じはなく、余裕のようなものさえ感じられる。

これに対して翌二五日、理事官は私信で、この措置に不快感を表明し、話し合うためにランカスビトゥンに出向くと伝えてきた。これを受けてダウエス・デッケルは同日深夜、改めて自分の考えを書簡にしたため、理事官に送った。そこでは、告発の件は極秘であって、レヘントには知らせていないこと、したがって〝兄弟関係〟にあるレヘントの名誉を損ねるようなことはしていないとして、レヘントに対する慎重な配慮を強調する。それとともに、ある出来事を聞いて堪忍袋の緒が切れたとして、前任者の毒殺の件をほのめかしている。そして不正を改めるにあたっては、着任早々であろうと早すぎることはないと、自分の行動を正当化し、理解を求める。

その翌日理事官がやって来て、レヘントと副理事官の双方から事情を聞き、結局副理事官に対して告発を撤回するように促す。しかし彼はこれを断り、話し合いは決裂する。これに対して理事官は、セランに戻ってから、今度は改めて公文書でもって正式に、副理事官による告発は認められないとして拒否する。彼も折り返し、これは副理事官としての自分の職務上の義務であり、自分の良心に従った行動である以上、進退をもかけていると、その決意のほどを示す。そこで理事官はやむをえず総督に事情を報告し、三月二三日、総督はダウエス・デッケルに対して東部ジャワのガウィへの配置換えを通告する。しかし、疑惑を持たれたレヘントその人に対しては何らの措置もとられなかった。したがってここまでを見るかぎり、副理事官だけが逆に責任を問われる形になった。ただ総督の諮問機関である東インド評議会は副理事官の解任を勧告したのに、総督はこれを無視して彼をガウィの副理事官代理に配置換えするだけに留めた。総督がこの時とった措置も、ダウエス・デッケルをルバックの副理事官に任命した時と同じように、普通以上の手心を加えたのではないかという印象を残している。

しかし彼はこれを拒否して、依願退職を申し出る。四月四日これが受理され、わずか三ヵ月あまりで一家ははからずもランカスビトゥンを離れることになる。それから彼はバタヴィアで総督に何度か面会を申し出て、自分の立場の正当性を訴え、自分に対する処分が間違いであることを示そうとするが、総督の離任の時期が迫り、多忙を理由にことごとく拒否されてしまう。総督宛の最後の手紙では、彼は副理事官という自分に与えられた職務に忠実に従ってきたことだけは認めてもらえなければ浮かばれないと切々と訴えているが、これには目もくれず、総督は帰国してしまう。総督にしてもダウエス・デッケルが依願退職した以上は、これ以上付き合えないということであったのかもしれない。こうして、オランダから戻ってわずか半年余りで、彼は思いがけずと言うべきか、かねてからの予定通りと言うべきか、ともかく東インドでの役人生活に終止符を打った。あまりにもあっけないと言えばあっけない幕切れであった。これがのちに「ルバック事件」と言われるようになった事件である。だがこれで一件落着ということにはならなかった。

その後一家は中部ジャワのレンバンにいた次兄ヤンのもとに身を寄せる。ヤンはタバコ工場の経営者として成功を収めていた。この間にエドゥアルトは新任の総督とも掛け合ったらしいが、むろんよい結果は何も出なかった。そして辞職してからちょうど一年後の一八五七年四月、ヤンから旅費を出してもらってシンガポール経由で単身オランダに帰った。妻のティーネは身重で同行できなかった。そしてそれから約二ヵ月後の六月一日ティーネはスラバヤの病院で女児を出産した。エリザベート・アフネス・エーフェルディーネと名付けられたが、ジャワ風にノニーの愛称で呼ばれた。本文でもこの名前はシャールマンの娘として出てきている。ノニーが初めて父に会うのは二歳を過ぎてからとなる。

エドゥアルト・ダウエス・デッケルはスエズ地狭を経由して地中海に入り、一八五七年六月マルセイユに上陸した。懐にまだ余裕があったので南仏やイタリアをめぐり歩いた。アルルの女に痛く感心したのはこの時である。それからストラスブールを通って、秋にはドイツに入り、フランクフルト、マインツなどに滞在した。すっかり金を使い果たし、一二月頃にブリュッセルにやって来た。オランダに入らなかったのは借金取りから逃れるためであった。約一年間過した後、一八五八年秋再びドイツに行き、カッセルに滞在した。ジャワに残してきた妻子を偲んで、家族の絆を歌ったドイツ語の詩(三二三頁以下)を作ったのはこの時と見られる。この年の四月、兄のヤン一家が一時オランダに帰国した。ただしティーネとその子供たちは一緒ではなかった。ヤンはやっとの思いでエドゥアルトを探し当て、すっかり落ちぶれ果てた弟を見て、借金の一部を返済してやった。そして弟を立ち直らせるためにティーネと子供たちをジャワから呼び寄せてやることにし、一八五九年六月末頃、母子三人はオランダに着いた。二年三ヵ月ぶりに一家は再会を喜び、ティーネの生まれ故郷であるアントウェルペンに一時滞在したが、生活費に事欠き、八月下旬にティーネは子供を連れて、オランダにいた義兄ヤンのもとに身を寄せた。エドゥアルトだけはブリュッセルに留まった。

兄のヤンは東インドの実業家として、前総督ダイマール・ファン・トゥイストに会い、弟の窮状を訴えて、救済を依頼したらしいが、うまくいかなかった。エドゥアルト自身も手紙を書いて接触を試みたらしいが、これも無視された。いよいよ切羽詰まった彼は最後の手段として、「ルバック事件」を公にし、同時に植民地支配の実態を明らかにすべく、小説の執筆に取り掛かった。公文書や手紙の写し、それに自分がこれまで書きためてきた様々な文章や詩などは、大事に持ち歩いていたから――いわゆるシャールマンの包み――、素材は手元に揃っていた。

一八五九年九月一七日頃から、ブリュッセルのグラン・プラスに近い安宿〝オ・プランス・ベルジュ〟の屋根裏部屋で執筆は始まった。構想はすでに前から暖めていたせいか、かなり速いペースで書き進め、一〇日ほどで半分書いたという。そして一〇月一三日夕方にはもう脱稿したというから、わずか四週間という短い期間で書き上げたことになる。おそらく寝食を忘れて、取り付かれたように一気に書いたのであろう。一九世紀オランダ文学の最高傑作『マックス・ハーフェラール』はこうして異国の地ブリュッセルで、わずかひと月足らずで完成した。そして〝ムルタトゥーリ〟が著者のペン・ネームとして登場した。これは彼が愛読していた古代ローマの大詩人ホラティウスの詩の一節から作ったラテン語で、「われ大いに受難せり」「受難多き人」という意味である。ただし別の典拠を挙げる異説もある。

しかし問題はこれをいかにして出版するかであった。兄のヤンが動いてくれたこともあって、幸いすぐに協力者が現れた。それはファン・レネップという当時有名な作家で、出版に関しては白紙委任を条件に引き受けてもよいという意向を示した。そして出版までの間六ヵ月、月に二〇〇フルデンの生活費を支払う約束までした。ダウエス・デッケルはこれに飛びついたらしく、結果的には五〇〇フルデンで著作権を譲渡する形で合意し、正式の文書を作成した。ファン・レネップはアムステルダムのドゥ・ライテルという出版社を通じて、一八六〇年五月一四日ついに『マックス・ハーフェラール』を世に送り出した。これは同時に作家ムルタトゥーリの誕生でもあった。著者四〇歳の時である。

だが、これはとんだ食わせものであった。作家としての力量はともかくとして、役者としてはファン・レネップの方が一枚も二枚も上手であった。ファン・レネップは作家であると同時に政治家であり、弁護士でもあった。原稿を読んでいち早く興味を見せたところまではよいが、それは作家としてそこに文学的価値を見出したというよりは、政治家として国の行く末に一つの危機感を感じたからのようである。政治的には保守主義者として通っていた彼は、オランダという国の根幹を揺るがしかねない事態をそこに読み取った。そこでダウエス・デッケルの放浪者のような生活につけこんで、まず当面の生活費を出すことで安心させ、結果的には著作権まで手に入れた。こうしていわば外堀を埋めてから、様々な改竄を施した。問題になりそうな箇所を削除したり、書き換えたり、はては固有名詞をボカしたり、年数字を消したりして、徹底して無害化に努めた。お読みいただければ分かるように、この小説の最後でダウエス・デッケルはオランダ国王に直接呼びかける形をとっている。ファン・レネップは当初は恐れ多いとしてここを削除するつもりであったらしいが、結局そのまま残した。これは一見したところ著者の意向を尊重した結果のようにも見えるが、そうではなかった。これは逆に著者の品性ひいてはこの作品の品位を大きく損なうことになったという。当時、国王など貴顕の士に向かって、直接呼びかけることはマナーを弁えぬ下劣な行為と考えられていたからであった。ファン・レネップはそれを知りながら、あえてそれをそのまま残した感が強い。そのためか、ダウエス・デッケルは発売と同時に国王にも一部贈ったが、完全に無視されたという。

また廉価版にして、できるだけ多くの国民に読んでもらうことを期待していたダウエス・デッケルの願いとは裏腹に、ファン・レネップは二分冊の上製本で四フルデンもする高価な本として出版させた。四フルデンといえば当時の平均的労働者の週給に相当する金額だったという。初版は一三〇〇部印刷され、当時としては多い方であったが、出版社は東インドにはわずか二〇部しか送らなかった。ダウエス・デッケルは一〇〇部以上送ることを望んでいたという。これを見ただけでもファン・レネップのやり方は実に巧妙で、ダウエス・デッケルの弱みにつけこんだ背信行為ととられてもしかたない面がある。ファン・レネップの裏切りと言う人もいる。政治家としてはともかく、ペンが命の作家としてはモラルを問われかねない背信行為であった。オランダは共和国時代以来西ヨーロッパでは印刷、出版の大幅な自由を享受してきた国であり、たとえ反体制的な思想や主張を含むものであっても、一概には排除されなかった。そうした自由は国民の誇りでもあった。したがってファン・レネップにしても、内容に問題があるからといって、出版をあきらめさせるというのではオランダ人としてのプライドが許さなかったのであろう。ともかく約束した手前、出版したという事実だけは残し、〝実害〟はできるだけ少なくしようとした。それが作家としてはあるまじき手の込んだ数々の工作となって現れた。ファン・レネップの憂国の情はそれほど強かったのであろうが、名作誕生の秘話としてはまことに悲しい。

ファン・レネップはこのように著者の意思に反して高価な本にして、一般国民の目にできるだけ触れないように、政治家（政治屋？）としては最大限の配慮を示した。だが、関係者の間にはセンセーションを巻き起こし、三週間で四〇〇部売れ、当時としては上々の売れ行きであったという。半月後には早くも新聞が書評を載せ、関心を示した。一一月には第二版七〇〇部が出た。こうした売れ行きに気をよくしたダウエス・デッケルは何とか著作権を買い戻して、廉価版として出し、もっと多くの人に読んでもらえるように交渉したが、相手はうんと言わなかった。そのためついには裁判沙汰になったが、一八六二年五月アムステルダムの裁判所でダウエス・デッケルの敗訴という結果に終わり、廉価版で出版したいという彼の願いは阻まれた。ファン・レネップは今度は弁護士としての才能を遺憾なく発揮したということであろう。

この初版が出る前後には、ひそかにダウエス・デッケルの名誉を回復しようという動きもあった。彼は原稿を兄のヤンに送り、ヤンはこれをフリーメーソン仲間の裁判官でかつ政治家でもあったファン・ハッセルトに見せ——ダウエス・デッケルは一時帰国中の一八五三年にフリーメーソンに入会していた——、さらにファン・レネップにも見せた。そしてその内容が政府首脳にも伝わった。当時の首相兼植民地相ロフセンは、本文にも出てくるメルクス氏の後を受けて、一八四五年から一八五一年まで——つまりダウエス・デッケルがスマトラからジャワに戻って、さらにメナドに赴任していた時期に当たる——東インド総督を務めた人物で、ダウエス・デッケルことムルタトゥーリが何を書いたか、その原稿の内容を気にしていたという。しかもロフセンは彼と面識があった。そこでロフセンはある人を介してダウエス・デッケルに復職の可能性を打診したらしい。それは東インドではなく、カリブ海に浮かぶオランダ領西インドのスィント・マールテン島の長官に任命するというものであった。スィント・マールテンというのは面積わずか三四平方キロの小さな島で、当時はサトウキビ農園が一つあっただけであった。だが、これでは島流し同然の厄介払いであるとして、彼はこれを一蹴したという。他方、ダウエス・デッケルの方でも、出版を取りやめる条件として、ジャワの理事官のポスト、それも強制栽培制度の実入りの多かった東部のパスルアン理事州のそれをはじめ、いくつかの要求を出したらしい。しかしそれは政府の容れるところとはならず、その後も兄のヤンがロフセンに直接会って交渉したり、ダウエス・デッケル自身も面会して和解の道を探ったりしたらしい。しかも彼の方は脈があると見たのか、次第に要求を吊り上げ、理事官よりももっと上の東インド評議会評議員のポストまで求めたという。東インド評議会評議員といえば、総督の顧問に当たる重職で、そのメンバーも当時はわずか五人であった。もちろんこれも拒否された。こうした動きを見ていると、政府の側にも「ルバック事件」の対応には何か後ろめたさを感じ、できることなら出版をあきらめさせ、事態を丸く収めたいと願っていたように見える。ダウエス・デッケルのこうした過大とも言える要求をとらえて、そこに彼の野心を嗅ぎとり、「ルバック事件」は彼が利己心や名誉欲に駆られてわざと引き起こし、あわよくば借金地獄から逃れるために利用しようとしたのではないか、と批判的に見る人もいる。

確かにそう見られても仕方ないところもあるが、事件から四年もたって、しかも自ら依願退職した彼が、なおも理事官や東インド評議会評議員といった高い地位にいきなり復職できる可能性を本当に考えていたのかとなると、いささか疑問が残る。

また一八六七年から六八年にかけて、植民地省の予算が否決されて、政治的危機が生じた時も、彼をかつぎだして危機を突破しようとした動きもあった。植民地相のロフセンも彼と会ったが、この時も彼は理事官や植民地相のポストを要求したという。ダウエス・デッケルの発言や存在は政治家たちにとっても全く無視できない状況であったことは確かである。

小説『マックス・ハーフェラール』は、爆発的とは言わないまでも、関係者にはかなりの衝撃を与えた。ただファン・レネップの巧妙な工作もあって、一般国民のレヴェルにまで衝撃はすぐには伝わらなかった。発売後一五年間で六〇〇〇部出たとされているから、当時としては小さな数ではないが、ダウエス・デッケルにしてみればなお不十分な数字であった。もし廉価版にして売り出せば、もっと広く読まれ、作家としての名声も確立するのではないか。あわせて収入も増えるのではないか。彼がこう期待したのも無理はない。しかし著作権を譲渡してしまった以上、しばらくはどうすることもできなかった。裁判に訴えても著作権は取り戻すことができなかった。

ダウエス・デッケルがファン・レネップから著作権をやっと取り戻すことができたのは、初版から数えて実に一四年後の一八七四年のことであった。もちろん彼が金を払って買い戻したのではなく、アムステルダムで出版業を営み書店を経営していたフンケという人が二一〇〇フルデン出して買ったものであった。フンケは彼の境遇に同情して、これ以外にも著作権の買い戻しをすすめ、経済的にも様々な援助を行なっていた。

この著作権の買い戻しを機に、フンケはダウエス・デッケルの本来の意に添った版を出すことになり、ファン・レネップの手で大きく改竄された部分を元に戻すように彼に依頼した。ダウエス・デッケルもこれに応じたが、オリジナルの原稿は行方不明ということで戻ってこなかったので、結局古い記憶を頼りに加筆した程度で、ファン・レネップの改竄を完全に払拭することはできなかった。その代わりに、この年死んだ妻ティーネへの献詞を冒頭に載せ、「後書き」と一九四ヵ所におよぶ註を巻末に付け加えた。こうして著者が初めて加筆した第四版が一八七五年にやっと日の目を見た。その後一八八一年に第五版が出たが、この時も原稿はないままであったので、加筆は少しにとどまった。この第五版がダウエス・デッケルが手を加えた最後の版となった。彼は結局自分のオリジナル原稿を二度と目にすることなく世を去った。ちなみに、オリジナル原稿が発見されたのは彼の死後二三年たった一九一〇年のことで、初版を出した出版業者ドゥ・ライテルの死後、その遺品の中から発見された。そしてこのオリジナル原稿にもとづく版は第二次大戦後の一九四九年に至って、つまりオランダがインドネシアの独立を正式に承認した年に、ムルタトゥーリ研究家のスタイフェリングの手で、アムステルダムのファン・オールスホット社からようやく出版された。これは他人の手が何も入っていないという意味で、通称〝ゼロ版〟と呼ばれている。この〝ゼロ版〟が出て初めてわれわれはこの作品の元々の姿に接することができたのである。本書はこの〝ゼロ版〟の第二刷（一九五〇年）を底本としている。

小説『マックス・ハーフェラール』はともかくこのようにして世に出たが、すぐに大ベストセラーになったわけではなかった。したがってこれでダウエス・デッケルが一家の生活を支えていくこともむずかしかった。また彼自身作家として身を立ててゆこうというつもりもなかったらしく、小説のようなまとまった作品はその後書いていない。折にふれて時論風のパンフレットをいくつか書いたが、それ以外には思いつき、諷刺、警句、寸言のようなものをまとめた『思念（Ideeën）』（全五巻、一八六二―七七年）や、新聞に載せたコラム記事をまとめた『万研究《よろず》（Miljoenen-studiën）』（一八七三年）、若い姪へのせつない思いを綴った『愛の手紙（Minnebrieven）』（一八六一年）などいくつかを発表しただけである。いずれも廉価版ではあったが、長い時間をかけて出したもので、爆発的に売れたというものではなかった。

一家の生活はその後も苦しく、各地を転々とする生活が続き、しばしば妻子とはなればなれの生活も味わった。彼は第二院議員の選挙に二度立候補したが、いずれも落選の憂き目にあった。収入はそこそこあったようであるが、相変わらず金遣いは荒く、家計には頓着しなかった。借金を繰り返しては、その返済に追われる毎日であった。少し金が入れば、それを増やそうとしてカジノに走り、元も子もすってしまう有り様であった。そのため妻子の養育もままならず、はなればなれの生活を何度も余儀なくされた。頼りにしていた兄のヤンも破産して、一八六四年にはこの世を去った。見かねた友人や支持者たちが金を出し合って、一八六六年七月妻子を夫から離してイタリアのミラノに住まわせ、生活の面倒をみた。その間に妻のティーネに待望の遺産が入り、一家は一八六九年二月再びハーグで一緒に生活するが、半年ほどで金を使い果たし、また放浪者のような生活が始まった。一八七〇年六月彼が『マックス・ハーフェラール』のドイツ語訳の話があってドイツに行った時に、友人たちが妻子を再びイタリアに出国させた。まさかこれが夫妻の永遠の別れになるとは誰も予想しなかったであろう。妻のティーネは四年後の一八七四年九月ヴェネツィアで病死した。〝母死す〟の電報を息子のエドゥから受け取ったが、彼は汽車賃がなくて、葬儀には出ることができなかった。翌年出た『マックス・ハーフェラール』の第四版の冒頭に、彼は〝妻ティーネへの献辞〟を入れたが、当時の彼にできることといえば、これが精一杯のことであったのであろう。

このように妻子とははなればなれの生活を余儀なくされたのに、ダウエス・デッケルの回りにはいつも何人かの女性が見られた。いずれも彼の考え方や生き方を熱烈に支持していた女性たちで、そのうちでも彼の姉カタリーナの娘スィーツケや、ハーグの軍人の娘マリア——通称ミミ——などは彼と行動をともにすることが多かった。ティーネが死んだ翌一八七五年四月、彼はこのうちの一人ミミとロッテルダムで再婚届けを出し、以後ずっと死ぬまで生活をともにした。こうした私生活をとらえて、派手な女性関係云々と述べ、彼の作品はおろか、全人格を否定的に見る人もいる。

六〇歳に近づいた頃、彼の健康は目に見えて衰えた。喘息ないしは慢性的気管支炎に悩まされていた。それまでは講演などで各地を飛び回ることが多かったが、今やその元気もなくなった。執筆もほとんどしなくなった。この頃彼は妻ミミとドイツのマインツを中心に住んでいたが、一八八一年にドイツ人の友人ツュルヒャーがマインツ近郊のニーダー・インゲルハイムにある一軒の住宅を彼に寄贈した。翌一八八二年一月にはオランダの友人や支持者たちが二万四〇〇〇フルデンの寄付金を集めて、終身年金を購入し、一年に一四四〇フルデンを彼に贈ることになった。こうしてやっと彼は安住の地を得、借金に追い回される生活から解放された。晩年は訪れる人がたまにあった程度で、静かな毎日であったという。そして一八八七年二月一九日、近代オランダ文学の最高傑作を生んだムルタトゥーリことダウエス・デッケルは故国に安住の地を得ることなく、ライン川をはるかにのぞむ、このドイツの田舎で、六六歳の波乱に満ちた生涯を終えた。ちょうどこの日は彼が生涯にわたって抗議を申し立て続けた国王ウィレム三世の七〇歳の誕生日であった。遺体はゴータに運ばれ、そこで荼毘に付された。ムルタトゥーリはオランダ人で火葬になった第一号ということになっている。

小説『マックス・ハーフェラール』は当初から政治的思惑に翻弄され、著者ダウエス・デッケルの意を十分に反映しない形で世に送り出された。しかもそうした状態は、彼の願いもむなしく、何と一五年も続いた。それほどこの小説の内容は時の為政者には脅威であり、衝撃が大きかったということであろう。著者個人が東インドでいかに不当な扱いを受けたかという点もさることながら、それ以上にオランダの植民地政策そのものが初めて白日の下にさらされたからである。それではこうして突き付けられた問題に対してオランダ政府はどのような対応を見せたであろうか。この作品ははたしてオランダの植民地政策に何らかの影響を与えたのかどうか、この点について少し見ておきたい。

『マックス・ハーフェラール』が世に出た一八六〇年から約一〇年間、オランダ議会はいわゆる〝植民地問題〟に忙殺されたと言われているから、この小説がいかに衝撃的で、為政者をあわてさせたかが分かる。というのも、これによって強制栽培制度の苛酷さばかりか、同時にオランダの植民地支配そのものに深く根を下ろしている暴力、癒着・不正・腐敗、事勿れ主義も暴露されたからである。植民地支配とはそもそもそういうものだと言えばそれまでだが、こうした事態が明らかになった以上は、そのまま放置しておくわけにはいかなかったのであろう。オランダ議会はまるでダウエス・デッケルの指摘に従うかのように、いくつかの手を次々と打った。まず手始めに一八六六年二月、強制栽培制度を拒否したり、それに抵抗した人に対する鞭打ちの処罰を廃止した。さらにその翌年一月からは、不正・腐敗の温床と見られていた、オランダ人官吏に対する栽培奨励金の支払いを廃止した。またこの年からダウエス・デッケルが批判して止まなかった原住民首長に対する住民の無償労働奉仕を大幅に制限し、一八八二年には完全に廃止した。さらに一八七三年からは首長たちがゆすり、強奪といった権力の乱用に走った場合には刑事罰を適用することにした。こうした一連の措置はそのタイミングから見ても、この小説ぬきにはまず考えられない。

そしてこの作品が発表されてからちょうど一〇年後の一八七〇年にいたり、オランダはそれまで進めてきた悪名高い強制栽培制度を、完全にではないが、段階的に廃止することになった。サトウキビ栽培は農民の稲作を犠牲にして強行され、慢性的な飢饉の大きな原因となっていたので、まずサトウキビ栽培から段階的に廃止されることになり、一八九〇年には完全に廃止された（ただし強制栽培制度の象徴的作物であったコーヒーについては二〇世紀初頭にいたるまで廃止されなかった）。それまで植民地政庁が権力を背景に独占的に管理し統制してきた農業生産を民間企業にも開放し、強制労働ではなく自由な賃労働にもとづいた農業生産に変えてゆくことになった。もっともダウエス・デッケル自身はこの自由な賃労働の導入はジャワ人に対する搾取の強化につながるとして反対であったが。いずれにしてもこれは大きな政策の転換であった。強制栽培制度それ自体が制度疲労を起こし、それまでのように効率が上がらなくなっていたことに加えて、一八六九年のスエズ運河開通によりヨーロッパとアジアを結ぶ航路が大幅に短縮され、人の往来が飛躍的に増えていくことが予想され、民間資本の進出も期待されたことがその背景にあったのであろう。さらにオランダ国内では強制栽培制度に批判的な自由主義勢力が発言力を増していたことも無視できなかったと考えられる。

それとともに、小説『マックス・ハーフェラール』の衝撃も、この政策転換の直接的動機とは言わないにしても、背後でかなりの力を持っていたのではないか。出版後一〇年にして政策が大きく転換されることになったから、タイミングとしては決して遅い方ではない。おそらく当時の為政者の意識の中では、この小説の存在はかなり大きな不安の種になっていたのではないかと思われる。ヨーロッパでは植民地の奴隷制廃止が時代の趨勢になっていたのに、オランダは例えば西インドでは一八六三年まで奴隷制を維持していた。それに加えて東インド植民地でも奴隷制と見紛うばかりの強制栽培制度を強行し、高い収益を上げていた。特に後者は収益の多い植民地として、周辺諸国から羨望の眼差しで見られていた。したがってこのまま奴隷制まがいの強制栽培制度を続けていけば、強制労働を口実にして、いつ大国が干渉し触手を伸ばしてくるか分からない。もし大国の干渉が現実のものになれば、はたしてこれまで通り東インド植民地を維持していけるかどうかも分からなくなる。特にイギリスは常にオランダの動きを注視していたし、オランダもイギリスの動きにはいつも神経を使い、警戒していた。その意味でイギリス人がこの『マックス・ハーフェラール』にいち早く注目したのは当然で、一八六八年二月には早くもエディンバラの書店から英訳版が出た。これはこの小説の外国語訳としては最初のものであった。この英訳版では、ファン・レネップがぼかしてしまった固有名詞が復元され、オランダ語版よりも植民地の現状がよく把握できるようになっていた。こうしたイギリスの強い関心も政策転換の大きな動機になったものと考えられる。この小説の中でもドゥローフストッペルとシュテルンは、この本はオランダよりも外国で注目を集めるであろうという見通しを述べているが、確かにその通りであった。その意味でもこの小説は強制栽培制度に対して警鐘を鳴らし、その廃止に向けて少なからず圧力になっていたことは間違いないと思われる。

そして、あれほどまでに頑なに著作権にしがみついていたファン・レネップが、一八七四年にいたり、ついにそれを譲渡したのも、こうした政策の転換とは切り離して考えられない。おそらく彼は強制栽培制度が段階的廃止と決まって四年たった今、著作権を手放し、その結果ダウエス・デッケルの望むように多くの国民が廉価版を手にしてこの小説を読むようになっても、もはやかつてのような衝撃力は持ちえないと判断したのではないか。したがって自分の役割はもう終わったと考えたのではないか。ただし念には念を入れ、オリジナル原稿は行方不明ということにして、少しでも原作の雰囲気がストレートに伝わらないようにしたのではないか。もし本当にそうなら、まことに陰湿な手口ということになる。

『マックス・ハーフェラール』の待望の廉価版が出たのは二〇世紀に入ってまもなくで、その後は毎年のように版を重ね、かなりの売れ行きを示した。その背景には廉価版の発売と並んで、オランダの植民地政策の新たな転換があった。アチェ戦争の開始といわゆる「倫理政策」の導入がそれである。オランダがスマトラ最北端のアチェに対して一八七三年から始めたアチェ戦争はオランダの植民地支配の歴史の中で、最大の戦争であった。この戦争が始まった時、ダウエス・デッケルはパンフレットを書いてその危険性を指摘し、反対した。彼の予想通り、戦争は泥沼化して延々と続き、多額の戦費がつぎこまれた。当然戦死者の数も増え、その上戦争の残虐な側面も伝えられた。そして国内でも様々な議論を呼び、国民の目を東インドに向けさせることになった。こうしてアチェ戦争が泥沼化する中で、そこから国民の目を逸らすかのように打ち出されたのがいわゆる「倫理政策」であった。オランダは過去数十年にわたって東インド植民地から絞り取り過ぎたので、その分を今や「名誉の負債」として——どこがどう名誉なのかさっぱり分からないが——返してやるべき時期に来た。だから今後は植民地の民生の安定と発展に力を入れ、様々な経済基盤を整備し、保険衛生や学校教育を充実していかねばならない。これが「倫理政策」の考えである。こうした新たな政策の導入は植民地をより身近な、親しみやすいものに感じさせ、様々な関心を呼び起したと思われる。そしてそのいわばガイドブックとして『マックス・ハーフェラール』は格好の素材を提供したのであろう。やがてこの小説は一つの文学作品として読まれるばかりでなく、東インド植民地に向かう人々にとって――役人として赴任する青年たちも含めて――立場の如何を問わず、必携書になったという。

「倫理政策」という言葉は響きはいいが、これがまたくせ者である。それによって戦争がすぐに中止されたというなら話は分かるが、中止されるどころか、そのまま継続された。一方では「倫理政策」を唱えながら、他方では残虐な戦争を続ける、これが二〇世紀初頭のオランダの植民地政策であった。そして一九二〇年代にインドネシアの民族主義運動が昂揚してくると、「倫理政策」はいとも簡単に放棄されてしまうから、「倫理政策」を文字通り何か人道主義的な思想に裏打ちされた政策と受け取ることはとてもできない。ダウエス・デッケルが『マックス・ハーフェラール』の中で植民地支配に苦しむ原住民に対して寄せた熱い思いを、泥沼化したアチェ戦争から目を逸らさせるために、つまみ食いして正義を装ったたのがこの「倫理政策」であったと言えなくもない。ただこの小説に広く関心を持たせるきっかけになったという意味では、オランダ政府自ら『マックス・ハーフェラール』の宣伝に一役買ったと言ってもいい。

この作品をめぐっては、当然のことながら賛否両論が渦巻き、絶賛した人ばかりではない。オランダの植民地支配を危うくするものとして危険視する人も多かった。そこにさらに著者の生前の乱脈とも言える私生活も加わって、この作品の評価をめぐって、また「ルバック事件」の真相をめぐって様々な論争が繰り広げられてきた。しかし次第に多くの人から一九世紀最大の問題作として認められ、文学史的にもオランダ近代文学の金字塔として揺るぎない地位を得るにいたった。また国際的にも注目を集め、英訳を皮切りに、独訳、仏訳、ロシア語訳などが相次ぎ、アメリカの奴隷解放に一石を投じたストウ夫人の『アンクル・トムの小屋』のオランダ版として評価されていった。こうして『マックス・ハーフェラール』は植民地支配の実態を暴き、そこで虐げられている人々に希望を与える作品として定着し、著者ムルタトゥーリはオランダの良心の証しとして捉えられるようになった。とりわけ第二次大戦後は植民地解放・独立の動きが急になると、この小説は改めて注目され、多くの外国語に次々と翻訳された。現在では二七ヵ国語に訳されているという。オランダ語の文学作品としては、国際的知名度という点で、戦後の『アンネの日記』と双璧をなすと言っていい。

当のインドネシアでは、当然のこととはいえ、インドネシア語訳は植民地時代には現れなかった。ただしオランダ人子弟が学ぶ中等学校では一九二〇年代には教材として使われるようになった。そこにはごく少数ながらインドネシア人の入学も認められていたから、その時代にはオランダ語を読むことができたほんの一握りの人がムルタトゥーリ（エドゥアルト・ダウエス・デッケル）の存在を、あるいはこうした小説があることを知っていただけであった。むしろ多くのインドネシア人にとり馴染みがあったのは、著者の兄ヤンの孫にあたるエルネスト・ダウエス・デッケルであろう。この人は一九一二年に「東インド党」を結成して、オランダからの独立を主張し、インドネシア民族主義運動の先覚者となった。数々の弾圧をくぐり抜けて、学校教育に力を尽くす一方、独立運動を進めた。太平洋戦争直前に日本人と接触したことを咎められて、スリナムに追放されたが、戦後いち早くインドネシアに戻って独立戦争に加わり、スティアブディというインドネシア名を名乗って、シャフリル内閣の無任所大臣にまでなった。したがってインドネシアの歴史では、ダウエス・デッケルと言えば、こちらのエルネストの方が有名になった。大伯父エドゥアルトの熱い血が脈々と流れていた正義の熱血漢であった。

インドネシアでは、独立後の一九五〇年代には「サイジャとアディンダ」の部分だけはインドネシア語とスンダ語に訳され、インドネシア人の間ではこの物語の存在が広く知られるようになった。しかしH・B・ヤシンの手になるインドネシア語の全訳は一九七二年まで待たなければならなかった。初版五〇〇〇部はわずか三ヵ月で売り切れるほどの人気を見せ、その後一九八五年までに約三万部が出たとされている。もちろん評価は一様ではなく、様々な書評が新聞、雑誌を賑わした。ムルタトゥーリを弱者の味方、あくなき真実の探求者、真のヒューマニストとして称える評価が一方ではあり、他方では植民地支配という現実を無視してレヘントや原住民首長に問題を押し付けているとか、バンテン地方の実情、さらには伝統や慣習を無視してヨーロッパ人の基準で安易に裁断しているとか、結局は自分の名誉の回復のためにインドネシア人を出しに使っただけだといったような手厳しいものもある。

インドネシアの読者がもっとも問題にしているのは、ムルタトゥーリがジャワの、ひいては東インドの慣習や伝統に無知であったという点と、結局は植民地支配を肯定していたという点である。これが「ルバック事件」という彼の悲劇の原因であったという。特に前者の方はオランダにおいても最大の論争点の一つになっている。そこで最後にこの点について簡単に見ておくことにしたい。

「ルバック事件」はムルタトゥーリがルバック地方の制度的慣行や伝統的民族感情を弁えずに、ヨーロッパ人の尺度をそのまま当てはめて突っ走った結果だ、という見方は確かに一つの見方としては可能である。ルバックに着任後わずか一ヵ月で彼がレヘントを告発に踏み切ったのはいかにも性急で、彼は正義感に燃えてはいるが、後先を考えない直情径行型の人だったのではないかとも考えられる。しかも軽率な行動として最終的に責任を問われたのは副理事官の彼のみで、レヘントには何のお咎めもなかったから、いっそうそう考えたくなる気もする。

しかしムルタトゥーリの名誉のために、次の点ははっきりと言っておかねばならない。彼が任地ルバックを去ったその年の一二月、東インド政庁は問題のパラン・クジャンの郡長（つまりレヘントの娘婿）ほか数人を権力の乱用を理由に解任し、レヘントをも内々に叱責した。つまりレヘント側にも非があったことをはっきりと認めたのである。おそらくムルタトゥーリはこの事実をその時は知らなかったであろうが、彼の主張の正しさが認められたわけである。したがって、その地方の慣習や伝統を無視して一方的に突っ走ったのが彼の悲劇の原因だという見方は必ずしも当たっているように思われない。

もう一つの重要な問題はムルタトゥーリが植民地支配を肯定していたという点である。根っからの植民地主義者であったかどうかは別にしても、彼が植民地支配ないしは植民地統治を肯定していたことは間違いない。自分でもそう述べている。彼がのちに理事官や東インド評議会評議員のポストを要求したことにも、それは現れている。しかし彼は本当に植民地支配をあるべき正しい姿として認めていたのであろうか。もし本当にそうなら、はたしてこの小説は〝革命的な〟小説とか〝一九世紀オランダの最大の問題作〟といった評価を受けて、今日まで読み継がれ、また今日あるような地位をオランダ文学史の中で獲得しえたであろうか。さらに国際的にもこれほどの評価を得ることができたであろうか。

この小説の中ではレヘントら原住民首長が住民に対して行なう搾取、強奪が一つの大きなテーマになっていて、オランダの植民地支配による搾取は直接的には出てこない。悪いのはすべて原住民首長であるとして、植民地支配の問題点が原住民首長の問題にすり替えられている感がしないでもない。これはルバックで強制栽培制度が大規模に実施されていなかったのと関係があると思われるが、そうかといってムルタトゥーリはジャワの農民が苛酷な強制栽培制度の下で苦しんでいる植民地支配の実態から目を逸らしているわけではない。「母が子を喰ってしまった」とか「(農民が)死んでしまえば元も子もなくなる」と事態を直視する一方、強制栽培制度の中心的作物であったコーヒーと砂糖を扱って大いに潤う二人のオランダ商人の豊かな生活を描く。そしてこの小説のサブ・タイトルに〝オランダ商事会社のコーヒー競売〟を持って来て、強制栽培制度とオランダ商事会社がいわば車の両輪となっている実態に目を向けさせる。しかもこの会社の大株主は国王であったから、国王もそれとは無関係ではないと、構造全体を的確に見通せるようにしている。

さらに「サイジャの物語」を見れば分かるように、ムルタトゥーリは当面の植民地政策の善し悪しだけを取り上げるのではなく、武力による異民族支配がどのような姿をとり、どのような悲劇をもたらしているかにも注意を向ける。この「物語」はフィクションであるとムルタトゥーリは断っているが、しかし限りなく植民地の現実に近いフィクションと言っていい。細部の描写はフィクションであるにしても、決して想像力だけの産物ではない。この「物語」は、一方で原住民首長らによる搾取や虐待が具体的にどのようになされているか活写しながら、他方で軍隊の銃口や銃剣が最後には容赦なく植民地支配に抵抗する住民に向けられる有り様を、まるで映画のラスト・シーンさながらに生々しく描いている。本国のオランダ人は植民地を金の卵を生むありがたい鶏程度にしか見ていなかったであろうが、実際にはおよそ想像もつかないような苛酷な植民地支配が罷り通っていることを、フィクションの形とはいえ、嘘偽りなく描いている。オランダが東インドで植民地支配を拡大していく過程では、こうしたシーンは数限りなくあった。ジャワ戦争、ボニ戦争、ロンボック遠征、アチェ戦争など、例はいくらでもある。本当に植民地支配を肯定して人であれば、はたしてこうした結末を「物語」の最後に持ってくるであろうか。むしろこうした悲劇を何食わぬ顔で無視し、バラ色一色に描くのではないか。これまでの多くの旅行記、報告書、研究書がそうであったように。

またムルタトゥーリは最後に自分の国オランダを指して何と「盗っ人国家」と呼んでいる。おそらくこれほど的確に、しかも単刀直入に植民地宗主国オランダを表した言葉はないであろう。外国人の観察者がやっかみまじりに発した言葉ならいざしらず、当のオランダ人が、しかも実際に長く植民地支配にかかわった経験を持つ人物が発した言葉だけに説得力があり、ずしりとした重みを持つ。したがってムルタトゥーリを単純に植民地支配を肯定していた人として片付けるわけにはいかないのではないか。

一九世紀のオランダでは植民地の解体とか解放を口にすれば、国家反逆罪に問われる可能性があったという。もし本当にそうなら、著者ムルタトゥーリが植民地支配を肯定したとしても別に不思議ではない。ただ興味深いのは、彼が〝インスュリンデ〟という国を想定していたのではないかという点である。シャールマンが書いた文書の中に「〝インスュリンデ国〟の憲法について」というタイトルのものがある（六五頁）。もちろんタイトルだけで内容はどういうものか全く分からない。また最後に国王に呼びかける言葉の中にも「エメラルドをちりばめたように、赤道の周りにからみついているインスュリンデというすばらしい国」とある。この「インスュリンデ」という語はムルタトゥーリの造語で、島の多い美しい地方という意味である。「インドネシア」という語は一八五〇年頃イギリス人ローガンが東インドの島嶼部を指す地理的用語として作ったとされており、ムルタトゥーリがはたしてこの語を知っていたかどうか分からない。ただ彼が東インドとかオランダ領（東）インドという当時から一般的に使われていた語を使わずに、新しい語を作ったことは注目していい。もし彼が植民地に代わる「インスュリンデ国」を構想し、そこに現実の植民地とは違う、もっと人間的な統治を思い描いていたとしても、それをロマンチシストの単なる夢もしくは幻想として片付けられるだろうか。植民地主義全盛の時代にあっても、それに流されることなく、新しい時代を見通していたと言えば言い過ぎであろうか。

しかし歴史の女神は何とも皮肉である。二〇世紀に入り東インドでナショナリズムが台頭してくると、民族主義者たちは「インスュリンデ」ではなく「インドネシア」の方を意識的に使って、植民地当局と対峙してゆく。当局は「インドネシア、インドネシア人、インドネシア語」という語を使うことを頑なに拒否し、弾圧の口実にさえ使った。東インドでは一九三〇年代でもなお「インドネシア」という語を使うだけで身の危険を招くおそれがあったという。「倫理政策」などというものがいかにまやかしであった、これを見ただけで分かる。しかし、当局はなぜか「インスュリンデ」という語は認めた。イギリス人が作った「インドネシア」よりオランダ人が作った「インスュリンデ」の方がましだということであろうか。当のムルタトゥーリがこれを聞いたらさぞかし苦笑したことであろう。

なお『マックス・ハーフェラール』は一九七六年にオランダとインドネシアの合作として映画化されている。しかしインドネシアでの公開は一九八七年まで実現しなかった。またアムステルダムの中央駅に近いムルタトゥーリの生家はムルタトゥーリ博物館として保存され、公開されている。一九八七年の著者の没後一〇〇年記念には、生家の近くに銅像が建てられ、『真実ほど詩的なものはない』（彼の『思念』第一巻二六三「真実ほど詩的なものはない。その中に詩が見えない人は、真実を知らない哀れな詩人のままであろう」から取ったもの）というエッセイ集も刊行された。これにはオランダの著名な作家二七人が寄稿し、インドネシアからはただ一人プラムディヤ・アナンタ・トゥールが「ムルタトゥーリ　ひとつの思い出」という短文を寄せ、彼が少年時代からどのようにしてムルタトゥーリという名前を知るにいたったかを書いている。この「真実ほど詩的なものはない」という一句は、当初の構想では銅像の台座にも刻まれることになっていたが、実現はしなかった。この年には彼の記念切手も発行された。

ところで、あまり知られていないが、実は日本でもこの小説は太平洋戦争中の一九四二年（昭和一七年）二月に、当時の東京外国語学校教授朝倉純孝氏が『蘭印に正義を叫ぶマックス・ハーフェラール』（タイムス出版社）という書名で翻訳し出版している。いうまでもなく当時日本はオランダと戦争状態にあり、一九四二年二月といえばまさに日本軍が蘭印（オランダ領東インド）の中心地ジャワに進攻する直前であった。見方によっては絶妙のタイミングで出たと言ってもいい。朝倉氏がなぜこの時期を選んで出版したのか、その辺の事情は分からないが、まことに不思議なことにこの翻訳書は時の文部大臣推薦図書になり、日本出版文化協会の推薦図書にもなった。つまり時の文部大臣は敵国の文学作品の翻訳をわざわざ国民への推薦図書に指定したということである。「鬼畜米英！」とヒステリックに叫んでいた当時の日本政府が、敵国オランダだけを特別扱いしたとはとても考えられない。朝倉氏が戦争の起こるのを見越して準備していたとは考えたくないが、日本軍の蘭印進攻を正当化する一つの宣伝工作の役割を担っていたのは間違いないように思われる。

しかし、これもまたまことに不思議なことに、その後この翻訳書は敗戦を待たず何か禁書扱いのような処分を受けたらしく、書店からいっせいに姿を消したという。いったんは文部大臣推薦図書になった本であるから、よほど大きな理由があったのであろう。しかしその理由が何であったか、よく分からない。そのためこの翻訳書は現在ではほとんど残っていないらしく、古書店でも見かけることはまずない。大学図書館などでも所蔵しているところはほとんどない。まさに幻の一書になっている。その意味でこの名作の日本でのデビューもまた、オランダ本国での最初の出版の時と同じように、何かうさん臭さが付きまとい、非常に不幸なものであった。

なお、日本では現在この作品の一章から三章までであるが、対訳が出ている（ムルタテューリ、渋沢元則〔訳・註〕『マックス・ハーフェラール』、一九八九年、大学書林）。これには、英語訳、フランス語訳、インドネシア語訳も添えられている。また最後の三九章の末尾で、国王に呼びかける箇所は、永積昭氏も訳出している（同氏著『インドネシア民族意識の形成』、一九八〇年、東大出版会）。本書の翻訳に際しても、これらを参照させていただいた。

今述べた渋沢元則氏の対訳『マックス・ハーフェラール』には私が依頼を受けて簡単な「解説」を書いている。ただそこでのいくつかの表記・訳語と本書のそれとでは若干異なっているところがあることを、この場を借りてお断りしておきたい。本書では次のように変えてある。

ムルタテューリ　→　ムルタトゥーリ
エデュ　→　エドゥ

エデュアルト・ダウウエス・デッケル　↓　エドゥアルト・ダウエス・デッケル
カロリーネ・フルステーハ　↓　カロリーネ・フルステーフ
ダイマール・ファン・トウィスト　↓　ダイマール・ファン・トゥイスト
ドローフストッペル　↓　ドゥローフストッペル
バンタム　↓　バンテン
レバック郡　↓　ルバック郡
ランカス・ブトゥン　↓　ランカスビトゥン
ンガウィ　↓　ガウィ
ネーデルラント通商会社　↓　オランダ商事会社
一般会計検査院　↓　全国会計検査院
『思想』　↓　『思念』

変えた理由の一つは、前記「解説」では対訳者の表記や訳語に合わせて統一を図ったからである。また本書ではインドネシアの地名はすべて現在の現地音を優先し、オランダ語表記に従わなかったためである。さらに学術的に不適切と思われる訳語もよりよいものに改めた。映画製作の年も一九六〇年代ではなく、正しくは一九七六年であったので、これも訂正しておきたい。これらの点について読者諸氏のご理解をいただきたい。

いつの頃からか定かではないが、私がこの小説に関心を持ち始めてからもうだいぶ経つ。そして折にふれて関係の文献や資料を少しずつ集めてきた。著者の没後一〇〇年にあたる一九八七年にたまたまオランダに留学していた関係もあって、新聞・雑誌の文芸欄に載ったいくつかの興味深い論考にも触れることができ、また何種類かの著作の新版や研究書も入手することができた。また、大学の大先輩で、かつ私のオランダ語の恩師の一人でもあった朝倉純孝先生が戦争中に上梓された訳書は今では幻の一書になっており、ほとんど目にすることができないのも残念なことと思っていた。さらに本文中に「日本の石工」というオランダ人も注目している興味深い挿話があることも気になっていた。こんな事情もあって、機会があれば、いつかこの優れた文学作品を訳して改めて紹介してみたいという気持ちもなくはなかった。しかし私自身オランダ史が専攻でオランダ文学の専門家でないことも、今ひとつ翻訳に踏み切れない理由としてあった。今回南山大学の森山教授から慫慂されて、やっと重い腰を上げてはみたものの、訳業は思いのほか難渋し、長い時間を費やしてしまった。訳文は、一九世紀半ば頃という時代背景に留意しながらも、なるべく読みやすく平易なものにするように努めたが、一九世紀のオランダ語はさしずめわが国で言えば鷗外の漢語がふんだんに出てくる作品にも似て難解で、それに加えて延々一〇行近くにも及ぶ長文にしばしばてこずらされた。さらにそこに著者の卓抜したレトリックが加わり、平易な日本語に訳すことは正直言って楽ではなかった。はたしてこの作品の持つ雰囲気をうまく伝えることができたか、内心忸怩たるものがあるが、とりあえず将来のより優れた翻訳へのステップの一つとして、この拙訳をあえて世に送り出すことにした。読者諸氏の御叱正を賜りたい。

お読みいただければお分かりのように、この作品の舞台はオランダと東インド（蘭印）の両方にまたがっている。東インドの方ではスマトラ島とジャワ島が中心で、しかもジャワ島の場合西部のいわゆるスンダ地方が主な舞台になっている。幸い森山教授がスンダ語、スンダ文学の専門家ということで、訳註その他で種々協力いただいた。記してお礼を申し上げたい。また困難な出版にあたっては、めこんの桑原晨社長の暖かい励ましと協力をいただいたことにもお礼を申し上げたい。

本書の出版には、財団法人トヨタ財団「隣人をよく知ろう」プログラム翻訳出版促進助成をいただくことができた。おかげでこの名作を改めてわが国に紹介することができ、うれしく思う。末筆ながら同財団にも心より厚くお礼申し上げたい。

二〇〇三年三月一一日

佐藤弘幸

日本語版「マックス・ハーフェラール」の出版に寄せて

これはオランダ語小説「マックス・ハーフェラール」の完全訳である。この本ほど一九世紀の蘭領東インド（現在のインドネシア共和国）の時代精神というものを見事に伝えてくれるものはないであろう。小説という形をとってはいるものの、植民地官僚であった作者のリアリスティックな描写は、貴重な歴史資料を提供してくれている。

特に、東インドの植民地官僚たちの世界、彼らたちの心理、オランダ人（商人や官僚）の東インドに対する認識、「原住民」の役人とオランダ人官僚との関係などが、この小説から読み取れる。一五〇年の年月を経てまったく色褪せないという点で、本書は一級の研究書にも劣らず、これからも高い学術的価値を持ち続けると思われる。

作者は主人公マックス・ハーフェラールの口を借りて、オランダ人植民地官僚は「原住民」社会をもっと深く理解する必要があると述べている。作者自身がその考え方を実践していたことがこの本書の記述から読み取れる。例えば、当時のオランダのアカデミズムにおいて一般的知識となっていなかったジャワ人とスンダ人の相違、それぞれが固有の民族集団であるという認識を作者はきちんと持ち合わせていた。植民地社会を実際に自分の目で見ていたことと合わせて、東インドについて書かれた専門的な文献を漏れなく読んでいたことが窺われる。そのような作者の知識と経験がこの小説に裏打ちされているからこそ、本書はインドネシアおよび東南アジア研究者にとっては貴重であり、必読の書であり続けるのである。もちろん、植民地に関する公文書や研究書と付きあわせると、作者の勘違いや認識不足であった点も散見される。またマレー（ムラユ）語やジャワ語、スンダ語の知識が不十分であったことも読み取れるが、それが当時の植民地官僚が共有していた知識であったと読めば、その観点からも歴史的価値を認めることができる。

小説としての読ませどころは、劇中劇となっている「サイジャとアディンダ」の物語であり、畳みかけるような調子で描かれる最後の部分であろう。小説はディテールがきちんと描かれていなければ失敗してしまうことがあるが、その点でも作者の筆力は冴えを見せている。「サイジャとアディンダ」がインドネシア独立後にもインドネシア人読者に読まれたことが何よりの証拠である。オランダには歴史小説というジャンルは確立していないが、同時代人が書いたとはいえ本書は稀有の歴史小説と見なすことができるのではないだろうか。

繰り返しになるが、本書はひとつの小説という形をとってはいるが歴史的な資料価値がきわめて高いものである。このオランダ文学の古典の一つがこうして完全訳で日本語で出版されることは非常に喜ばしいことである。この作品が入り組んだ複雑な構成をとっていること、一九世紀半ばの古風なオランダ語であること、しばしば持ってまわったような表現や難解な表現が多いことなど、翻訳における障害は決して少なくない。

しかし、この作品を時間をかけて読み解き、作品の歴史的評価についても研究されてきた佐藤弘幸氏が訳したということで、この作品は現在の日本における最高の訳者を得たと言える。微妙なニュアンスや官僚独特の表現、そして詩の訳出などに、その力量が遺憾なく発揮されている。一九世紀の蘭領東インド、特にこの作品の舞台となっているスンダ地方をこれまで研究対象としてきた私も、この価値ある名著の翻訳に参加できたことは身に余る光栄である。

ここに日本語版「マックス・ハーフェラール」を誇りをもって読者の皆さまにお届けする。本訳書が原書に劣らず長く読み継がれることを心から願う。

森山幹弘

佐藤弘幸　さとう　ひろゆき

一九四一年　小樽市生まれ

一九六五年　東京外国語大学卒、一九七一年　一橋大学大学院博士課程修了

東京外国語大学教授

マックス・ハーフェラール

もしくはオランダ商事会社のコーヒー競売

初版印刷 2003年10月6日
第1刷発行 2003年10月15日

定価 5500円＋税

著者 ムルタトゥーリ
訳者 佐藤弘幸
協力 森山幹弘
装丁 菊地信義
発行者 桑原晨
発行 株式会社めこん
〒113－0033 東京都文京区本郷3－7－1
電話03－3815－1688 FAX03－3815－1810
ホームページ http://www.mekong-publishing.com
印刷 モリモト印刷株式会社
製本 三水舎

ISBN4-8396-0163-1 C3097 ¥5500E
3097－0301155－8347